ELIZABETH GODDARD
MACH NIE DIE AUGEN ZU

ELIZABETH GODDARD

MACH NIE DIE AUGEN ZU

Über die Autorin:
Elizabeth Goddard hat Computertechnologie studiert und mehrere Jahre in der Branche gearbeitet, bevor sie sich ganz dem Schreiben widmete. Sie ist Mutter von vier inzwischen fast erwachsenen Kindern und lebt in Michigan.

Bibliografische Information der Deutschen Nationalbibliothek
Die Deutsche Nationalbibliothek verzeichnet diese Publikation in der Deutschen Nationalbibliografie; detaillierte bibliografische Daten sind im Internet über https://dnb.dnb.de abrufbar.

ISBN 978-3-96362-156-7
Alle Rechte vorbehalten
Copyright © 2019 by Elizabeth Goddard
Originally published in English under the title
Always Look Twice
by Revell, a division of Baker Publishing Group,
Grand Rapids, Michigan, 49516, USA
All rights reserved
German edition © 2020 by Verlag der Francke-Buchhandlung GmbH
35037 Marburg an der Lahn
Deutsch von Silvia Lutz
Umschlagbilder: © iStockphoto.com / AMR Image; creacart
Umschlaggestaltung: Verlag der Francke-Buchhandlung GmbH
Satz: Verlag der Francke-Buchhandlung GmbH
Printed in Czech Republic

www.francke-buch.de

*Für meinen jüngsten Sohn, Andrew. Denk immer daran,
dass du ein Segen Gottes bist und dass er dir Kraft gibt.
Bei allen Schwierigkeiten ist er immer bei dir.
Seine Liebe zu dir ist unerschöpflich, unvorstellbar groß
und unerschütterlich.*

Der HERR ist eine starke Festung:
Wer das Rechte tut, findet bei ihm sichere Zuflucht.

Sprüche 18,10

1

Nur an wenigen Orten auf dieser Welt ist es gefährlicher als zu Hause.

John Muir

MONTAG, 19:35 UHR
BRIDGER-TETON NATIONAL FOREST, WYOMING

Harper Reynolds schlich noch einige Zentimeter näher. Hoffentlich war das hier kein Fehler.

Nachdem sie ihre Kamera auf dem Stativ befestigt hatte, zoomte sie ihr Motiv mit dem langen Teleobjektiv ganz nah heran. Sie stellte die großen braunen Augen scharf und fing den imposanten Grizzly ein, der gut achtzig Meter unter ihr am Grayback River die Beerensträucher plünderte. Hundert Meter Entfernung wären ihr lieber gewesen. Der Bär wusste, dass sie da war. Er hatte den Kopf gehoben und sie im selben Moment gesehen, in dem sie ihn auf ihrem Weg zum Fluss entdeckt hatte. Doch er hatte sie nicht weiter beachtet und sich wieder seiner Futtersuche gewidmet. Sie hatte ihr Stativ auf einer Erhebung aufgestellt, um größer auszusehen und im Fall der Fälle schneller fliehen zu können.

Sie wollte eine Großaufnahme von dem Tier. Dafür hatte sie ihren Telekonverter. Sie konnte ein gestochen scharfes Bild von ihm machen, ohne sich noch unmittelbarer in Gefahr zu begeben. Wenn die Bäume nicht gewesen wären, hätte sie sogar aus mehreren Hundert Metern atemberaubende Bilder schießen können.

Durch den Sucher wählte sie den passenden Hintergrundausschnitt für das majestätische Tier – den Fluss, die Bäume, die Felsen. Ja, genau so! Der Fluss war die perfekte Kulisse und verlieh dem Bild die nötige Tiefe.

Die vortretenden Muskeln des Bären strahlten eine ungezähmte Kraft aus. So etwas hatte sie in ihrem ganzen Leben noch nie aus der Nähe gesehen. Adrenalin strömte durch ihre Adern. Sie wollte, dass andere beim Anblick dieser Bilder die gleiche nervöse Energie spürten wie sie, allein mit diesem riesigen und gefährlichen Tier.

Der Fluss untermalte den Augenblick mit seinem Rauschen und weckte Kindheitserinnerungen. Erst das Brummen des Bären holte Harper in die Gegenwart zurück. Sie fand, er klang glücklich und zufrieden. Der Duft von Kiefernnadeln lag ihr in der Nase und sie nahm eine leichte Spur des Schwefelgeruchs von den Geysiren im nahe gelegenen Yellowstone-Nationalpark wahr.

Nach einigen weiteren Fotos machte sie eine Pause, den Finger auf dem Auslöser. Nur noch wenige Bilder, dann würde sie die Speicherkarte wechseln müssen. Einige zu löschen, kam nicht infrage. Lücken bei den Metadaten konnten dazu führen, dass alle Bilder infrage gestellt und letztendlich vor Gericht nicht zugelassen wurden. Das hatte sie auf die harte Tour gelernt.

Allerdings ging es hier ja nicht mehr um die Art von Bildern, die sie beruflich gemacht hatte. Sie musste sich nicht mehr einzig und allein auf den Ort, das Indiz und die Position konzentrieren, sondern hatte jede künstlerische Freiheit.

Harper riss sich gewaltsam von den Erinnerungen los. Seit damals war ein ganzes Jahr vergangen. Warum musste sie ausgerechnet jetzt daran denken? Keine Gewaltszenen, hatte ihr Therapeut gesagt. Und definitiv keine Tatorte von Verbrechen. Sie war Dr. Drews Rat gefolgt.

Jetzt fotografierte sie in der Natur. Wo es friedlich war und ruhig. Kein Blut und keine Leichen.

Die Sonne sank tiefer und zwang sie, ihre Kamera auf das schwächere Licht einzustellen. Sie konzentrierte sich auf die Augen des Bären. Vielleicht würde er ja noch etwas anderes machen, zum Beispiel trinken oder eine interessante Pose einnehmen. Sie hatte keine Angst. Schließlich hatte sie ihr Bärenspray dabei.

Und ich weiß auch, wie man es benutzt.

Trotzdem sollte sie ihr Glück nicht überstrapazieren, indem sie zu lange blieb.

Sie verfolgte den Bären, der jetzt am Flussufer entlangtapste, und drehte die Kamera auf dem Stativ nach links. Nach so viel Übung beherrschte sie den Kameraschwenk perfekt. Aber der Bär bewegte sich weiter und verschwand hinter einem großen Felsen.

Harper blickte sich um. Sollte sie die Kamera neu positionieren, um noch mehr Aufnahmen zu machen?

In ihrer Hosentasche summte ihr Smartphone.

Was? Sie hatte hier oben Empfang? Wahrscheinlich war es eine Nachricht von Emily, die wissen wollte, warum sie noch nicht zurück war. Ihre Schwester hatte sie ursprünglich bei dieser Wanderung begleiten wollen, aber dann hatte sie sich damit entschuldigt, dass sie an ihrem neuesten Krimi weiterarbeiten müsse. Harper grinste. Das stimmte zwar, aber Emily wollte bestimmt auch ihre Blasen und ihren Muskelkater von den letzten Ausflügen mit ihr auskurieren.

Harper hatte die Hand schon ausgestreckt, um das Handy hervorzuziehen, als ein pinkfarbener Farbfleck ihre Aufmerksamkeit erregte. Durch den Sucher ließ sie ihren Blick über die andere Flussseite wandern.

Da entdeckte sie eine Frau, die sich mit den Armen einen Weg durchs Gebüsch bahnte und sich durch das dichte Unterholz kämpfte. Ihr Mund stand offen. Schrie sie? Der Fluss übertönte auf diese Entfernung jedes Geräusch.

Harpers Herz hämmerte. Sie zoomte die Frau näher heran. Instinktiv drückte sie auf den Auslöser.

Das Gesicht der Frau war vor Entsetzen und nackter Angst ganz verzerrt. Sie warf einen kurzen Blick hinter sich. Sie flüchtete vor etwas! Wovor?

Harper bewegte die Kamera erneut, um die Frau im Sichtfeld zu behalten. Klick. Sie sollte die Polizei rufen. Wenn die Fremde in Gefahr war, konnte sie nicht hier stehen und tatenlos zusehen.

Mit ihrer freien Hand tastete sie nach dem Mobiltelefon, bevor sie wieder durch den Sucher spähte. Ihr Atem stockte. Ein Mann mit einem Gewehr! Er war mindestens vierhundert Meter weit weg und schaute durch sein Zielfernrohr. Beobachtete er die Frau nur oder verfolgte er böse Absichten?

Harper wählte den Notruf. Der Anruf ging nicht durch. So ein Mist, eben hatte sie doch noch Empfang gehabt!

Sie richtete die Kamera wieder auf die Frau und vergrößerte das Bild.

Die Augen der Frau weiteten sich voller Entsetzen. Dann … ein leerer Blick.

Harpers Herz wollte stehen bleiben, als die Frau mit dem Gesicht nach unten auf den grasigen Boden sackte.

Der Widerhall des Schusses drang an Harpers Ohren.

Sie wurde so starr wie der Fels neben ihr, dabei schrie alles in ihr danach, sich umzudrehen und wegzulaufen. Wie damals. Sie wollte vor dem Verbrechen fliehen, das vor ihren Augen verübt worden war.

Nein! Dieses Mal musste sie stark sein. Sie musste das tun, was sie vor langer Zeit hätte tun sollen. Bleiben. Die Augen offen halten. Die Zeugin sein, die gegen den Mörder dieser Frau würde aussagen können.

Beweise während der Tat festhalten und nicht erst im Nachhinein Indizien sammeln.

Sie richtete ihre Kamera auf den Mörder und drückte den Auslöser. Nach ihm würde überall gefahndet werden. Mit einer solch grausamen Tat durfte niemand ungestraft davonkommen!

Er drückte das Gesicht immer noch an die Waffe und spähte durch das Zielfernrohr. Seine Kappe hatte er sich tief ins Gesicht gezogen. Schatten lagen auf dem einzigen nicht verdeckten Teil. Sie machte ein letztes Bild, dann war der Speicherplatz voll.

Für den Fall, dass diese Fotos als Beweismittel gebraucht werden würden, musste sie sich unbedingt an die Vorschriften halten. Mit zitternden Fingern holte Harper die Speicherkarte aus der Kamera und steckte die neue Karte hinein. Obwohl ihr Puls raste, befestigte sie die Kamera schnell wieder auf dem Stativ und schwenkte sie, um den Mann wiederzufinden. Er kam jetzt näher und marschierte auf sein Opfer zu. Sein Gesicht war immer noch hinter dem Gewehr verborgen. Harpers Frustration schäumte fast über. Sie konnte kein sauberes Bild von dem Mörder bekommen. Trotzdem würde sie die neue Speicherkarte mit Bildern von ihm füllen. Sie würde so viele Details festhalten wie möglich.

Verängstigt davonzulaufen, war keine Option. Sie wollte kein weiteres Mal schuld daran sein, dass der Gerechtigkeit nicht Genüge getan werden konnte.

Komm schon! Nimm diese Kappe ab. Lass das Gewehr sinken. Ich brauche ein Bild von dir.

Plötzlich hielt er inne. Wollte er nicht überprüfen, ob sein Opfer tot war?

Nein. Er blieb stehen. Regungslos. Lauernd.

Ein Jäger.

Worauf wartete er?

Er verlagerte das Gewehr auf seiner Schulter und drehte es.

Offenbar hatte er den Bären entdeckt. Den Grizzly unten am Fluss hatte Harper völlig vergessen. Dass er beim Knall des Schusses nicht weggelaufen war, überraschte sie. Würde der Mörder jetzt auch noch das Tier töten?

Lauf, Bär!

Harper wollte es am liebsten laut rufen. Ihre Hand auf der Kamera war vor Angstschweiß ganz feucht. In der anderen hielt sie immer noch das nutzlose Handy.

Der Bär wandte sich vom Fluss ab, als hätte er ihr stummes Flehen gehört, und trottete in den Wald hinein.

Ein eisiger Schauer lief ihre Beine entlang, breitete sich in ihrem Bauch aus und kroch über ihren Rücken. Der Wind drehte sich. Ein Gefühl, das sie als Kind schon einmal erlebt hatte, erfasste sie. Sie befand sich in Lebensgefahr.

Harper schoss ein weiteres Foto, aber auch das würde nicht

genügen, um den Mörder zu identifizieren. Ein paar Sekunden musste sie noch aushalten, nur so lange, bis sie wenigstens ein Bild hatte, auf dem er klar zu erkennen war.

Aber er hob jetzt das Suchfernrohr von dem Bären, als suche er noch etwas anderes. Sein Gewehrlauf wanderte nach oben. Höher und höher, bis der Lauf auf sie gerichtet war. Er schaute sie direkt an! Hatte sie im Visier. Sie sah ein zusammengekniffenes Auge im Schatten seiner Kappe.

Der Mörder beobachtete sie.

Ihr Verstand arbeitete auf Hochtouren. Jeden Moment könnte sie von einer Kugel durchbohrt werden.

Wie festgewurzelt stand sie da. Sie würde sterben. Hier. Jetzt. Das hatte sie davon, dass sie versucht hatte, das Richtige zu tun! Nur weil sie die Zeugin hatte sein wollen, die sie damals nicht gewesen war.

Setz. Deine. Beine. In. Bewegung!

Lauf!

Aber die Bilder!

Sie riss ihre Kamera vom Stativ und gab dabei noch kostbare Momente mehr wie eine Idiotin eine perfekte Zielscheibe ab. Schnell wich sie zurück. Statt zu laufen, ließ sie sich auf die Knie fallen und kroch hinter einen Felsen. Sie musste ihren Atem beruhigen.

Harper spähte um den Felsen herum und schaute wieder durch ihre Kamera. Ohne das Stativ sah sie durch das schwere Teleobjektiv nur unscharf. Sie konnte den Mörder nicht entdecken. Das Zittern ihrer Hände erschwerte die Suche. Es hatte keinen Zweck. Sie würde keine Gelegenheit mehr bekommen, ihn zu fotografieren. Außerdem musste sie sich schleunigst in Sicherheit bringen.

Sie kroch über die Kiefernnadeln, um im Wald unterzutauchen, und krabbelte vorwärts, bis die Bäume so nahe nebeneinanderstanden und das Unterholz so dicht war, dass er sie selbst mit seinem Zielfernrohr nicht mehr würde ausmachen können. Hoffentlich. Dann rappelte sie sich hoch und begann zu rennen.

Harper lief weg. Wie damals. Nichts hatte sich geändert oder würde sich je ändern.

Keuchend und mit rasendem Puls konnte sie zwischen den Bäumen den Wanderpfad ausmachen. Nur noch ein kurzes Stück.

Sie stolperte über einen Ast, den sie wegen der dichten Nadeldecke nicht gesehen hatte. Es ging so schnell, dass sie den Sturz nicht abfangen konnte. Ein Schrei entfuhr ihr, als sie mit vollem Schwung gegen die raue Kante eines Felsens prallte. Stechende Schmerzen schossen durch ihren Körper. Ihre Kamera rutschte ihr aus der Hand und fiel klappernd in einen tiefen Felsspalt.

Es war doch ein Fehler gewesen.

2

MONTAG, 19:43 UHR
BRIDGER-TETON NATIONAL FOREST

Der Gewehrschuss irgendwo in der Ferne beunruhigte Heath McKade nicht. In Wyoming, dem Bundesstaat mit den meisten Schusswaffen, hörte man oft Schüsse. Hier trug fast jeder eine Waffe, weniger zum Schutz vor Zweibeinern als vor Vierbeinern. Zum Selbstschutz und zur Jagd.

Nein, der Schuss war nichts Ungewöhnliches, aber der Schrei, der nur wenige Sekunden vorher zu hören gewesen war, schon. Dieser Schrei hatte gefährlich nah geklungen. Andererseits wurde in diesen Bergen der Schall kilometerweit getragen.

Heath war mit seinen Gästen von der Emerald M Ranch, die einige Nächte im Waldcamp verbrachten, zu einer Tagestour unterwegs. Schnell zählte er die Anwesenden durch. Sie hatten am Ufer des Grayback River die atemberaubende Landschaft genossen und waren gerade auf dem Weg zu ihren Pferden, um ins Camp zurückzureiten. Es war schon ziemlich spät, weil zwei Jugendliche auf eigene Faust losgezogen waren und Heath die Jungen hatte suchen müssen. Als Eigentümer der Ranch und Guide der Gruppe war er für die Sicherheit seiner Gäste verantwortlich. Das war normalerweise ein Kinderspiel, solange sich alle an die Regeln hielten. Heute wurde seine Geduld allerdings auf eine harte Probe gestellt.

Hastig schwang er sich auf sein Pferd Boots und lauschte angestrengt.

Außer ihm schien niemand etwas Ungewöhnliches gehört zu haben. Aber die anderen waren auch noch weiter unten am Fluss, wo man nicht mal sein eigenes Wort verstehen konnte.

14

Heath steuerte mit Boots auf den Pfad zu, der bergauf führte.

»Wohin willst du?«, rief Leroy, der bei den Pferden stand.

»Ich habe einen Schrei gehört. Ich muss nachsehen, ob etwas passiert ist.«

»Du glaubst, dass du in einem Wald, der über zehntausend Quadratkilometer groß ist, jemanden findest?«

Heath zügelte Boots. Er konnte sich darauf verlassen, dass Leroy die Gästegruppe sicher ins Camp zurückbringen würde. »Nein«, erwiderte er. »Aber es hörte sich an, als wäre die Frau nicht weit entfernt. Reite du mit den anderen ins Camp voraus. Falls ich deine Hilfe brauche, melde ich mich.« Heath deutete auf das Funkgerät.

Leroy Miller war zwanzig Jahre älter als Heath. Er war ein erfahrener Rancharbeiter, aber an die Arbeit auf einer Gästeranch – Touristen durch die Wildnis zu führen – hatte er sich erst gewöhnen müssen, als ihn Heath vor fünf Monaten eingestellt hatte.

»Klar.« Leroys Miene verriet, dass er glaubte, Heath hätte sich den Schrei nur eingebildet.

Konnte er recht haben? Seit er vor neun Monaten von einem Mann, dem er sein Leben lang vertraut hatte, angeschossen worden war, war er nicht mehr derselbe.

»Heath, überlass das mir und kümmer du dich um deine Gäste.«

Er hätte Leroy auf die Suche schicken können, aber der kannte sich in dieser Gegend nicht halb so gut aus wie er. Er kannte den Bridger-Teton National Forest wie seine Westentasche und hatte schon als Kind und Jugendlicher viel Zeit in der Gros-Ventre-Wildnis verbracht.

Heath ließ Leroy stehen und trieb Boots den Pfad hinauf. »Nein, ich reite.«

Er wollte keine Zeit mit einer Diskussion verschwenden. Leroy konnte sehr hartnäckig sein. Das war keine schlechte Eigenschaft, aber im Moment hatte Heath es zu eilig dafür. Wenn jemand in Not war, kam er vielleicht sowieso schon zu spät.

Leroy hatte auch keine Zeit zu verlieren. Er musste die Gäste wieder zusammentrommeln und sie ins Waldcamp zurückführen, bevor es dunkel wurde. Sein Mitarbeiter Pete Langford konnte ihm dabei nicht helfen, da er bereits vorausgeritten war, um das Lager vorzubereiten.

»Sei vorsichtig!«, rief Leroy Heath noch nach. »Ich will nicht die ganze Nacht nach dir suchen müssen!«

Heath trieb Boots an, schneller zu traben. Er würde den Wanderpfad absuchen. Normalerweise blieben die Touristen auf den Wegen. Vielleicht war jemand gestürzt. Bald schon würde die Sonne hinter den Bergen untergehen. Er wollte die Frau finden, solange er noch Tageslicht hatte. Hoffentlich war nichts Schlimmes passiert! Im besten Fall war sie einfach selbst wieder auf die Beine gekommen und hatte ihre Wanderung fortgesetzt.

Aber der Schrei war so durchdringend gewesen! Heaths Magen zog sich zusammen. Seine Remington-Vorderschaft-Repetierflinte steckte in der Gewehrtasche am Sattel, deshalb legte er die Hand auf seine 44er Magnum, um für einen potenziellen Nahkampf gerüstet zu sein. Er hoffte, dass es nicht dazu kommen würde, aber er war oft genug in Gefahrensituationen gewesen und wusste, wie entscheidend es war, immer vorbereitet zu sein.

Geistig und körperlich.

»Na los, komm schon, Boots!«

Er lenkte das Pferd ungefähr einen Kilometer den Weg hinauf. Dann stieß er auf den Pfad, der den Red Rock Hill umrundete und zu einer Weggabelung führte. Er hätte auf dem Reitweg weiterreiten können, aber diesen Weg war er mit seinen Gästen gekommen, ohne irgendwo Wanderer gesehen zu haben. Deshalb entschied er sich für den Wanderpfad.

Die Ranger wollten keine Pferde auf diesen Wegen, aber es konnte sich schließlich um einen Notfall handeln und zu Fuß würde er viel zu lange brauchen.

Heath, der Held, der Retter in der Not! Na klar!

Er ritt weiter bergan und suchte das Gelände mit den Augen

ab. Er wünschte, er hätte Rufus und Timber dabei. Sie hätten mit ihren Spürnasen sofort die Fährte aufgenommen.

»Hilfe!«

»Brr.« Boots blieb gehorsam stehen. Der Hilferuf war so leise gewesen, dass Heath ihn fast nicht gehört hätte. »Hallo? Ist da jemand?«

Schnell glitt er vom Pferd. Boots hob den Kopf sowie seinen Schweif und schnaubte. Er stapfte mit den Hufen auf. Spürte der Hengst, dass jemand verletzt war?

»Ruhig, Junge.« Obwohl das Pferd gut ausgebildet war, band Heath es vorsichtshalber an eine weißstämmige Kiefer.

Heath ließ seinen Blick durch den immer dunkler werdenden Wald wandern. Neben dem Wanderpfad fiel das Gelände steil zum Grayback River hin ab. Der Waldboden war von Steinen übersät und von Wurzeln durchzogen, die überall aus der Erde ragten. Hier konnte man leicht ins Straucheln geraten und dann auf den Kiefernnadeln abrutschen.

Mit langsamen, sicheren Schritten stieg er den steilen Abhang hinab. »Ich will Ihnen helfen. Wo sind Sie?«

Hinter ihm ertönte aus nächster Nähe ein tiefes Knurren. Seine Nackenhaare stellten sich auf. Die Ermahnungen, die er als Kind von seinem Vater bekommen hatte, schossen ihm durch den Kopf.

»*Haltet mindestens hundert Meter Abstand zu Bären! Geht nicht allein in den Wald! Nur in Gruppen! Macht viel Lärm! Weicht langsam zurück! Auf keinen Fall dürft ihr weglaufen! Verlasst sofort das Gebiet und gebt dem Bären mehr Raum!*«

Vielleicht hatte ihn der Bär noch nicht gesehen. Dann könnte er langsam zurückweichen.

Oder stand das Tier direkt hinter ihm?

Er blieb stehen und drehte langsam den Kopf.

3

Große dunkle Augen starrten ihn durch die Bäume an. Aus höchstens zwanzig Metern Entfernung. Viel zu nah! Bestimmt vierhundert Kilo Muskeln und Pelz stellten sich auf die Hinterbeine. Knurrten laut. Die Zähne des Bären stachen im Dämmerlicht hell hervor.

Eine Herausforderung zum Kampf.

Falls der Grizzly beschloss, sich auf ihn zu stürzen, würde es schnell vorbei sein. Aber vielleicht war diese Drohgebärde auch ein Bluff. Falls Heath schießen musste, durfte er nicht zu lange warten.

Im Wald muss man immer mit Bären rechnen!

Heath kannte die Regeln.

Er hatte das Regelbuch auswendig gelernt. Er konnte jede Anweisung vorwärts und rückwärts aufsagen. Regeln halfen aber nur, wenn man sie befolgte. Er hatte sein Bärenspray nicht dabei. Aber das hätte ihm ohnehin nur begrenzten Schutz bieten können. Er verließ sich lieber auf sein Gewehr. Er war einfach zu sehr auf die Suche und dann auf den kaum vernehmbaren Hilferuf konzentriert gewesen, um an Bären zu denken.

Der Grizzly war wahrscheinlich unten am Fluss gewesen und hatte Fische gefangen. Vielleicht hatten der Schuss und der Schrei ihn nervös gemacht. Und dann war auch noch Heath in sein Revier eingedrungen.

Mit wild rasendem Herzen legte Heath die Hand auf die mit tödlichen Kugeln geladene Magnum. Es wäre eine Schande, wenn er schießen müsste. Der Bär konnte nichts dafür, dass Heath ihn aufgeschreckt hatte.

Vielleicht gab es eine andere Lösung.

Er hob die Arme und sprach in einem ruhigen Tonfall, während er langsam zurückwich und ein paar Meter mehr Abstand zu dem Tier aufbaute. Er musste so weit wie möglich von ihm wegkommen. Wie konnte er dem Bären klarmachen, dass er nicht sein Abendessen war? »Du willst mich nicht fressen oder töten. Nein. Damit würdest du nur die Ranger auf den Plan rufen. Sie würden dich von deinen Bärenfreunden und deiner Familie wegbringen und in ein anderes Gebiet umsiedeln. Wahrscheinlich würdest du sogar getötet werden.«

Obwohl er fast sein ganzes bisheriges Leben in Wyoming verbracht hatte, war er noch nie in Gefahr gewesen, von einem Grizzly attackiert zu werden. Klar, er hatte welche aus der Ferne durch den Wald streifen sehen, aber immer mit dem nötigen Sicherheitsabstand. Die Ranger informierten normalerweise die Öffentlichkeit – und besonders die Tourenguides –, wenn ein Grizzly gesichtet wurde. Aber eigentlich bestand eine Dauerwarnung: Der National Forest war Grizzly-Gebiet. Das hieß: Immer vorsichtig sein. Stets die Augen offen halten.

Wenn Heath weit genug zurückweichen konnte, würde der Bär sich vielleicht trollen. Doch in diesem Moment blieb er mit dem Stiefelabsatz an einer Wurzel hängen und strauchelte. Er landete unsanft auf dem Hinterteil. Der Bär bewegte sich vorwärts. Er griff ihn noch nicht an, aber es war trotzdem beängstigend, ihn so bedrohlich auf sich zukommen zu sehen. Er konnte sich jede Sekunde auf ihn stürzen.

Panik breitete sich in Heaths ganzem Körper aus. Er umklammerte die Pistole, legte den Finger auf den Abzug und wollte das Tier erschießen.

»Warten Sie!« Wie aus dem Nichts tauchte plötzlich eine Frau neben Heath auf.

»Sind Sie verrückt?«, rief er entsetzt. »Kommen Sie nicht zu nah!«

Erst dann entdeckte er die Sprühdose in ihrer Hand. Sie richtete sie auf den Grizzly. Das Spray entwich zischend und bildete eine Dampfwolke. Diese Frau musste wirklich Nerven aus Stahl haben, wenn sie es mit einem Grizzly aufnahm. Heath richtete seine Waffe auf das Tier, für den Fall, dass das Spray seine Wirkung verfehlte. Es half nicht immer und schon gar nicht, wenn ein Bär wütend war.

Als das Tier nur noch wenige Schritte entfernt war, traf der feine Nebel sein Gesicht.

Die Frau blieb stehen, wo sie war, aber sie musste panische Angst haben. Heath war überrascht, dass sie trotzdem nicht lockerließ. Andere hätten längst versucht wegzurennen.

Heath zielte weiterhin mit seiner Waffe auf das Tier, während er sich langsam auf die Beine rappelte und neben sie trat. Wenn er sich zwei Menschen gegenübersah, schreckte das den Bären vielleicht ab.

Er knurrte. Brummte. Schlug mit den Pfoten in sein Gesicht.

»Womöglich macht ihn das Spray erst richtig aggressiv«, warnte Heath mit leiser Stimme.

»Was sollen wir jetzt machen?«

»Langsam zurückweichen.«

»In der Gebrauchsanweisung auf dem Kanister steht, dass die Wirkung des Sprays einige Minuten anhält«, erwiderte sie mit einem unüberhörbaren Zittern in der Stimme.

»Wollen Sie hier stehen bleiben und den Bär auf die Probe stellen, ob das stimmt?« Heath marschierte den Hang hinauf. Er wollte so viel Abstand wie möglich zu dem Bären bekommen. Er würde nicht warten, bis das Tier sich vielleicht aus dem Staub machte. Eigentlich sollte man Bären nicht den Rücken zukehren, aber das Gelände war zu uneben.

Heath kam sich wie ein Idiot vor.

Als er merkte, dass die Frau ihm nicht folgte, ging er zurück, nahm sie an der Hand und zog sie den Hang hinauf und zurück auf den Wanderpfad. Er fand Boots an der Stelle, an der er ihn angebunden hatte. Jetzt wusste er, warum das Tier so unruhig gewesen war.

Heath drehte sich zu der Frau um. Blut lief von ihrer rechten

Schläfe über ihr Gesicht und sie wirkte ziemlich wackelig auf den Beinen. Als sie den Bären mit dem Spray abgewehrt hatte, war er links von ihr gewesen, und da es im Unterholz dunkler war als auf dem Pfad, hatte er das Blut nicht gesehen. Endlich normalisierte sich sein Herzschlag ein wenig und er konnte wieder klar denken.

»Haben Sie geschrien? Und um Hilfe gerufen?«

»Ja. Aber ich war nicht die Einzige. Hier draußen läuft ein Mann mit einem Gewehr herum. Er hat eine Frau erschossen. Ich ... ich war Zeugin eines Mordes.«

Heaths Pulsschlag beschleunigte sich sofort wieder. Er hoffte, dass er sich verhört hatte. »Wie bitte? Sind Sie sicher?«

»Ja. Der Schuss hat den Bären aufgeschreckt. Können wir jetzt von hier verschwinden? Ich muss das dem Sheriff melden.«

Er war abrupt stehen geblieben. »Sind Sie sicher, dass die Frau tot ist?«

»Ja.«

Heath betrachtete den Wald. Er dachte an den Schuss, den er gehört hatte. »Wo ist der Mord passiert?«

»Auf der anderen Flussseite.«

Er konnte also nicht selbst nach dem Opfer sehen. Und da der Mord auf der anderen Flussseite geschehen war, befanden sie sich nicht in unmittelbarer Gefahr. Sein Atem beruhigte sich ein wenig. Er würde Leroy oder Pete über Funk Bescheid geben, dass sie den Sheriff informieren sollten. Heath war zwar ehrenamtlicher Deputy, aber er war heute nicht im Dienst. Der Sheriff konnte jemand anderen zum Tatort schicken, um die Leiche zu finden. Spuren zu sichern. Nach dem Mörder zu suchen.

Er richtete seine Aufmerksamkeit wieder auf die verletzte Frau. »Ich muss die Blutung stillen.«

Sonst würde der Bär ihnen auf jeden Fall folgen. Dem Geruch von Blut konnten diese Tiere über weite Strecken folgen.

Zum Glück hatte Heath Verbandsmaterial in der Satteltasche. »Im Camp werden wir die Wunde reinigen. Ich lege jetzt erst mal einen Druckverband an, das könnte ein wenig wehtun.« Er öffnete die Satteltasche und zog sein eigenes Bärenspray heraus. Er schob es beiseite, um einen Mullverband und eine elastische Binde auszupacken, und ging dann ans Werk. Als er den Verband um ihren Kopf und über die Wunde wickelte, verzog sie vor Schmerzen das Gesicht. Kannte er diese Frau vielleicht irgendwoher? Wahrscheinlich nicht, sie schien eine Touristin zu sein. Aber ihr rotes Haar erinnerte ihn an eine Freundin aus seiner Kindheit.

»Fertig. Das dürfte eine Weile halten.« Sie musste zum Arzt. Diese Wunde musste genäht werden.

Er bedeutete ihr, auf Boots zu steigen. Sie schüttelte den Kopf und trat zurück. »Ich kann nicht reiten.«

Mitgefühl regte sich in ihm. Doch die Zeit drängte. »Wir müssen schleunigst weg«, erklärte er. »Es macht nichts, wenn Sie nicht reiten können. Ich helfe Ihnen in den Sattel. Stellen Sie den Fuß in den Steigbügel und schwingen Sie Ihr Bein rüber.«

Boots war ziemlich groß und kräftig und wirkte wahrscheinlich einschüchternd auf sie – auch wenn sie es vor wenigen Minuten mit einem Grizzly aufgenommen hatte.

Sie runzelte die Stirn, kam seiner Aufforderung aber nach. Er hielt sie an der Taille fest, um ihr zu helfen. »Sie sind ein Naturtalent!«

Heath war es nicht gewohnt, zu zweit auf einem Pferd zu reiten. Doch es war ein Notfall und sie mussten nur eine kurze Strecke bergab zurücklegen. Da die Frau leicht war, konnte Boots sie locker beide tragen.

Auch wenn die Frau ein Naturtalent war, hatte sie eine hässliche Wunde am Kopf. Wahrscheinlich musste die Wunde genäht werden. Er betrachtete den Sattel. Er konnte sich hinter sie setzen, aber dann würden sie sehr dicht aneinandergepresst. »Ich setze mich hinter den Sattel, aber ich muss die Arme um sie breiten, um die Zügel halten zu können, okay?«

Sie nickte schwach.

Er schwang sich hinter sie aufs Pferd. Hoffentlich hatte sie nicht noch andere Verletzungen! »Komm, Boots.« Heath funkte das Camp an und erwischte Leroy. »Du musst den Sheriff anrufen. Jemand hat einen Mord beobachtet!« Er nannte Leroy die grobe Position, an der die Leiche gesucht werden musste. Vielleicht konnte der Schütze gefunden werden, bevor er entwischte, aber er bezweifelte das. Der Bridger-Teton National Forest erstreckte sich über ein Gebiet, das eine Fläche von mehr als zehntausend Quadratkilometern hatte. Die Polizei würde es nicht vor Einbruch der Dunkelheit schaffen, am Tatort einzutreffen, und unglücklicherweise sah es auch noch nach Regen aus.

Heath lenkte das Pferd den Weg hinab, der im immer schwächer werdenden Licht der Abenddämmerung zunehmend tückisch wurde. Aber auf Boots war Verlass, er würde sie sicher hinunterbringen.

Heath spürte, dass die Frau am ganzen Körper zitterte. Er hoffte, sie bibberte nur, weil es kühler wurde und nicht, weil sie einen Schock hatte.

Weiter, Boots! Der Hengst schien zu spüren, dass es eilig war, und beschleunigte sein Tempo.

»Alles wird gut werden. Ich bin froh, dass ich Sie gehört habe«, sagte er. »Übrigens danke, dass Sie den Bären gerettet haben.«

»Eigentlich habe ich ja *Sie* gerettet.«

»Ach, das.« Er räusperte sich. Er hatte nicht so klingen wollen, als würde er ihren mutigen Einsatz nicht schätzen, aber er hätte den Grizzly höchstwahrscheinlich erschossen. Vielleicht wäre es nur bei den Drohgebärden geblieben, aber abzuwarten, ob er es vielleicht doch ernst meinte, wäre zu riskant gewesen. Dadurch, dass die Frau mit dem Bärenspray auf das Tier losgegangen war, hatte sie es vor dem Tod bewahrt. Doch er musste zugeben, dass sie recht hatte. »Es war wirklich mutig von Ihnen, mir zu Hilfe zu kommen. Danke.«

Danke, dass Sie nicht fragen, warum ich mein eigenes Spray nicht dabeihatte.

»Glauben Sie, dass uns der Bär folgt?«

»Nein. Er ist längst fort.« Hoffentlich. Er musste Leroy und seine Gäste im Camp warnen, dass ein Grizzly in der Gegend war, damit sie die nötigen Vorsichtsmaßnahmen trafen. Sie verstauten die Lebensmittel dann immer in bärensicheren Behältern. Er würde seinen Freund, den Ranger Dan Hinckley, anrufen und ihm von dem Beinaheangriff berichten.

Und dann war da noch der Mörder. Heath machte sich Sorgen um seine Gäste. Die Sachen einzupacken und zur Emerald M Ranch zurückzureiten, war so spät am Abend zu riskant. Aber eins nach dem anderen.

Heath konzentrierte sich darauf, auf dem Wanderpfad zum Weg zurückzugelangen. Dann überließ er es Boots, sie ins Camp zu bringen. Der Hengst kannte den Weg genauso gut wie er.

Schweigend ritten sie durch den Wald. Es war ihm ganz recht, er war nicht zu einem Gespräch aufgelegt.

Im Camp schwang Heath sich zuerst von seinem Hengst, dann half er der Frau beim Absteigen. Sie betrachtete das Lager mitten im Wald neugierig: Zelte, Tische und hohe Flammen, die von der Feuerstelle emporzüngelten. Heath musterte prüfend ihren Verband. Anscheinend hatte er genug Druck auf die Wunde ausgeübt, um die Blutung zu stoppen.

Die Frau betrachtete ihn jetzt ihrerseits so eingehend, als würde sie irgendetwas an ihm irritieren. »Kann es sein, dass Sie … Sie sind doch nicht Heath McKade, oder?«

Bei der Art, wie sie seinen Namen aussprach, regte sich wieder das Gefühl, das er vorher schon gehabt hatte. War sie es etwa doch? Das war unmöglich, oder?

»Doch, der bin ich.« Er war vorher zu abgelenkt gewesen, um genauer hinzusehen, doch ein Blick in ihre goldbraunen Augen genügte, um Gewissheit zu bekommen.

»Du erinnerst dich nicht an mich?«, fragte sie.

»Harper. Harper Larrabee.« Er konnte kaum glauben, dass sie es tatsächlich war.

»Ich heiße jetzt Reynolds. Mom hat unseren Namen geändert, als wir wegzogen.«

Seine Gedanken kehrten schlagartig zu den schweren Jahren in ihrer Kindheit zurück. Er betrachtete ihr dichtes rotes Haar, ihr schmales Gesicht mit den weichen Zügen und ihre weibliche Figur. Sie war nicht mehr die Zwölfjährige, die er gekannt hatte. Selbst mit Brille und Zahnspange war sie damals ein hübsches Mädchen gewesen – und jetzt war sie eine schöne Frau. Sie waren damals die besten Freunde gewesen. Harper hatte ihm in der schlimmsten Zeit seines Lebens zur Seite gestanden. Nachdem ihr Vater gestorben war, war ihre Familie von einem Tag auf den anderen weggezogen. Er wollte nach ihren Händen fassen, sie umarmen oder irgendetwas, aber er besann sich eines Besseren und sagte nur lapidar: »Du bist groß geworden.« *Eine brillante Bemerkung, Heath.*

»Unglaublich, dass ausgerechnet du gekommen bist, um nachzusehen, woher der Schrei kam! Andererseits … der Wald war ja schon immer dein Revier.« Sie lächelte schwach. »Du kamst wie ein rettender Ritter angeritten, allerdings mit Cowboyhut statt in Ritterrüstung.«

Er hatte ihr nicht den Eindruck vermitteln wollen, er wäre ein Held.

»Na ja. Lass mich deinen Verband wechseln und die Wunde reinigen.« Selbst kleinere Kopfverletzungen konnten stark bluten. Sie brauchte nach wie vor professionelle medizinische Hilfe. »Danach fahren wir in die Stadt, damit ein Arzt sie sich ansehen kann. Dort kannst du auch mit dem Sheriff sprechen. Er müsste schon seine Deputys losgeschickt haben, um das Opfer und den Mörder zu suchen.«

Er wies sie an, sich an einen langen Picknicktisch zu setzen, und nahm eine helle Laterne, in deren Licht er die Wunde besser sehen konnte. Dann nahm er neben ihr Platz und entfernte den Verband. Er konnte kaum glauben, dass *Harper Larrabee* hier war. Nein, Reynolds. Harper Reynolds. Sie hatten sich früher so nahegestanden, aber nach so vielen Jahren waren sie einander jetzt so gut wie völlig fremd.

Sie hob die Hand, um ihren Kopf zu berühren. »Ist es schlimm?«

»Tut es weh?«

Sie nickte. »Mein Kopf hämmert, aber das ist meine geringste Sorge.«

Intuitiv griff er nach ihrer Hand. »Der Bär hätte dich noch viel schlimmer zurichten können. Du bist jetzt in Sicherheit.«

Leroy betrat das Zelt. »Heath, was ist passiert? Ich wollte dich gerade wieder anfunken.«

Harper drehte den Kopf zu Leroy.

Leroy schaute sie überrascht an. »Entschuldigen Sie, Ms …«

»Harper. Nennen Sie mich einfach Harper.« Sie schwankte leicht.

Leroy streckte die Hand aus, als befürchte er, dass sie vom Stuhl kippen würde. Heath reagierte genauso. »Hol mir bitte den Verbandskasten«, bat er.

»Kommt sofort!«

»Und Leroy, wir sind auf einen Grizzly gestoßen. Er ist ziemlich gereizt. Sorg dafür, dass alle gewarnt werden. Den Sheriff hast du erreicht?«

»Ja. Ich konnte ihm nicht viel sagen, aber er hat seine Leute sofort auf den Fall angesetzt. Die Ranger habe ich auch schon wegen des Mordfalls informiert. Aber ich schicke gleich noch eine Warnung wegen des Bären nach.« Leroy verließ das Zelt.

»Wie kam es zu deiner Verletzung?«, fragte Heath Harper.

»Ich bin gestürzt und habe mir den Kopf angeschlagen.«

Sie hatte vermutlich keine Ahnung, was für eine üble Fleischwunde sie am Kopf hatte. Heath brachte es nicht übers Herz, ihr zu sagen, wie ernst die Lage war.

Leroy kam mit dem Verbandskasten und einer Decke zurück, die er über Harpers Schultern legte.

»Sag Pete, dass er die Augen offen halten soll«, bat Heath ihn. »Und sorgt dafür, dass das Abendessen so bald wie möglich nicht mehr zu riechen ist. Das könnte den Bären anlocken!«

»Ähm, Pete ist nicht da.«

Heath fuhr herum und starrte Leroy an. »Was?«

»Er war nicht hier, als wir ins Lager gekommen sind.«

»Dann funk ihn an. Er soll zurückkommen. Wir brauchen ihn!«

Heath richtete seine Aufmerksamkeit wieder auf Harper und wischte ihre Haut um die verletzte Stelle herum sauber. »Wir müssen dich wirklich ins Krankenhaus bringen, aber in die Stadt ist es ziemlich weit. Ich hab ja gesagt, dass ich die Wunde zuerst reinige, aber …« Er zögerte.

»Ist sie so schlimm?«

»Hast du nach dem Sturz das Bewusstsein verloren?«

»Nein. Ich war nur benommen. Alles ist vor meinen Augen verschwommen. Ich habe um Hilfe gerufen, aber ich habe nicht wirklich damit gerechnet, dass mich jemand hören würde. Es war mehr ein Verzweiflungsschrei.«

Er schaute ihr in die Augen. Sie war damals so wichtig für ihn gewesen. Ohne sie wäre es ihm noch so viel schwerer gefallen, über die Tragödie hinwegzukommen. Harper war sein Rettungsanker gewesen in dieser Zeit.

»Keine Sorge! Sie sollte ärztlich behandelt werden, aber das wird schon. Wie bist du zu dem Weg gekommen?«

»Mein Auto steht auf dem Wanderparkplatz.«

»Können wir damit fahren? Wir haben hier im Camp keins. Ich müsste erst zu meiner Ranch reiten, um einen Wagen zu holen. Oder wir fordern telefonisch Hilfe an. Einer der Ranger könnte dich abholen.«

Leroy steckte den Kopf durch die Zeltöffnung. »Pete ist zurück.«

»Danke. Bringt den Gästen die Neuigkeiten schonend bei. Ich will nicht, dass Panik ausbricht. Sorgt auch dafür, dass die Pferde in Sicherheit sind.« Heath verband Harpers Kopf wieder, aber jetzt zitterten auch seine Hände.

Sollte er das Camp doch lieber räumen lassen? Brachte er diese Menschen in Gefahr? Brauchten sie ihn hier?

»Ich kann selbst fahren«, sagte Harper. »Mach dir um mich keine Sorgen. Du hast genug anderes zu tun.« Sie zog die Decke enger um sich und stand auf, als wollte sie aus dem Zelt marschieren und sich allein auf den Weg zu ihrem Auto machen.

Dieser Blick in ihren Augen. Angst. Nackte Angst. Heath dachte an die Menschen in seinem Leben, bei denen er diesen Blick gesehen hatte. Frauen, die Schlimmes erlebt hatten. Harper war eine von ihnen. Nach dem Mord an ihrem Vater war sie verängstigt und von tiefer Trauer geplagt gewesen. Dann war ihre Familie weggezogen.

Er hatte sie nicht wiedergesehen. Bis heute.

»Du solltest in deinem Zustand wirklich nicht ans Steuer. Ich fahre dich.«

Harper war inzwischen immer blasser geworden. Obwohl Heath sich bemüht hatte, die Wunde wieder zu verbinden, lief jetzt Blut von ihrer Stirn. Sie hob die Hand, um es wegzuwischen, bevor es ihr in die Augen laufen konnte, und betrachtete dann ihre blutverschmierten Finger. Sie schwankte, als wäre ihr schwindelig. Heath eilte zu ihr. Gerade noch rechtzeitig, um sie aufzufangen, bevor sie zu Boden sackte.

4

MONTAG, 22:35 UHR
KRANKENHAUS VON GRAYBACK

Im weißen Arztkittel beugte sich Dr. Lacy Jacob, eine Frau um die fünfzig, unter deren glänzende braune Haare sich graue Strähnen mischten, über Harpers Kopf. »Bewegen Sie sich bitte für einen Moment nicht. Sie haben es bald geschafft. Alles wird wieder gut.«

Bei dem stechenden Schmerz atmete Harper scharf ein. »Ich dachte, ich würde nichts fühlen.«

»Das werden Sie gleich auch nicht mehr.« Die Ärztin nickte dem Krankenpfleger zu.

Er hatte sich als Jesse James vorgestellt. Wie der berühmte Bandit aus dem Wilden Westen, hatte er erklärt.

Jesse nahm eine Spritze und injizierte ihr noch mehr schmerzstillendes Anästhetikum.

»*Jetzt* dürften Sie nichts mehr fühlen«, sagte Dr. Jacob. »Versuchen Sie, nicht zu viel daran zu denken. Erzählen Sie mir, was passiert ist. Wie haben Sie sich diese hässliche Wunde zugezogen?«

Harper schloss die Augen. »Ich bin gestolpert, gefallen und mit dem Kopf gegen einen Felsen geprallt.«

Während die Ärztin die Wunde versorgte, dachte Harper an das, was vor ihrem Sturz geschehen war. Der Mann, der die junge Frau erschossen hatte, hatte sie gesehen.

Tränen schossen ihr in die Augen. Sie hob die Hand und wollte sie wegwischen, aber Dr. Jacobs Arme waren im Weg.

»Ich bin fast fertig«, sagte die Ärztin. Sie trat zurück und begutachtete ihre Arbeit. »Kommen Sie in ungefähr einer Woche wieder. Dann ziehe ich die Fäden. Sie sind nicht selbstauflösend. Ich wollte, dass die Narbe so klein wie möglich wird.«

Die Narbe? Sie würde eine Narbe behalten.

»In einer Woche?« Harper und Emily hatten geplant, morgen die Heimfahrt nach St. Louis anzutreten. Vorher wollten sie noch an dem Haus vorbeifahren, in dem sie früher gewohnt hatten.

»Meine Schwester!« Harper setzte sich auf und schwang die Beine über die Kante des Behandlungstisches. »Ich muss sie anrufen. Sie ist bestimmt krank vor Sorge.«

Wo war ihr Handy? Oh nein! Sie hatte es verloren, genau wie die Kamera.

»Sie sollten noch keine so schnellen Bewegungen machen!« Die Ärztin drückte sie wieder auf die Liege zurück. »Bleiben Sie noch ein paar Minuten liegen. Dann komme ich wieder und sehe nach Ihnen.« Dr. Jacob verließ das Zimmer.

Harper wandte sich an Jesse. »Ich muss unbedingt meine Schwester anrufen. Gibt es hier eine Möglichkeit zu telefonieren?«

»Ich schaue, was ich machen kann«, antwortete Jesse, während er eine weitere Spritze vorbereitete.

»Wozu ist die? Wollen Sie mir etwa ein Beruhigungsmittel spritzen?«

Er schmunzelte. »Nein. Das ist eine Tetanusimpfung.«

Sie bekam eine Tetanusimpfung und wurde an der Stirn genäht, während da draußen ein Mörder frei herumlief? Ein Mann, der heute Abend eine Frau eiskalt getötet hatte.

Wo blieb der Sheriff? Heath hatte ihn angerufen und der Sheriff wollte zu ihr ins Krankenhaus kommen, damit sie ihm detailliert beschreiben konnte, was sie gesehen hatte.

Die Bilder des Tages strömten genauso unaufhaltsam auf sie ein, wie der Grayback River durch den Canyon rauschte.

Sie hatte den Grizzly fotografiert. Reine, ungetrübte Natur. Um dann Zeugin eines Mordes zu werden. So viel zu ihrer einjährigen Auszeit von der Tatortfotografie!

30

Der Sheriff würde fragen, woher Harper wusste, dass die Frau tot war. Wieder sah sie vor sich, wie das Licht in den Augen der Fremden erlosch. Hatte sie den Moment mit ihrer Kamera festgehalten? Sie hatte versucht, professionell und kompetent zu handeln, aber es war alles so schnell gegangen. Sie war so entsetzt gewesen und hatte selbst eine Todesangst ausgestanden.

Diese Frau! Sie war so jung gewesen. Sie hatte noch ihr ganzes Leben vor sich gehabt.

Harper begann zu zittern. Das alles war wie ein einziger Albtraum!

Pfleger Jesse reichte ihr ein Festnetztelefon.

Harper starrte es an.

»Sie haben gesagt, dass Sie ein Telefon brauchen«, erinnerte Jesse sie ein wenig irritiert.

»Natürlich. Ich … Oh, nein! Ich weiß Emilys Nummer gar nicht auswendig!« Harpers Blick wanderte von dem Telefon zu Jesse.

»Keine Sorge, der Sheriff kann Ihnen bestimmt helfen, Ihre Schwester zu kontaktierten. Er müsste bald hier sein. Dr. Jacob hat angeordnet, dass Sie bis dahin hier sitzen bleiben sollten.«

Harper schüttelte den Kopf und rutschte von der Liege, bis ihre Füße den Boden berührten. »Ich muss zum Campingplatz zurück, bevor Emily einen Suchtrupp losschickt. Wahrscheinlich hat sie das schon getan.«

»Harper?«

Sie schaute an Jesse vorbei zu der Gestalt im Türrahmen. Heath McKade. Es hatte eine Zeit gegeben, in der sie diesen Mann gut gekannt hatte. Beziehungsweise das Kind, das er gewesen war. Es machte sie unsicher, ihm jetzt in dieser Situation wieder zu begegnen. Er hatte kaum noch Ähnlichkeit mit dem Jungen aus ihrer Erinnerung. Als Zwölfjähriger war er sehr dünn gewesen – richtig schlaksig –, aber sie hatte ihn trotzdem süß gefunden. Sein Lächeln war unvergleichlich gewesen …

Genau wie damals grinste Heath sie jetzt an, als würde er alle ihre Probleme lösen. *Das* hatte sich nicht geändert. Und dieses Lächeln. Dieses Lächeln könnte sie nie vergessen. Oder die Burg im Wald, in der er sich immer versteckt hatte.

Sie erinnerte sich daran, was er durchgemacht hatte. Einige Zeit später hatte sie ihr eigenes Trauma zu überwinden gehabt. Ob ihn der Schmerz genauso nachhaltig verändert hatte wie sie selbst? Solche Erfahrungen wünschte sie niemandem. Damals hatte sie nicht geglaubt, dass die Wunden jemals auch nur beginnen würden zu heilen. Trotzdem war die Zeit nicht stehen geblieben und das Leben war weitergegangen.

Und jetzt waren sie hier. Zum ersten Mal seit ihrem Aufeinandertreffen im Wald hatte sie Gelegenheit, ihn eingehender zu betrachten. Seine zerzausten braunen Haare streiften seinen Hemdkragen und er hatte immer noch strahlend hellblaue Augen. Sein Gesicht war nicht mehr hager und er hatte ein kräftiges Kinn mit einem Dreitagebart.

Damals waren sie Freunde gewesen. Seelenverwandte. Aber jetzt? Sie hatte ihn ja nicht mal auf Anhieb erkannt!

Er trat ins Zimmer. »Harper?«

Sie blinzelte. »Entschuldigung. Ich war in Gedanken.«

Ehrlich gesagt hatte sie gedacht, er wäre wieder gefahren, nachdem er sie in die Notaufnahme gebracht hatte. Sie war dankbar, ein bekanntes Gesicht zu sehen. Nun ja, zumindest vage bekannt.

Sorgenfalten traten auf Heaths Stirn. »Ist alles in Ordnung?«

»Meine Schwester, Emily. Ich muss ihr Bescheid geben, dass es mir gut geht.« Sie wollte die Stiche betasten, aber Jesse hielt ihre Hand fest.

Er schüttelte leicht den Kopf. »Nicht berühren! Ich mache gleich noch einen Verband drum.«

»Wo ist sie?«, fragte Heath. »Wir können einen Ranger zu ihr schicken. Oder einen Deputy.«

»Das wäre gut.« Harper setzte sich wieder auf die Kante der Behandlungsliege. »Ich hätte mehr tun sollen. Ich habe versucht, die Polizei anzurufen, aber ich hatte keinen Empfang. Statt zu bleiben, bin ich … weggelaufen.« Eine tiefe Trauer wollte sie übermannen, aber sie verdrängte sie. Später, wenn sie allein war, könnte sie ihren Gefühlen Raum geben. »Ich muss wirklich dringend mit dem Sheriff sprechen. Wo ist er?«

Heath verschränkte die Arme vor seiner Brust. Dadurch sahen seine Schultern noch breiter aus. »Er ist schon im Krankenhaus und befragt eine andere Person. Danach kommt er zu dir.«

»Dieses Mal wurde jemand durch eine Briefkastenbombe verletzt«, mischte sich Jesse ein. »Ich glaube, der Sheriff spricht mit dem Opfer, bevor der Patient nach Jackson ins St. John Krankenhaus gebracht wird. Jackson liegt in einem anderen Bezirk. Dort ist ein anderer Sheriff zuständig.«

Heath trat näher. »Es sind schon Leute draußen und suchen das Gebiet ab, wo du den Mord beobachtet hast, Harper. Du hast getan, was du konntest. Mach dir bitte keine Vorwürfe.«

Leider vermochten seine Worte sie kaum zu beruhigen. »Emily wird …«

»Keine Sorge, ich kümmere mich darum, dass sie es erfährt. Wie heißt der Campingplatz?«

»Granite Ridge. Unser Platz ist auf sie angemeldet, also Emily Reynolds.«

Heath nahm sein Handy und wählte eine Nummer. Sein Blick wich jedoch keinen Moment von ihrem Gesicht.

Hatte er wohl eine Frau? Ob er verheiratet war oder nicht, spielte natürlich nicht die geringste Rolle. Harper war nur neugierig, das war alles.

»Ich muss mich um meine anderen Patienten kümmern. Ich bin gleich wieder bei Ihnen«, erklärte Jesse mit einem freundlichen Lächeln und verließ den Raum.

Im selben Moment kam Dr. Jacob zurück und trat wieder zu Harper an die Liege. Sie leuchtete ihr mit einer kleinen Taschenlampe in die Augen und bewegte den Lichtstrahl nach links und rechts.

»Ist alles in Ordnung?«, fragte Harper. Das Licht war ganz schön grell und verursachte ihr nur noch mehr Kopfschmerzen.

»Sieht so aus.« Dr. Jacob schaltete die Lampe aus.

Harper blinzelte einige Male. Mit dem Handy am Ohr warf ihr Heath einen aufmunternden Blick zu, zwinkerte und verließ das Zimmer. Obwohl sie dankbar war, jemanden auf ihrer Seite zu haben, wollte sie nicht wirken, als wäre sie auf seine Hilfe angewiesen. »Warum ist er immer noch hier?« Harper hatte die Frage eigentlich gar nicht laut aussprechen wollen.

»Heath McKade ist ein guter Mann.« Dr. Jacob gab etwas am Computer ein. »Sie sollten froh sein, dass er geblieben ist. Könnten Sie mir bitte noch einmal schildern, wie es zu Ihrer Verletzung kam? Sie haben gesagt, dass Sie nicht das Bewusstsein verloren haben, richtig?«

»Ja.« Wenigstens glaubte sie das nicht. »Mir war schwindelig und ich war desorientiert.« Nachdem sie sich den Kopf angeschlagen hatte, war sie einige Sekunden wie gelähmt gewesen vor Schmerz. Ihre Kamera war in die Felsspalte gefallen, vielleicht auch ihr Handy. Harper konnte froh sein, dass sie selbst nicht ebenfalls in den Abgrund gerutscht war.

Dann hatte sie das Blut an ihren Händen gesehen. Angst hatte ihr die Kehle zugeschnürt. War sie angeschossen worden? Alles hatte sich gedreht und sie war liegen geblieben. Sie hatte nicht klar sehen können und sich mit dem Arm über die Augen gewischt. Schließlich war sie aufgestanden und hatte versucht, wieder zum Wanderpfad zurückzukehren. Aber irgendwie hatte sie jedes Richtungsgefühl verloren.

Als sie gehört hatte, dass sich jemand näherte, hatte sie um Hilfe gerufen. Doch dann war ihr aufgegangen, dass das ein böser Fehler sein könnte. Vielleicht war der Mörder über den Fluss gekommen, um sie zu suchen? Deshalb hatte sie sich eine Weile versteckt und beobachtet, wie der Mann von seinem Pferd stieg. Sie hatte sich vergewissern wollen, dass er tatsächlich gekommen war, um ihr zu helfen. Festgestanden hatte jedenfalls, dass der Mann mit dem Stetson nicht der Todesschütze war. So schnell hätte er sich nicht umziehen und auf die andere Uferseite kommen können. Und Heath – obwohl sie zu diesem Zeitpunkt nicht gewusst hatte, dass er es war – hatte etwas Beschützendes ausgestrahlt. Dann war der Grizzly aufgetaucht und hatte ihn bedroht. Sie hatte nicht einfach tatenlos zusehen können und war schnell an seine Seite geeilt.

Jetzt tauchte Heath wieder im Türrahmen auf. So viele bittersüße Erinnerungen, die sie längst vergessen hatte, kehrten zurück, wenn sie ihn ansah. Auch der schmerzliche Abschied, nachdem ihr Vater getötet worden war. Ermordet.

Hinter Heath betrat ein Respekt einflößender Mann in Uniform das Zimmer. Vermutlich Sheriff Taggart.

Heath trat zu ihr. »Ich habe auf dem Campingplatz angerufen. Sie geben deiner Schwester Bescheid, dass es dir gut geht und du bald zurückkommst.«

Bald war ein dehnbarer Begriff.

Der Sheriff trat vor und schenkte ihr ein überraschend herzliches, aber zugleich ernstes Lächeln. »Ich bin Sheriff Taggart. Erzählen Sie mir mehr über diesen Mord, den Sie angeblich gesehen haben.«

Angeblich? Hoffentlich nur eine Standardformulierung.

»Ich habe den Mord nicht nur gesehen, ich habe ihn auch fotografiert.«

Diese Information änderte nichts an seiner Miene, aber er holte jetzt einen Block und Stift heraus. »Ich brauche alle Details. Ich habe schon meine Deputys und meine Ermittlerin ausgesandt. Aber bis jetzt haben sie nichts gefunden. Morgen bei Tageslicht können wir uns den Tatort genauer ansehen.«

Harper runzelte die Stirn. Was, wenn diese Leute im Dunkeln aus Versehen die Spuren vernichteten? Aber das ließ sich kaum vermeiden, sie mussten das Gebiet schließlich absuchen.

»Wir suchen heute Nacht in erster Linie nach einer Leiche, obwohl ich von Herzen hoffe, dass die Frau noch lebt. Außerdem muss ich die Fotos sehen.«

Harper wünschte sich auch, dass die Frau noch leben würde. Aber leblose Augen waren unverkennbar.

»Ich … ich, ähm … meine Kamera ist über eine Felskante gefallen.«

Er zog eine Braue hoch. Ah, der Sheriff konnte also doch Überraschung zeigen! Oder war das Missfallen? »Wir können sie holen. Sagen Sie mir, wo Sie sie verloren haben. Dann schicke ich jemanden los.«

»Warten Sie! Ich habe eine meiner Speicherkarten in der Hosentasche.« Neue Hoffnung keimte in ihr auf. Fast hätte sie es vergessen! »Ich musste sie während des Fotografierens wechseln.« Harper schob die Hände in die Taschen ihrer Jeans. *Wo ist sie denn?* »Entschuldigen Sie bitte.« Sie stand auf und überprüfte auch die hinteren Taschen. Nein! Sie konnte doch nicht auch noch weg sein!

Sheriff Taggart und Heath beobachteten sie.

»Ich hätte schwören können, dass ich sie in die Hosentasche gesteckt habe. Aber ich war gleichzeitig mit der Kamera und meinem Handy beschäftigt. Wahrscheinlich habe ich sie fallen lassen, statt sie in die Tasche zu stecken.« Eine tiefe Beschämung erfasste sie. »Sie muss auch irgendwo in der Nähe der Stelle liegen.« Sie schaute Heath an. Sie kannte diesen Wanderpfad aus ihrer Kindheit, aber sie war so lange nicht mehr dort gewesen. »Würdest du dem Sheriff bitte beschreiben, wo du dem Bären begegnet bist?«

Heath nannte Details von dem Weg und dem Gebiet.

»Warum waren Sie dort oben im Wald?«, fragte Sheriff Taggart sie.

Harper räusperte sich, bevor sie erklärte: »Ich war mit dem Auto auf dem Rückweg vom Yellowstone. Ich wollte wieder zum Campingplatz. Als ich den Wanderparkplatz gesehen habe, musste ich anhalten. Er erinnerte mich an meinen Vater.« Harper schürzte die Lippen und wünschte, sie hätte ihren Dad nicht erwähnt. Da es aber nun sowieso schon zu spät war, konnte sie auch noch den Rest erzählen: »Wir sind vor Jahren oft dort oben gewandert. Manchmal waren wir auf der anderen Flussseite angeln. Dort, wo die Frau erschossen wurde. Nicht weit vom Tatort hatte ich den Grizzly gesehen und wollte ihn unbedingt fotografieren.« Auf eine solche Gelegenheit hatte sie seit Monaten gewartet. »Direkt gegenüber von der Stelle, an der Heath auf den Bären stieß, wurde der Mord verübt. Mit meinem Teleobjektiv konnte ich Nahaufnahmen vom Gesicht des Opfers machen. Sie hatte Todesangst. Sie wusste, dass der Mann hinter ihr her war.«

Und jetzt könnte er hinter mir her sein!

Ihr einziger Trost: Er würde erst herausfinden müssen, wer sie war, bevor er sie finden konnte.

Dr. Jacob mochte ihre Wunde zwar genäht haben, aber möglicherweise war ihre Verletzung nicht halb so gefährlich wie das, was ihr noch bevorstand.

5

Aus einem unerklärlichen Grund geriet Heath immer wieder in Situationen, in denen Menschen in Not ihn brauchten. Vielleicht lag das einfach daran, dass er auf Hilferufe reagierte. Vielleicht war es auch seiner Ausbildung zum Green Beret geschuldet sowie dem Motto dieser Spezialeinheit – *De opressor liber,* die Unterdrückten befreien – und er fühlte sich einfach dazu verpflichtet zu helfen. Dann war da natürlich auch noch seine Vereidigung zum ehrenamtlichen Deputy vor wenigen Monaten. Menschen beizustehen, war Teil des Jobs.

Obwohl es natürlich richtig war, nach Möglichkeit für andere da zu sein, bezweifelte Heath, ob er der Richtige für diese Aufgabe war. Jedes Mal, wenn er versuchte, etwas in Ordnung zu bringen, wurde alles nur noch schlimmer. Er sollte sich von Harper fernhalten und verschwinden. Niemand erwartete von ihm, dass er bei ihr blieb; er war nicht mal im Dienst. Doch er konnte sie nicht einfach im Stich lassen. Es hatte sie anscheinend überrascht, dass er nicht weggefahren war. Die Rolle als guter Samariter hatte er doch schon erfüllt – er könnte einfach aus diesem Zimmer marschieren und Harper Reynolds dem Sheriff überlassen.

Es sei denn, Heath wurde als Deputy dienstverpflichtet.

Er hoffte allerdings, dass Taggart seine Hilfe in diesem Fall nicht brauchte. Es gab andere Dinge, um die er sich kümmern musste. Die Gäste der Emerald M Ranch vertrauten darauf, dass ihr Guide sie nach einem einmaligen Erlebnis in der Wildnis wieder sicher zurückbrachte. Leroy und Pete waren zwar zum Glück auch noch da, aber Heath sollte trotzdem so bald wie möglich ins Camp zurückkehren; immerhin war er der Hauptverantwortliche.

Normalerweise brauchte der Sheriff ihn nur bei besonderen

Events oder absoluten Notfällen wie dem Ausbruch des Supervulkans im Yellowstone. Also eigentlich nur bei besonderen Events.

Er hörte Harpers Schilderung mit an – all die Details, die sie ihm vorher nicht erzählt hatte –, ohne zu wissen, warum er blieb.

Haha. Du weißt genau, warum.

Die Frau, zu der sich das Mädchen von damals entwickelt hatte, und ihre Geschichte würden ihn so schnell nicht loslassen.

Harper drückte die Hand an ihren Bauch und hatte sichtlich Mühe, die Tränen zurückzudrängen. »Er schaute durch sein Zielfernrohr und richtete den Gewehrlauf auf sie. Ich sah sie fallen. Den Schuss hörte ich erst danach.« Ihre Hände bewegten sich von ihrem Bauch nach oben. Sie barg ihr Gesicht darin.

Heath zwang sich, stehen zu bleiben, wo er war. Er wollte sie trösten, aber dazu kannte er sie nicht gut genug. Nicht mehr.

»Ms Reynolds, sind Sie ganz sicher, dass er die Frau erschossen hat? Dass sie aufgrund der Schussverletzung gestürzt ist? Dass sie wirklich vor ihren Augen starb?«

Sie ließ die Hände sinken. »Wie meinen Sie das? Glauben Sie mir nicht?«

»Wenn es eine Leiche gibt – oder eine verletzte Person, werden meine Deputys sie finden. Aber Sie haben diese Bilder aus großer Entfernung aufgenommen. Da könnten Sie sich doch durchaus getäuscht haben?!«

»Ich hatte ein 600-mm-Teleobjektiv mit Telekonverter! Das heißt, dass ich aus der Ferne Großaufnahmen machen und alles in bester Bildqualität heranzoomen kann. Aber selbst wenn ich meine Kamera nicht gehabt hätte … Ich weiß, was ich gesehen habe.«

Er nickte und machte sich weitere Notizen. »Die Bilder, die Sie aufgenommen haben, werden uns weiterhelfen. Heath – bitte bleiben Sie bei Ms Reynolds. Ich muss kurz telefonieren.«

Heath war kaum fähig, sich zu rühren. Es kam ihm vor, als hätte er diese schlimmen Momente im Wald zusammen mit Harper erlebt. Es war bestimmt nicht die erste harte Erfahrung, die sie seit ihrem Umzug hatte machen müssen. Irgendetwas gab ihm das Gefühl, dass sie noch sehr viel mehr aufwühlende Geschichten zu erzählen hatte.

Aber Heath wollte lieber nicht an die alte Verbundenheit zwischen ihnen anknüpfen. Irgendwie musste er Abstand gewinnen, bevor es zu spät war.

Der Blick, mit dem Harper jetzt zu ihm aufsah – so vertrauensvoll und dankbar –, verriet, dass sie ein völlig falsches Bild von ihm hatte.

Er verschränkte die Arme vor der Brust. Schon zu oft hatte er versagt, wenn es um Menschen ging, die ihm wichtig waren. Das wollte er bei Harper auf keinen Fall wiederholen. Sobald er konnte, würde er wieder aus ihrem Leben verschwinden.

Sheriff Taggart trat wieder ins Zimmer. Offenbar hatte er sein Telefonat beendet. »Alles klar, Ms Reynolds. Heath sagte, Sie wohnen zurzeit auf dem Campingplatz Granite Ridge? Bitte bleiben Sie in der Nähe, für den Fall, dass sich weitere Fragen ergeben.«

Wenn Harper die einzige Zeugin des Verbrechens war, würde früher oder später ihre Zeugenaussage gebraucht werden, besonders, wenn ihre Kamera nicht gefunden werden sollte.

»Da ist noch etwas. Ich habe Ihnen noch nicht alles gesagt«, setzte Harper an.

»Was gibt es noch?«

Sie schaute vom Sheriff zu Heath. »Der Mörder hat mich gesehen. Er weiß, dass ich Augenzeugin bin. Während ich ihn fotografiert habe, hat er mich durch sein Zielfernrohr direkt angesehen.«

Es traf Heath wie ein Schlag in den Magen. Der Mörder könnte versuchen, Harper zu finden, um sie unschädlich zu machen!

Taggart schrieb erneut etwas auf seinen Notizblock. Sein Handy klingelte. Er entschuldigte sich und verließ das Zimmer wieder.

Heath gab Harper mit einer Geste zu verstehen, dass er sie auch einen Moment allein lassen würde. Er folgte dem Sheriff auf den Gang hinaus und wartete. Als Taggart auflegte, trat er zu ihm.

»Glauben Sie nicht, dass sie in Gefahr ist?«, fragte Heath. »Der Täter könnte sie mundtot machen wollen.«

»Der Schütze war auf der anderen Flussseite, mindestens drei- bis vierhundert Meter entfernt, zwischen den Bäumen. Es ist Touristensaison. Selbst wenn er einen guten Blick auf ihr Gesicht bekommen hat, weiß er nicht, wer sie ist oder wo er sie finden könnte. Sollten wir zu irgendeinem Zeitpunkt von etwas anderem ausgehen müssen, werden wir entsprechend handeln.« Taggart schaute ihn vielsagend an. »In den letzten sechs Monaten haben zwei Deputys gekündigt.«

»Wollen Sie damit sagen, dass Sie nicht genügend Leute haben, um Ihre einzige Augenzeugin zu beschützen? Waren nicht solche Situationen der Grund, warum Sie mich überredet haben, Deputy zu werden?«

Heath hatte die gleiche strenge Ausbildung absolvieren müssen wie hauptberufliche Deputys – und dennoch war seine wichtigste Aufgabe bislang der Sicherheitsdienst beim Jahrmarkt gewesen.

»Ich denke nicht, dass sie in Gefahr ist, McKade. Wir warten erst einmal ab. Aber eventuell beauftrage ich Sie mit der Untersuchung der Briefkastenbomben. Diese Jugendlichen müssen gefunden werden, bevor noch jemand verletzt wird.«

Heath fuhr sich mit der Hand durchs Haar. Was war nur in letzter Zeit los? Wyoming hatte eine niedrige Bevölkerungsdichte und damit eigentlich auch eine sehr niedrige Kriminalitätsrate. »Warum glauben Sie, dass es Jugendliche sind?«

»Bei der ersten Bombe hat Reece Keaton drei Jungs weglaufen sehen. Sie konnte mir keine brauchbare Beschreibung von ihnen geben. Sie sind in der Dämmerung im Wald verschwunden. Heutzutage kann im Internet jeder Anleitungen für den Bau einer Bombe finden.«

Heath nickte.

»Was Harper betrifft, hoffen wir, dass sie sich nicht in Gefahr befindet.« Taggart zog eine seiner dichten Braue hoch. »Passen Sie trotzdem auf sie auf.«

»Ähm … nein, ich wollte damit nicht sagen, dass ich das übernehme.«

»Das sehen wir dann. Es hängt ganz davon ab, welche Antwort ich bekomme, wenn ich Verstärkung von außen anfordere. Fürs Erste können Sie Harper aber auf jeden Fall zum Campingplatz zurückbringen.«

6

DIENSTAG, 00:29 UHR
CAMPINGPLATZ GRANITE RIDGE
BRIDGER-TETON NATIONAL FOREST

Auf der Fahrt zum Campingplatz herrschte Schweigen in der Fahrerkabine von Harpers Dodge Ram. Heath saß am Steuer. Deputy Herring, ein Mann mit jugendlichem Gesicht und Sommersprossen, folgte in einem Bezirks-Geländewagen, um ihn mitzunehmen, sobald er Harper wohlbehalten zurückgebracht hatte.

Harper warf einen Blick auf die Digitaluhr am Armaturenbrett. Schon nach Mitternacht.

Die Scheinwerfer warfen einen hellen Lichtkegel auf die von erdrückender Finsternis umgebene Straße. Harper nahm kaum etwas wahr. Die schrecklichen Ereignisse dieses Tages zogen wie in einer Diashow an ihrem inneren Auge vorüber und ließen sich nicht ausblenden.

Wie viele Verbrechen würde sie in ihrem Leben noch mit ansehen müssen?

Harper lehnte den Kopf zurück. Dr. Jacob hatte gesagt, das Schmerzmittel würde sie schläfrig machen. Aber trotz der Tabletten und ihrer Müdigkeit konnte Harper nicht einschlafen oder wenigstens ihre Gedanken zur Ruhe kommen lassen. Im Moment hatte sie nur den Wunsch, sich in einem kuscheligen Bett zusammenzurollen.

Schotter knirschte unter den Reifen und sie schlug die Augen auf.

Heath steuerte das Auto auf die kleine Zufahrt, die zu ihrem Stellplatz führte. Im Wohnwagen brannte Licht. Emily hatte viel Zeit und Liebe in die Restauration des alten Airstreams gesteckt.

43

»Nett«, stellte Heath fest.

Harper fehlte die Energie zum Sprechen, deshalb öffnete sie nur stumm die Tür. Emily erschien mit einer Decke über den Schultern in der Tür des Wohnwagens. Der Geländewagen mit dem Sheriffsymbol schien sie ein wenig einzuschüchtern. Bestimmt kostete es sie einiges an Selbstbeherrschung, Harper nicht entgegenzurennen und sie mit Fragen zu bestürmen.

Der Schein einer Taschenlampe bewegte sich über das waldige Gelände. Wahrscheinlich ging jemand zu den Toiletten.

Heath stieg nun ebenfalls aus und blieb zwischen Harpers Ram und dem Geländewagen stehen, in dem der Deputy wartete.

Harper schaute ihn an. Sie war nicht sicher, was sie sagen oder tun sollte. Die ganze Situation war ihr irgendwie unangenehm. »Danke für alles. Es war schön, dich wiederzusehen trotz der dramatischen Umstände.« In gewisser Weise passte das alles ja mit dem nicht weniger dramatischen Ende ihrer Freundschaft damals zusammen. Sie fragte sich unwillkürlich, ob sie Heath nach diesem Abend je wieder begegnen würde. Wollte sie das überhaupt?

»Gern geschehen. Ich fand es auch schön, dich zu sehen.« Heath warf ihr die Autoschlüssel zu. »Denk dran, alles abzusperren, und hüte dich vor Grizzlys!«

War das ein unterdrücktes Grinsen? Nur zu gern hätte sie ein richtiges gesehen, aber sie brachte im Moment ja selbst nicht einmal ein schwaches Lächeln zustande.

Harper winkte Deputy Herring kurz zu, dann ging sie auf Emily zu.

Da tauchte eine Gestalt mit einer zu Boden gerichteten Taschenlampe aus dem Schatten auf. Mr Stein, der Campingplatzwart.

»Oh, hallo! Entschuldigen Sie. Ich hoffe, wir haben keine anderen Gäste geweckt!«

»Kein Problem«, sagte er. »Ich wollte nur nachsehen, ob alles in Ordnung ist.«

Emily lächelte. »Mr Stein hat mir ausgerichtet, dass du ins Krankenhaus musstest und dich jemand zurückbringt.«

»Sie können Ken zu mir sagen.« Er beleuchtete Harper von Kopf bis Fuß. Dann nickte er. »Wie ich sehe, ist alles noch dran. Ich lasse die Damen jetzt lieber allein. Falls Sie noch mal meine Hilfe brauchen ...«, er schaute Emily an, »... melden Sie sich einfach.« Der Lichtkegel seiner Taschenlampe huschte über den Weg, während er wieder in der Dunkelheit verschwand.

Harper folgte Emily in den Wohnwagen und atmete erleichtert aus. »Du kannst dir gar nicht vorstellen, wie froh ich bin, wieder hier zu sein!«

Mit zitternden Händen zog sie die Tür zu und verriegelte sie. Dann spähte sie durch die Jalousien und schaute zu, wie der Geländewagen langsam über den Campingplatz zum Ausgang rollte. »Wobei hat Mr Stein dir denn geholfen?«

»Ach, ich hatte Probleme, die Tür aufzukriegen. Das war alles. Vielleicht sollte ich darüber nachdenken, eine neue einbauen zu lassen. Aber das ist im Moment völlig unwichtig.« Emily nahm Harper in die Arme. »Ich hatte solche Angst, als du nicht zurückgekommen bist! Was ist passiert?« Sorgenvoll betrachtete sie Harpers Verband.

»Nichts Wildes, es konnte mit ein paar wenigen Stichen genäht werden.«

»*Genäht*? Ich habe so ein schlechtes Gewissen! Ich hätte dich begleiten sollen.«

»Sei nicht albern. Du hattest einen Abgabetermin. Bist du denn rechtzeitig fertig geworden?«

»Gerade noch.«

»Ich bezweifle, dass der Abend anders verlaufen wäre, wenn du dabei gewesen wärst.« Im Gegenteil, Emily hätte verletzt werden können. Oder schlimmer: Der Mörder hätte sie auch sehen können.

Harper trat zu dem Ausklappsofa.

»Nein. Du schläfst heute im Bett. Du bist sowieso an der Reihe«, bestimmte Emily.

Harper schleppte sich in das winzige Schlafzimmer und ließ sich ächzend auf die Matratze sinken.

»Willst du mir gar nichts erzählen?«, fragte Emily.

»Okay, die Kurzfassung: Ich bin gestürzt und habe mir den Kopf angeschlagen. Als ich um Hilfe gerufen habe, kam Heath McKade angeritten, aber er wäre beinahe von einem Grizzly angegriffen worden. Ich habe den Bären mit dem Spray abgewehrt und wir konnten uns in Sicherheit bringen. Heath hat mich ins Krankenhaus gebracht.«

»Moment! *Der* Heath McKade? Der Junge, in den du heimlich verknallt warst?«

»Was?! Ich war nicht in ihn verknallt! Er war mein bester Freund.«

Emily seufzte übertrieben.

»Du warst älter und hast dich mit Jungs getroffen, aber für mich war das noch kein Thema. Und da du sowieso zu cool für mich warst, habe ich eben mit Heath rumgehangen statt mit dir.«

»Haha. Aber im Ernst: Heath?« Emily schaute sie mit großen Augen an. »Ich habe ihn echt nicht wiedererkannt!«

»Ging mir nicht anders, ich konnte kaum glauben, dass er es wirklich ist. Er war mein Ritter mit glänzendem Cowboyhut.« Etwas in der Art war ihr vorhin auch ihm gegenüber herausgerutscht. Hoffentlich hatte er das nicht als Flirtversuch aufgefasst!

»Wow. Und was hat er gesagt? Er erinnert sich doch an dich?«

»Klar. Auch wenn er ebenfalls eine Weile gebraucht hat, um draufzukommen, wer ich bin. Es ist ja auch über zwanzig Jahre her!« Harper zog sich die Decke bis zum Kinn hoch. »Emily, da ist noch etwas anderes.«

Ihr ernster Tonfall veranlasste ihre Schwester sofort dazu, sich zu ihr auf die Bettkante zu setzen.

Harper schloss die Augen und machte es so kurz und schmerzlos wie möglich: »Ich bin heute Augenzeugin eines Mordes geworden.«

Emily brauchte ein paar Momente, um den Schock zu verdauen. »Ich weiß gar nicht, was ich sagen soll. Da arbeite ich an meinem Krimi, während du einen erlebst!«

Harper erzählte ihr alles. Sie wünschte, es wäre das letzte Mal, dass sie die Ereignisse Revue passieren lassen musste. Aber sie wusste, dass die Ermittler weitere Fragen haben würden. Und dieser Tag würde ihr auch unabhängig davon noch lange nachgehen. Völlig erschöpft vergrub sie das Gesicht in den Händen.

»Oh, Harper, das tut mir so leid! Du hast schon so viel durchgemacht. Ich verstehe nicht, warum das passieren musste.« Emily entfuhr ein leises Schluchzen.

Auch Harper kamen jetzt die Tränen.

»Du hast das nicht verdient. Warum musst du so viel Grausames erleben? Das ist einfach nicht fair.«

Es wurde so still, dass Harper dachte, Emily wäre wieder nach nebenan geschlichen, damit sie einschlafen konnte. Aber dann hörte sie ein weiteres Schluchzen. Ihr Magen zog sich zusammen. Sie konnte es nicht gut ertragen, ihre Schwester so aufgewühlt zu erleben. Harper schlug die Augen auf. »Ich weiß, dass wir morgen eigentlich zurück nach Hause wollten«, sagte sie, »aber der Sheriff hat mich gebeten, noch einige Tage zu bleiben, falls noch weitere Fragen aufkommen. Ich hoffe, es wird sich nicht so lange hinziehen.« Vielleicht sollte sie die Therapie wieder aufnehmen. Sie hatte fast das Gefühl gehabt, es geschafft zu haben, aber die Geschehnisse heute hatten sie um Monate zurückgeworfen.

»Okay, aber wir sehen uns unser altes Zuhause auf jeden Fall noch an, bevor wir abreisen, oder?«

»Ich weiß nicht. Das packe ich nicht, glaube ich.«

Der Mord an ihrem Vater und ihr überstürzter Umzug nach Missouri lagen nun schon so lange zurück, doch nach den jüngsten Vorfällen konnte Harper sich beim besten Willen nicht vorstellen, zu diesem Haus zurückzukehren.

Emily schaute sie nachdenklich an. Für sie war es wahrscheinlich noch schwerer gewesen, wegziehen zu müssen. Sie war beliebt gewesen und hatte hier viele Freunde gehabt. Einen festen

Freund. Harper dagegen hatte im Grunde nur von einem Abschied nehmen müssen: von Heath. Okay, vielleicht hatte Emily doch recht und sie war tatsächlich ein wenig in ihn verknallt gewesen. Aber wie ernst konnte man das bei einer Zwölfjährigen schon nehmen?

»Natürlich, das verstehe ich.« Emily streichelte tröstend Harpers Arm. »Wir sollten jetzt versuchen zu schlafen.«

Ihre Schwester schlüpfte aus dem kleinen Schlafzimmer und schloss die Tür hinter sich.

Harper hätte viel dafür gegeben, tatsächlich einschlafen zu können.

Doch der Anblick der ermordeten Frau ließ sie nicht los. Die blanke Angst, die vor dem Schuss in ihren Augen gestanden hatte. Sie hatte gewusst, dass sie gleich sterben würde, auch wenn sie um ihr Leben gerannt war.

Harper fühlte die Panik dieser Frau tief in ihrem eigenen Herzen. Sie hatte sich nicht abgewandt. Nein. Mit ihrer Kamera hatte sie alles eingefangen.

Das Opfer.

Den Mörder und den Tatort.

Harper hatte sich das Aussehen der Frau eingeprägt: Die dunklen Haare waren zu einem Pferdeschwanz zurückgebunden gewesen; sie hatte ein leuchtend pinkfarbenes T-Shirt getragen und eine kakifarbene Freizeithose. Der Mörder war wie ein Großwildjäger gekleidet gewesen.

Die quälenden Schuldgefühle, weil sie überlebt hatte, waren wieder da. Auch dieses Mal war es so ausgegangen: Sie hatte überlebt, während ein anderer Mensch sein Leben verloren hatte. Sie hatte danebengestanden und nichts anderes tun können, als zuzusehen. Aber immerhin war sie nicht einfach weggelaufen, jedenfalls nicht sofort. Sie wünschte bloß, sie hätte auch nur eine brauchbare Aufnahme vom Gesicht des Täters machen können. Auch wenn für die junge Unbekannte jede Hilfe zu spät kam – Harper würde sie nicht vergessen.

»Aufwachen!«

Harper blinzelte. Emily stand am Bett. Das Morgenlicht fiel durch die Jalousien in den Wohnwagen. Anscheinend hatte der Schlaf sie doch irgendwann übermannt.

»Draußen ist jemand«, flüsterte Emily.

Harper richtete sich auf. »Was? Wer?«

»Ein Deputy. Er will mit dir sprechen.«

War es Heath? Er hatte erwähnt, dass er ehrenamtlicher Deputy war. Aber dann hätte Emily das gleich dazugesagt, oder?

Harper stöhnte. Sie trug zwar noch die Kleidung vom Vortag, aber das würde schon gehen. Sie strich sich mit den Fingern durchs Haar, dann trat sie zur Tür. Es war nicht Heath. »Deputy Herring, was kann ich für Sie tun?«

»Wir können keine Leiche finden. Ich muss Sie bitten, mich zu begleiten.«

7

DIENSTAG, 9:00 UHR
EMERALD M GÄSTERANCH

Mit einer Tasse Kaffee in der Hand betrachtete Heath das herrliche Panorama vor seinem Küchenfenster: grüne Nadelbäume, so weit das Auge reichte. Hinter den vielfältigen Grüntönen erstreckten sich Nuancen von Grau und Blau bis zum Himmel. Die Berge schienen im Dunst zu verschwimmen. Der Rauch von dem großen Brand in Montana wurde bis hierhergetragen.

Heath konnte die Aussicht heute nicht wie sonst genießen. Seine Gedanken kreisten immer noch um Harper und ihre Begegnung am gestrigen Abend. Und darum, dass sie Zeugin eines Mords geworden war.

Die Sorge um sie und auch das Mitgefühl mit der Familie des Opfers lasteten schwer auf ihm. Heath rief sich in Erinnerung, dass ihn Harper nichts anging. Er konnte nichts Besseres für sie tun, als für sie zu beten. Er musste einen klaren Kopf behalten und sich um seine Gästeranch kümmern.

Er sortierte die Post, die sich angesammelt hatte, während er mit seinen Gästen im Camp übernachtet hatte – dieses Mal nur vier Tage –, und ging im Geiste seine To-do-Liste durch.

Alle Gäste waren unversehrt auf die Ranch zurückgekehrt und würden heute Morgen abreisen. Am Nachmittag würde eine neue Gruppe eintreffen und im Laufe der Woche stießen noch weitere Gäste hinzu. Seine Leute würden die Hütten sauber machen und die Vorräte neu auffüllen, bevor sie eintrafen.

Ein kleines Päckchen erregte seine Aufmerksamkeit. Er öffnete es und zog ein gerahmtes Hochzeitsfoto von seinem Bruder Austin und seiner Braut Willow heraus. Mr und Mrs McKade.

Sie hätten ihm ein Bild als Nachrichtenanhang schicken können, aber Willow war es wichtig gewesen, ihn auf diese Weise teilhaben zu lassen, da er bei ihrer Hochzeit nicht hatte dabei sein können. Wie auch? Sie hatten auf Hawaii geheiratet. So sei es für Willow leichter, hatte Austin gesagt. Auf Hawaii würde sie ihren Großvater nicht so sehr vermissen. Das verstand Heath.

Er stellte das gerahmte Bild vorerst auf die Arbeitsplatte. Später würde es einen Platz neben dem bekommen, das Charlie aus Texas geschickt hatte. Sie blühte dort richtig auf. Nach allem, was sie zusammen durchgemacht hatten, freute ihn das sehr.

Als Nächstes nahm er den Umschlag vom Institut für Rechtsmedizin. Der toxikologische Bericht über seinen Vater. Seine Hände zitterten, als er die Blätter herauszog. Vor fünf Jahren war sein Vater bei einem Verkehrsunfall gestorben, bei dem auch ein Senator und seine Familie umgekommen waren. Es hatte geheißen, sein Vater sei betrunken gefahren, aber vor einigen Monaten hatte jemand, der die Wahrheit wissen musste, behauptet, das wäre nicht der Fall gewesen.

Hundepfoten tapsten über den Boden und Timber kam winselnd zu ihm. Der betagte Hund legte sich neben Heaths Füße auf den Boden. Heath streichelte ihm den Kopf, dann las er den Bericht. Verwirrt runzelte er die Stirn. Laut diesem Bericht *war* sein Vater betrunken gewesen. Was war die Wahrheit? Heath hatte nicht vor, die Sache auf sich beruhen zu lassen. Er brauchte Klarheit. Aber was, wenn es am Ende nur Schaden anrichtete, wenn er den Fall wieder aufrollte?

Auf der Veranda polterten laute Stiefelschritte. Leroy oder Pete? Heath kippte seinen lauwarmen Kaffee in die Spüle und schenkte sich heißen ein. Er brauchte seine Koffeindosis, bevor die Hektik des Tages einsetzte.

Als er sich umdrehte, stand Leroy in der Küche. Er hatte seine Stiefel ausgezogen und war auf Socken in die Küche gekommen. Leroys Mutter hatte ihren Sohn gut erzogen. Aber das hier war Heaths Haus und da konnte er in Stiefeln herumlaufen, so viel er wollte. Jawohl. Er warf einen Blick auf seine eigenen Socken, die mal wieder nicht zusammenpassten.

»Hast du noch etwas über den Mord gestern gehört?« Leroy schenkte sich ebenfalls einen Kaffee ein.

»Noch nicht.«

»Als Deputy müsstest du doch eigentlich auf dem Laufenden gehalten werden.«

»Selbst wenn, würde ich es dir nicht erzählen.« Heath zwinkerte Leroy zu.

Der schmunzelte. »Ich wollte dich nicht aushorchen. Früher oder später spricht es sich sowieso herum. Außerdem dachte ich, du kennst die Frau, die den Mord beobachtet hat, und willst ihr sicher beistehen. Der Heath, von dem ich so viel gehört habe, tut doch bestimmt alles, was er kann.«

Nun ja. Vielleicht hatte der alte Heath seine Lektion gelernt. Er war jetzt eine neue Version seiner selbst. Der Heath, der wusste, dass er nicht immer der rettende Held sein konnte. Der seine Grenzen kannte.

»Nur wenn mich der Sheriff braucht. Solange er sich nicht meldet, dränge ich mich nicht auf.« Damit würde Leroy sich hoffentlich zufriedengeben.

Was machte Harper überhaupt in Wyoming? Er hatte völlig vergessen, sie das zu fragen. Vor zwei Jahrzehnten war sie ein ganz besonderes Mädchen gewesen und er hatte das Gefühl, dass sie sich zu einer ganz besonderen Frau entwickelt hatte. Sie hatte so gequält gewirkt. Aus ihren Augen hatte der gleiche Blick gesprochen wie damals, als ihr Vater ermordet worden war und ihre Mutter daraufhin beschlossen hatte, mit ihren Töchtern fortzugehen.

Heath drängte den viel zu hartnäckigen Gedanken zurück, dass er jetzt für sie da sein sollte, und begann stattdessen über das Verbrechen nachzugrübeln, das sie beobachtet hatte.

Zorn loderte in ihm auf. Der Mörder hatte die arme Frau durch den Wald gejagt wie ein Tier! Und er hätte Harper nicht sehen dürfen. Was, wenn er irgendeinen Anhaltspunkt hatte, um sie ausfindig zu machen?

»Es sieht so aus, als würde dich der Sheriff doch brauchen.« Leroys Worte rissen Heath in die Gegenwart zurück.

»Warum?« Er trank den Rest seines Kaffees in einem Schluck aus und schaute Leroy über den Rand seiner Kaffeetasse hinweg fragend an.

»Ein Polizeiwagen kommt die Auffahrt rauf.«

»Gehst du hinaus und fragst, was sie hier wollen?«

»Warum sollte ich? Wir wissen doch beide, dass der Sheriff oder seine Deputys zu dir wollen. Ich fürchte, du wirst in diese Mordermittlungen hineingezogen, ob dir das nun gefällt oder nicht. Du wirst schon das Richtige tun.« Leroy verließ die Küche und wollte wahrscheinlich mit seiner Mutter Evelyn sprechen. Leroy wohnte in einer Blockhütte auf dem Gelände, aber Evelyn hatte ein Zimmer im Haupthaus.

Heath hatte Evelyn vor einigen Jahren als Haushälterin eingestellt, damit er sich darauf konzentrieren konnte, seine Gästeranch aufzubauen. Sie gehörte für ihn zur Familie. Als Leroy eine neue Stelle gesucht hatte, hatte Heath ihm Arbeit gegeben. Leroy hielt sich für die Stimme der Vernunft und erteilte gerne Ratschläge, die er selbst für äußerst hilfreich und weise hielt. In dem Punkt war er Evelyn nicht ganz unähnlich.

Heath stieg in seine Stiefel und öffnete die Tür.

Deputy Randall Cook hatte gerade die Hand zum Klopfen erhoben.

»Kann ich etwas für Sie tun?«

»Der Sheriff schickt mich. Ich soll Sie holen. Wir brauchen noch einmal Ihre Aussage, wo Sie gestern Abend genau waren, als Sie Ms Reynolds im Wald begegnet sind.«

»Warum haben Sie nicht einfach angerufen?«

»Das haben wir versucht. Aber Sie sind nicht drangegangen.«

Er hatte sein Smartphone im Schlafzimmer in der Ladestation gelassen.

»Will der Sheriff meine Hilfe in offizieller Funktion?« In diesem Fall würde Heath seine Uniform anziehen müssen. Darin fühlte er sich nie besonders wohl. Zu sehr fürchtete er, ihr nicht gerecht zu werden.

»Ja. Aber sparen Sie sich die Zeit, sich umzuziehen. Kommen Sie ruhig in Zivil mit.«

Heath griff sich eine leichte Jacke vom Haken, stapfte auf die Veranda und schloss die Tür hinter sich. »Was gibt es Neues?«

»Wir haben keine Hinweise auf ein Verbrechen, geschweige denn auf einen Mord.«

8

DIENSTAG, 9:23 UHR
BRIDGER-TETON NATIONAL FOREST

»Dort drüben ist es passiert.« Harper stand am Abhang und deutete auf die Stelle am gegenüberliegenden Flussufer. »Und dort unten ... Dort stand der Grizzly, den ich fotografiert habe. Ich hatte meine Kamera neben dem Felsen da aufgestellt.«

Harper wollte Sheriff Taggart und die Ermittlerin, Detective Moffett, zu der Stelle führen, an der sie gestanden hatte, als sie die Bilder aufgenommen hatte, zögerte aber. »Können wir hier einfach so rumlaufen? Sie planen doch sicher, Spuren zu sichern? Für den Fall, dass der Mann über den Fluss kam, um mich zu suchen.«

Taggart schaute sie fast genervt an und sie bereute ihre Worte sofort.

»Keine Sorge, auch wir Hinterwäldler verstehen unser Handwerk! Detective Moffett wird die Spuren selbstverständlich sichern. Falls sie welche findet.«

Sein offensichtliches Misstrauen gefiel ihr gar nicht. Dazu kam, dass Detective Moffett mit ihrer Handykamera fotografierte. Nicht mit einer professionellen Kamera, die ein ernst zu nehmender Tatortfotograf verwenden würde. Harper presste die Lippen zusammen.

»Die Natur hat die Spuren bereits zerstört.« Detective Moffett deutete auf den Boden, wo der Regen kleine Bäche gebildet haben musste, die auf ihrem Weg zum Fluss Kiefernnadeln, Blätter und kleine Zweige zurückgelassen hatten. »Selbst wenn es nicht geregnet hätte, wären auf diesem Teppich aus Kiefernnadeln Fußabdrücke nur schwer zu erkennen. Bis jetzt habe ich keine gesehen. Weder Ihre noch McKades noch die des Mörders. Aber wir suchen weiter.«

Harper wollte ihre Methoden nicht kritisieren. Aber wenn sie bis jetzt keine Leiche und keine Spuren eines Verbrechens gefunden hatten, nahmen sie all das vielleicht nicht ernst genug. Sie wollte vorschlagen, überregionale Stellen einzuschalten, um Verstärkung zu bekommen, aber sie wollte den Sheriff nicht noch mehr gegen sich aufbringen. Vielleicht glaubte er ihr ja, aber ohne Spuren, die ihre Geschichte bestätigten, würde es schwierig werden.

Sie wünschte, Emily wäre zu ihrer Unterstützung mitgekommen, aber da sie nach Hause fahren wollten, sobald ihnen der Sheriff grünes Licht gab, war ihre Schwester auf dem Campingplatz geblieben, um alles für die Abreise vorzubereiten. Sie war in Bezug auf ihren Oldtimer-Wohnwagen sehr eigen und Harper wollte keine Minute länger bleiben als unbedingt nötig.

»Ich stand hier und habe durch den Sucher geblickt, nachdem ich die Kamera auf dem Stativ befestigt hatte.«

Detective Moffett drehte den Kopf zu ihr. »Sie haben *hier* ein Stativ verwendet? So nah am Abgrund?«

Harper zuckte mit den Schultern. »Das war zwar eine extreme Position, aber ich habe genug Übung und ich wollte diesen Bären unbedingt fotografieren.«

»Haben Sie eigentlich eine Ahnung, wie gefährlich es ist, sich so nahe an einen Grizzly heranzuwagen?«

»So nah war ich ihm doch gar nicht. Und von noch weiter weg hätte ich keine guten Aufnahmen machen können.« Dafür hätte sie auf der anderen Flussseite sein müssen. Bei diesem Gedanken beschleunigte sich ihr Puls. Hätte sie von dort aus den Mord überhaupt gesehen? Womöglich hätte der Mann sie dann gleich getötet.

Sheriff Taggart blickte über den Fluss. »Sie sagen, dass Ihre Kamera auf den Bären da unten gerichtet war. Wie konnten Sie dann Bilder von einem Mord auf der anderen Flussseite machen?«

»Ich habe etwas Rosafarbenes zwischen den Bäumen aufblitzen sehen. Deshalb habe ich die Kamera geschwenkt, bis ich die Frau auf der anderen Seite im Bild hatte. Sehen Sie die Stelle, an der die Bäume bei den Felsen an die kleine Lichtung grenzen? Ich habe die Frau herangezoomt, um eine Nahaufnahme zu bekommen.«

Taggart legte den Kopf schief. »Sind Sie sicher? Dort drüben waren wir gerade.«

Ein Kloß bildete sich in ihrer Kehle. »Ja. Ich bin mir sicher. Haben Sie in Erwägung gezogen, dass er ...« Sie konnte den Satz nicht beenden.

»Ich habe die Möglichkeit in Erwägung gezogen, dass er die Leiche beseitigt hat, ja. Sie konnten nicht sehen, was unmittelbar nach dem Mord geschah, weil er Sie entdeckte und Sie flüchteten, richtig?«

Sie bestätigte das und fasste ein weiteres Mal zusammen, wie sie gestürzt war und die Kamera verloren hatte, obwohl sie sich furchtbar dafür schämte.

Taggarts Blick wanderte zu der verbundenen Wunde an ihrem Kopf. »Haben Sie heute Morgen Schmerztabletten genommen?«

Wollte er ihr etwa vorwerfen, dass sie sich nicht richtig erinnern konnte, weil sie unter Medikamenteneinfluss stand?

»Nein, habe ich nicht.« Obwohl sie es wohl besser getan hätte, denn die Wirkung der Tabletten, die sie gestern Abend geschluckt hatte, hatte irgendwann am frühen Morgen nachgelassen, und sie hatte immer noch starke Schmerzen. Sollte sie aussprechen, was sie dachte? »Wenn Sie mit Ihren Untersuchungen fertig sind, möchte ich mich gern dort auf der anderen Seite umsehen. Ich sehe kein Polizeiabsperrband am Tatort. Bringen Sie mich rüber?«

»Wir haben das Gebiet auf der anderen Flussseite abgesichert. Bis auf Weiteres betritt niemand das Gelände.« Taggart strich mit der Hand über sein Kinn. Für einen Sheriff sah er noch ziemlich jung aus, fand Harper. Seine scharfen braunen Augen schauten sie durchdringend an. »Ms Reynolds ...«

»Bitte sagen Sie Harper zu mir. Ich lege keinen Wert auf solche Förmlichkeiten.«

»Ms Reynolds, wenn ich keine Leiche und keine Indizien für ein Verbrechen finde, eröffne ich einen Fall, aber ohne Spuren bleibt es dabei. Mehr kann ich nicht tun.«

»Aber Sie haben doch die Bilder von meiner Kamera!«

»Das ist leider eine weitere Sackgasse«, sagte Detective Moffett.

»Wie meinen Sie das?«

»Wir haben hier alles abgesucht und wollten nur Ihre Bestätigung, dass wir an der richtigen Stelle waren, da wir weder die Kamera noch die Speicherkarte oder ihr Handy finden konnten.«

»Wollen Sie damit sagen, dass jemand dort hinabgeklettert ist, um meine Kamera zu suchen, und sie nicht da war?«

Detective Moffett nickte.

Harper starrte die Frau einige Sekunden sprachlos an. Davon hatte Deputy Herring auf der Fahrt hierher nichts erwähnt. Vielleicht hatte er es nicht gewusst. Oder der Sheriff und seine Ermittlerin hatten Harpers Reaktion auf diese Information sehen wollen.

Harper drehte sich um und ging einige Schritte zurück. »An dieser Stelle bin ich gestürzt und habe die Kamera fallen lassen.« Sie würde sie finden! Sie begann, nach unten zu klettern. Schon beim zweiten Tritt rutschte sie aus und konnte sich gerade noch an einem Felsen festhalten.

»Ms Reynolds! Harper! Bitte kommen Sie wieder hoch!«, rief Sheriff Taggart. »Sie werden dort unten nicht mehr finden als wir. Und ich will nicht, dass Sie sich noch mehr Verletzungen zuziehen!«

»Ich werde meine Kamera finden. Die Beweise, die Sie brauchen.« Ihre Hände zitterten. Mit dieser Wende der Ereignisse hatte sie nicht gerechnet. Der Sheriff hatte Zweifel an dem Mord, den sie gesehen hatte. Er hatte Zweifel an *ihr*.

Sie würde ihm beweisen, dass sie die Wahrheit sagte.

»Oh Mann!«, stöhnte Taggart und kletterte hinter ihr her.

Detective Moffett stand mit verschränkten Armen da wie ein Ausbildungsoffizier.

Harper kletterte weiter hinab und hielt sich an Ästen und vorstehenden Felsen fest. Sie hätte ihre Kamera nie hier zurücklassen dürfen, egal, in welcher Verfassung sie gewesen war. Nur für die Bilder war sie so lange in Sichtweite des Mörders geblieben. Und nun sollte das ganz umsonst gewesen sein?

Unten angekommen, sprang sie auf den Boden. Der Regen der letzten Nacht hatte Unmengen Erde und Steine in die Felsspalte geschwemmt. Hatte er auch ihre Kamera mitgerissen und in den Fluss gespült? Aber auch das Stativ war weg. Was, wenn der Täter beides gefunden hatte?

Der Verlust würde sie so oder so in mehrfacher Hinsicht teuer zu stehen kommen.

Harper setzte sich auf eine Felskante. Hatte sie sich alles nur eingebildet?

Ich weiß, was ich gesehen habe.

Es war real gewesen.

Tränen traten in ihre Augen. Sie musste sich unbedingt beherrschen, sonst würde der Sheriff sie erst recht für unzurechnungsfähig halten. Am Ende glaubte er noch, sie würde ihm etwas vorspielen.

Sie hatte so sehr gehofft, dass sie schon heute oder morgen würden abreisen können. Aber die Dinge gerieten völlig aus der Bahn. Wie konnte sie guten Gewissens wegfahren, wenn der Sheriff nicht einmal davon überzeugt war, dass hier überhaupt ein Mord stattgefunden hatte?

Wenn niemand Harper glaubte, wer würde den Fall dann aufklären? Wer würde dafür sorgen, dass … »Die Frau! Vielleicht gibt es inzwischen eine Vermisstenanzeige.«

Sheriff Taggart runzelte erneut die Stirn, als ginge er davon aus, dass die Sache aussichtslos war. Falls er ihren früheren Chef angerufen hatte, wusste er vielleicht von ihren psychischen Problemen. Er hob die Handflächen und trat langsam auf sie zu. Ja, er hielt sie definitiv für labil.

Sie musste ihm das Gegenteil beweisen.

»Ich möchte mit einem Phantomzeichner sprechen. Ich kann das Opfer beschreiben.«

9

DIENSTAG, 9:59 UHR
BRIDGER-TETON NATIONAL FOREST

Es ging auf die Mittagszeit zu und die Sonne schien warm auf den Wanderweg. Heath nahm seinen Stetson ab und wischte sich mit der Hand über die Stirn. Da drüben! Das war die Stelle, an der er am Vorabend zuerst den Bären und dann Harper getroffen hatte. Keuchend blieb er stehen und hielt sich die Seite. Die Schusswunde von letztem Herbst war inzwischen völlig verheilt, doch trotzdem hatte er immer noch Schmerzen. Phantomschmerzen, hatte der Arzt erklärt, ausgelöst von seinem Verstand. So lebhaft, wie Heath sich an den Schuss erinnerte, war das kein Wunder.

Er hatte in seinem Leben schon so viel Schreckliches erfahren und in seiner Zeit als Green Beret im Ausland viele belastende Situationen erlebt. Warum verfolgte ihn ausgerechnet dieses Ereignis immer noch? Warum hatte es ihn so verändert? Noch nie zuvor hatte er so viele Selbstzweifel gehabt.

»Hier ist es«, sagte er zu seinem Begleiter, Deputy Cook. »Ich habe Boots an diese knorrige Kiefer links neben dem Weg gebunden. Dann bin ich dort hinabgestiegen, wo der Wanderpfad zum Fluss hinab steil abfällt.«

»Dann stimmen ihre Angaben überein. Ms Reynolds hat uns ebenfalls hierhergeführt. Laut den Rangern wird diese Felsspalte Draper's Gully genannt.«

»Wo ist denn Taggart? Ich dachte, er wollte sich hier mit uns treffen?«

Deputy Cook deutete mit dem Kopf auf die andere Flussseite. »Sieht so aus, als wäre er gerade dort drüben beschäftigt.«

Heath konnte niemanden sehen und stieg ein wenig weiter den

Abhang hinab. Eine kleine Gruppe kam in sein Sichtfeld, Menschen in den Uniformen von Bridger County und Ranger. Er entdeckte auch Harper und eine kleine brünette Frau. Detective Moffett. Sie trug keine Uniform. Nach den Ereignissen letzten Herbst war er von ihr befragt worden. Jemand hielt einen Spürhund an der Leine. Cook folgte ihm nach unten. »Der Sheriff fängt an, die Geschichte anzuzweifeln. Es konnte keine Kamera gefunden werden. Was meinen Sie? Sie waren hier.«

»Ich habe den Mord nicht gesehen. Ich stand einem Grizzly gegenüber und dann tauchte Harper mit dem Bärenspray auf.«

»Aber was halten Sie von ihrer Geschichte? Welchen Eindruck haben Sie von ihr?«

Heath gefiel nicht, was Cook damit andeutete. »Ich denke, sie sagt die Wahrheit. Warum sollte sie so etwas erfinden?«

»Es könnte sein, dass sie ihre Geschichte für wahr hält, obwohl sie nie passiert ist. Immerhin hat ihr Kopf einen heftigen Schlag abgekriegt.«

Man konnte unter einer Amnesie leiden, aber dass sich jemand an etwas erinnerte, das nie passiert war, hatte er noch nie gehört.

»Bei meiner Tante Johnida ist das so«, sagte Cook, als hätte er seine Gedanken gelesen. »Sie erinnert sich an Dinge, die nicht real stattgefunden haben. Man nennt es … Moment! Es liegt mir auf der Zunge.« Der Deputy schnippte mit den Fingern. »Genau: Konfabulation! Das ist der Fachausdruck. Bei einer Hirnverletzung kann es durchaus dazu kommen.«

»Sie hat kein Hirntrauma.« Das glaubte er zumindest. Hatte Dr. Jacob Harper daraufhin untersucht? War bei ihr ein MRT gemacht worden oder hätte sie dazu nach Jackson geschickt werden müssen? Harper hatte nichts davon erwähnt. Falls Cook mit seiner Vermutung doch richtigläge, gäbe es allerdings kein Mordopfer – was natürlich besser wäre. Aber es würde auch bedeuten, dass Harper ernsthafte psychische Probleme hatte.

»Schauen wir uns hier um. Dann können Sie mich auf die andere Flussseite bringen«, sagte Heath.

»Das dauert mindestens eine halbe Stunde oder noch länger. Bis dahin ist der Sheriff vielleicht schon fort. Außerdem wurde hier schon gesucht.«

»Ich will trotzdem zumindest einen kurzen Blick darauf werfen.«

Er fand den Felsen neben der Spalte, die Stelle, die Harper beschrieben hatte. Hier hatte sie gestanden, als sie ihre Fotos aufgenommen hatte. Wenn es noch irgendwelche Spuren gegeben hatte, die nicht vom Regen weggespült worden waren, musste Detective Moffett sie schon gesichert und dokumentiert haben.

Wie konnte es bis jetzt keine Spuren von einem Verbrechen geben? Der Regen konnte doch nicht alles weggewaschen haben. Wenigstens dort, wo die erschossene Frau gelegen hatte, mussten Blutspuren zu finden sein!

Heath nahm die Position ein, die Harper gehabt haben musste, als sie alles durch ihr Teleobjektiv beobachtet hatte. Dann schaute er zurück. Irgendwo zwischen diesem Felsen und dem Wanderpfad hatte sie ihre Kamera verloren.

Er trat näher an die klaffende Felsspalte, doch da unten war außer Steinen und Kiefernnadeln nichts zu sehen. Doch dann erregte etwas Funkelndes, das unter einem abgebrochenen Zweig klemmte, seine Aufmerksamkeit.

Ein Handy! Das von Harper? Oder gehörte es jemand anderem? Wie hatte die Spurensicherung es übersehen können? Andererseits musste man genau an der richtigen Stelle sein und die Sonne musste genau im passenden Winkel stehen, damit sie sich auf dem Metall spiegelte.

»Hey, Cook, kommen Sie mal!«

Der Deputy näherte sich der Felskante. »Haben Sie etwas gefunden? Die Kamera?«

»Ein Handy.« Hoffentlich war das Gerät unbeschädigt und würde ihnen weiterhelfen!

Heath machte den Weg frei, damit Cook das mögliche Beweisstück sichern konnte. Der Deputy begann einige Fotos zu machen.

Ob hier neben der Kamera auch nach Fußspuren gesucht worden war? Wenn der Mörder Harper noch länger beobachtet hatte, hatte er vielleicht gesehen, wie ihr die Kamera bei dem Sturz aus der Hand gefallen war. Vielleicht war er über den Fluss gekommen und hatte sie sich geholt.

Heath sog die reine Gebirgsluft tief in seine Lungen und lauschte dem Rauschen des Grayback Rivers, das von den Felswänden widerhallte.

Falls der Mörder Harpers Kamera hatte, konnte er die Beweisbilder zerstören. Und er würde Harper vielleicht ausfindig machen können. Bestimmt gab es auf ihren Fotos Hinweise, die zu ihr führten. Taggart lag mit seiner Vermutung, dass Harper sich nicht in Gefahr befand, weit daneben.

10

DIENSTAG, 10:36 UHR
TATORT AM GRAYBACK RIVER

Harper hatte pochende Kopfschmerzen und die Sonne brannte gnadenlos auf sie herab. Von ihrem Platz auf einem flachen Felsen aus beobachtete sie, wie Detective Moffett und andere Deputys zusammen mit einem Ranger der US-Forstbehörde und einem Mitarbeiter des Landesministeriums für Wild und Fisch das Gelände durchkämmten. Zahlreiche Behörden waren eingeschaltet worden, obwohl es keine anderen Anhaltspunkte als ihre Aussage gab. Viel zu viele Menschen, die mögliche Hinweise niedertrampelten.

Der Sheriff hatte Harper gebeten, die genaue Stelle, an der die Frau aus dem Wald gekommen war, zu bestimmen, aber nur aus der Ferne. Er erlaubte ihr nicht, auch nur in die Nähe des tatsächlichen Tatorts zu kommen.

Die Person, die einen Mord meldete, galt oft als verdächtig; wahrscheinlich durfte sie den Tatort deshalb nicht betreten. Unglaublich.

Sheriff Taggart schien allerdings weiterhin eher dazu zu tendieren, sie als labil einzustufen, als sie als Täterin in Betracht zu ziehen, aber er musste sich bei der Suche nach der Wahrheit streng an das übliche Protokoll halten.

Wenn sie versuchte, sich in seine Lage zu versetzen, konnte sie seinen Standpunkt gut nachvollziehen. Sie tauchte mit einer großen Wunde am Kopf auf und berichtete von einem Mord. Theoretisch könnte sie mit der Frau eine tätliche Auseinandersetzung gehabt haben und dann auf die andere Flussseite gelaufen sein, wo sie dann um Hilfe gerufen hatte.

Der Sheriff hatte angeordnet, dass Deputy Herring sie zum Campingplatz zurückbrachte, doch sie hatte sich so vehement dagegen gewehrt, dass sie jetzt hier warten durfte. Herring sollte eigentlich bei ihr bleiben, doch er hatte sich zu einigen seiner Kollegen gesellt, die am Fluss zusammenstanden.

Zu allem Überfluss war in der Nacht auch noch eine Büffelherde über das Gelände gezogen, was es noch aussichtsloser machte, dass doch noch etwas gefunden werden würde. Vermutlich wusste Sheriff Taggart auch nicht wirklich, wie er am sinnvollsten vorgehen sollte.

Harpers Frustration wuchs von Minute zu Minute. Der Mörder verstand es perfekt, seine Spuren zu verwischen. Womöglich hatte er auch die Büffel über die Fläche getrieben. Die Tiere grasten immer noch auf der Wiese über dem Hügel.

Hoffentlich durfte sie bald mit einem Phantomzeichner sprechen. Sie würde zumindest dafür sorgen, dass die ermordete Frau identifiziert wurde.

Sie schloss die Augen und sah sofort wieder ihr angstverzerrtes Gesicht vor sich. Ein Schluchzen stieg in Harpers Kehle auf, aber sie unterdrückte es.

Schritte näherten sich. Sheriff Taggart? Detective Moffett? Sie war im Moment nicht in der Verfassung, mit ihnen zu sprechen.

Jemand setzte sich neben sie. Harper öffnete die Augen und stellte erleichtert fest, dass es Heath war.

Er zog die Knie an und legte die Arme darüber.

»Was machst du hier?«, fragte sie.

Der Stetson warf einen Schatten auf sein Gesicht. »Der Sheriff hat mich dienstverpflichtet.«

Harper atmete langsam aus. »Ich hätte gestern Abend meine Kamera nicht zurücklassen dürfen.« Mühsam drängte sie die Tränen zurück. »Sie glauben mir nicht.«

»Das habe ich gehört.«

Harper zögerte, Heath die Frage zu stellen, die ihr schon auf der Zunge lag, aber sie wollte – nein, sie *brauchte* es –, dass jemand ihr glaubte. Umso besser, wenn diese Person Heath war. Sie dachte daran, wie er als Kind gewesen war. Unerschütterlich hatte er versucht, stark zu sein – für seine Brüder und für seine Mutter. Bis zu dem Unfall, bei dem sie ums Leben gekommen war und für den er sich die Schuld gegeben hatte. Das schien er überwunden zu haben. Er strahlte etwas aus, das ihr das Gefühl gab, ihm vertrauen zu können, so wie sie es damals getan hatte.

»Ich traue mich kaum, dich zu fragen, aber ich muss es wissen: Glaubst *du* mir?«

Er musterte sie intensiv, dann senkte er den Kopf. Sie spürte einen scharfen Stich in ihrem Brustkorb. Harper wandte den Blick ab und betrachtete den Fluss, an dessen Ufer Detective Moffett in die Hocke gegangen war. Hatte sie etwas gefunden? Sie richtete sich wieder auf. Archie, der Mann mit dem Leichensuchhund, den er Harper als Darla vorgestellt hatte, trat zu der Ermittlerin. Sie schienen ein ernstes Gespräch zu führen.

Vielleicht dachten *alle*, Harper hätte sich den Mord tatsächlich nur eingebildet und raubte ihnen nur ihre Zeit. Falls dem so war, war es erstaunlich, wie viel Mühe sie trotzdem in die Suche steckten.

»Harper«, sagte Heath sanft.

Sie wandte sich ihm wieder zu, obwohl sie eigentlich nicht hören wollte, was er zu sagen hatte.

Aufmerksam musterte er ihr Gesicht. »Ich glaube dir.«

Sie stieß ein kurzes Lachen aus. »Du meinst, du glaubst, dass ich glaube, was ich sage, nicht, dass es wahr ist. Ich habe die Deputys reden hören. Ich weiß, was alle denken.«

Er nahm seinen Stetson ab, fuhr mit der Hand durch seine dichten Haare und setzte ihn dann wieder auf. Er hier im Wald – das wäre das perfekte Motiv für die Titelseite einer Zeitschrift.

»Nein, das meine ich nicht. Ich glaube, dass du den Mord wirklich gesehen hast.«

»Warum solltest du? Nichts spricht dafür, kein einziger Blutspritzer.«

»Was? Fängst du jetzt etwa an, an dir selbst zu zweifeln?«

Sie verzog das Gesicht. »Nein. Alles, was ich ausgesagt habe, stimmt. Aber bitte sag mir, aus welchem Grund du mir glaubst.«

»Weil ich den Angstschrei einer Frau gehört habe. Und auch den Schuss danach. Deshalb bin ich ja überhaupt erst losgeritten.«

»Hast du das dem Sheriff gesagt?«

»Ja. Aber meine Worte zählen genauso wenig wie deine, solange keine Spuren gefunden werden, die sie belegen. Der Sheriff kann die Schlussfolgerung ziehen, dass der Schrei und der Schuss überhaupt nichts miteinander oder mit einem Verbrechen zu tun hatten. In diesen Bergen ist ein Echo meilenweit zu hören. Aber ehrlich, Harper, ich würde dir auch glauben, wenn ich selbst gar nichts mitbekommen hätte.«

Bei dem Blick, mit dem er sie jetzt anschaute, stockte ihr Atem. Sie verstand nicht, wieso er ihr so vertraute, aber es tat gut, diese Worte aus seinem Mund zu hören.

»Da bist du der Einzige«, sagte sie.

»Ich werde noch einmal mit Sheriff Taggart und Detective Moffett sprechen.«

»Wenn keine Spuren gefunden werden, ändert das aber nichts an dem Problem.« Harper wollte weitersuchen. Es musste irgendetwas geben! Ein Haar. Einen Blutfleck. Einen abgerissenen Stofffetzen.

Heath lehnte sich zurück, stützte sich mit einer Hand ab und ließ seinen Blick über den Grayback River wandern. Er seufzte. »Das stimmt natürlich. Solange er keinen handfesten Grund dafür hat, wird Taggart keine zusätzliche Unterstützung von den umliegenden Bezirken oder der Bundespolizei anfordern. Er macht seinen Job gut, davon bin ich felsenfest überzeugt. Aber das heißt eben auch, dass im Moment alle Möglichkeiten infrage kommen.«

Einschließlich der Möglichkeit, dass es das Verbrechen gar nicht gegeben haben könnte. Trotzdem beruhigte es Harper, dass Heath so große Stücke auf den Sheriff hielt.

»Was die Spurensuche angeht«, sagte sie, »kann ich ihm vielleicht helfen.«

»Wie denn?«

»Ich bin Tatortfotografin. Mir ist bewusst, dass mich Taggart wahrscheinlich nicht mitmischen lässt. Aber ich muss beweisen, dass ich die Wahrheit gesagt habe.« Auch wenn sie noch keine Ahnung hatte, wie sie das anstellen sollte.

»Wie bist du denn zu *dem* Beruf gekommen?«

»Ich … Du weißt ja, dass mein Vater getötet wurde …«

»Es tut mir so leid, Harper. Ich wäre damals gern für dich da gewesen.«

»Es war ja nicht deine Schuld, dass Mom mit uns weggezogen ist. Jedenfalls … Ich …«

»Du musst mir das nicht erzählen.«

Doch das wollte sie. Wenn sie die Gelegenheit bekommen hätte, hätte sie es ihm schon vor Jahren gesagt. Trotzdem blieben ihr jetzt die Worte im Halse stecken. Alles würde sie nicht herausbekommen. Zumindest im Moment nicht. »Sein Mörder wurde nie gefasst. Deshalb habe ich es mir zur Aufgabe gemacht, dabei zu helfen, Verbrecher zu überführen. Damit ich bei den Ermittlungen eine entscheidende Rolle spielen kann.«

Das war nicht der einzige Grund, und sie sah ihm an, dass er das ahnte. Aber diese Erklärung müsste fürs Erste genügen.

»Du bist eine Überlebende, Harper, und du warst schon immer stark.«

Heath konnte nicht wissen, was er mit diesen Worten in ihr auslöste. Er konnte unmöglich verstehen, was sie durchgemacht hatte. »Ja. Es ist wohl mein Schicksal, die Überlebende zu sein.«

»Was willst du denn damit sagen?«

Sheriff Taggart trat zu ihnen. Obwohl Harper dankbar war, dass Heath ihr zuhörte, war sie erleichtert über die Unterbrechung. Hätte er den Rest erfahren, hätte er sie für erbärmlich und schwach gehalten. Und im Augenblick musste sie auf ihn, den Sheriff, Detective Moffett und alle anderen, die in diesem Fall ermittelten, unbedingt einen gefassten und vertrauenswürdigen Eindruck machen.

Heath stand auf und reichte ihr die Hand. Sie ließ sich von ihm hochziehen.

Der Sheriff öffnete den Mund, um etwas zu sagen, aber Heath kam ihm zuvor. »Taggart, ich glaube Harpers Bericht und mache mir Sorgen, dass der Mörder ihre Kamera hat.«

Dass Heath für sie eintrat, war eine echte Ermutigung.

»Wir werden vorerst weiter nach Spuren suchen«, erwiderte Sheriff Taggart. »Ich fordere weitere Suchkräfte an und weite das Gebiet aus. Wir werden auch unter Wasser suchen. Wenn er die Leiche in den Fluss geworfen hat, könnte sie von der Strömung flussabwärts getrieben worden sein. Falls gestern Abend eine Frau ermordet wurde, müsste sie, wie Sie bereits sagten, Ms Reynolds, inzwischen jemand als vermisst gemeldet haben. Wir gehen die Anzeigen durch und überprüfen, ob Ihre Beschreibung auf eine der Frauen passt.«

Endlich mal etwas, das nach einem guten Plan klingt. »Wie sieht es mit dem Phantombild aus? Wann kann ich einen Zeichner treffen?«

»Das gehört zu unseren nächsten Schritten. Und noch etwas: Ich möchte, dass Sie noch einmal zum Arzt gehen, Ms Reynolds. Wir sollten uns vergewissern, dass Ihre Kopfverletzung nicht Ihr Erinnerungsvermögen beeinträchtigt.« Er schaute sie durchdringend an. »Einverstanden?«

Es überraschte sie, dass er überhaupt fragte. »Einverstanden.«

»Jetzt muss ich mich wieder um diese Briefkastenbombensache kümmern. Wyatt Hayes hat heute Morgen eine in seinem Briefkasten gehabt und liegt jetzt auch im Krankenhaus. Diese dummen Jungen! Das geht zu weit. Außerdem werden vier Kajakfahrer vermisst.«

»Was ist mit Harper?«, fragte Heath. »Der Mörder könnte sie ausschalten wollen.«

Ein Schauer lief über Harpers Rücken. Sie wollte nach Hause.

Nur fort von hier. Doch die Aufklärung dieses Falls lag auch in ihrer Verantwortung. Sie würde es sich nie verzeihen, ein weiteres Mal einfach aufgegeben zu haben.

»McKade, das haben wir doch schon geklärt. Sie ist nicht von hier und nur über ihr Aussehen und eventuell die Fotos, die sie gemacht hat, wird er sie wohl kaum finden können. Es ist äußerst unwahrscheinlich, dass sie in Gefahr ist.« Taggart wandte sich an Harper. »Sie schließen doch aus, dass Sie den Mörder kennen?«

»Ja, ich habe keine Bekannten mehr hier. Aber ich muss schon sagen, dass ich mich unsicher fühle.« Harper blickte sich um. Rechts von ihnen lag die große Wiese und links öffnete sich der Wald zum Fluss. Hinter dieser Kulisse erhob sich eine Felswand, die von Steilhängen und Bergen überragt wurde.

Woher wollten sie wissen, ob der Mörder sie nicht sogar in diesem Moment durch sein Zielfernrohr beobachtete?

11

Aus dieser Entfernung konnte der Richter ungestört alles im Blick behalten. Niemand hatte eines dieser langen Teleobjektive bei sich. Sie konnten nicht einmal sein ersticktes Husten hören, das ihn heute besonders stark quälte. Die Krankheit breitete sich in seinem ganzen Körper aus, obwohl er alle medizinischen Möglichkeiten ausgeschöpft hatte.

Er brauchte mehr Zeit, um seine Mission zu vollenden. Diese Frau brachte seine Pläne durcheinander. Zähneknirschend hob er das Zielfernrohr und schaute hindurch. Unter ihm breitete sich der Nadelwald zwischen der Felswand und der Wiese aus, auf der die Büffel grasten, und erstreckte sich weiter bis zu dem Grat, von dem aus man einen ungehinderten Blick auf die Stelle hatte, an der sein Opfer nach dem Schuss zusammengebrochen war.

Wenigstens konnte er das Fernrohr gut gebrauchen. Dieses neue Hobby, mit dem er angefangen hatte, um die Leere zu füllen, war ganz schön kostspielig – das Fernrohr war teurer gewesen als sein Gewehr!

Er beobachtete Sheriff Taggart und seine Männer. Mehrere Ranger waren auch vor Ort und dieser lästige Wildhüter Kramer. Von diesem Platz aus würde er dem Geschehen bis zum Ende folgen können, ohne dass sie etwas merkten.

Er nahm die Frau ins Visier, die ihn gestern Abend durch ihre Kamera beobachtet hatte. Da hatte er wirklich Pech gehabt, aber er hatte alle Spuren beseitigt. Diese einfältigen Amateure würden nichts finden.

Er hatte die beiden Wanderer – ein Paar in den Flitterwochen – eigentlich nicht töten wollen, aber sie waren auf Dinge gestoßen, die sie nichts angingen. Zuerst hatte er sie gefesselt und noch mit Essen und Wasser versorgt. Ihre Familie ging davon aus, dass sie eine Weile in der Wildnis unterwegs sein würden. Es würde noch mindestens vier Tage dauern, bis jemand unruhig werden würde. Danach könnten immer noch ein oder zwei Tage vergehen, bis eine Vermisstenmeldung aufgegeben wurde.

Er hätte also genug Zeit gehabt, um seinen Plan in die Tat umzusetzen und sich aus dem Staub zu machen, bevor das Paar unversehrt gefunden worden wäre.

Aber dann hatte der Mann sich ja als Held aufspielen müssen. Er hatte sich geopfert, um seine Frau zu befreien.

Sie war entkommen.

Dem Richter war keine andere Wahl geblieben, als sie zur Strecke zu bringen.

Er konnte es überhaupt nicht gebrauchen, dass die Polizei durch diese Wälder streifte. Vielleicht hätte er die Leichen liegen lassen sollen. Dann würden sie jetzt nur einen Mörder suchen. Aber ohne Spuren und ohne Leiche würden sie viel länger brauchen, bis sie herausfanden, was geschehen war. Sie hatten die Aussage einer einzigen Zeugin, sonst nichts.

Die Polizei war jetzt damit beschäftigt, einen Täter *und* eine Leiche zu suchen. Ihre Aufmerksamkeit war geteilt.

Mit der Strategie, die er verfolgte, waren schon viele Siege errungen worden.

12

MITTWOCH, 9:33 UHR
SHERIFFBÜRO VON BRIDGER COUNTY

Sheriff Taggart war bei Heaths Anrufen nicht ans Telefon gegangen. Detective Moffett auch nicht. Er wollte wissen, wie es um die Mordermittlungen stand. Und er machte sich Sorgen um Harper. Schließlich war er in die Stadt gefahren, um persönlich mit dem Sheriff zu sprechen. Es gab sowieso noch etwas, das er mit ihm klären wollte.

In der Küche des Sheriffbüros schenkte er sich einen Kaffee ein. Nach einem einzigen Schluck von dem widerlichen Gebräu kippte er die Tasse ins Spülbecken aus. Konnte hier denn niemand einen anständigen Kaffee kochen? *Dann muss* ich *das wohl in die Hand nehmen.*

Während er wartete, bis Taggart ein paar Minuten Zeit hatte, setzte er frischen Kaffee auf.

Er war zwar nur ehrenamtlicher Deputy und hatte keinen Anspruch auf einen eigenen Schreibtisch, aber trotzdem hatte er die gleiche Handlungsmacht wie ein bezahlter hauptberuflicher Deputy. Der einzige Unterschied war, dass Heath nur hin und wieder als Deputy tätig war und für die Stunden, in denen er seinen Dienst verrichtete, nicht bezahlt wurde. Das war ihm auch lieber. Er konnte einspringen, wenn er gebraucht wurde, und konnte sich davon abgesehen weiterhin voll und ganz um seine Ranch kümmern. So war es für beide Seiten am besten.

Der Sheriff hatte ihn immer noch nicht mit der Untersuchung der Briefkastenbomben beauftragt. Er würde leichter an den Ermittlungen in Harpers Fall teilhaben können, wenn er an irgendeinem Fall arbeitete.

Er hatte gehofft, dass der Sheriff wenigstens fünf Minuten für ihn erübrigen könnte. Mehr würde er nicht brauchen, um die Dinge in Gang zu bringen.

Andererseits hatte der Mann viel mehr zu tun als sonst. Für gewöhnlich waren Pferdemisshandlungen, verirrte Wanderer und Straßensperren die schlimmsten Verbrechen, mit denen man es hier in Wyoming zu tun bekam. Doch seit dem letzten Jahr hatte dieser Bezirk einige harte Herausforderungen bestehen müssen. Und nun dieser Mord und – als würde der noch nicht genügen – eine weitere Briefkastenbombe.

Taggart war letztes Jahr zum Sheriff berufen worden, aber die Sheriffwahlen standen bald an. Wenn Taggart wiedergewählt werden wollte, musste er sich dieses Amtes als würdig erweisen. Da wollte er natürlich nicht gleich überregionale Behörden oder gar das FBI einschalten, nur um ein paar dumme Jugendliche zu finden, denen gehörig der Kopf gewaschen werden musste. Heath war froh, nicht in Taggarts Haut zu stecken.

»Heath?« Jasmine Dylan, eine der Sekretärinnen, steckte den Kopf in die Küche. »Sie können jetzt zum Sheriff rein.«

Der Kaffee war leider noch nicht durchgelaufen. Dann musste er wohl doch darauf verzichten.

Jasmine wartete an der Tür auf ihn und beugte sich mit verschwörerischer Miene zu ihm vor. »Er ist nicht besonders gut gelaunt«, raunte sie.

»Das habe ich auch nicht erwartet.«

Sie bedeutete ihm, in Taggarts Büro zu treten.

Der Sheriff klebte förmlich an seinem Computerbildschirm, warf Heath aber einen kurzen Blick zu. »Sie haben drei Minuten, McKade.«

Vielleicht sollte er mit seinem persönlichen Anliegen lieber doch noch ein paar Tage warten? Heute würde er definitiv nicht Taggarts ganze Aufmerksamkeit bekommen. Heath zögerte. Wie sollte er das, was ihm auf dem Herzen lag, kurz zusammenfassen?

»Und? Jetzt sind es nur noch zweieinhalb Minuten.«

Heath legte den toxikologischen Bericht auf Taggarts Schreibtisch. »Es geht um das hier.«

»Was ist das?«

»Kurz vor seinem Tod hat mir der letzte Sheriff gesagt, dass mein Vater nicht betrunken gewesen und der Unfall, bei dem die Familie des Senators getötet wurde, nicht seine Schuld gewesen sei.«

Taggart stand langsam auf und überflog den Bericht.

»Zuerst hat man mir die Einsicht in diesen Bericht verweigert«, sprach Heath weiter. »Ich hätte einen Anwalt einschalten müssen. Jetzt wollte ich es noch einmal versuchen, da ich als Deputy in einer anderen Position bin. Und dann kam das hier mit der Post. In diesem Bericht steht, dass mein Vater betrunken war. Das widerspricht der Aussage des letzten Sheriffs.«

Taggart runzelte die Stirn. »Warum kommen Sie damit zu mir?«

»Ich will wissen, wie und warum die Schuld für den Unfall meinem Vater angelastet wurde. Mittlerweile glaube ich nicht mehr, dass er betrunken war. Jemand muss diesen Bericht manipuliert haben. Ich will, dass der Fall neu aufgerollt wird.«

»Darf ich fragen, warum Ihnen das jetzt noch so wichtig ist? Nach seinem Tod haben Sie aus der Emerald M Ranch einen Touristenmagneten gemacht und sich einen guten Ruf erarbeitet. Die Leute haben vergessen, dass Ihr Vater ein Trinker war. Würde der Fall wirklich neu aufgerollt, würde das zurück an die Oberfläche gezerrt. Wollen Sie das in Kauf nehmen?«

Warum wollte Taggart der Sache nicht nachgehen? Heath mochte diesen Mann und wollte nicht glauben, dass er in den Fall involviert gewesen war oder etwas zu verbergen hatte. Andererseits hatte er schon einmal den Fehler gemacht, zu vertrauensselig zu sein. Der Dank dafür war eine Kugel in den Bauch gewesen.

Heath beugte sich vor und stemmte die Fäuste auf Taggarts Schreibtisch. »Ich will wissen, warum mein Vater als Sündenbock herhalten musste. Deshalb mache ich Sie auf diese Unstimmigkeiten aufmerksam.«

»Ist Ihnen je in den Sinn gekommen, dass der Mann, der auf Sie geschossen und Ihnen dann diese Information gegeben hat, dachte, dass Sie im Sterben lägen? Vielleicht wollte er nur Ihr Gewissen in Bezug auf Ihren Vater beruhigen und hat Sie deshalb angelogen?«

»Er wollte damit höchstens *sein* Gewissen beruhigen.« Heath hatte versucht, eine Freundin – Charlie – zu finden und zu retten. Dabei hatte Taggarts Vorgänger Haines auf ihn geschossen und ihn schwer verletzt liegen lassen. »Dieser Gedanke kam mir auch, ja. Aber ich kann die Sache nicht auf sich beruhen lassen. Ich werde diesen Fall untersuchen. Ob offiziell oder inoffiziell, liegt bei Ihnen. War es ein Fehler, damit zu Ihnen zu kommen, weil Ihnen das, was ich herausfinden könnte, vielleicht nicht gefallen wird?«

»Wollen Sie mir etwa drohen, McKade?«

Heath richtete sich wieder auf und verschränkte die Arme vor der Brust. »Nein. Ich nenne Ihnen nur die Fakten.«

Der Sheriff betrachtete ihn, als überlege er, ob es ein Fehler gewesen war, Heath zum Deputy zu machen. Das erinnerte ihn an seine andere Frage: Warum hatte ihn Taggart bis jetzt nicht eingeschaltet? Er hatte seine Unterstützung gewollt und jetzt griff er nicht darauf zurück.

Der Sheriff las den Bericht noch einmal. Dann blickte er zu Heath hinauf. »Ich weiß, dass es Ihnen schwerfällt, anderen zu vertrauen, und ich verstehe auch den Grund. Aber ich bitte Sie, es in diesem Fall zu tun. Überlassen Sie die Sache mir. Ich werde versuchen, etwas herauszufinden. Aber Sie müssen ein wenig Geduld haben.«

»Warum wollen Sie das selbst übernehmen? Warum beauftragen Sie nicht einen Deputy, zum Beispiel mich?«

»Sie sind persönlich betroffen, deshalb. Wenn Ihnen das, was ich finde, nicht genügt, können Sie ja weitersuchen. Einverstanden?«

Konnte Heath sich darauf einlassen? Taggart hatte sich bei

zahlreichen Gelegenheiten als vertrauenswürdig erwiesen. Und Heath konnte schließlich nicht alle für das falsche Verhalten eines einzigen Mannes verantwortlich machen. »Einverstanden. Aber lassen Sie mich nicht zu lange auf eine Antwort warten.«

»Zuerst müssen wir uns um die Briefkastenbomben kümmern. Und die vermissten Kajakfahrer finden. Ach ja, und dann läuft da draußen noch ein Mörder frei herum, wenn wir Ms Reynolds glauben können.«

»Ach, kommen Sie! Was muss sie tun, um Sie zu überzeugen?«

»Es geht nicht darum, dass sie mich überzeugen müsste. Ohne Spuren können wir nichts unternehmen.« Taggart schob das Kinn vor. »Hören Sie, Heath … Sie sollten wissen, dass ich mich über Ms Reynolds' Hintergrund erkundigt habe. Ich habe bei der Polizei in St. Louis angerufen. Was ich Ihnen jetzt sage, ist streng vertraulich. Es muss unter uns bleiben. Wahrscheinlich sollte ich es Ihnen gar nicht sagen, aber Harper Reynolds leidet unter einer posttraumatischen Belastungsstörung, dem Überlebenden-Syndrom.«

»Ich bin immer die Überlebende.«

»Wenn Sie bei der Polizei in St. Louis angerufen haben, wissen Sie auch, dass sie Tatortfotografin ist. Posttraumatische Belastungsstörungen sind in diesem Beruf nichts Ungewöhnliches, genauso wenig wie bei Polizisten oder Ersthelfern; bei Menschen, die ständig mit Gewalttaten konfrontiert werden. Wo ist also das Problem?«

Taggart zuckte mit den Schultern. »Sie wurde auf unbestimmte Zeit vom Dienst freigestellt.«

»Das heißt aber doch nicht, dass sie keinen Mord gesehen hat.«

»Da bin ich mir nicht so sicher. Sie könnte halluziniert haben. Ich sage Ihnen das nur, um Sie zu warnen, damit Sie sich nicht zu sehr in diese Sache hineinziehen lassen.«

Das hatte Heath nicht vorgehabt, aber dann hatte Taggart ihn zum Tatort gerufen, und jetzt war es längst zu spät. »Es enttäuscht mich, dass Sie ihr nicht glauben.«

»Sie war nicht mehr in der Lage, die Indizien von Verbrechen zu dokumentieren, weil sie es mental nicht mehr ausgehalten hat. Und jetzt soll ausgerechnet sie ausgerechnet hier, wo wir es so gut wie nie mit Morden zu tun bekommen, zufällig einen beobachtet haben? Ich versuche ihr trotz meiner Zweifel zu glauben, doch bisher sprechen die Tatsachen nicht unbedingt für sie.«

»Wie können Sie sagen, wir hätten hier keine Mordfälle? Was war mit Marilee Clemmons? Ich könnte Ihnen auch noch einige andere Beispiele aufzählen.« Er selbst wäre fast umgebracht worden. Und dann war da dieser Mann gewesen, der letztes Jahr drei Menschen im Nationalpark ermordet hatte. Aber das wollte er lieber nicht ansprechen. »Sie werden es später bitter bereuen, wenn ein Mörder entkommt, nur weil sie zu sehr mit dem persönlichen Hintergrund der Zeugin beschäftigt waren.«

»Ihre Botschaft ist angekommen.«

Jemand klopfte an die Tür und trat ein, ohne auf eine Antwort zu warten. Es war Jasmine. Sie schaute kurz zu Heath, dann wandte sie sich an Taggart. »Die Informationen, auf die Sie gewartet haben, sind da.«

Sheriff Taggart stand auf. »Sie haben Ihre drei Minuten ohnehin überschritten, McKade. Ich werde mich bald bei Ihnen melden und Sie zum Dienst einberufen. Wahrscheinlich noch heute. Ich habe noch nicht entschieden, wo ich Sie einsetze, aber stellen Sie sich darauf ein, dass die Emerald M Ranch eine Weile ohne Sie auskommen muss.« Taggart ließ Heath in seinem Büro stehen und marschierte zur Tür hinaus.

Heath hörte, wie auf dem Flur ein hitziges Gespräch zwischen Taggart, Jasmine und Meghan, der IT-Fachfrau, entbrannte, dann verklangen die Stimmen.

Gedankenversunken setzte Heath sich in Bewegung. War er denn der Einzige, der auf Harpers Seite stand? Hoffentlich würde sich schnellstmöglich irgendetwas finden, das ihre Aussage belegte. Eine winzige Spur würde ausreichen!

Nach allem, was Harper durchgemacht hatte, musste die Situation sie hart treffen. Sie kam sich wahrscheinlich völlig alleingelassen vor.

Dieses Gefühl kannte er nur zu gut.

Als Kind war er auf sich gestellt gewesen, während er seine Brüder so gut wie möglich vor der kaputten Ehe ihrer Eltern und den Wutausbrüchen ihres Vaters abgeschirmt hatte. Er war auf sich gestellt gewesen, als er seine Mutter verteidigt hatte. Aber er hatte sie nicht beschützen können. Sie war seinetwegen gestorben. Nach ihrem Tod war es mit seinem Vater sichtlich bergab gegangen. Und manchmal gab sich Heath dafür die Schuld, dass er so unmenschlich geworden war.

13

MITTWOCH, 9:47 UHR
BRIDGER-TETON NATIONAL FOREST

Zu Hause hatte er Zeit, sich die Sachen, die er gefunden hatte, genauer anzusehen. Der Richter überflog die wenigen Bilder auf der Kamera. Bilder von einem Jäger. Die Fotos verrieten eine geschickte Hand und ein ungewöhnlich gutes Auge. Diese Frau war ein Profi. Vielleicht machte sie Naturaufnahmen für Natur-Websites oder Zeitschriften.

Sie hatte ihn fotografiert, als er sich seinem Opfer genähert hatte. Es war klug von ihm gewesen, die Kappe zu tragen und das Gewehr so eng an sein Gesicht zu drücken. Trotz ihrer außergewöhnlichen fotografischen Fähigkeiten waren seine Züge nicht zu erkennen.

Doch warum waren nur so wenige Bilder auf der Karte? Gab es noch eine andere mit weiteren Beweisfotos? Eins wusste er genau: Sie hatte genug gesehen, um die Polizei zu mobilisieren, nach ihm zu fahnden.

Sie hatte ihm zusätzliche Arbeit beschert. Er hatte viel gründlicher vorgehen müssen, als es ohne Zeugin nötig gewesen wäre. Doch nun gab es keine Leiche. Keine Spuren. Keine Hinweise. Er trickste das Gesetz schon lange genug aus, um zu wissen, worauf es ankam.

Er richtete seinen Blick wieder auf den Plan, der er vor sich auf dem Tisch ausgebreitet hatte.

Dieser Plan verdiente seine ganze Aufmerksamkeit. Das würde sein Vermächtnis werden. Er musste ihn umsetzen, bevor es zu spät war. Dieses Mal würde es anders laufen.

Vor Jahrzehnten wäre er beinahe erwischt worden. Daraufhin

hatte er sich hier in Jackson Hole verkrochen. Nicht weit von dem Ort entfernt, an dem sein Ururgroßvater, der Bankräuber, sich in einer Höhle versteckt hatte, die über ein Jahrhundert lang von allen Banditen in den Big Horn Mountains von Wyoming genutzt worden war.

In einem Geschichtsmuseum in Grayback gab es Ausstellungsstücke und Artikel über den Wilden Westen. Sein Ururgroßvater wurde dort sogar erwähnt. Er war – natürlich mit vielen Kugeln in der Brust – als berüchtigter Bandit gestorben. Aber vorher hatte er ein Kind gezeugt. Der Rest war Geschichte, wie man so schön sagte.

Das meiste davon war erfunden worden, um eine Sensationsstory daraus zu machen. In Wirklichkeit war der Bandit Jahre später an Schwindsucht gestorben. Er hatte eine Familie gehabt. Das ganze Geld, das er gestohlen hatte, hatte ihm nicht geholfen.

Ein weiterer Hustenanfall quälte den Richter. Das keuchende, schmerzhafte Rasseln in seiner Brust fühlte sich an, als würden ihm Nägel in den Leib getrieben. Genauso wie sein Ururgroßvater war auch der Richter nicht gesund. Aber ihm ging es nicht um Geld.

14

MITTWOCH, 11:02 UHR
CAMPINGPLATZ GRANITE RIDGE

Heath stand vor dem restaurierten Airstream-Wohnwagen. Er räusperte sich und kämpfte darum, seine Nervosität in Schach zu halten. Dann klopfte er an die Tür und hoffte, Harper würde öffnen. Das Paket, das er mitgebracht hatte, hielt er hinter seinem Rücken.

War sie überhaupt da? Ihr Dodge Ram parkte zwar neben dem Wohnwagen, aber vielleicht war sie zu Fuß losgezogen. An einem so schönen Tag wie heute wäre er selbst normalerweise auch draußen unterwegs. Wandern. Reiten. Angeln. Doch nach seinem Gespräch mit Taggart hatte es ihn hierhergezogen. Es stimmte nach wie vor, dass er sich lieber aus der ganzen Sache raushalten sollte. Aber tief in seinem Herzen wusste Heath, dass die Entscheidung in dem Moment gefallen war, als er Harper nach all der Zeit wieder gegenübergestanden hatte.

Eine Bewegung hinter einem der Wohnwagenfenster verriet ihm, dass jemand da war, einen Augenblick später ging die Tür einen Spaltbreit auf und eine Frau schaute heraus. »Ja?«

Auch wenn er sie unter anderen Umständen wahrscheinlich nicht gleich wiedererkannt hätte – das konnte nur Emily sein. »Hallo, ich bin's, Heath McKade. Kann ich mit Harper sprechen?«

»Sie schläft.«

»Heath?«, erklang Harpers Stimme hinter ihr. Sie schaute über die Schulter ihrer Schwester zu ihm nach draußen. »Was machst du denn hier?«

»Hast du vor, mich jetzt jedes Mal mit dieser Frage zu begrüßen?« Als ob es noch weitere Male geben würde!

83

»Bist du dienstlich hier?«

»Nein, nur als alter Freund, der sich erkundigen will, wie es dir geht.«

Sie griff an Emily vorbei, um die Tür weiter aufzustoßen. »Komm doch rein.«

Er stieg die drei Stufen zum Wohnwagen hinauf, trat ein und sah sich um. Holzböden, cremefarbene Wände, moderne Schränke und Sitzgelegenheiten, geschmackvolle Deko. An der Wand hing ein gerahmter Bibelvers. *Der HERR ist eine starke Festung: Wer das Rechte tut, findet bei ihm sichere Zuflucht. Sprüche 18,10.*

Harpers Augen wanderten zu dem Paket, das er jetzt nicht mehr versteckte, und dann wieder zu seinem Gesicht. Ihr Lächeln war herzlich, aber nicht so strahlend, wie er es von früher in Erinnerung hatte.

Emily lächelte ihn ebenfalls an und schob sich eine Strähne ihrer kurz geschnittenen braunen Haare hinters Ohr. »Langs ist's her. Du bist erwachsen geworden. Bist du verheiratet?«

»Emily!«, rief Harper entrüstet.

»Nein, ich bin nicht verheiratet.« Er grinste sie an. Flirtete er etwa mit ihrer Schwester? Auf keinen Fall, oder? »Hat Harper dir erzählt, dass sie mich vor einem Bären gerettet hat?«

Emily musterte ihn von Kopf bis Fuß. Er war nicht sicher, ob ihm ihre unverhohlene Bewunderung gefiel. »Es könnte sein, dass sie das erwähnt hat. Da war irgendwas mit einem Ritter mit Cowboyhut.«

Heath nahm seinen Hut ab und fuhr sich mit den Fingern durchs Haar. »Entschuldigt meine schlechten Manieren.«

Emily lächelte. »Du kannst ihn gern aufbehalten.«

»Sehen meine Haare so schlimm aus?«

»Nein, Unsinn, der Hut steht dir nur einfach ziemlich gut.« Emily zwinkerte ihm zu. »Was hast du denn da Schönes mitgebracht?«

Er war noch nicht bereit, sein Geschenk zu überreichen, und hielt es wieder hinter seinen Rücken. *Ich benehme mich wie ein*

Idiot. »Der Wohnwagen ist sehr schön«, startete er ein Ablenkungsmanöver.

»Ja, gefällt er dir?«, fragte Emily. »Ich habe ihn zu einem Schnäppchenpreis ergattert und zwei Jahre damit zugebracht, ihn zu restaurieren.«

»Ich bin beeindruckt.«

»Danke.« Emily sah zu der kleinen Küchenzeile. »Möchtest du vielleicht etwas trinken?«

Harper griff nach ihrem Arm. »Hey, könntest du ein wenig spazieren gehen und uns ein paar Minuten allein lassen? Bitte!«

Emily schmunzelte. »Verstehe.«

Harper flüsterte ihr etwas ins Ohr und schob sie dann sanft zur Tür hinaus. Emily winkte Heath mit einem vielsagenden Lächeln zu. Er war nicht ganz sicher, was hier los war. Glaubte sie etwa, Harper hätte gerade indirekt Besitzansprüche auf ihn angemeldet?

Er dachte an den Inhalt seines Pakets und kam sich lächerlich vor. Manchmal neigte er wirklich dazu, es ein wenig zu übertreiben.

Er richtete seine Aufmerksamkeit wieder auf Harper. Sie war blass, aber davon abgesehen wirkte sie gesund. Sie war stark, klug und schön. Alles, was sie als junges Mädchen ausgemacht hatte, war bei der Frau, die jetzt vor ihm stand, zur vollen Entfaltung gekommen.

Ihre Wangen röteten sich. Hatte er sie zu offensichtlich angestarrt?

Verlegen deutete er auf ihren Kopf. »Wann werden die Fäden gezogen?«

Wie im Reflex hob sie ihre Hand zur Schläfe. »In ein paar Tagen. Es wird eine Narbe zurückbleiben, auch wenn mir Dr. Jacob versichert hat, dass sie nicht groß sein wird. Emily hat schon vorgeschlagen, dass ich mir einen Pony wachsen lassen kann, um sie damit zu verdecken, falls es zu schlimm aussieht.« Sie sank auf die gepolsterte Sitzbank und er hatte die ungute Ahnung, dass sie gleich zu weinen anfangen würde.

»So schlimm wird es bestimmt nicht werden. Egal, wie die Narbe am Ende aussieht – du wirst damit nicht weniger schön sein. Ich meine, wenn du dich damit wohler fühlst, kannst du dir natürlich trotzdem einen Pony wachsen lassen.« *Du redest zu viel, Heath.*

»Du bist sicher nicht gekommen, um mir zu sagen, dass ich … dass meine Narbe nicht so schlimm sein wird, oder?«

Nein, das war er nicht. Er ließ seinen Blick durch den Wohnwagen schweifen. »Darf ich mich setzen?«

»Natürlich. Entschuldige, ich hätte dir längst einen Platz anbieten sollen.«

Er setzte sich und suchte nach Worten. »Und, ähm … Wie geht es dir?«

»Ich habe Kopfschmerzen. Ich möchte keine Schmerztabletten nehmen. Falls Sheriff Taggart noch etwas von mir wissen will, soll er mir nicht vorwerfen können, ich stünde unter Medikamenteneinfluss. Ich habe mir auch noch keinen Untersuchungstermin im Krankenhaus geben lassen, wie er verlangt hat.«

»Das ist gut. Aber du solltest ruhig eine Tablette nehmen.« Heath spielte nervös mit seiner Hutkrempe. Jetzt, wo er sich vergewissert hatte, dass es ihr den Umständen entsprechend gut ging, sollte er endlich zu dem anderen Grund für seinen Besuch kommen. Er gab sich einen Ruck und reichte ihr das Paket. »Das ist für dich.«

Ihr Blick wurde argwöhnisch – nicht gerade die Reaktion, die er sich erhofft hatte.

»Was ist das?«, fragte sie.

»Du könntest es einfach aufmachen.« Nun war es zu spät für einen Rückzieher. *Heath McKade, was hast du dir nur dabei gedacht?*

Sie nahm das Paket und wog es in den Händen. Aber sie packte es nicht aus. »Heath, ich verstehe nicht, warum du gekommen bist. Du schuldest mir nichts.« Dennoch begann sie endlich, das Geschenk zu öffnen. Ihre Augen weiteten sich und sie atmete hörbar ein. *Das* war schon eher die Reaktion, die er sich erhofft hatte.

»Eine Kamera?« Sie hielt den Karton fest wie einen wertvollen Schatz, nur um ihn ihm dann abrupt hinzuhalten. »Das kann ich auf keinen Fall annehmen! Ich weiß, wie viel so eine Kamera kostet. Das ist viel zu teuer.«

»Du hast mir das Leben gerettet.«

»Das glaubst du doch nicht wirklich!«

»Ich weiß nicht, was passiert wäre, wenn du nicht eingegriffen hättest.« Heath ignorierte den Karton und faltete die Hände im Schoß. »Ich weiß, dass es kein kleines Geschenk ist, aber du hast deine Kamera verloren. Du wurdest verletzt. Du musstest genäht werden. Du hast einen Mord gesehen. Deshalb habe ich …«

»Danke«, sagte sie leise und es klang kapitulierend. »Ich sollte sie nicht annehmen, aber …« Mit einem Blinzeln versuchte sie die Tränen zurückzuhalten. Sie stand auf und küsste ihn auf die Wange. Als sie sich wieder hinsetzte, waren ihre Wangen gerötet. »Ich weiß nicht, was ich sagen soll.« Vorsichtig öffnete sie den Deckel des Kartons und ihr Blick heftete sich auf die Kamera.

»Behalt sie bitte. Ich kann sie nicht zurückgeben. Ich habe die Quittung verloren.« Irgendwo in der Fahrerkabine seines Pickups. »Ich habe auch noch ein Teleobjektiv im Wagen, das dazu passt.« Und möglicherweise ein Stativ, aber das verriet er ihr lieber noch nicht. Er selbst kannte sich mit Kameraausrüstungen nicht so gut aus, aber der Verkäufer hatte ihm sehr gern dabei geholfen, sein Bankkonto zu erleichtern.

»Wie bist du hier überhaupt so schnell da rangekommen?«

»Tu nicht so, als wäre das ein Wunder!«, sagte er grinsend. »Das ist eine äußerst beliebte Gegend für Fotografen; also gibt es in Jackson und Grayback genug Läden, in denen man Kameras bekommt.«

»Wo sie wahrscheinlich teurer sind als überall sonst«, bemerkte sie.

Das habe ich dann auch festgestellt.

Harper hob die Kamera aus dem Karton heraus. Sie nahm die Objektivabdeckung ab und bevor er sie daran hindern konnte, fotografierte sie ihn.

»Moment mal!«

Sie lachte. Es war Musik in seinen Ohren. Er hatte sie für einen Moment glücklich gemacht und das war alles, was zählte.

»Ich hatte nicht gedacht, dass sie schon geladen ist. Diese Kamera ist der Hammer! Da könnte ich ja glatt selbst noch mal auf Spurensuche gehen. Aber das wäre wohl Zeitverschwendung. Ich wünschte einfach, es gäbe etwas, das ich tun kann.«

»Du hast schon alles getan, was du konntest, Harper. Überlass alles Weitere der Polizei.« Er sah ihr an, dass sie protestieren wollte, und kam ihr schnell zuvor: »Als wir am Fluss saßen, hast du etwas gesagt, das mir keine Ruhe lässt: dass du immer die Überlebende warst. Wie hast du das gemeint?«

Sie lachte auf. »Und ich hatte schon gedacht, ich würde um die Erklärung herumkommen.«

»Entschuldige bitte. Ich will dir nicht zu nahetreten. Du musst darauf nicht antworten.«

Sie schürzte die Lippen. »Ich spreche nicht gern darüber. Aber irgendwie habe ich gerade das Bedürfnis, es zu tun. Vielleicht, weil ich eine ganze Weile nicht mehr bei meinem Therapeuten war? Du hast diese Ausstrahlung, Heath. Weißt du das?«

»Hilfe?!« Wenn überhaupt traf das ja wohl auf *sie* zu.

»Da du mir glaubst oder das wenigstens behauptest, solltest du wissen, mit wem du es zu tun hast. Ich … ich habe im Laufe der Jahre viele grausame und brutale Verbrechen gesehen. Das hat natürlich Spuren hinterlassen, aber ich konnte damit umgehen. Doch dann, vor ungefähr einem Jahr, habe ich einen Tatort fotografiert, der mich an damals erinnert hat: Daran, wie mein Vater ermordet wurde und wie ich mich verhalten habe. Dass ich mich versteckt habe und deshalb nicht als Zeugin aussagen konnte. Ich bekam Albträume. Flashbacks. Psychische Probleme. Also bin ich zum Polizeitherapeuten gegangen – und der hat die posttraumatische Belastungsstörung mit Überlebenden-Syndrom diagnostiziert.« Harper schüttelte den Kopf, als wäre sie von sich selbst enttäuscht. »Anscheinend bin ich ziemlich schlecht in Vergangenheitsbewältigung. Um meine Probleme in den Griff zu bekommen, habe ich mich vorerst vom Dienst befreien lassen. Mein Therapeut war der Meinung, Naturfotografie wäre eine gute Abwechslung, und ich hatte das Gefühl, das könnte mir guttun. Den Rest der Geschichte kennst du.«

Heath konnte ihre Beschämung kaum ertragen. »Dass du lebst, ist kein Grund, dich schuldig zu fühlen, Harper.«

»Das hat mein Therapeut auch gesagt. Aber es geht ja gar nicht um *mich*, sondern darum, was meinetwegen nicht aufgeklärt werden konnte.«

»Dieses Mal hast du nicht weggeschaut«, rief er ihr in Erinnerung. »Du hast alles getan, was du tun konntest, und hast dich selbst einem Risiko ausgesetzt, um die Beweisfotos zu machen. Du hast diesen Mann dabei beobachtet, wie …« *… er den Mord begangen hat.*

»Und was habe ich damit erreicht? Ich konnte nichts tun, um der Frau zu helfen. Dass ich die Bilder gemacht habe, war komplett umsonst, und es sieht ganz so aus, als würde der Täter ungeschoren davonkommen.«

»Ich verstehe, was du durchmachst.«

»Wie willst du das verstehen können?«, fragte sie aufgebracht.

»Ich habe auch einiges durchgemacht, weißt du noch?« Näher ausführen wollte er das an dieser Stelle nicht. Hier ging es nicht um ihn und er wollte sie nicht mit seinem Schmerz belasten. Was sie mit sich herumtrug, war schwer genug. »Und auch wenn ich meine, was ich eben gesagt habe – dass du keine Schuldgefühle zu haben brauchst –, kann ich sehr gut nachvollziehen, warum du so empfindest.«

Harper hielt sich die Hände vors Gesicht. Oh nein! Hatte er alles nur noch schlimmer gemacht?

»Tut mir leid«, sagte sie. »Natürlich verstehst du es.«

Da war diese Verbundenheit zwischen ihnen, die er eigentlich lieber nicht gespürt hätte. Wenn er sich nur nicht immer dazu getrieben fühlen würde zu helfen! Als könnte er das. Gleichzeitig versuchte er sich und andere vor dem schützen, was passierte, wenn sein Rettungsversuch misslang.

Er konnte nicht beides haben.

»Ich sollte jetzt lieber wieder gehen.« Wie hatte er nur auf die Idee kommen können, dass er Harper Trost spenden sollte?

Einen kurzen Moment lang wirkte sie beinahe enttäuscht, doch sie überspielte es schnell, indem sie mit einem neckenden Lächeln seinen Hut nahm und ihm auf den Kopf setzte. Sie stand so nah bei ihm, dass er kurz dachte, sie würde ihm vielleicht sogar einen Kuss auf die Wange geben, doch da trat sie auch schon zurück. »Danke, dass du gekommen bist, Heath.«

»Gern. Was hast du jetzt vor?«

Sie zuckte mit den Schultern. »Wenn der Sheriff mich nicht ernst nimmt, muss ich der Sache wohl selbst auf den Grund gehen.«

»Auf keinen Fall! Das ist viel zu gefährlich! Wie gesagt: Die Polizei tut, was sie kann. Du musst dich da raushalten.«

»Gut, dass du mir in diesem Fall nichts zu sagen hast. Auch wenn du mir eine neue Kamera gekauft hast.«

Heath hatte absolut kein gutes Gefühl bei der Sache. Am Ende würde Harper sich durch ihre Suche nach Beweisen dem Täter noch auf dem Silbertablett servieren.

15

Harper beobachtete durchs Fenster, wie Heath zu seinem Pick-up ging.

Seine Jeans und sein Hemd saßen wie angegossen. Der Geruch von seinem Rasierwasser hing noch im Wohnwagen. Sie schloss die Augen und atmete tief ein. Heaths einfühlsame Freundlichkeit berührte sie mehr, als sie es zulassen wollte. Sie achtete immer darauf, anderen nicht zu nah zu kommen. Sie war viel zu verletzt, viel zu kaputt und konnte es nicht riskieren, noch einmal jemanden zu verlieren. Heath war absolut zuverlässig und vertrauenswürdig. Er verdiente eine Frau, auf die er sich verlassen konnte. Nicht jemanden wie sie. Harper schüttelte den Kopf. Wo kamen denn diese Gedanken auf einmal her? Er hatte sie offensichtlich ganz schön durcheinandergebracht.

Wenn ihre Mutter wüsste, dass sie ein so großes Geschenk von ihm angenommen hatte, würde sie ihr die Leviten lesen. Niemand kaufte jemandem einfach so eine Kamera – und dann auch noch mitsamt Ausrüstung! Aber sie hatte es nicht über sich gebracht, sie abzulehnen. Allein schon, weil es ihn verletzt hätte. Sie wollte Heath McKade auf keinen Fall verletzen. Obwohl sie eigentlich völlig überzogen war, passte die Geste zu ihm: Er war ein Mann mit einem großen Herzen, der große Geschenke machte.

Warum hatte ausgerechnet ein Mord ihre Leben wieder zusammenführen müssen? Und das, nachdem es ebenfalls ein Mord gewesen war, der sie damals getrennt hatte.

Womit hatte sie Heaths Aufmerksamkeit verdient? Er war doch bestimmt nicht an einer Beziehung mit ihr interessiert, oder? Nur weil sie als Kinder so gut befreundet gewesen waren, hieß das ja nicht, dass sie als Paar zusammenpassten?! Selbst wenn das wirklich im Raum stünde, hatte sie nicht vor, in Wyoming zu bleiben. Sie wollte nach Missouri zurückkehren. Wenn Heath weitere Signale senden sollte, würde sie ihm klarmachen müssen, dass aus ihnen beiden nichts werden würde, bevor er sich am Ende falsche Hoffnungen machte.

Ein weiterer Blick durch die Jalousien bestätigte ihr, dass er fort war. Emily war nirgends zu sehen, aber Harper war sicher, dass ihre Schwester Heath wegfahren sehen hatte und bald wieder hier sein würde. Emily war heute auffällig gut gelaunt. Wahrscheinlich hatte sie vor, alles daranzusetzen, sie aufzumuntern – was bedeutete, dass Harper ihr im Moment lieber aus dem Weg gehen sollte. Sie zog sich ins Schlafzimmer zurück und schloss die Tür hinter sich. Es war eigentlich schade, den ganzen Tag zu verschlafen, aber in der Verfassung, in der sie sich befand, würde es wohl das Beste sein. Sie dunkelte das Zimmer ab und legte sich dann ins Bett.

Emily hatte bestimmt viele Fragen, auf die Harper keine Antworten hatte. Sie würde wahrscheinlich jedes nur denkbare Argument ins Feld führen, nicht länger zu bleiben, sobald der Sheriff sie offiziell entließ.

Aber diese Frau. Ihre Augen.

Gott, bitte lass den Sheriff etwas finden, das ihm zeigt, dass meine Geschichte wahr ist.

Harper konnte nicht klar denken. Es war wahrscheinlich kein guter Zeitpunkt für folgenschwere Entscheidungen. Aber sie war sich nicht sicher, ob sie wirklich schlafen wollte. Seit dem Mord an ihrem Vater quälten sie oft schlimme Träume, die sich immer um das Thema Tod drehten. Es war, wie sie Heath gesagt hatte: Bei Traumata wie ihrem stand die Trauer aus der Vergangenheit einer Heilung im Weg.

Mit schwerem Herzen dachte sie darüber nach, was sie hierhergebracht hatte. Sie war gegenüber ihrem Vorgesetzten unbeherrscht gewesen. Mehrmals. Er hatte darauf bestanden, dass sie eine Zeit lang aus dem Dienst ausstieg. Sie hatte sich schon zu

Hause sitzen und um ihre Probleme kreisen sehen, doch dann hatte Dr. Drew ihr zum Glück den Vorschlag mit der Naturfotografie gemacht. Das war einer der Gründe dafür gewesen, dass sie mehrere Nationalparks besucht hatte. Harper hatte gehofft, dass ihr das bei der Aufarbeitung ihrer inneren Konflikte helfen würde. Die ersten Stationen der Reise waren im Grunde eine Vorbereitung für die Rückkehr in ihre alte Heimat gewesen. Deshalb hatte sie sich den Yellowstone und den Grand Teton für den Schluss aufgehoben.

Emily hatte den frisch restaurierten Wohnwagen und konnte als Schriftstellerin überall arbeiten. Sie war sofort Feuer und Flamme gewesen und hatte den Vorschlag mit ihrem alten Haus gemacht, das sie gern noch einmal sehen wollte – womit Harper sich mit gemischten Gefühlen einverstanden erklärt hatte.

So hatte sich alles zusammengefügt und sie waren zu ihrem Abenteuer aufgebrochen. Seit sie mit dem Wohnwagen unterwegs waren, hatte sie besser schlafen können. Doch der Mord auf der anderen Seite des Flusses hatte das wieder zunichtegemacht. Die erdrückenden Schuldgefühle waren ebenfalls zurückgekehrt.

Harper drehte sich auf die Seite und versuchte, eine bequeme Lage zu finden.

Heaths Worte gingen ihr wieder durch den Kopf. »*Dass du lebst, ist kein Grund, dich schuldig zu fühlen, Harper.*«

Er hatte recht. Und was könnte ihr besser helfen, damit aufzuhören, als alles zu tun, damit der Fall gelöst werden konnte?

16

MITTWOCH, 12:15 UHR
CAMPINGPLATZ GRANITE RIDGE

Jemand klopfte an die Wohnwagentür.

Wo war Emily? Stöhnend quälte sich Harper aus dem Bett und machte die Tür auf. »Detective Moffett?«

»Ms Reynolds.« Die Ermittlerin schaute zu ihr hinauf, ernst und nüchtern wie immer.

»Sagen Sie doch bitte Harper zu mir.« Sollte sie sie hereinbitten? Nein. »Ich hoffe, Sie haben Spuren von dem Verbrechen gefunden.«

»Noch nicht. Ich habe inzwischen einen Termin mit einer Phantomzeichnerin vereinbart. Sie ist auch Deputy bei der Bezirkspolizei. Ich hätte angerufen, aber ich habe Ihre Nummer nicht.«

Wahrscheinlich wollte sie sich im Wohnwagen umsehen, da sie immer noch skeptisch war, ob sie Harper glauben konnte.

»Ich habe im Moment leider kein Handy.« Wenn sie das nächste Mal in die Stadt kam, musste sie sich unbedingt ein neues besorgen.

»Ich weiß, es wurde ja gefunden. Wir behalten es vorerst für den Fall, dass wir es als Beweis brauchen. Aber es funktioniert nicht mehr. Sie müssen sich wahrscheinlich ein neues kaufen. Falls Sie Zeit haben, um mit mir in die Stadt zu fahren, könnten Sie heute Nachmittag mit der Phantomzeichnerin sprechen.«

Harper war erleichtert, dass die Polizei ihrem Wunsch endlich nachkam. Sie hatte bezweifelt, dass der Sheriff darauf eingehen würde. »Selbstverständlich. Ich muss mich nur kurz umziehen.

Wurde inzwischen eine Frau als vermisst gemeldet, bei der es sich um das Opfer handeln könnte?«

»Nein.«

»Okay. Ich bin in ein paar Minuten fertig.«

Detective Moffett nickte. »Ich warte in meinem Auto.«

Harper schloss die Tür und steuerte auf ihren Kleiderschrank zu. Vielleicht könnte es endlich einen Durchbruch geben!

»Harper?« Emily schlug die Tür des Wohnwagens geräuschvoll zu. »Da draußen ist eine Polizistin. Was will sie hier?«

»Ich treffe mich heute mit einer Phantomzeichnerin. Detective Moffett ist gekommen, um mich abzuholen.« Harper suchte in dem kleinen Schrank nach einem Outfit, das Seriosität ausstrahlte. Gern hätte sie noch geduscht, aber sie wollte die Ermittlerin nicht zu lange warten lassen.

Emily setzte sich aufs Bett. »Das ist gut. Ja, das ist bestimmt gut. Ich denke, wir können morgen aufbrechen. Wenn du von der Phantomzeichnerin zurück bist, können wir den Wohnwagen noch heute Abend für die Fahrt vorbereiten.«

Es war an der Zeit, Emily zu sagen, dass sie noch nicht bereit war, nach Missouri zurückzufahren. »Hör zu, Em…«

»Ich mag es nicht, wenn du mich so nennst. Das machst du nur, wenn du mir etwas sagen willst, von dem du ganz genau weißt, dass es mir nicht gefallen wird.«

»Das stimmt nicht! Ich nenne dich auch sonst manchmal so. Aber vermutlich wirst du wirklich nicht begeistert sein … Ich muss hierbleiben. Ich werde nirgendwohin fahren, solange dieser Mordfall nicht aufgeklärt ist.«

»Was?!«

»Ich kann verstehen, dass du enttäuscht bist. Aber du bist Krimiautorin. Willst du nicht auch wissen, wie die Ermittlungen weitergehen? Wenn du tatsächlich nach Hause willst, kannst du ja fahren, und ich bleibe hier. Du brauchst meinetwegen nicht zu bleiben. Du bist die beste Schwester der Welt und es war so lieb von dir, mich auf dieser Reise zu begleiten.«

»Und trotzdem habe ich gekniffen, statt dich bei deiner letzten Wanderung zu begleiten.«

»Wenn sich hier jemand Vorwürfe machen muss, dann ich. Ich hätte nicht allein in den Wald gehen sollen.« Sie nahm eine beige Hose und eine weiße Bluse aus dem Schrank und setzte sich neben ihre Schwester. »Ich denke, es ist an der Zeit, dass ich mit meinen Problemen selbst fertig werde.« Dr. Drew hatte ihr wiederholt geraten, die Unterstützung von Angehörigen und Freunden in Anspruch zu nehmen, aber sie musste auch aus sich selbst heraus Fortschritte machen.

»Indem du hierbleibst?«, fragte Emily. »Warum willst du dir das antun?«

Irgendwann reichte es. Harper war ein ganzes Jahr lang allem aus dem Weg gegangen, das mit Gewaltverbrechen zu tun haben könnte, und trotzdem war sie davon eingeholt worden. Sie seufzte. »Du weißt, warum. Ich denke, es ist höchste Zeit, dass ich nicht mehr vor dem Schlimmen, das auf dieser Welt passiert – vor dem Schlimmen, das ich erlebt habe –, weglaufe. Aber vor allem will ich hierbleiben, um dafür zu sorgen, dass der Fall nicht einfach zu den Akten gelegt wird.« Harper hatte die Hände zu Fäusten geballt. »Ich kann nicht mehr die Person sein, die weiterlebt und nichts unternimmt, wenn ein anderer Mensch stirbt.«

»Du musst doch keine Wiedergutmachung betreiben, nur weil du am Leben bist! Das ist absurd!«

»Wirklich? Du hast einmal gesagt, wenn ich mutiger gewesen wäre und beobachtet hätte, wer Dad erschossen hat, wäre dieser Mann geschnappt worden.« Das von Emily zu hören zu bekommen, hatte wehgetan, und jetzt fühlte sie förmlich, wie die Wunde wieder aufgerissen wurde. Emily und sie waren so weit gekommen. Sie wollte jetzt keinen Keil zwischen sich und ihre Schwester treiben. »Deshalb dachte ich, dass du besser als jeder andere verstehen würdest, warum es für mich wichtig ist hierzubleiben.«

Einige Sekunden lang herrschte betretenes Schweigen.

»Ich … ich hätte das nie sagen sollen. Das war dumm von mir

und es tut mir leid. Wir waren Kinder. Ich habe um Dad getrauert. Wenn ich das alles jetzt höre, verstehe ich dich. Es zeigt, dass es dir deutlich besser geht und es dir gutgetan hat, Abstand zu deiner Arbeit zu gewinnen. Aber, Harper, trotzdem *musst* du das nicht machen. Weder der Sheriff noch sonst jemand verlangt das von dir. Außerdem, wo willst du wohnen? Wovon willst du leben?«

»Du könntest mir den Wohnwagen leihen.« Sie sah Emily flehend an. »Wenigstens für eine Weile. Ich habe noch ein paar Ersparnisse, und wenn mir das Geld ausgeht, kann ich mir einen kleinen Job suchen.«

»Und was würdest du machen wollen?«

»Fotografieren natürlich. Ich habe beobachtet, wie Detective Moffett einige Bilder vom Tatort aufgenommen hat, aber nicht besonders professionell. Ich könnte das besser.« Bei diesen Worten wurde Harper zum ersten Mal bewusst, dass sie ihre Arbeit tatsächlich vermisste.

Emily schnaubte. »Du glaubst doch nicht ernsthaft, dass dich ein Sheriff, der davon ausgehst, dass du entweder lügst oder den Verstand verloren hast, als Tatortfotografin einstellt?«

Harper weigerte sich, sich von Emilys Worten entmutigen zu lassen. Ihre Schwester hatte das bestimmt nicht so gemeint. »Ich muss es versuchen. Nimm das Auto und fahr zurück, wenn du willst.«

»Ich habe dich einen Tag allein losziehen lassen, und was ist passiert? Nein, ich kann dich nicht allein lassen. Und schon gar nicht hier auf diesem abgelegenen Campingplatz, auf dem ständig Fremde kommen und gehen. Ken ist zwar nett, aber er kann nicht jeden kontrollieren.«

»Wer?«

»Na, Ken. Mr Stein. Du weißt schon, der, der mir mit der Tür geholfen hat.«

»Ach so, ja. Okay, wenn du willst, dann bleib hier.« Harper band ihre Haare zu einem Pferdeschwanz zusammen. »Aber ich zwinge dich nicht dazu.«

»Einen Monat.«

»Vier Monate.« Sie hoffte, dass es nicht so lange dauern würde, aber im wirklichen Leben wurden Verbrechen nicht so schnell gelöst wie im Fernsehen. Falls es länger dauern sollte, würde sie neu verhandeln.

»Zwei.«

»Drei.«

»Zweieinhalb.«

»Drei Monate, Emily.«

»Und wenn der Mörder bis dahin nicht gefasst ist?«

»Dann überlegen wir uns, wie es weitergehen soll.« Harper rutschte vom Bett und umarmte ihre Schwester. »Das wird schon werden.«

Es tat gut, ausnahmsweise einmal Emily zu beruhigen. Harper war so lange in ihren düsteren Erinnerungen versunken gewesen. Wann hatte sie zum letzten Mal einen anderen Menschen getröstet?

»Ich habe aber eine Bitte«, schob ihre Schwester nach. »Können wir mit dem Wohnwagen in die Stadt umziehen? Ich habe gesehen, dass es in Grayback auch Campingplätze gibt. Ich wäre gern näher an der Zivilisation.«

Harper lachte. »Gute Idee! Du kannst ja online schon mal einen aussuchen und einen Platz reservieren – auch wenn das um diese Jahreszeit schwierig sein könnte.«

Es klopfte an der Tür. Detective Moffett wurde wohl allmählich ungeduldig. »Würdest du ihr bitte sagen, dass ich selbst fahre? Sie braucht nicht noch länger zu warten.«

Emily nickte und zog die Schlafzimmertür zu. Harper zog sich schnell um, während Emily mit der Ermittlerin sprach. Kurz darauf kam Emily wieder zu ihr.

»Vielleicht hat irgendjemand eine Reservierung storniert«, sagte Emily hoffnungsvoll. »Oder du fragst, ob man uns bei der Polizei weiterhelfen kann. Immerhin bist du Augenzeugin eines Mordes.«

Langsam dämmerte Harper der wahre Grund, aus dem Emily in die Stadt umziehen wollte. Ihre Schwester schrieb Krimis und beschäftigte sich viel mit Morden. Sie fürchtete um ihr Leben. Vielleicht war es falsch zu bleiben, wenn Emily darauf bestand, sie nicht allein zu lassen. Sie hatten ihren Vater verloren. Mom war vor drei Jahren an einem Herzinfarkt gestorben.

Ich darf Emily nicht auch noch verlieren!

17

MITTWOCH, 14:46 UHR
EMERALD M GÄSTERANCH

»Wie lange willst du dieses Pferd eigentlich noch striegeln?«, fragte Evelyn.

Heath blickte auf, striegelte Boots aber unbeirrt weiter. »Du kommst doch sonst nie in den Stall.«

»Sonst habe ich auch keinen Grund dazu. Aber du bist weder ans Telefon gegangen, noch hast du auf meine Nachricht geantwortet.«

Er hielt inne und richtete sich auf. »Ist etwas passiert? Ich dachte, die neue Gästegruppe hatte einen guten Start.«

»Hatte sie – jedenfalls hat das Leroy gesagt. Aber er hat auch erwähnt, dass du MIA bist. Also *missing in action*. Das sagt man bei der Armee, wenn jemand vermisst wird.«

Heath schmunzelte. »Ich weiß, was MIA bedeutet.«

»Normalerweise begrüßt du deine Gäste doch, wenn sie hier ankommen.«

Er legte die Bürste weg. »Du bist doch nicht extra in den Stall gekommen, um mich daran zu erinnern.«

»Mag schon sein. Aber es stimmt trotzdem.«

»Komm, ich begleite dich zum Haus.« Heath führte Boots aus dem Stall und ließ ihn auf die kleine, umzäunte Koppel. Dann ging er neben Evelyn her den Weg hinauf zum Hauptgebäude.

Er stellte sich auf eine Gardinenpredigt ein. »Also? Was hast du auf dem Herzen?«

»Ich wollte dich fragen, wie es der Frau geht. Leroy hat mir erzählt, was gestern passiert ist. Dass du dir einen Tatort ansehen musstest, an dem ein Verbrechen verübt worden ist. Ist alles in Ordnung?«

»Soweit ich weiß, geht es der Frau gut. Sie heißt übrigens Harper.«

»Oh, ihr seid schon per Du?«

Wie viel sollte er Evelyn sagen? Wenn er ihr alles erzählte, würde sie womöglich falsche Schlüsse ziehen. Aber es hatte keinen Sinn, die Wahrheit vor ihr zu verschweigen. Sie würde es irgendwann herausfinden und dann erst recht alles Mögliche hineindeuten, weil er es ihr nicht gleich von Anfang an erzählt hatte. »Wir waren als Kinder sehr gute Freunde.«

»Oooh! So ist das also.«

»Nein, so ist das nicht. Wir waren füreinander da. Wir hatten beide Familienprobleme und haben uns gegenseitig da durchgeholfen. Wir haben einander vertraut. Mehr war nie zwischen uns.« Ja, Harper war ein schönes Mädchen gewesen und Heath hatte davon geträumt, dass sie eines Tages seine Freundin sein könnte, aber das war eben genau das gewesen: eine Träumerei.

Gemeinsam stiegen sie die Stufen zur Veranda hinauf.

»Wirst du sie wiedersehen?«

Was sollten diese ganzen Fragen? »Das bezweifle ich. Sie fährt wahrscheinlich bald wieder. Sie ist nur als Urlauberin in der Gegend und die Ermittlungen liegen bei der Polizei und bei den Rangern.« Falls es überhaupt weitere Ermittlungen geben würde.

Aber er *hatte* sie heute besucht, um ihr die Kamera zu schenken. Er fuhr sich übers Gesicht. Was hatte er sich nur dabei gedacht?

»Du bist Deputy.«

»Nur bei den seltenen Gelegenheiten, bei denen ich gebraucht werde, und zu einigen Pflichtstunden im Monat.« Sheriff Taggart hatte sich immer noch nicht bei ihm gemeldet. Vielleicht hatte er so viel zu tun, dass er nicht dazu kam, ihn anzurufen. Was eigentlich nur ein Grund mehr war, es zu tun.

»Ich mache mir Sorgen um dich, Heath. Du bist für mich wie ein Enkel.«

Er nahm ihre Hand und tätschelte sie. »Das musst du nicht! Mir geht es gut. Ich habe so viele Gründe, dankbar zu sein.« Eine Gästeranch inmitten einer phänomenalen Landschaft. Wunderbare Angestellte, die ihre Arbeit gern machten.

»Aber trotzdem fehlt dir etwas. Du weißt, wovon ich spreche.«

Unwillig schüttelte er den Kopf. Er hatte nicht die Absicht, sich auf dieses Thema einzulassen. Evelyn verstand ihn einfach nicht. Er zog den Autoschlüssel aus seiner Hosentasche. »Ich muss jetzt los.«

»Weißt du, ich mag dich sehr. Ich möchte dir nicht zu nahetreten, aber du brauchst eine Frau an deiner Seite, die das Recht hat, dir zu nahezutreten.«

»Ich würde sagen, du machst das ganz gut.« Er grinste, woraufhin sie ihm freundschaftlich auf den Arm schlug.

»Du brauchst jemanden, der wirklich deine Familie ist! Eine Frau, die dich liebt und die du auch liebst. Du siehst doch, wie glücklich dein Bruder ist, seit er und Willow wieder zusammengefunden haben. Wünschst du dir das nicht auch für dich? Was ist mit Lori Somerall? Dadurch, dass sie auch eine Gästeranch betreibt, habt ihr schon mal eine große Gemeinsamkeit. Mir ist nicht entgangen, wie sie dich ansieht, wenn sie hier vorbeikommt. Sie ist eine schöne und kluge Frau. Und noch wichtiger: Sie liebt Gott. Warum lädst du sie nicht mal auf ein Date ein?«

Es gefiel ihm gar nicht, dass sich Evelyn als Kupplerin betätigen wollte.

»Kannst du mir verraten, wie in aller Welt du jetzt darauf kommst?« Er runzelte die Stirn und betrachtete die Enten, die auf dem See landeten. »Warum findest du plötzlich, dass ich eine Frau brauche?«

»Seit Austin mit Willow hier war, bist du nicht mehr derselbe.«

»Falls du dich erinnerst: Ich wurde angeschossen und hätte sterben können.« Es stimmte, er war tatsächlich nicht mehr derselbe. Der bekannte Schmerz in seiner Seite meldete sich. Ja, der Arzt hatte recht. Das lief alles in seinem Kopf ab.

»Ja, so etwas verändert einen Menschen, das verstehe ich. Aber es steckt noch mehr dahinter. Du bist ein wunderbarer Mann, Heath. Sieh es doch einmal so: Irgendeine tolle Frau da draußen verpasst die Chance, von dir geliebt zu werden. Bitte enthalte ihr das nicht vor.«

Er musste schlucken. »Du siehst das völlig falsch. Du siehst *mich* völlig falsch. Ich tue niemandem gut. Jedes Mal, wenn ich versuche, etwas in Ordnung zu bringen, wird alles nur noch schlimmer.« Was ganz besonders Harper nicht gebrauchen konnte. Nicht dass er bei dem ganzen Thema als Erstes an sie denken würde.

»Das stimmt nicht! Schau doch nur, was du aus dieser Ranch gemacht hast.«

»Ich spreche von Menschen. Leute, denen ich zu helfen versucht habe, sind gestorben. Oder wurden verletzt. Ich … ich bin bei Weitem kein so guter Mann, wie du es darstellst.«

»Heath McKade! Sprich nicht so über dich! Du bist ein Held. Der einzige echte Held, den ich kenne.«

Sie lag falsch.

»Jetzt hör mir einmal zu.« Evelyn deutete mit dem Finger auf ihn. »Gott sieht die Absichten in deinem Herzen, nicht wie die Sache am Ende ausgeht. Nehmen wir zum Beispiel die Feuerwehrleute und Polizisten, die ins World Trade Center liefen, das dann über ihnen zusammenbrach. Willst du etwa behaupten, sie wären keine Helden gewesen? Natürlich waren sie welche! Es geht nicht um das Ergebnis, Heath. Es geht darum, dass sie es versucht haben. Es geht darum, dass *du* es versuchst. Es kommt auf dein Herz an.«

Sag das mal meiner toten Mutter.

Doch das sprach er nicht laut aus. Zu gern wollte er Evelyn glauben.

»Lass dir von unserem Herrn eine Frau zeigen, die zu dir passt, die du liebst und beschützt. Denkst du, das könntest du tun, Heath?«

In diesem Moment zerschnitt der laute Knall einer Explosion die Luft mit so viel Wucht, dass die Fensterscheiben zitterten. Instinktiv zog Heath Evelyn an sich heran, um sie zu stützen und um sie vor einem möglichen Scherbenregen abzuschirmen.

Doch die Fenster blieben ganz und es kehrte wieder Stille ein.

»Was war das?«, fragte Evelyn zitternd.

»Bleib hier!« Heath sprang von der Veranda und lief um das Haus herum zum Wald.

Von einem Trümmerhaufen dort, wo eine der Blockhütten für die Gäste gestanden hatte, stiegen Flammen in den Himmel.

18

MITTWOCH, 15:02 UHR
GRAYBACK, WYOMING

Auf dem Parkplatz gegenüber dem Büro des Bezirkssheriffs saß
der Richter in seinem Auto und hatte das Fenster heruntergelas-
sen, obwohl draußen Temperaturen über dreißig Grad herrsch-
ten. In letzter Zeit fror er viel zu leicht.

Er warf einen Blick auf seine Armbanduhr und runzelte die
Stirn.

Die Fotografin hatte seine Pläne schon wieder durchkreuzt.

Er hatte beobachtet, wie sie das Polizeigebäude betreten hatte.
Sie führte eindeutig nichts Gutes im Schilde. Aber damit würde
bald Schluss sein. Sein böses Grinsen wurde von einem heftigen
Hustenanfall weggewischt.

Ihretwegen musste er seinen Zeitplan schon wieder ändern.
Nur gut, dass er mit der Chemo aufgehört hatte. Während der
Behandlungen war es ihm schlechter gegangen als jetzt und sein
Körper würde den Tumoren so oder so bald unterliegen. Warum
hatte der Krebs plötzlich beschlossen, sich auszubreiten?

Die Krankheit machte ihn anfällig. Er musste stark sein für seine Mission.

Solange diese Frau sich nicht mit einem Phantomzeichner traf,
hatte er nichts zu befürchten. Zwar hatte sie ihre Kamera nicht
mehr, aber jemand mit ihrem geübten Auge erinnerte sich an alle
Details. Sie hatte sich mit Sicherheit genau gemerkt, wie die Frau
ausgesehen hatte.

Die Frage war: Wie viel konnte sie über ihn sagen? Die Fotos,
die sie gemacht hatte, verrieten, dass sie ihn nicht richtig gesehen
hatte. Aber wie lange hatte sie ihn beobachtet?

Diese ganzen lästigen Fragen störten seine Pläne. Er hatte dafür eigentlich gar keine Zeit, aber er konnte es sich nicht leisten, sie zu ignorieren. Die Lösung? Er musste diese unglückselige Zeugin ausschalten.

19

MITTWOCH, 15:11 UHR
SHERIFFBÜRO VON BRIDGER COUNTY

In Laura Kemps Gesellschaft entspannte Harper sich ein wenig. Die Phantomzeichnerin war ungezwungen und freundlich – eine wichtige Voraussetzung für ihren Beruf. Detective Moffett hatte Harper erzählt, dass Laura großes Talent hatte und sich sehr über die Gelegenheit freute, ihr Können unter Beweis zu stellen. Beim Sondierungsgespräch hatte die junge Polizistin zweifellos darauf geachtet, ob es Anzeichen dafür gab, dass Harper lügen könnte. Obwohl Harper ganz genau wusste, was sie gesehen hatte, und das Opfer detailliert beschreiben konnte, war sie besorgt, zu nervös zu wirken. Nervosität konnte einen sehr unguten Eindruck machen. Was das anging, was sie zu sagen hatte, bestand ja kein Grund zur Aufregung – aber wenn sie es vermasselte, würde Sheriff Taggart sie nicht ernst nehmen. Sie hatte jetzt endlich ihre Chance, ihm mithilfe von Laura zu zeigen, was sie gesehen hatte. Wenn Harper versagte, würde der Mörder vielleicht nie gefunden werden.

Sie konzentrierte sich auf die große Landkarte von Jackson Hole, die hinter Laura an der Wand hing. Die junge Frau zu beschreiben, hatte alles zurückgebracht – das Grauen, die Panik, die Ohnmacht. »Ihre Augen. Ich kann die entsetzliche Angst darin nicht vergessen.«

»Ich weiß, dass das eine traumatisierende Erfahrung gewesen sein muss. Wir sind bald fertig, versprochen. Übrigens ist es toll, mit Ihnen zu arbeiten.« Laura zeichnete konzentriert weiter.

Aufgrund von Harpers Beschreibung hatte Laura bereits eine Zeichnung von einem Mann mit Kappe und Gewehr fertiggestellt. Leider waren das einzige auch nur annähernd brauchbare Erkennungsmerkmal die tiefen Krähenfüße in seinen Augenwinkeln. Er war also schon älter.

Das Kratzen von Lauras Stift auf dem Papier füllte die Stille im Raum. »Ich habe gehört, Sie sind Tatortfotografin?«

Harper war überrascht, dass Laura das nicht schon vorher erwähnt hatte.

»Ja, aber ich nehme mir gerade eine Auszeit.« Harper hatte nicht die Absicht, die Gründe dafür zu erläutern, und wechselte das Thema: »Wie kamen Sie dazu, Phantomzeichnerin zu werden?«

Laura zuckte grinsend mit den Schultern. »Ich arbeite schon eine Weile bei der Polizei und ich zeichne gern – also haben sie mich auf Fortbildung geschickt. Ich werde in der Funktion aber nur selten eingesetzt. Hier passieren nur selten solche schweren Verbrechen.«

»Danke.«

Laura blickte von ihrer Zeichnung auf. »Wofür?«

»Sie sagen das so, als würden sie mir glauben.«

»Natürlich glaube ich Ihnen. Sie wissen, was Sie gesehen haben, und Sie haben eine guten Blick fürs Detail.«

»Soweit ich weiß, erinnern sich Zeugen oder Opfer ungefähr an vier Gesichtsmerkmale. Ich habe versucht, mir bewusst so viel wie möglich einzuprägen. Aber meine Erinnerungen könnten verzerrt sein.«

»Das ist okay. Es ist meine Aufgabe, ein Bild zu zeichnen, das Verzerrungen zulässt. Mit anderen Worten, es soll eher wie eine Karikatur aussehen. Die Wahrscheinlichkeit, dass Menschen darauf wiedererkannt werden, ist größer als bei einem exakten Bild.«

»Wie einem Computerbild?«

»Genau.« Sie legte den Stift ab und schob Harper das Blatt hin. »Was meinen Sie?«

Harper betrachtete das Gesicht. Es stimmte auf beeindruckende Weise mit ihren Angaben überein. »Ich habe nicht erwartet, dass Sie die Augen so gut treffen.«

»Sie haben sie sehr genau beschrieben. Mir tut es so leid, was dieser Frau passiert ist, und auch, dass Sie das durchmachen mussten. Trotzdem bin ich froh, dass es jemanden gibt, der den Mord beobachtet hat. Jemanden wie Sie, der wusste, worauf es ankam. Wenn Sie der Meinung sind, dass die Zeichnung gut ist, gebe ich sie dem Sheriff weiter. Für die Suche nach dem Täter wird unser Phantombild wohl nicht viel nutzen.«

Deputy Herring öffnete die Tür und steckte den Kopf herein. »Laura, bist du hier gleich fertig? Es gab einen Vorfall auf der Emerald M Ranch.«

Auf der Emerald M Ranch? Heath! Was meinte er mit »Vorfall«? Etwas Schlimmes?

»Ja, ich komme sofort!«, sagte Laura.

Der Deputy nickte und schloss die Tür wieder hinter sich.

»Wenn Sie mit Detective Moffett nichts Dringendes mehr zu besprechen haben, können Sie jetzt wahrscheinlich gehen«, sagte Laura, »Ich vermute, dass sie im Moment sowieso anderweitig beschäftigt ist.«

Harper berührte Lauras Arm. »Bitte, ich kenne den Mann, dem die Emerald M Ranch gehört. Heath hat mir nach meinem Sturz am Fluss geholfen. Ich muss wissen, was los ist!«

Laura lächelte sie mitfühlend an. »Ich frage kurz nach. Warten Sie bitte hier.« Sie verließ das Büro.

Harper stand auf und ging beunruhigt auf und ab.

Als Laura zurückkam, wirkte sie angespannt. »Ich bin nicht sicher, ob die Information richtig ist, aber es scheint, als ob es eine Explosion gab.«

Harper keuchte auf. »Eine Explosion? Eine Bombenexplosion? Ich habe etwas von Briefkastenbomben gehört. Wurde jemand verletzt?«

Laura runzelte die Stirn. »Ich weiß nichts Genaueres. Sie könnten hier warten, wenn Sie möchten. Aber Sie sehen erschöpft aus und Sie haben selbst sehr viel hinter sich. Fahren Sie lieber nach Hause und ruhen Sie sich aus. Sie können später noch einmal hier anrufen. Vielleicht kann Ihnen dann jemand mehr sagen.«

Sie könnte Heath anrufen. Aber sie hatte ja noch kein neues Handy. Das sollte sie sofort ändern. Harper nickte und nahm ihre Handtasche. »Kann ich bitte Kopien von den Bildern bekommen?«

»Natürlich.« Laura ging mit den Zeichnungen hinaus und kehrte wenig später mit einem großen Umschlag zurück. »Nochmals vielen Dank für Ihr Kommen. Sie haben uns auf jeden Fall weitergeholfen. Ich bringe Sie zur Tür.«

»Gerne.« Harper folgte ihr. »Könnte ich hier noch kurz mit meiner Schwester telefonieren, bevor ich gehe?«

Laura führte Harper in ein kleines Büro und deutete auf ein Festnetztelefon. »Ich lasse Sie dann kurz allein.«

Harper hatte wohlweislich daran gedacht, sich Emilys Nummer aufzuschreiben.

Zum Glück nahm Emily den Anruf sofort entgegen.

»Hey, ich bin es. Gut, dass ich dich erwische.«

»Oh, Gott sei Dank! Auf dem Display stand ›Sheriff von Bridger County‹. Ich hatte schon Angst, dass dir etwas passiert sein könnte. Weißt du es schon? Ein Deputy hat sich für uns eingesetzt und wir können mit dem Wohnwagen umziehen.«

Das klang, als hätte Emily selbst ein bisschen nachgeholfen.

»Sehr gut! Ich bin bald zurück.« Sie beschloss, Emily von der Explosion auf Heaths Ranch erst zu erzählen, wenn sie bei ihr war.

»Super, bis nachher.«

Harper beendete das Gespräch. Sie traf Laura auf dem Flur. Die Polizistin hatte ihren Revolvergürtel umgeschnallt und kam gerade aus dem Büro des Sheriffs.

»Laura, einen Moment bitte. Haben Sie noch etwas gehört? Wissen Sie, ob es Heath gut geht?«

Deputy Herring trat neben Laura. »Der Anruf, dass ein Kran-

110

kenwagen gebraucht wird, kam von Heath«, sagte er. »Er ist okay, aber es gibt wohl einen Verletzten. Wir fahren jetzt hin.«

Mit ernsten Mienen verließen die beiden das Gebäude.

Er ist okay.

Harper wartete, bis sich ihr Herzschlag ein wenig beruhigt hatte. Hoffentlich war die verletzte Person nicht in Lebensgefahr!

Mit den Kopien in der Hand machte Harper sich auf den Weg zu ihrem Auto. Nach einem kleinen Zwischenhalt bei einem Laden, wo sie sich ein vergleichsweise günstiges Handy kaufte, verließ sie die Stadt und fuhr zum Campingplatz zurück, obwohl es sie zur Emerald M Ranch zog.

Wahrscheinlich wimmelte es dort vor Polizisten und man würde sie sowieso nicht in Heaths Nähe lassen. Selbst wenn sie dort auftauchte, könnte sie ihm nicht helfen. Dennoch, sie wollte so gern für ihn da sein wie er für sie.

Und vielleicht …. vielleicht könnte sie sogar helfen, Spuren zu sichern. Das Erlebnis vor zwei Tagen war eine Wende gewesen. Sie gestand sich ein, was sie tief innen schon die ganze Zeit gewusst hatte: Sie würde sich nicht auf Dauer von ihrem Beruf lösen können. Verbrechen würde es immer geben. Das ließ sich leider nicht wegdiskutieren. Genauso wenig wie die Albträume und Flashbacks und die schlimmen Erinnerungen an Tatorte. Nur Gott konnte sie davon befreien und dazu befähigen weiterzumachen. Aber sie musste es zulassen.

Bitte, Gott, hilf mir, dass ich anderen helfen kann. Hilf mir, den Schmerz, die Angst und das Leid loszulassen und dir zu übergeben.

Ihre Gedanken wanderten wieder zu Heath. Wenn sie ihm nur irgendwie helfen könnte! Aber im Augenblick konnte sie nichts tun. Außer beten. Sie hatte so lange nicht mehr gebetet. Würde Gott sie überhaupt hören?

20

MITTWOCH, 22:32 UHR
CAMPINGPLATZ GRANITE RIDGE

Harper wälzte sich unruhig im Bett hin und her. Emily und sie hatten den Rest des Nachmittags damit verbracht, den Wohnwagen startklar zu machen, Wäsche zu waschen und weitere Vorbereitungen für ihren Umzug auf den zentraleren Campingplatz zu treffen. Die Liste, was zu tun war, um den Wohnwagen abfahrfertig zu machen, war lang und umfangreich. Sie arbeiteten sie immer schon am Vorabend der Weiterfahrt ab. Für den nächsten Morgen war Regen angekündigt. Umso besser, dass alles erledigt war. Selbst die Stützen waren hochgefahren. Da der Wohnwagen am Auto angekuppelt war, konnten sie trotzdem unbesorgt darin schlafen.

Morgen konnten sie einfach die Wohnwagenstufen hochklappen, ins Auto steigen und losfahren. Vorausgesetzt, Harper kam aus dem Bett. Vom schweren Heben schmerzte ihr Rücken – die Anhängerkupplung hatte ein ganz schönes Gewicht.

Außerdem machte sie sich Sorgen. Sie konnte nicht aufhören, an Heath zu denken. Ja, angeblich war er okay. Aber was bedeutete das? Und jemand hatte einen Krankenwagen gebraucht. Sie wusste viel zu wenig, um zur Ruhe kommen zu können.

Sonderbar, dass sich ihre Wege wieder gekreuzt hatten – besser gesagt, dass sie kollidiert waren. Sie streckte den Arm aus und berührte die Kamera auf dem kleinen Seitentisch. Warum fühlte es sich so an, als wäre die frühere Verbundenheit zwischen ihnen zurückgekehrt? Das war sie nicht. Nicht wirklich. Harper hatte genug eigene Probleme; sie sollte aufhören, sich Sorgen um ihn zu machen.

Außer …

Heath.

Sein Gesicht und seine breiten Schultern tauchten vor ihrem inneren Auge auf. Wie er roch, wie er ging, wie er sprach. Das Gefühl, das er ihr vermittelte. Er hatte ihr eine Visitenkarte mit seiner Handynummer in die Kameratasche gesteckt. Nach Emily war er der zweite Kontakt gewesen, den sie in ihr neues Handy eingespeichert hatte. Sie könnte ihn anrufen, aber … Er hatte nach der Explosion auf seiner Ranch bestimmt alle Hände voll zu tun.

Ging es ihm wirklich gut? Was war passiert? Wie konnte sie das in Erfahrung bringen? Sie hatte Lauras Rat befolgt und versucht, bei der Polizei anzurufen, doch man hatte ihr natürlich keine Auskunft gegeben.

Auch in den Lokalnachrichten hatte Harper nichts Neues erfahren. Es war zwar kurz über die Explosion auf der Emerald M Ranch berichtet worden, aber es waren keine Namen gefallen.

Blasse Erinnerungen stiegen aus ihrem Unterbewusstsein auf. Ihre Mutter hatte am Küchentisch gesessen. Die Haare hatten ihr ins Gesicht gehangen und sie hatte geweint. In den Abendnachrichten war von einer schrecklichen Bombenexplosion berichtet worden.

Harper wollte natürlich, dass die Polizei aufklärte, was auf der Ranch passiert war; allerdings befürchtete sie, dass dadurch der Mord an der Frau in den Hintergrund gedrängt werden würde.

Wieder sah sie das Zielfernrohr des Mörders vor sich, das direkt auf sie gerichtet war. Harper erschauerte.

Sie wollte, dass der Mann gefasst und vor Gericht gestellt wurde, aber ihre Hoffnung sank. Sie hatte in ihrem Leben leider die Erfahrung gemacht, dass die Bösen nicht selten entwischten. Falls der Täter nicht gefasst werden konnte, hatte er hoffentlich diese Gegend für immer verlassen und bekam irgendwo anders seine gerechte Strafe.

Wie sollte sie bei diesen aufwühlenden Gedanken je einschlafen können?

21

DONNERSTAG, 00:31 UHR
CAMPINGPLATZ GRANITE RIDGE

Harpers Bett ruckelte. Es schaukelte und vibrierte. Völlig verwirrt fuhr sie hoch. Was war hier los? Sie stützte sich auf die Ellbogen.

Wir fahren? Emily, warum hast du nicht auf mich gewartet?

Während der Fahrt war sie viel lieber im Auto als im Wohnwagen. Wahrscheinlich hatte ihre Schwester sie aus Rücksicht nicht gew…

Ein entsetzter Schrei gellte durch den Wagen. Emily! Harper schlüpfte aus dem Bett und musste sich an der Wand festhalten, da der Airstream hin und her schwankte. Sie schob die Schiebetür auf und stützte sich im Türrahmen ab, doch ein kräftiger Ruck warf sie nach vorne und sie fiel auf die Knie. Panisch blickte sie sich im dunklen Wageninneren um. Nur gut, dass sie gestern Abend alles in den Schränken verstaut hatten. Alles bis auf die Kaffeekanne, die just in diesem Moment über den Tisch rutschte und auf den Boden krachte.

»Emily, wo bist du?«

Eine Taschenlampe leuchtete auf. Emily saß ebenfalls am Boden und krabbelte nun auf Harper zu. »Irgendjemand sitzt im Auto am Steuer!«

Aber wer? Warum? Harper rappelte sich mühsam auf. »Wir müssen hier raus!« Sie taumelte zur Tür. »Er fährt sehr schnell. Wir müssen abwarten, bis er das Tempo drosselt und dann springen!«

Stoppschilder. Ampeln. Kurven. Früher oder später musste sich einfach ein Moment zur Flucht ergeben.

Aber der Türgriff ließ sich nicht bewegen. Klemmte er? »Oh nein!«

»Harper? Was ist?«, rief Emily aufgelöst.

»Die Tür geht nicht auf. Ich kann nicht sagen, ob sie klemmt oder ob sie jemand von außen abgesperrt hat.«

Emily keuchte schwer. »Okay. Also Plan B. Der Notausgang durchs Fenster. Das haben wir doch geübt.«

Na ja, sie hatten darüber *gesprochen*, aber keine von ihnen hatte versucht, sich vom Sofa aus durch die nicht sonderlich große Öffnung zu schieben.

Harper war sich nicht mal sicher, ob ihre Hüften überhaupt durch diese kleine Öffnung passten.

»Wir müssen erst mal das Fliegengitter rausnehmen!«, stellte Emily fest.

In diesem Moment neigte sich der Wagen in eine scharfe Linkskurve und Harper wurde gegen den Tisch geschleudert. Ihr Gesicht schlug gegen den Schrank. Stechender Schmerz.

Die Taschenlampe war ausgegangen.

»Bist du okay?«, fragte Harper und betastete vorsichtig ihre Wangen. Wenigstens blutete sie nicht.

»So okay man eben während einer Entführung sein kann.«

Harper klammerte sich an alles, was sie finden konnte, und kämpfte sich zum Fenster vor. Wer auch immer im Auto saß, machte es ihnen offenbar absichtlich schwer, sich im Wohnwagen zu bewegen.

Falls er oder sie die Tür zugesperrt hatte, war vielleicht auch das Fluchtfenster verriegelt?

Galle stieg in ihrer Kehle auf.

»Wir müssen einen Notruf absetzen«, sagte Emily.

Okay. Tief durchatmen. Es gab kein Feuer. Sie würden nicht verbrennen oder giftige Gase einatmen und daran sterben. Es bestand keine unmittelbare Lebensgefahr.

»Ich hole unsere Handys. Du gehst zum Fenster und machst es auf.« Harper bewegte sich in Richtung Küche, wo die Handys an ihren Ladekabeln steckten.

Der Wohnwagen schlingerte weiter über die Straße. Harper

hatte sich schon fast an das Schaukeln gewöhnt, als ein Rad in ein Schlagloch fuhr und sie erneut unsanft gegen einen der Schränke donnerte. Sie biss die Zähne zusammen und lief sofort weiter, wenige Augenblicke später zerrte sie die Mobiltelefone aus den Ladestationen. »Ich hab sie! Wie weit bist du mit dem Fenster?«

Emily stöhnte. »Es rührt sich nicht.«

Sie mussten sich aus dem Wohnwagen befreien, bevor der Fahrer oder die Fahrerin sie noch umbrachte. Der Campingplatz Granite Ridge befand sich oberhalb einer hohen, steilen Felswand. Einen Sturz aus der Höhe würde niemand von ihnen überleben.

Harper schob ihr Handy in die Hosentasche. »Lass mich mal versuchen! Ruf du die Polizei an!«

Harper kletterte auf das Sofa, das Emily als Bett ausgeklappt hatte, und bemühte sich aus Leibeskräften, das Fenster aufzubekommen. Wenn sie nur etwas hätte, mit dem sie die Scheibe einschlagen könnte!

Endlich! Der Riegel bewegte sich. Sie lachte erleichtert, verstummte jedoch gleich wieder. Als wäre damit ihr Problem gelöst!

Sie hörte Emily mit zitternder Stimme telefonieren: »Campingplatz Granite Ridge. Ja. Jemand sitzt im Auto und zieht meinen Wohnwagen hinter sich her. Er fährt mit rasender Geschwindigkeit den Berg hinab. Die Tür lässt sich nicht öffnen!«

Der Airstream schwankte plötzlich nach rechts. Harper verlor den Halt, Emily kreischte. Beide wurden gegen die andere Wand geworfen.

»Em, bist du verletzt?«

»Ich glaube nicht. Aber mir ist das Handy runtergefallen.«

Ihnen lief die Zeit davon. Harper zog ihr eigenes heraus und ließ das Display die Dunkelheit vertreiben. Sie wechselte einen Blick mit Emily, ein stummes Versprechen: Sie würden beide heil aus dem Wohnwagen kommen.

Erneut krabbelte Harper auf die Couch und es gelang ihr, das Fenster ganz aufzudrücken. »Wir schaffen das!«

Sie mussten es versuchen. Es würde dauern, bis Hilfe kam, vielleicht zu lange.

Warum hielt niemand diesen Wahnsinnigen auf? Dieser gefährliche Fahrstil musste doch irgendjemandem auffallen!

Die Angst schnürte ihr die Kehle zu. Der Fahrer raste immer noch so schnell, dass es extrem riskant war zu springen.

Emily hielt sich mit einer Hand fest und wischte mit der anderen wütend ihre Tränen weg. »Wie kann jemand so was tun?«

»Zerbrich dir jetzt nicht den Kopf, warum das passiert.« Harper steckte den Kopf aus dem Fenster, klammerte sich fest und wagte einen Blick hinaus.

Der Anblick, der sich ihr bot, war alles andere als beruhigend.

Harper zog den Kopf wieder zurück.

»Was hat der Fahrer nur vor?«, fragte Emily. »Wohin bringt er uns? Ich glaube, ich muss mich gleich übergeben.«

Harper war ebenfalls übel. Sie befanden sich auf den Serpentinen einer kurvigen Bergstraße, eine gefährliche Strecke, die nicht leicht zu meistern war. Nicht einmal am Tag, wenn man langsam fuhr.

Hier waren schon mehrere Menschen tödlich verunglückt.

Sie und Emily wären nicht die Ersten.

»Wir *müssen* raus. Sofort!« Harper zog ihre Schwester zum Fenster.

Der Wagen neigte sich. Womöglich war es schon zu spät. Der Fahrer könnte bereits aus dem Auto gesprungen sein. Harper stellte sich vor, wie ihr Dodge Ram und der Wohnwagen führerlos auf eine tödliche Klippe zurasten.

»Los, Emily! Ich halte deine Arme fest. Ich lasse dich nicht fallen, versprochen.«

Emily kletterte mit den Beinen voraus aus dem Fenster. Als sie zur Hälfte draußen war, umklammerte Harper ihre Arme, doch sie hatte keine Chance. Emily entglitt ihr. Sie hörte sie noch schreien, dann war schon nichts mehr von ihr zu sehen.

»Emily!«

Oh, Herr, bitte schenk, dass sie es schafft! Lass sie überleben!
Harper kletterte nun selbst aus der Öffnung und brachte sich in Position, um sich fallen zu lassen. Dabei blieb ihre Trainingshose am Riegel hängen. *Nein, nein, nein!*

Sie schloss die Augen, schickte ein Stoßgebet zum Himmel und riss sich los. Sie hatte vorgehabt, sich am Fenster festzuhalten und im richtigen Moment abzuspringen, doch der Wohnwagen machte wieder einen abrupten Satz und Harper fiel nach unten. Sie schlug auf dem harten Boden auf und versuchte instinktiv, vom Wagen wegzurollen. Steine bohrten sich in ihre Haut, rissen und schürften sie auf.

Metall krachte und quietschte, als der Wagen über den Klippenrand kippte.

Sie hyperventilierte und alles tat ihr weh.

Aber sie lebte.

Hatte sie sich etwas gebrochen? Sie konnte sich nicht auf einzelne Körperteile konzentrieren, jedes von ihnen schmerzte entsetzlich. Ihr Kopf hämmerte. War ihre Kopfwunde aufgeplatzt? Sie war bestimmt am ganzen Körper mit Blutergüssen übersät, aber das war alles egal. Das Einzige, was zählte, war, dass ihre Schwester am Leben war.

»Emily!« Harper kroch über die Straße, bis sie sie fand. Sie lag reglos da. »Emily«, keuchte sie, am Ende ihrer Kräfte.

In der Ferne heulten Sirenen. Das war gut. Gleich würden ihnen Sanitäter zu Hilfe eilen.

Harper liefen Tränen übers Gesicht, während sie ihre Schwester behutsam abtastete. Mit zitternden Händen versuchte sie ihren Puls zu fühlen. Da, ein leichtes Pochen! »Oh Gott, danke!«

Was sollte sie nur tun? Sie wollte den Kopf ihrer Schwester auf ihren Schoß betten, aber sie hatte Angst, sie zu bewegen. Vorsichtig legte sie die Handflächen an Emilys Gesicht. »Halt durch!«

Sie zog ihr Handy aus der Tasche, das den Aufprall überstanden hatte, und rief die Polizei an, um ein Update zu geben. Sie wurde aufgefordert, am Telefon zu bleiben, bis der Rettungswagen eintraf.

»Bitte beeilen Sie sich! Schicken Sie einen Hubschrauber. Meine Schwester ist schwer verletzt. Ich … ich muss auflegen.« Sie beendete das Gespräch und suchte nach Heaths Kontakt. Die Ranch war nicht weit von hier. Vielleicht war wegen der Explosion noch Polizei dort.

»Oh, Heath, bitte geh ran!«

Sie erreichte nur seine Mailbox. Mit bebender Stimme bemühte sie sich, eine halbwegs verständliche Nachricht zu hinterlassen. Hoffentlich würde er sie bald abhören!

Anschließend blickte sie sich suchend um.

War der Fahrer mit dem Dodge Ram und dem Wohnwagen in die Tiefe gestürzt? Oder lag sie mit ihrer Vermutung richtig, dass er aus dem Auto gesprungen war, als er bei der letzten Haarnadelkurve das Tempo verlangsamt hatte? Ihm musste klar gewesen sein, dass das Gefälle reichen würde, um den Wagen zusammen mit dem Airstream über die Felswand in die Tiefe zu befördern. Vielleicht war er längst fort.

Oder aber er war noch irgendwo in der Nähe und beobachtete sie.

22

DONNERSTAG, 1:39 UHR
GRANITE RIDGE, OBERHALB DER FELSWAND

Heath war wegen der Explosion und der zerstörten Blockhütte so aufgewühlt und wütend, dass an Schlaf nicht zu denken war. Er war aus dem Haus gegangen, um die Sterne zu betrachten, aber sie waren hinter einer Wolkendecke verborgen, durch die nur hin und wieder für einen kurzen Moment der Mond hervorlugte. Die Polizei hatte einen Teil der Ranch abgesperrt. Der Feuerwehrhauptmann vermutete, dass die Explosion absichtlich herbeigeführt worden und nicht Folge eines lecken Gastanks war. Das Labor der Kriminaltechnik in Cheyenne untersuchte die Spuren. Falls die Jugendlichen, die laut Taggart hinter den Briefkastenbomben steckten, plötzlich aus irgendeinem verrückten Grund eine Hütte auf einer abgelegenen Ranch in die Luft gejagt hatten, würde sie die volle Wucht des Gesetzes treffen. Taggart war auch wütend.

Aber bei Weitem nicht so wütend wie Heath.

Die Emerald M Ranch war in den Nachrichten, aber auf diese Art von Publicity hätte Heath liebend gern verzichtet. Aufgrund des angerichteten Schadens und der nach wie vor bestehenden Bedrohung hatte er all seine Gäste bis auf Weiteres fortgeschickt und würde ihnen ihr Geld zurückzahlen. Leroy lag im St. John Krankenhaus in Jackson auf der Intensivstation.

Heath hatte Harpers Anruf leider erst bemerkt, als er in sein Zimmer zurückgekehrt war, da er sein Handy dort liegen gelassen hatte.

Als er ihre Nachricht abgehört hatte, war alles andere sofort in den Hintergrund getreten. Er wollte so schnell wie möglich zu ihr.

Jetzt stand er auf der Straße, die zum Campingplatz Granite Ridge führte, und suchte nach ihr. Die Blaulichter der Polizeiautos und des Rettungswagens blinkten in der pechschwarzen Nacht. Sein Blick blieb an Letzterem hängen. Da! Neben dem Wagen entdeckte er sie, eine Decke um die Schultern gelegt, über die ihre roten Haare fielen.

Sein Herz überschlug sich fast.

Er näherte sich von der anderen Seite der Polizeiautos dem Tatort, der aus dieser Perspektive irgendwie surreal wirkte. Harpers Hilferuf – ihre dringende Bitte, dass er sich zurückmelden solle – wiederholte sich in seinem Kopf. Das war die reinste Folter.

Die Sanitäter hoben jemanden auf eine Trage hinten in den Rettungswagen.

Oh ... Bitte, Gott ...

Zwei Deputys aus dem Nachbarbezirk, Hoback County, versperrten ihm den Weg und wollten ihn nicht durchlassen. Er war nicht im Dienst und statt einer Uniform trug er Jeans, T-Shirt und seinen Stetson, doch er hatte seinen Deputy-Ausweis dabei. Heaths Blick wanderte erneut zu Harper. Benommen starrte sie der Krankentrage nach. Ihm wurde so schlecht, dass er befürchtete, sich übergeben zu müssen.

Als könnte sie spüren, dass sie beobachtet wurde, schaute sie sich suchend zwischen den Rangern, Autobahnpolizisten und Deputys um. Schließlich blieb ihr Blick an ihm hängen. Einen langen Moment erwiderte er ihn. Ohne mit der Wimper zu zucken. Unfähig wegzusehen.

Dann zwang er seine Beine, sich wieder zu bewegen, einen Schritt nach dem anderen zu gehen. Er ging auf sie zu, seine Schritte wurden immer länger und schneller.

Einen Moment später warf sich Harper in seine Arme und drückte ihren warmen, zitternden Körper an ihn. Er hatte keine andere Wahl und keinen anderen Wunsch, als die Arme um sie zu legen. Er hielt sie fest, tröstete sie und wünschte, er könnte ihren Schmerz lindern.

Schließlich löste sie sich von ihm – er hätte sie auch noch viel länger festgehalten – und schlang die Arme um sich.

»Harper.« Er suchte nach den richtigen Worten. *Geht es dir gut?* Diese lächerliche Frage wollte er nicht stellen. »Das alles tut mir so leid. Ich hatte das Handy nicht bei mir. Als ich deine Nachricht abgehört habe, bin ich gekommen, so schnell ich konnte.«

Warum hatte sie ausgerechnet ihn angerufen? Vielleicht weil seine Ranch in der Nähe war und sie in Schwierigkeiten steckte. Und weil sie hier in der Gegend nicht mehr viele Kontakte hatte. Doch tief in seinem Innern kannte er den eigentlichen Grund: Harper brauchte einen Menschen, auf den sie sich verlassen konnte, und sie hatte gehofft, dass er dieser Mensch sein könnte. Er war nicht sofort zur Stelle gewesen, aber *jetzt* war er hier.

Sie bekam einen Schluckauf und wischte sich die Nase ab.

Harper hatte in ihrem Leben viel zu viele traumatische Situationen erlebt. Mehr, als ein einziger Mensch ertragen sollte.

»Ich … ich dachte, du wohnst in der Nähe. Und du könntest uns helfen, bevor er …«

Sanft hob er ihr Kinn mit der Hand an. »Bevor er was, Harper? Was ist denn hier passiert? Von wem sprichst du?« Hatte er etwa recht gehabt und der Schütze aus dem Wald hatte sie gefunden?

»Emily und ich haben den Wohnwagen vorbereitet, um morgen in die Stadt umzuziehen. Vor ungefähr einer Stunde bin ich davon wach geworden, dass der Wohnwagen sich bewegt hat. Jemand war mit dem Auto losgefahren, an dem er angekuppelt war. Zuerst dachte ich, Emily hätte beschlossen, schon aufzubrechen, doch sie war auch noch im Wagen. Die Tür war nicht aufzubekommen und da der Mörder immer noch frei herumläuft, dachte ich … dachte ich, dass er uns entführt und uns vielleicht sogar umbringen will.«

Harper wandte das Gesicht der Steilwand zu. Erst jetzt fiel Heath auf, dass der Wohnwagen nirgends zu sehen war.

122

»Willst du damit sagen …?« Sein Magen zog sich zusammen, während er versuchte, das alles zu begreifen. »Wie seid ihr da rausgekommen?«

»Wir sind aus dem Fenster gesprungen, kurz bevor das Auto mitsamt dem Wohnwagen über die Kante gebrettert ist. Wir haben es gerade noch geschafft.« Tränen erstickten ihre Worte. »Ich habe Emily geholfen, aus dem Fenster zu klettern, aber ich konnte sie nicht festhalten. Sie ist auf die Straße gestürzt und jetzt ist sie bewusstlos.«

Heath legte den Arm um ihre Schulter. Wie ein Freund oder ein großer Bruder, auch wenn ganz andere Gefühle in ihm aufblitzen wollten.

Ich bin da. Doch das reichte bei Weitem nicht.

Gemeinsam sahen sie zu, wie der Rettungswagen auf die Straße bog und mit Blaulicht und Sirene losfuhr.

»Emily! Sie bringen sie nach Jackson. Ich hatte gehofft, dass ich im Rettungswagen mitfahren darf!«

Warum hatten sie Harper nicht mitgenommen? Ihm wäre es lieber gewesen, wenn die Rettungskräfte auch ein Auge auf sie gehabt hätten; schließlich war sie ebenfalls aus einem fahrenden Wagen gesprungen! »Ich bringe dich hin.«

»Bist du sicher? Ich will dir nicht zur Last fallen. Ich weiß, dass du selbst gerade genug Probleme hast. Ich könnte einen Deputy bitten, mich zu fahren.«

Er zog eine Braue hoch, um ihr zu verstehen zu geben, was er von diesem Vorschlag hielt.

Ihre Schultern sackten nach unten. Vor Erleichterung? »Danke! Ich hoffe, ich mache dir keine zu großen Umstände.«

»Harper, wir kennen uns schon so lange. Du darfst mir jeder Zeit Umstände machen.« *Was soll das, Heath?*

Er führte sie zu seinem Pick-up.

Sobald sie eingestiegen waren und sich angeschnallt hatten, ließ er den Motor an und steuerte in Richtung Krankenhaus. Stille erfüllte die Fahrerkabine, aber es war kein unsicheres Schweigen. Nein, das weniger. Aber es wäre ihm lieber gewesen als diese sorgenvolle Schwere.

Harper starrte aus dem Fenster und schien in Gedanken weit weg zu sein. Er streckte den Arm aus und drückte ihre Hand. »Sie schafft es. Sie wird wieder ganz gesund werden. Im Krankenhaus in Jackson arbeiten fähige Leute.«

Graybacks kleines Krankenhaus, das eher eine Akutklinik war, wäre mit Emilys schweren Verletzungen überfordert. Im St. John Krankenhaus in Jackson würde sie in guten Händen sein.

»Sie wollte nach Hause, aber ich habe sie überredet zu bleiben. Wir hätten nie hierher zurückkommen sollen!«

»Mach dir keine Vorwürfe. Das würde Emily nicht wollen. Mit Schuldgefühlen tust du keiner von euch beiden einen Gefallen. Du hast nichts falsch gemacht.« Warum befolgte er diesen Rat nicht selbst? Er gab sich für so vieles die Schuld.

Warum hatte Harper entschieden zu bleiben? Hatte sie seine Warnung in den Wind geschlagen und selbst Ermittlungen anstellen wollen? Im Grunde lag die Antwort darauf auf der Hand.

»Heath, es tut mir so leid – ich habe dich überhaupt noch nicht nach der Explosion gefragt. Ich wollte dich anrufen, als ich es gehört habe. Ich wollte auf die Ranch kommen. Aber ich …«

»Alles okay, darum brauchst du dir keine Gedanken zu machen. Du hättest sterben können, Harper. Ich bin so froh, dass du dich befreien konntest! Das war bestimmt nicht leicht.«

»Nein, er ist gefahren wie ein Henker.«

»Bist du dir sicher, dass es ein *Er* war. Hast du ihn gesehen?«

»Nein. Ich habe mich nur darauf konzentriert, wie wir entkommen können. Aber irgendwie kann ich mir einfach keine andere Erklärung vorstellen, als dass es derselbe Mann war, der die Frau getötet hat.«

Heath nickte. Das vermutete er auch. Auch wenn er hoffte, dass sie sich irrten. Doch falls sie mit ihrer Vermutung richtiglagen, war die große Frage: Wie hatte der Kerl Harper so schnell gefunden?

»Jetzt erzähl mir bitte, was auf der Ranch passiert ist«, kam sie nun doch wieder auf die Explosion zurück. »Ich habe gehört, dass jemand schwer verletzt wurde und ins Krankenhaus gebracht werden musste?«

»Leroy, einer meiner Mitarbeiter. Du hast ihn im Camp getroffen. Je länger ich darüber nachdenke, umso mehr Vorwürfe mache ich mir.«

»Du darfst dir nicht die Schuld geben«, sagte sie.

»Du auch nicht.« Da hatten sie es wieder.

»Ich dachte, Wyoming hätte eine sehr niedrige Verbrechensrate. Was ist hier nur los?«

»Das wüsste ich auch gern. Ich möchte nicht in Taggarts Haut stecken.«

Heath war froh, dass der Sheriff wegen der Explosion auf seiner Ranch die Bundespolizei hinzugezogen hatte. Womöglich würden sogar noch andere Behörden eingeschaltet werden. Hoffentlich war es keine Verbrechensserie, sondern nur ein Einzelfall. Taggart hielt es sogar für denkbar, dass die Explosion ein Unfall gewesen sein könnte und gar keine Bombe im Spiel gewesen war, obwohl der Feuerwehrhauptmann das anders sah.

»Und deswegen muss ich trotz allem hierbleiben. Ich will helfen, den Mörder der Frau zu finden. Und den Mann, der uns das heute angetan hat.«

»Das klingt wirklich nicht nach einer guten Idee. Sobald Emily aus dem Krankenhaus entlassen wird, solltet ihr euch in Sicherheit bringen. Fahrt irgendwohin, Hauptsache, weit weg von Wyoming.« Über seine letzten Worte musste er fast lachen. Er versuchte sie zu überreden, von hier wegzugehen, obwohl etwas in ihm aus völlig egoistischen Gründen unbedingt wollte, dass sie blieb. Obwohl er es nicht so weit hatte kommen lassen wollen, fühlte er sich ihr schon jetzt wieder sehr nah. Aber er musste stark bleiben und durfte ihre Beziehung nicht weiter vertiefen. Er würde auf keinen Fall riskieren, dass sie noch mehr verletzt wurde.

»Ich kann jetzt nicht einfach weg, Heath. Vielleicht lässt der Sheriff mich helfen.«

Das konnte Heath sich kaum vorstellen. »Wenn der Wohnwagen am Boden des Granite Ridge liegt, wo ist dann deine neue Kamera?«

»Das *musstest* du jetzt natürlich fragen.«

»Ich besorge dir eine andere.«

»Hör zu, ich habe mich darüber so sehr gefreut und es tut mir unbeschreiblich leid, dass die Kamera da unten …« Ihre Stimme versagte.

»Entschuldige. Ich hätte das nicht erwähnen sollen«, sagte er.

Harper und Emily hätten leicht zusammen mit dem Wohnwagen am Boden dieser Schlucht landen können. Wahrscheinlich waren Auto und Wohnwagen völlig ausgebrannt.

»Ich will nur sagen, dass du mir keine neue Kamera zu kaufen brauchst, auch wenn dein Angebot süß ist. Sehr süß.«

Wollte er als süß gelten? Er sagte lieber erst mal nichts dazu. Wenn er wollte, würde er ihr eine neue Kamera kaufen, ohne vorher lange zu fragen.

Sie verfielen wieder in Schweigen. Harper machte sich bestimmt große Sorgen um ihre Schwester. »Lass uns doch für Emily beten. Was hältst du davon?«

»Ja, sehr gern.«

Er erinnerte sich, dass sie angeboten hatte, für ihn zu beten, nachdem seine Mutter gestorben war. Er hatte sie nicht daran gehindert, aber er war mit dem Herzen nicht dabei gewesen. Dafür war er zu zornig gewesen auf Gott und auf sich selbst.

Gemeinsam beteten sie für Emily und auch für Leroy. Und für die Mordermittlungen. Und für die Familie der getöteten Frau.

Evelyns Worte gingen ihm durch den Kopf: *»Lass dir von unserem Herrn eine Frau zeigen, die zu dir passt, die du liebst und beschützt. Denkst du, das könntest du tun, Heath?«*

Er war nicht mehr dazu gekommen, Evelyn eine Antwort zu geben, und er konnte nicht sagen, wie seine Antwort ausgefallen wäre. Er hatte sich Gott nicht in den Weg gestellt, oder? Er selbst war das Problem. Es war am besten, wenn er zu Lori Somerall und Harper Reynolds und allen anderen Frauen der Welt Abstand hielt.

Doch zum ersten Mal seit sehr langer Zeit wollte er nicht mehr so leben. Er hatte genug davon, keinen Menschen an sich heranlassen zu dürfen. Der Grund dafür war Harper. Vielleicht lag es an ihrer früheren Freundschaft, dass er immer noch das Gefühl hatte, bei ihr ganz er selbst sein zu können.

Vielleicht sollte er Evelyns Rat befolgen.

Allerdings gehörte Harper nicht mehr nach Wyoming.

Heath verkrampfte die Hände so fest um das Lenkrad, dass seine Fingerknöchel schmerzten. Jetzt war wohl kaum der richtige Zeitpunkt, um darüber nachzudenken. Was war nur mit ihm los? Irritiert und aufgewühlt verbannte er diese verrückten Gedanken aus seinem Kopf, als er vor dem Krankenhauseingang vorfuhr.

Harper drehte sich zu ihm um. »Tausend Dank, Heath!«

»Du kannst hier aussteigen. Ich suche einen Parkplatz und komme nach. Ich möchte nach Leroy sehen und nachher auch nach Emily.«

»Das brauchst du nicht, aber danke.« Sie beugte sich so weit zu ihm herüber, dass sie ihm einen kurzen Kuss auf die Wange drücken konnte, dann öffnete sie die Tür. »Pass gut auf dich auf.«

Eine nette Art, Lebewohl zu sagen. Das hatte er davon, dass er den Gedanken zugelassen hatte, dass sich zwischen ihnen mehr entwickeln könnte! Vielleicht sogar Liebe. Zu einer Frau, die für ihn, auch wenn sie als Kinder die besten Freunde gewesen waren, im Grunde eine Fremde war.

Du musst unbedingt wieder einen klaren Kopf bekommen, Mann.

23

DONNERSTAG, 3:24 UHR
ST. JOHN KRANKENHAUS

Harper saß vornübergebeugt auf einem unbequemen Stuhl und zermarterte sich das Gehirn, während sie eine gefühlte Ewigkeit auf Informationen über Emilys Gesundheitszustand wartete. Sie hatte wieder rasende Kopfschmerzen und die Abschürfungen und Blutergüsse machten sich ebenfalls schmerzhaft bemerkbar. Aber sie ignorierte ihren Zustand so gut wie möglich.

Es ging jetzt nur um ihre Schwester.

Harper betete so inbrünstig wie noch nie und nippte hin und wieder an dem schlechtesten Kaffee, den sie je getrunken hatte, eine dünne Brühe aus einem Automaten.

Du bist alles, was ich habe, Emily.

Als Dr. Drew vorgeschlagen hatte, dass sie sich Zeit nehmen solle, um völlig andere Motive zu fotografieren, hätte sie sich niemals ausmalen können, wohin das führen würde. Jetzt wünschte sie, Emily und sie wären niemals zu dieser Reise aufgebrochen.

»*Dieses Mal hast du nicht weggeschaut. Du hast alles getan, was du tun konntest …*« Seine bestätigenden, beruhigenden und tröstenden Worte hatten sie tief berührt.

Harper weigerte sich, ihren Tränen freien Lauf zu lassen, und versuchte lieber, daran zu glauben. Vielleicht hatte er ja recht. Vielleicht hatte sie sich verändert. Sie hatte Heath gesagt, dass sie helfen wolle, den Mörder der jungen Frau zu finden. Das waren mutige Worte gewesen. So mutig fühlte sie sich gar nicht. Aber irgendwie hatte Heath sie verstanden. Sie hatte es in seinen Augen gesehen.

Wenn sie ihn nur vorhin nicht von sich weggestoßen hätte!

Sie hatte den Anruf bei ihm vor sich selbst damit gerechtfertigt, dass ihr und Emilys Überleben davon abhängen könnte. Aber in Wahrheit hatte sie sich auch nach einem Menschen gesehnt, den sie kannte.

Wem wollte sie hier etwas vormachen? Nicht nach *irgendeinem* Menschen, den sie kannte. Sie hatte sich nach Heath gesehnt, obwohl das absolut unvernünftig gewesen war.

Und was hatte sie dann gemacht? Sie hatte ihn, wenn auch sanft und freundlich, abgewiesen. Es war ihm anzusehen gewesen: Er hatte verstanden, dass sie ihn nicht wiedersehen wollte.

Er war definitiv ein Mann, in den sie sich verlieben könnte. Aber genau so jemanden konnte sie auf keinen Fall in ihr Leben lassen.

Ein Krankenpfleger trat zu ihr. »Ms Reynolds?«

Harper sprang so schnell von ihrem Stuhl auf, dass sie beinahe ihren Kaffee verschüttete. »Wie geht es meiner Schwester?«

»Sie ist jetzt in einem Zimmer, sie können zu ihr. Kommen Sie bitte mit.«

Das war keine klare Antwort, aber wenigstens konnte sie jetzt zu Emily. Harper folgte dem Pfleger in ein Krankenzimmer. Als sie eintrat und Emily im Bett liegen sah – Schläuche im Arm, die mit verschiedenen Infusionsflaschen verbunden waren –, wurde ihr mulmig zumute.

Schlief Emily? Oder war sie immer noch bewusstlos? Überwachungsmonitore waren angeschlossen, Herz und Sauerstoff. Eine Blutdruckmanschette blähte sich an ihrem Oberarm auf und erschlaffte dann wieder.

Eine Frau in einem weißen Kittel wandte sich ihr zu. »Sind Sie Ms Reynolds?«

»Ja. Ich bin Emilys Schwester.« Ihr Magen zog sich schmerzhaft zusammen.

»Ich bin Dr. Malus. Ihre Schwester liegt im Koma. Wir haben ein CT gemacht, um ein Subduralhämatom auszuschließen.«

»Was genau ist das?«

»Eine Gehirnblutung.«

»Oh.« Harper musste sich setzen. »Wird sie wieder gesund werden?«

»Sie lebt. Sie atmet selbst. Wir überwachen sie vorerst, führen Untersuchungen durch und warten darauf, dass sie aufwacht.«

»Wie lange wird das dauern?« Harper hielt den Atem an und zwang sich, ruhig zu bleiben, während sie der Ärztin zuhörte. Die Bewegung ihrer Lippen beobachtete. Versuchte, das Gehörte zu verarbeiten.

»Zwölf Stunden, zwölf Monate. Wir wissen es nicht.«

Harper konnte die Ärztin nicht mehr ansehen. Sie starrte ihre Schwester an. Nach einer Weile ließ Dr. Malus sie mit Emily allein.

Jetzt konnte Harper ihre Tränen nicht länger zurückhalten. Vor ihren Augen verschwamm alles. »Oh, Em... Es tut mir so leid! Es tut mir so unendlich leid!«

Minuten vergingen, bis sie die Kraft fand aufzustehen und den Stuhl ans Bett zu ziehen. Mit den Fingerspitzen strich sie sanft über Emilys Handrücken.

»Em«, flüsterte sie. »Ich weiß nicht, ob du mich hören kannst. Ich habe keine Ahnung. Ich bete, dass du mich hörst. Es heißt ja, manche Komapatienten hören, was an ihrem Bett gesprochen wird. Bitte wach auf! Bitte komm zu mir zurück! Ich werde dir den Rest meines Lebens sagen, wie leid es mir tut, dass das alles passiert ist, obwohl du das bestimmt bald nicht mehr hören kannst. Bitte. Ich brauche dich!« Sie holte Luft. »Der Sheriff wird die Person, die das getan hat, finden.« Sie würde dafür sorgen, dass Taggart diesen Fall weiter verfolgte, und ihm ihre Hilfe anbieten. Aber sie wusste, sie würde Unterstützung brauchen. Von einem Menschen, der in dieser Stadt und auch beim Sheriff Respekt genoss.

Sie wusste genau, wer dieser Mensch war. Wenn sie sich ihm gegenüber doch beim Abschied nicht so distanziert verhalten hätte!

Irgendwann – Minuten oder Stunden später, sie wusste es nicht – merkte Harper, dass sie auf dem Stuhl neben Emily eingenickt war. Sie wollte beten, aber ihr fehlten die Worte. Zum Glück wusste Gott ja auch so, wie es in ihrem Herzen aussah.

Abgesehen vom Piepen der Monitore war es im Zimmer ganz still.

Steril und einsam.

Harper dachte daran, wie Heath im Auto mit seiner kräftigen Stimme gebetet hatte, und an seine vertrauensvollen Worte. Einer seiner Mitarbeiter und Freunde war verletzt worden. Und Harper hatte sich so gefühllos verhalten. Sie hatte Heath nicht einmal nach den Verletzungen des Mannes gefragt, bevor sie gegangen war.

Sobald sie an Heath dachte, erschien ihr das Zimmer nicht mehr so einsam, obwohl das völlig irrational war.

Harper erhob sich. Ihre Abschürfungen brannten und ihre Blutergüsse schmerzten. Ein Sanitäter hatte die gröbsten Wunden verbunden, aber mehr hatte sie nicht zugelassen. Sie war nicht besonders schwer verletzt. Nein. Emily hatte es viel schlimmer getroffen.

Sie küsste ihre Schwester auf die Wange, dann strich sie ihr sanft über die Stirn, ohne jedoch die unübersehbare Beule zu berühren.

»Ist es okay, wenn ich dich eine Weile allein lasse? Ich muss zu Heath.«

Hoffentlich war er noch nicht wieder weg.

»Ich komme wieder, versprochen.«

Aber sie hatte ihr auch versprochen, sie nicht fallen zu lassen.

Schweren Herzens verließ Harper das Zimmer.

Detective Moffett trat ihr in den Weg. »Ich muss mit Ihnen sprechen.«

24

DONNERSTAG, 4:07 UHR
ST. JOHN KRANKENHAUS

Heath stand mit verschränkten Armen in der Ecke von Leroys Krankenzimmer. Er konnte einfach nicht glauben, was in den letzten Stunden alles passiert war. Hilflosigkeit und Wut hielten sich die Waage. Aber im Moment war er vor allem völlig ausgelaugt und hundemüde.

Mit nach unten geneigtem Kopf saß Evelyn auf dem einzigen Stuhl im Zimmer. Er wünschte, sie würde sich die Ruhe gönnen, die sie dringend brauchte, aber er kannte sie und wusste, dass sie unermüdlich für ihren einzigen Sohn betete. Leroy hatte schon viel durchgemacht. Wie hatte Heath glauben können, wenn er ihn auf seiner Ranch einstellte, könnte er seinem Leben damit eine positive Wendung geben? Wieder ein Beispiel, was es nach sich zog, wenn er versuchte zu helfen.

Leroy und er hatten sich angefreundet, und ja, er betrachtete diesen Mann genau wie Evelyn als Teil seiner Familie. Der Familie, die ihm so sehr fehlte.

Ihm war gar nicht bewusst gewesen, wie sehr er seine Brüder vermisste, bis Austin letztes Jahr plötzlich wieder aufgetaucht war. Vielleicht hätte er nachdrücklicher versuchen sollen, Austin und Willow zu überreden, nach Wyoming zu ziehen. Willow schien die Gegend hier sehr gut zu gefallen. Sie könnte ihren Beruf überall ausüben. Allerdings lebte ihre Assistentin Dana Cooper, der sie sehr nahestand, in Seattle. Und Austin? Heath hatte es ihm deutlich angemerkt: Sein jüngster Bruder vermisste Grayback und sein Zuhause, obwohl sie hier so viel Schlimmes erlebt hatten.

Heath würde die freie, ungezähmte Natur, die die Emerald M

Ranch umgab, auch vermissen. Wenigstens hatten er und Austin wieder eine gute Beziehung. Aber er hatte noch einen zweiten Bruder irgendwo auf der Welt, mit dem es nicht so gut lief. Heath hatte unzählige Male versucht, Kontakt zu Liam aufzunehmen, doch er hatte nie eine Antwort bekommen.

Erschöpft strich Heath mit der Hand übers Gesicht. Er sollte sich lieber erst mal auf Leroy konzentrieren.

»Du brauchst nicht noch länger hierzubleiben.« Evelyn hob langsam den Kopf. »Kümmere dich um deine Ranch.«

»Die ist doch sowieso geschlossen.« Er stieß sich von der Wand ab und trat zu ihr. Mit den geröteten Augen und den zerzausten Haaren sah sie aus wie um zehn Jahre gealtert. »Das ist vorerst vorbei.«

Mit überraschend viel Kraft drückte sie seine Hand. »Jetzt mach mal halblang! Es wurde nur eine einzige Blockhütte zerstört. Du kannst den Betrieb schon bald wieder aufnehmen. Etwas anderes darfst du nicht einmal denken.«

Wie viele Menschen würden jetzt noch auf die Emerald M Ranch kommen wollen? *Warum ausgerechnet meine Ranch, Gott?*

»Alle Gäste sind fort. Ich habe für die nächsten zwei Wochen alle Buchungen storniert. Wir müssen erst herausfinden, was passiert ist. Es tut mir … so leid.«

Sie drückte wieder seine Hand. »Hör bitte auf! Das war nicht deine Schuld. Leroy wird wieder gesund. Meinem Jungen wird es wieder gut gehen. Warte nur ab.«

Leroy lag nicht ohne Grund auf der Intensivstation. Heath wünschte, er hätte Evelyns Glauben.

Leroys Verletzungen waren zwar gravierend, aber es hätte noch viel schlimmer ausgehen können. Allein bei dem Gedanken erschauerte Heath. Er stand auf und ging in dem kleinen Zimmer auf und ab. Wahrscheinlich wäre Evelyn gern ein wenig allein, um nachzudenken und zu beten, statt auch noch ihn ermutigen zu müssen. Es war egoistisch von ihm zu bleiben, aber er wollte ihr zeigen, wie viel ihm an ihr und ihrem Sohn lag.

»Soll ich dich nach Hause bringen, damit du dich ein wenig ausruhen kannst? Wenn du ein wenig geschlafen hast, bringe ich dich wieder her.«

»Nein, danke. Ich kann noch nicht weg.«

Die innere Unruhe war kaum zu ertragen. Er musste etwas unternehmen. Aber was? »Dann fahre ich jetzt am besten. Seine Frau und Kinder kommen ja bestimmt auch bald.«

»Es könnte sein, dass seine Exfrau kommt. Vielleicht. Die Kinder wohnen in anderen Bundesstaaten und sind beruflich viel unterwegs. Außerdem stehen sie ihrem Vater nicht sehr nahe.«

Das verstand Heath nicht. Leroy war ein herzensguter, ehrlicher Mann. Einen Mann wie Leroy hätte er gern zum Vater gehabt. Es beschämte ihn, dass er so wenig über dessen Familiengeschichte wusste, doch es war nicht der richtige Moment, um nachzuhaken. »Gib mir Bescheid, wenn du etwas brauchst. Ich bin immer für dich da.«

»*Du brauchst jemanden, der wirklich deine Familie ist! Eine Frau, die dich liebt und die du auch liebst.*«

Er sollte endlich gehen.

»Diese junge Frau. Harper. Wie geht es ihr?«

Heath hatte Evelyn kurz berichtet, was geschehen war. Das war typisch für sie – obwohl sich ihr Sohn in einem kritischen Zustand befand, erkundigte sie sich nach Harper.

»Ihre Schwester war bewusstlos, als sie ins Krankenhaus gebracht wurde. Harper hat es nicht ganz so schlimm erwischt, auch wenn sie einige Blessuren abgekriegt hat.« Zusätzlich zu der Wunde am Kopf, die erst vor wenigen Tagen genäht worden war.

»Das tut mir sehr leid. Bitte sag ihr, dass ich für sie und für ihre Schwester bete. Wie heißt sie?«

»Emily. Aber wie kommst du darauf, dass ich Gelegenheit haben werde, ihr das auszurichten?«

»Weil du immer hilfst, wo du kannst, Heath. Diese Frau hat etwas Schreckliches erlebt. Du kannst gar nicht anders, als nach ihr zu sehen.«

Er brachte es nicht übers Herz, Evelyn zu sagen, dass Harper seine Fürsorge nicht wollte. Zum Glück hatte er Evelyn nichts von der Kamera erzählt, die er ihr gekauft hatte.

Okay, er würde zu ihr gehen. Aber danach musste er sich darauf konzentrieren herauszufinden, wie es zu der Explosion gekommen war. Und – falls es sich nicht um einen Unfall gehandelt hatte – wer die Verantwortung dafür trug.

Heath verabschiedete sich und verließ das Zimmer. Als er sich dem Wartebereich neben den Aufzügen näherte, entdeckte er Harper. Sie lehnte an der Wand und sah aus, als würde sie auf ihn warten. Bei ihrem Anblick schlug sein Herz höher. War sie hier, weil sie mit ihm sprechen wollte? War ihr abrupter Abschied vielleicht doch nicht so abweisend gemeint gewesen, wie er ihn verstanden hatte? Oder lag Emily auch auf der Intensivstation?

Harpers Augen leuchteten auf und sie kam ihm entgegen. »Heath! Wie geht es Leroy?«

»Er ist schwer verletzt, aber die Ärzte sind zuversichtlich, dass er durchkommt.« Heath hoffte das um Evelyns willen und auch für sich selbst. Besorgt musterte er Harper. »Wie schaffst du es, dich auf den Beinen zu halten?«

»Ich komme schon klar, aber Emily liegt im Koma.« In ihren Augen schimmerten Tränen.

Er wollte ihre Hand nehmen und sie drücken, wie er es im Auto getan hatte, hielt sich jedoch zurück. »Ich soll dir von Evelyn – Leroys Mutter – sagen, dass sie für dich und deine Schwester betet.«

»Oh. Es ist sehr lieb von ihr, dass sie trotz ihrer eigenen Sorgen an uns denkt!«

Heath nickte und wusste nicht, was er noch sagen sollte. Jedenfalls konnte er ihr keinen Moment länger in die Augen sehen. Stattdessen schaute er den Flur hinab. Er freute sich, dass sie sich nach Leroys Befinden erkundigt hatte, aber sie schien noch etwas anderes auf dem Herzen zu haben.

»Bitte entschuldige, dass ich dich aufhalte, aber können wir reden?«

»Natürlich.«

»Ich weiß, du hast wegen des Vorfalls auf der Ranch viel zu tun, und ich möchte dich natürlich nicht …«

»Harper. Bitte sag einfach, worum es geht.« Er war immer noch sehr gereizt und erschöpft von all den furchtbaren Ereignissen. Die alte Schusswunde in seiner Seite schmerzte auch schon wieder. Eigentlich war es ihm gar nicht recht, dass Harper ihn so erlebte.

Sie seufzte. »Ich sollte dich wahrscheinlich nicht darauf ansprechen, aber ich kenne niemanden, an den ich mich sonst wenden könnte. Ich brauche deine Hilfe. Ich will in die Schlucht hinabsteigen, in die der Wohnwagen gestürzt ist. Ich gehe davon aus, dass der Tatort bald untersucht wird. Vielleicht wird sogar die Bundespolizei hinzugezogen. Aber ich vertraue keinem anderen mein Leben an. Oder Emilys Leben. Ich will Fotos machen. Aber ich brauche jemanden, der so viel Ansehen in der Stadt genießt wie du. Sonst wird Taggart mich nicht anhören, selbst wenn ich ihm Beweise vorlege. Besonders dann, wenn ich etwas finden sollte, das seine Ermittler übersehen haben.«

Wie bitte?! »Was hat das zu bedeuten? Jemand hat heute Nacht versucht, euch zu töten. Wir wissen beide, wer es wahrscheinlich gewesen ist. Sheriff Taggart sollte dir eigentlich Personenschutz geben.«

Ihre Miene verdunkelte sich und sie hielt sich die Hände vors Gesicht. Wollte sie ihren Schmerz vor ihm verstecken?

Heath wappnete sich. »Was ist los, Harper?«

Sie ließ die Hände wieder sinken. »Detective Moffett sagt, ein Zeuge hätte *mich* heute Nacht am Steuer sitzen sehen. Die Person hat angegeben, dass ich ins Auto gestiegen und mitten in der Nacht losgefahren wäre. Wir sind nur mit knapper Not dem sicheren Tod entronnen. Natürlich saß ich *nicht* am Steuer! Ich war bei Emily, als sie bei der Polizei angerufen hat. Detective Moffett meint aber, dass mich dieser Anruf noch mehr belastet, da sie mich bei ihrem Notruf nicht erwähnt hat. Sie hat nur gesagt, dass jemand mit dem Wohnwagen wegfahre und sie darin eingeschlossen sei. Detective Moffett hat mich aufgefordert, in der Stadt zu bleiben, falls sie noch weitere Fragen hat. Ich weiß nicht, was sie denkt. Ob sie mir glaubt oder nicht. Aber Heath, wenn ich nicht das Gegenteil beweisen kann, werde ich womöglich noch verhaftet. Emily liegt im Koma. Sie kann nicht aussagen, was tatsächlich passiert ist. Sie kann der falschen Zeugenaussage nicht widersprechen!«

Heath bemühte sich, ihre Worte zu verarbeiten, obwohl er das alles kaum glauben konnte. Was würde dieser Tag noch alles bringen? Die Polizei würde Harper nicht verhaften. So weit würde Taggart nicht gehen. Oder doch?

»Falls auch nur der geringste Verdacht gegen dich besteht, wird dir Sheriff Taggart auf keinen Fall erlauben, den Tatort zu betreten und dort zu fotografieren. Selbst wenn ich ihn noch so nett bitte.« Er ballte die Fäuste. Harper war hier das Opfer. Konnte Taggart das nicht sehen?

»Ich bitte dich ja auch nicht, ihn zu überreden.«

25

Heath betrachtete sie forschend, fast, als versuche er, sie einzuschätzen. War sie das Risiko und seine Zeit wert?

Sie musste sich irren. Der Heath, den sie kannte, würde nicht in solchen Kategorien denken. Er gehörte zu den Menschen, die überlegten, wie sie jemandem helfen konnten, der in Not war. Das war einer der Gründe, warum sie ihn um seine Unterstützung gebeten hatte. Der nachdenkliche Blick in seinen intensiven blauen Augen hätte sie beinahe dazu gebracht, einen Rückzieher zu machen, aber sie konnte es sich nicht leisten, jetzt zu kneifen.

Während er überlegte, nutzte sie die Zeit, um ihn genauer zu studieren. Er wirkte ganz anders als gestern, als er in ihren Wohnwagen gekommen war und ihr die Kamera geschenkt hatte. Mit seinem unrasierten Kinn und den zerzausten Haaren und so nachdenklich und einfühlsam, wie er war, würde er einen guten Romanhelden abgeben. Ihr war der gequälte Blick, mit dem er aus Leroys Zimmer getreten war, nicht entgangen. Als er sie entdeckt hatte, hatte er sich allerdings sichtlich gefreut.

Harper verdrängte diese Gedanken und konzentrierte sich wieder auf den Grund, warum sie zu ihm gekommen war. Sie verabscheute es, so hilfsbedürftig zu wirken. Womöglich sogar zerbrechlich. Sie wollte auf keinen Fall, dass dieser starke Mann sie für schwach hielt.

Heath verschränkte die Arme vor der Brust und richtete seinen Blick auf den Boden – nicht gerade eine Mut machende Reaktion, doch Harper hoffte, dass sie ihn nicht falsch eingeschätzt hatte. »Ich würde dich nie darum bitten, wenn Emily nicht im Koma läge und ich dir nicht vertrauen würde. Du bist ein guter Deputy.« Ihr Vertrauen zu ihm hatte damit zwar wenig zu tun, sondern ging viel tiefer, aber das behielt sie lieber für sich. »Ich weiß, dass ich viel von dir verlange. Und natürlich will ich auf keinen Fall deinem Ruf schaden.«

Er biss sich auf die Lippe und es sah aus, als müsse er ein Grinsen zurückhalten. »Das denkst du also?«

»Ich weiß nicht, was ich denken soll. Vielleicht war es ein Fehler, dich darum zu bitten.« Niedergeschlagenheit machte sich in ihr breit. Sie trat einen Schritt zurück und dann noch einen. »Entschuldige, dass ich dich damit belästigt habe.«

Er umfasste sanft ihr Handgelenk. »Wohin willst du? Ich habe dir doch noch gar keine Antwort gegeben.«

»Ich schätze, ich kenne sie bereits.«

»Du kannst meine Gedanken lesen?«

»Heath, bitte sag es mir ehrlich, wenn ich zu weit gegangen bin. Das war ganz sicher nicht meine Absicht.«

»Ich denke, dass es sehr stark und mutig von dir ist, den Stier bei den Hörnern packen zu wollen. Ich hätte erwartet, dass du dir überlegst, wie du am schnellsten von hier fortkommen und deine Schwester und dich in Sicherheit bringen kannst. Oder dass du den Sheriff um Schutz bitten würdest.«

»Sprechen wir über denselben Sheriff? Über den Mann, der glaubt, *ich* hätte unseren Wohnwagen in die Tiefe gestürzt?«

»Wir wissen nicht, was Taggart glaubt. Wir sollten mit ihm sprechen. Dann sehen wir, wie er auf deinen Vorschlag reagiert.«

»Ich habe die Erfahrung gemacht, dass es besser ist, erst zu handeln und später um Verzeihung zu bitten.«

Seine Augen lächelten. »Das werde ich mir merken. Du willst mich also zu einem nicht ganz ordnungsgemäßen Vorgehen überreden? Ich soll mit dir losziehen und Beweise sammeln – und Taggart erzählen wir erst danach, was wir gefunden haben?!«

»Du hast es erfasst. Bitte komm mit.«

»Heath?«, sagte eine Frauenstimme leise hinter ihnen.

Er drehte sich schnell um. »Evelyn. Ist alles okay?«

Die Frau sah so müde aus, wie Harper sich fühlte. »Ich bin Evelyn Miller. Sie sind bestimmt …«

»Harper Reynolds.« Sie wollte gern irgendetwas Freundliches sagen, doch ihr Gehirn hatte nicht mehr genug Energie, um die richtigen Worte zu liefern.

»Wie geht es Ihrer Schwester?« Ehrliche Besorgnis sprach aus Evelyns Augen.

»Leider können die Ärzte noch nichts Genaues sagen. Und Ihrem Sohn?«

Zweifel zogen über ihr Gesicht, die jedoch einen Moment später von einer unübersehbaren Entschlossenheit verdrängt wurden. »Er ist ein Kämpfer. Er wird es schaffen. Gott wacht über uns.« Evelyn richtete die Augen auf Heath. »Ich hoffe, ich habe nicht gestört.«

»Natürlich nicht.« Liebe und Respekt sprachen aus Heaths Miene. »Soll ich dich jetzt nach Hause bringen?«

Evelyn lächelte schwach. »Ja. Ich habe es mir anders überlegt. Ich muss ausgeruht sein, wenn Leroy aufwacht.« Sie ergriff Harpers Hand. »Ich habe gehört, was mit Ihrem Wohnwagen passiert ist. Sie wohnen vorerst bei uns.«

Das war keine Frage.

Harper wusste nicht, was sie sagen sollte. Sie hatte noch gar nicht überlegt, wo sie jetzt wohnen sollte.

Heath schmunzelte. »Wenn Evelyn eine Möglichkeit sieht, jemandem etwas Gutes zu tun, fragt sie nicht lange. Daran wirst du dich noch gewöhnen.«

Würde sie lange genug hier sein, um sich daran zu gewöhnen?

»Ich sehe Ihnen an, dass Sie noch nicht so weit gedacht haben.« Evelyn lehnte sich müde an die Wand.

Heath legte ihr den Arm um die Schultern. »Du bist herzlich eingeladen mitzukommen«, sagte er zu Harper. »Du kannst bei uns im Haupthaus wohnen. Wir haben ja gerade ein großes Polizeiaufgebot auf der Ranch – einen sichereren Ort kann ich mir im Moment nicht vorstellen.«

Harper folgte Evelyn und Heath durch den Flur. Sollte sie bei ihnen wohnen? Sie waren eigentlich Fremde. Aber der Gedanke an ein warmes Bett und liebevolle Menschen auf einer Ranch, auf der es vor Polizisten wimmelte, machte es sehr verlockend, die Einladung anzunehmen.

Evelyn blieb stehen und drehte sich zu Harper um. »Sie müssen sich ausruhen, damit Sie für Ihre Schwester da sein können. Ich hatte vor, die ganze Nacht bei Leroy zu bleiben. Aber wenn ich mich kaum noch auf den Beinen halten kann, hat er nicht viel von meinem Beistand.«

Das war der nötige Anstoß, den Harper brauchte. »Ich will vorher nur noch einmal kurz nach Emily sehen. Ist das in Ordnung?«

»Klar«, antwortete Heath. »Wir kommen mit dem Auto zum Eingang und warten dort auf dich.«

Heath und Evelyn setzten ihren Weg fort.

»Ich brauche nicht lange. Versprochen«, rief Harper noch über die Schulter.

»Ach, Harper?«, hörte sie Heath, als sie schon fast um die Ecke gebogen war.

Sie blieb stehen und drehte sich zu ihm um.

»Über deine Frage sprechen wir später.« Er nickte kurz, dann führte er Evelyn weiter zum Ausgang.

Heath zog also tatsächlich in Erwägung, ihr bei der Untersuchung des Tatorts zu helfen.

Vielleicht war der Verdacht, sie könne wegen ihrer Kopfverletzung nicht klar denken, doch nicht so weit hergeholt. Hatte sie den Verstand verloren, dass sie ohne Erlaubnis auf Spurensuche gehen wollte? Sie würde den Tatort ohnehin erst betreten können, wenn alle anderen ihre Untersuchungen abgeschlossen hatten. Vielleicht sollte sie den Sheriff wirklich einfach fragen, ob sie dabei sein dürfe.

Heath und Evelyn stiegen in den Fahrstuhl und Harper ging auf die andere Seite der Intensivstation zu Emilys Zimmer. Sie hatte versprochen wiederzukommen und wollte ihrer Schwester erzählen, dass sie vorerst auf der Emerald M Ranch wohnen würde. Weil Evelyn sie so herzlich eingeladen hatte. Und Heaths sofort ihrer Meinung gewesen war.

Er war wirklich ein ganz besonderer Mensch, der sich aufopfernd um andere kümmerte. Das wusste Harper aus Erfahrung. Nutzte sie seine Großzügigkeit und Freundlichkeit aus? Sie musste diese Sache zu Ende führen, aber war es falsch, Heath in dieser unruhigen Phase wieder in ihr Leben zu lassen? Obwohl er genug eigene Sorgen hatte?

Am Ende des Flurs bog sie nach links. Als sie sah, dass vor der letzten Tür auf der linken Seite ein Mann stand, erschrak sie kurz. Das Zimmer ihrer Schwester. Sie zwang sich, ihre Schritte zu beschleunigen. Im Näherkommen erkannte sie, dass es ein Deputy war, der Emilys Tür bewachte.

Oh, Gott sei Dank!

Sheriff Taggart nahm die Sache also doch ernst und hatte jemanden geschickt – wenn auch einen Deputy aus Teton County –, um Emily zu beschützen.

»Ich bin so froh, dass Sie hier sind.« Sie lächelte den Mann an und wollte die Tür öffnen.

»Entschuldigen Sie, Ma'am. Ich darf niemanden ins Zimmer lassen.«

»Ich bin ihre Schwester, das geht in Ordnung.«

»Außer dem Krankenhauspersonal darf niemand das Zimmer betreten.«

26

DONNERSTAG, 5:17 UHR
EMERALD M GÄSTERANCH

Endlich! Heath steuerte seinen Pick-up auf das Tor zu, das aus
einer einzigen großen Kiefer geschnitzt war. Normalerweise erfüllte ihn an dieser Stelle das Gefühl des Nach-Hause-Kommens,
doch heute wurde dieser innere Frieden von einem spürbaren
Grauen erstickt. Die Verzweiflung, die er während der Renovie-
rungsarbeiten verdrängt und die er so lange auf Abstand gehalten
hatte, drohte seine Welt erneut aus den Angeln zu heben.

Trotzdem freute er sich über den Anblick seines Hauses.

Die Morgendämmerung zog bereits über den Bergen auf, als er
seinen Wagen auf das Tor zusteuerte. Wenigstens war diese lange
Nacht bald vorbei.

Evelyn und Harper hatten während der Fahrt aus Jackson, wo
sie beide einen geliebten Menschen im Krankenhaus zurückgelassen hatten, kein Wort gesagt. Irgendwann hatte Evelyn angefangen, auf dem Rücksitz leise zu schnarchen. Die Frau musste
dringend ins Bett. Nach ein paar Stunden Schlaf würde er sie
wieder ins Krankenhaus fahren, damit sie bei Leroy sein konnte.

Harper schaute unverwandt aus dem Fenster und obwohl er es
nicht sehen konnte, war Heath sich sicher, dass sie immer noch
diesen abwesenden Blick hatte. Sie war völlig aufgewühlt.

Er wusste, dass sie ihre Gefühle bald wieder im Griff haben
würde, aber ihre Worte ließen ihm keine Ruhe.

»Sie lassen mich nicht mehr zu meiner Schwester.«

Sobald sie im Haus waren, würde er Detective Moffett oder
Sheriff Taggart anrufen. Das war doch verrückt. Als ob sie nicht
schon genug Probleme hätten! Er verkrampfte die Hände um sein

143

Lenkrad. Harper sollte *selbst* ihr Auto und den Wohnwagen in den Abgrund gestürzt haben? Der sogenannte Zeuge irrte sich. Oder er log. Hatte der Sheriff diese Möglichkeit überhaupt in Erwägung gezogen?

Als er durch das Tor fahren wollte, hielt ein Polizist ihn mit einem Handzeichen auf. Er war von der Bundespolizei. Hoffentlich machte der jetzt keine Scherereien und ließ Heath auf seine Ranch.

Heath stieg aus. »Hallo. Guten Morgen.«

»Sir, niemand darf dieses Gelände betreten. Es ist ein Tatort.«

»Ich bin Heath McKade, der Eigentümer dieser Ranch. Meines Wissens wurde nur eine einzige Blockhütte zerstört. Mir war nicht bewusst, dass man inzwischen von einer Bombe ausgeht. Außerdem hat mir niemand gesagt, dass das Haupthaus ebenfalls als Tatort betrachtet wird. Ich muss nach Hause.«

»Ich habe nicht gesagt, dass es eine Bombe war. Zeigen Sie mir bitte Ihren Ausweis. Ich muss jeden kontrollieren, das verstehen Sie bestimmt.«

Heath zog seine Brieftasche heraus und klappte sie so auf, dass der Mann seinen Führerschein und seinen Deputy-Ausweis sehen konnte.

»Sie arbeiten bei der Autobahnpolizei von Wyoming«, stellte Heath fest. Er hoffte, der Mann würde sich in ein Gespräch verwickeln lassen.

»Ja, Sir. Und Sie sind Deputy, wie ich sehe. Ich heiße übrigens Lester Vernon.«

»Freut mich, Sie kennenzulernen. Haben Sie schon etwas herausgefunden? Wissen Sie, was passiert ist? Wer dafür verantwortlich ist?«

»Ich bin nur der Torhüter, der abgestellt wurde, um zu kontrollieren, dass niemand unbefugt auf das Gelände kommt.«

Heath zog eine Braue hoch. »Ihnen ist hoffentlich bewusst, dass diese Ranch von über 10.000 Quadratkilometern Wildnis umgeben ist. Wenn jemand unbemerkt auf das Grundstück gelangen will, kommt er wahrscheinlich nicht durchs Tor.«

Vernon grinste leicht. »Sehe ich genauso, das erschwert die Sache natürlich. Wer ist bei Ihnen im Wagen?«

»Evelyn Miller und Harper Reynolds. Sie wohnen bei mir im Haupthaus.«

»Sind Sie sicher, dass Sie unter den gegebenen Umständen hier wohnen wollen?«

Heath rieb sich das Kinn. »Nein, ich bin mir nicht ganz sicher, aber es war eine lange Nacht und es sieht so aus, als würde es ein noch längerer Tag werden.«

»Das tut mir leid für Sie! Sie können weiterfahren.«

Heath stieg wieder ins Auto, wo ihn zwei Paar weit aufgerissene Augen erwarteten.

»Was ist los?«, fragte Evelyn.

»Kein Grund zur Sorge. Sie wollen nur aufpassen, dass niemand auf die Ranch kommt, der hier nichts zu suchen hat.« Der Sheriff hatte dafür nicht die nötigen Leute und die Bundespolizei half bei der Untersuchung der Blockhütte. Eigentlich hätte er erwartet, dass ihn Taggart über den Stand der Ermittlungen informierte. Dass er ihn sogar als Deputy einsetzte. Aber es handelte sich um seine Ranch, also durfte er an diesem Fall wahrscheinlich nicht mitarbeiten. Wer würde noch alles hier aufkreuzen? Das Bombenentschärfungskommando aus Cody? Das ATF – die Sicherheitsbehörde für Alkohol, Tabak, Schusswaffen und Sprengstoff? In diesem Fall würde seine Ranch abgeriegelt werden und die verschiedenen Behörden würden der Sache nachgehen.

Im Rückspiegel sah er, dass Harper nachdenklich durchs Fenster zu Vernon schaute, als sie an ihm vorbeifuhren. Hinterfragte sie die Entscheidung, hier zu übernachten? Er hätte ihr die Ranch gern gezeigt, bevor dieser hässliche Vorfall passiert war. Nicht selten waren Fotografen unter den Gästen der Ranch, die von hier aus ihre Touren in die Natur machten. Bestimmt hätte es ihr hier gefallen. Andererseits hatte sie in den letzten Tagen vermutlich genug Natur gesehen. Und dazu sehr viel Gewalt, die diese Schönheit überschattete.

Der Schotter knirschte unter seinen Reifen, als er sich dem Haupthaus näherte. Sein rustikales zweistöckiges Blockhaus tauchte vor ihnen auf. Als Harper als Kind hier gewesen war, hatte die Veranda nicht ganz um das Haus herumgeführt. Heath hatte einiges angebaut. Erinnerte sie sich daran, wie das alte Haus ausgesehen hatte? Vor und nach dem Brand, bei dem er seine Mutter verloren hatte? Unterhalb des Blockhauses befanden sich die Koppel und der Pferdestall. Und ein kleiner See, in dem die Gäste angeln konnten, wenn sie dafür nicht zu einem der vielen Flüsse und Bäche in der Gros-Ventre-Wildnis wandern wollten. Stolz regte sich in seiner Brust. Er wünschte sich, dass das, was er hier geschaffen hatte, Harper beeindruckte.

Tiefer im Wald waren in der Nähe der zerstörten Blockhütte Polizeifahrzeuge zu sehen. Ihre Anwesenheit entstellte sein kleines Paradies. Die Blockhütte – beziehungsweise das, was davon übrig geblieben war – war von der Straße aus nicht zu sehen.

Gott sei Dank war von seinen Gästen niemand verletzt worden. Es war schlimm genug, dass es Leroy erwischt hatte.

Er konnte sich das einfach nicht erklären. Wer hatte das getan und warum? Er stimmte dem Feuerwehrhauptmann zu: Die Explosion musste ein gezielter Gewaltakt gegen seine Ranch gewesen sein. Gegen ihn.

Er stellte den Pick-up ab und stieg aus, um Evelyn beim Aussteigen zu helfen. Sie war stark, aber er machte sich trotzdem Sorgen um sie. Sie war völlig mitgenommen.

Sie tätschelte den Arm, den er ihr anbot. »Du behandelst mich wie eine alte Frau, Heath«, sagte sie schmunzelnd. »Aber danke. Du warst schon immer ein Gentleman.«

»Das ist doch nichts Besonderes«, erwiderte er.

Sie beugte sich zu ihm und flüsterte: »Ich bringe Harper in eins der Gästezimmer. Danach kannst du ihr alles zeigen. Sie soll sich hier wie zu Hause fühlen.«

»Gut. Wenn du ausgeschlafen hast, bringe ich dich wieder zum Krankenhaus.«

»Ich sehe dir an, dass du es nicht erwarten kannst herauszu-finden, was hier passiert ist. Du solltest so bald wie möglich mit dem Sheriff sprechen. Vielleicht wird es Zeit, deine Uniform an-zuziehen.«

Harper kam um Heaths Wagen herum, die Arme um sich ge-legt. Sie trug immer noch die Jogginghose und das Kapuzenshirt, das sie angehabt hatte, als er gestern Nacht nach ihrem Anruf zu ihr gefahren war. Die Kleidung war schmutzig und zerrissen.

Sie mussten noch über Harpers Plan sprechen, aber zuerst würde er sich Taggart vornehmen und diesem Unsinn ein Ende setzen. Sie war keine Verbrecherin.

Heath bedachte sie mit einem schwachen Lächeln, obwohl sein Ärger über den Schaden, der auf seiner Ranch angerichtet worden war, fast überkochte. Und über das, was Harper erleben musste.

»Alles wird wieder gut«, sagte er. »Geh mit Evelyn. Sie kann sicher auch etwas Sauberes zum Anziehen für dich auftreiben. Ruh dich aus. Später zeige ich dir die Ranch.«

»Ich kann gar nicht sagen, wie dankbar ich dir bin.« Harper schaute jetzt auch Evelyn an. »Und Ihnen natürlich auch. Sie sind so großzügig.«

»Das ist doch selbstverständlich.« Evelyn legte den Arm um Harper und führte sie über die Veranda ins Haus.

An dem Tag, an dem er Evelyn eingestellt hatte, hatte Gott es wirklich gut mit ihm gemeint. Sie war die Stimme der Weisheit in seinem Leben – und sie kochte die beste Lasagne der Welt.

Heath wandte sich vom Haus ab und marschierte auf den Trümmerhaufen auf seinem Gelände zu. Da war Taggart ja!

Wenn er Informationen über den Stand der Ermittlungen auf seiner Ranch bekommen und Harper verteidigen wollte, musste er jetzt geschickt vorgehen. Er durfte es sich nicht mit dem Sheriff verscherzen.

»Guten Morgen, Taggart.« Heath verschränkte die Arme und betrachtete die Brandruine. Ein Mann und eine Frau waren dabei, mit Handschuhen Beweismaterial in Tüten zu packen, und machten Fotos. »Wie viel wissen wir inzwischen?«

»Morgen, Heath«, erwiderte Taggart. »Der Feuerwehrhauptmann hat seine Leute abgezogen und der Bundespolizei das Feld überlassen. Andere Behörden überlegen noch, ob ihr Eingreifen erforderlich ist. Ich werde die Ermittlungen auf keinen Fall ganz aus der Hand geben. Das hier ist mein Bezirk und mein Zuständigkeitsbereich.« Er schwieg einen Moment.

Heath ließ ihn in Ruhe nachdenken.

»Ich dachte, es wären diese Jugendlichen gewesen«, seufzte Taggart schließlich. »Die Jungen mit den Briefkastenbomben.«

»Und jetzt glauben Sie, dass es sich hier tatsächlich um eine richtige Bombe gehandelt hat?«

»Was sollte sonst passiert sein? Mein Bauchgefühl sagt mir, dass hinter den Briefkastenbomben und dieser Explosion verschiedene Personen stecken. Aber mir will kein Grund einfallen, warum jemand eine Bombe auf Ihrer Ranch hochgehen lassen sollte. Die Frage ist auch, weshalb genau diese Hütte gesprengt wurde. Wir brauchen Informationen darüber, wer von den Gästen hier wohnen sollte. Vielleicht war es ein gezielter Anschlag auf jemanden der neu Angereisten. Es gibt allerdings wirklich leichtere Wege, um jemanden auszuschalten. Haben Sie, abgesehen von der Möglichkeit, dass der Angriff jemand Bestimmtem galt, irgendwelche Ideen?«

»Nein. Ich habe keine Ahnung, warum jemand meine Blockhütte in die Luft jagt.«

»Ich bin nicht sicher, ob Sie überhaupt hier auf der Ranch bleiben sollten, solange dieser Fall nicht geklärt ist.«

»Die Ermittlungen könnten sich ziemlich lange hinziehen. Ich muss eine neue Blockhütte bauen. Alles wieder in Ordnung bringen. Den guten Ruf der Emerald M Gästeranch wiederherstellen. Die Pferde muss ich auch woanders unterbringen. Ich verliere jeden Tag, an dem diese Hütten nicht vermietet sind, viel Geld.« Er trat einen Schritt auf die verkohlten Überreste der Hütte zu.

Taggart zog ihn zurück. »Ich brauche Ihre Hilfe, Heath.«

Sein Magen zog sich zusammen. »Als Sie mich überredet haben, Deputy zu werden, habe ich nicht erwartet, dass meine Aufgaben *so* aussehen würden.«

»Glauben Sie mir: Als ich Sheriff geworden bin, habe ich mir diese Arbeit auch anders vorgestellt. Wir können es uns leider nicht aussuchen. Ich verstehe, dass Sie nach allem, was Sie durchgemacht haben, ein wenig unsicher sind. Aber gerade *weil* Sie so viel durchgemacht haben, wissen Sie besser als jeder andere, dass wir mehr Leute wie Sie brauchen. Ich habe nicht gesagt, dass ich Ihre Mithilfe für die Aufklärung dieser Bombenexplosion will. Eigentlich wäre es am besten, wenn Sie an den Ermittlungen, die Ihre Ranch betreffen, überhaupt nicht beteiligt wären. Es könnte sogar so weit kommen, dass die anderen Behörden Sie als möglichen Täter verdächtigen und glauben, Sie wären für die Explosion verantwortlich, weil Sie die Versicherungssumme kassieren wollen. Sie könnten die Idee der Briefkastenbombenleger aufgegriffen und nachgeahmt haben.«

»Das kann nicht Ihr Ernst sein.« Heath wurde allein bei der Vorstellung einer solchen Anschuldigung übel.

Seine Gedanken wanderten zu Harper. Wie entsetzlich musste es für sie sein, dass man ihr ein Verbrechen zutraute!

»Im Moment ist alles möglich.«

»Ich? Verdächtig?« Er knirschte mit den Zähnen. »Ich habe all meine Energie und mein ganzes Geld in diese Ranch gesteckt. Warum um alles in der Welt sollte ich meine eigene Blockhütte zerstören? Warum sollte ich den Ruf zerstören, den ich mir mühsam aufgebaut habe? Gehört das etwa auch zu *Ihren* Vermutungen, Taggart? Ich will wissen, was Sie wirklich von mir denken.«

»Wir wissen beide, dass man alle Möglichkeiten in Betracht ziehen muss. Aber ich persönlich glaube nicht, dass Sie etwas damit zu tun hatten. Sonst würde ich Sie sicher nicht um Ihre Hilfe bitten. Ziehen Sie Ihre Deputy-Uniform an und gehen Sie an die Arbeit.«

»Was ist mit Harper? Glauben Sie tatsächlich, sie wollte gestern Nacht ihre Schwester töten? Glauben Sie, sie wäre so verrückt und würde versuchen, sie beide mit dieser irrsinnigen Fahrt durch die Serpentinen zu töten?«

»Hören Sie, Heath. Es spielt keine Rolle, was ich glaube. Nur die Fakten zählen. Wenn sie unschuldig ist, werden wir das bald wissen.«

Ein Fahrzeug der Bezirkspolizei tauchte auf der Zufahrt auf.

Heath riss seinen Blick von den traurigen Überbleibseln der Hütte los und beobachtete das Fahrzeug. Es bog ab und steuerte auf das Haupthaus zu.

Seine Kinnlade fiel nach unten. Ungläubig sah er Taggart an. Das konnte ja wohl nicht wahr sein! Jemand musste Taggart darüber informiert haben, dass Harper das Krankenhaus verlassen hatte und vorübergehend bei Heath wohnte. Sie wollten sie zur Befragung abholen. Oder noch schlimmer: sie verhaften.

Wenigstens war Taggart klar, dass er von Heath nicht zu verlangen brauchte, das selbst zu übernehmen. Er würde schlichtweg den Befehl verweigern.

Am liebsten hätte er Taggart an Ort und Stelle erwürgt.

»Harper ist hier das Opfer!«

27

DONNERSTAG, 6:30 UHR
EMERALD M GÄSTERANCH

Harper wischte den kondensierten Wasserdampf vom Spiegel des fast schon luxuriösen Badezimmers. Auch nach einer langen heißen Dusche sah ihr Gesicht immer noch völlig abgespannt aus.

Oh weh!

Sie hätte lieber nicht in den Spiegel schauen sollen. Kein Wunder, dass Heath sie immer wieder so besorgt angesehen hatte.

Wenigstens war die genähte Wunde bei dem Sprung aus dem Airstream nicht aufgeplatzt. Und sie hatte einen Platz, an dem sie wohnen konnte. Einen guten Platz, an dem sie sich sicher fühlte. Obwohl sie sehr frustriert war, weil man sie nicht zu ihrer Schwester gelassen hatte, war sie dankbar, dass auch Emily in Sicherheit war und ihr Zimmer bewacht wurde.

Der Sheriff würde bald begreifen, dass die Zeugenaussage nicht der Wahrheit entsprach.

Sie musste nur abwarten.

Aber währenddessen lief der Mörder immer noch irgendwo da draußen frei herum. Oder er war aus dieser Gegend verschwunden, weil er fürchtete, gefasst zu werden. Was für ein Witz! Bis jetzt wurde noch nicht einmal nach ihm gefahndet!

Sie sollte diese Gedanken wenigstens mal für ein paar Minuten ausblenden und sich anziehen. Evelyn war so lieb! Die Frau machte sich Sorgen um ihren Sohn, aber trotzdem hatte sie sich die Zeit genommen, Harper zu helfen. Sie hatte ihr ein gestricktes apricotfarbenes Oberteil und eine moderne Jeans gebracht. Diese Sachen hatte Willow, Heaths Schwägerin, versehentlich auf der

Ranch zurückgelassen. Evelyn hatte ihr versichert, dass Willow bestimmt nichts dagegen hätte, wenn Harper die Sachen anzog. Heaths Schwägerin musste deutlich größer sein als Harper, denn die Hosenbeine waren ihr ein Stück zu lang und sie musste sie umkrempeln.

Sie konnte es kaum erwarten, unter die Quiltdecke im Gästebett zu schlüpfen und eine Weile zu schlafen – wenn die Albträume und Flashbacks sie ausnahmsweise mal verschonten. Vielleicht hatte sie ja langsam einen Erschöpfungsgrad erreicht, an dem ihr Unterbewusstsein sie nicht mehr damit quälen konnte.

Evelyn und Heath brachten Harpers mühsam aufrechterhaltene Fassade aus Stärke und Entschlossenheit mit ihrer freundlichen, selbstlosen Art zum Bröckeln. Sie versuchte stark zu bleiben, besonders um Emilys willen, aber am liebsten wäre sie in die Knie gesunken. Am liebsten hätte sie sich zusammengerollt und irgendwo zurückgezogen. Sie wollte nicht resignieren. Aber sie brauchte Zeit, um all die dunklen Gedanken in den Griff zu bekommen. Vielleicht würden ein paar Stunden Schlaf fürs Erste genügen, um die Welt wieder ein bisschen besser aussehen zu lassen, doch sie bezweifelte das leider stark.

Bevor sie sich schlafen legte, wollte sie sich noch etwas zu trinken holen. Ihre Kehle war ganz ausgedörrt.

Als sie zur Tür ging, hörte sie ein leises Klopfen.

»Harper?«

Die Anspannung, die in Heaths Tonfall mitschwang, beunruhigte sie. Sie öffnete die Tür. »Ist alles in Ordnung?«

Sein Lächeln geriet sehr brüchig. Er schien um die richtigen Worte zu ringen.

Ihr Herz zog sich zusammen. »Ist etwas mit Emily?«

Die Mauer, die sie um sich herum hochgezogen hatte, würde jeden Moment einbrechen.

»Nein. Aber Detective Moffett ist hier.«

Sie schaute ihn fragend an. »Das ist keine gute Nachricht.«

»Sie hat mir nicht verraten, was sie will. Ich nehme an, sie möchte dir weitere Fragen stellen.«

Das kann doch nicht wahr sein!

Gott, bitte lass nicht zu, dass sie mich wieder in die Stadt mitnimmt, um mich zu befragen. Ich habe Detective Moffett doch im Krankenhaus schon alles gesagt.

Sie atmete einige Male tief ein und aus und wappnete sich für die Begegnung mit der Ermittlerin.

Bleib ruhig. Alles wird gut. Du hast kein Verbrechen begangen. Beantworte ihre Fragen. Sie wird selbst erkennen, dass du unschuldig bist. Dass du nicht diejenige bist, die überführt werden muss.

Bevor sie das Wohnzimmer betraten, verlangsamte Heath seine Schritte und versprach leise: »Es wird sich alles klären, Harper. Was auch passiert, du bist nicht allein.«

Sie wusste, er hatte das gesagt, um sie zu beruhigen, aber seine Worte jagten ihr eher noch mehr Angst ein.

»Bringen wir es hinter uns.« Sie trat an ihm vorbei und stand im nächsten Moment nicht nur Detective Moffett, sondern auch Sheriff Taggart gegenüber. Die Ermittlerin blickte ihr argwöhnisch entgegen. Harper hatte schon im Krankenhaus den Eindruck, dass diese Frau ihr nicht trauen wollte. Detective Moffett war selbstsicher und entschlossen. Sie wollte Harper festnageln, wahrscheinlich um sich selbst und dem Sheriff etwas zu beweisen. Harper war sich nicht sicher, ob sie dagegen ankommen konnte.

Sie zwang sich zu einem freundlichen Tonfall. »Detective Moffett. Was kann ich für Sie tun?«

»Wir arbeiten daran, den Tatort am Fuß des Granite Ridge zu untersuchen.«

»Es freut mich, das zu hören. Derjenige, der das getan hat, muss zur Rechenschaft gezogen werden.«

Sie fand es schrecklich, dass sich die Räder der Justiz so langsam drehten und dadurch das Auffinden eines Verbrechers hinausgezögert wurde. Das Auffinden eines *Mörders*.

»Es gibt keine Bremsspuren. Das heißt, dass Sie nicht einmal versucht haben anzuhalten.«

»Jetzt hören Sie aber auf!«, sagte Heath scharf und trat zwischen Harper und die Polizistin.

»Ist schon gut, Heath.« Harper legte eine Hand auf seinen Arm und zog ihn wieder neben sich zurück. Detective Moffett hatte sie nicht über ihre Rechte belehrt. Das hätte sie aber tun müssen, wenn Harper verhaftet war und verhört werden sollte. Wollte die Ermittlerin sie nur testen? »Ich kann es nur wiederholen: Ich habe nicht am Steuer gesessen. Es mag niemand außer meiner Schwester bezeugen können, aber es ist so. Haben Sie vor, mich festzunehmen? Brauche ich einen Anwalt?«

Taggarts Mobiltelefon klingelte. Er zog es aus der Tasche, bevor er in eine andere Ecke des großen Raumes trat, um das Gespräch entgegenzunehmen.

»Nein«, sagte Heath mit verschränkten Armen. »Dafür gibt es nicht genug Indizien.«

»Noch nicht.«

Der Sheriff trat wieder zu ihnen und ließ sein Telefon sinken. »Harper, Ihre Schwester ist aufgewacht.«

Es dauerte einige Sekunden, bis seine Worte bei ihr ankamen. Eine tiefe Erleichterung durchflutete sie.

»Oh, Gott sei Dank!« Freudentränen traten ihr in die Augen und sie wandte sich Heath zu, um sie vor den anderen beiden zu verbergen. Als sie sich wieder einigermaßen gefangen hatte, lächelte sie ihn zaghaft an, ein stummer Dank für seine Unterstützung. Welche Konsequenzen würde es für ihn haben, dass er sich für sie eingesetzt hatte?

»Geht es ihr denn den Umständen entsprechend gut?«, fragte Heath.

In ihrem Glückstaumel hatte Harper gar nicht an die Möglichkeit gedacht, dass Emily vielleicht trotzdem noch nicht über den Berg war.

»Jedenfalls so weit, dass sie mit dem Deputy sprechen kann,

der sie vor einem weiteren Angriff auf ihr Leben beschützt«, sagte Taggart.

»Sie meinen, er beschützt sie vor *mir*. Deshalb hat er mich nicht zu Emily gelassen.«

Taggart nickte leicht. »Wir mussten diese Vorsichtsmaßnahme treffen. Außerdem wollte ich, dass jemand Ihre Schwester über den Tathergang befragt, bevor Sie mit ihr sprechen. Sie hat Ihre Aussage bestätigt, dass Sie beide im Wohnwagen eingesperrt waren, während jemand mit mörderischen Absichten am Steuer saß. Und auch, dass Sie beide durch das Fenster entkommen konnten und sie sich dabei den Kopf angestoßen hat.«

»Ich muss zu ihr. Sind wir hier fertig? Fangen Sie jetzt endlich an, die Person zu suchen, die tatsächlich hinter dieser Tat steckt?«

»Ich bin froh, dass Sie unschuldig sind. Ich habe nur meine Arbeit gemacht.« Detective Moffett wirkte ehrlich erleichtert. Das überraschte Harper. Sie hatte wirklich gedacht, die Ermittlerin könnte es nicht erwarten, ihr das Ganze anzuhängen.

»Ich bin Ihnen nicht böse. Glauben Sie mir jetzt auch, dass der Mord im Wald real war?«

Detective Moffett runzelte die Stirn.

Harper konnte es nicht glauben.

»Sheriff Taggart.« Heaths kräftige Stimme hallte einschüchternd durchs Zimmer. »Ich stimme Harper zu: Wir müssen anfangen, den tatsächlichen Verbrecher zu suchen. Harper ist die einzige Zeugin dieses Mordes. Der Vorfall von gestern Nacht war offensichtlich ein Anschlag auf ihr Leben. Das müssen Sie doch inzwischen einsehen.«

»Ich gehe allen Hinweisen nach, McKade.«

»Den falschen Hinweisen, wenn Sie mich fragen.«

Taggart schaute Heath finster an. »Da ein Anschlag auf Ms Reynolds verübt wurde, haben Sie ab sofort den Auftrag, bei ihr zu bleiben. Bei ihr und ihrer Schwester. Sie sind für die Sicherheit der beiden Frauen verantwortlich, solange sie in Jackson Hole sind und sich in Gefahr befinden könnten.« Dann wandte er sich an Harper. »Es steht Ihnen frei, nach Missouri zurückzufahren, Ms Reynolds. Wenn nötig, kann ich gern die dortige Polizei informieren, dass Sie Schutz brauchen. Aber solange Sie hier sind, wird McKade in Ihrer Nähe bleiben.«

»Darüber sollten wir erst einmal in Ruhe sprechen, Sheriff«, sagte Heath seltsam angespannt. »Vielleicht sollte Harper lieber an einem unbekannten Ort versteckt werden.«

»Natürlich können wir darüber sprechen, aber fürs Erste haben Sie Ihre Anweisungen. Ms Reynolds, bitte entschuldigen Sie den Druck, den meine Leute auf Sie ausgeübt haben. Aber ich hoffe, Sie verstehen, dass wir unsere Gründe hatten.«

»Ich nehme Ihre Entschuldigung an, aber ich habe eine Bitte: Würden Sie mir erlauben, den Tatort von gestern Nacht zu untersuchen? Natürlich erst dann, wenn die offiziellen Untersuchungen abgeschlossen sind.«

»Ich weiß nicht, was Sie sich davon versprechen.«

Es hörte sich sehr nach einem Nein an, doch Harper war nicht bereit, sich die Sache ausreden zu lassen. Wenn sie etwas erreichen wollte, würde sie wohl die Ellbogen ausfahren müssen. »Ein weiteres Augenpaar schadet doch nicht, oder? Wenn Sie es erlauben, kann ich helfen, den Mann zu fassen.«

»Das schlagen Sie sich lieber ganz schnell aus dem Kopf.«

28

»Ähm, Sheriff. Kann ich einen Moment allein mit Ihnen sprechen?«, fragte Heath.

Harper beobachtete ihn. Hoffte sie, er würde den Sheriff überreden, sie bei den Untersuchungen mitwirken zu lassen? Er konnte es versuchen. Aber eigentlich wollte er aus einem völlig anderen Grund mit Taggart reden.

»Ich muss in die Stadt zurück«, verabschiedete sich Detective Moffett und verließ das Haus.

Harper blieb stehen, wo sie war.

»Ich bin gleich wieder zurück«, sagte Heath und führte den Sheriff hinaus auf die Veranda. Er warf einen vorsichtigen Blick zur Tür. Vielleicht war das immer noch zu nahe. Harper sollte das Gespräch nicht mithören. »Ich begleite Sie zur Blockhütte zurück.«

Taggart hatte sein Auto in der Nähe des abgesperrten Tatorts geparkt.

»Also, was ist, McKade?«

»Sie haben mir den Auftrag gegeben, Harper zu beschützen. Ich tue alles, was Sie verlangen, aber für diese Aufgabe bin ich nicht der Richtige.«

Taggart blieb stehen und ballte die Hände an seinen Seiten zu Fäusten. »Finden Sie? Und warum nicht?«

Wo sollte er anfangen? Er war immerhin Deputy. Taggart von seinen Schwächen zu erzählen oder ihm Beispiele aufzuzählen, bei denen er versagt hatte, wäre nicht gerade hilfreich. Es ging den Sheriff im Grunde auch wirklich nichts an. Andererseits führte kein Weg daran vorbei, das Problem beim Namen zu nennen, wenn er erreichen wollte, dass der Auftrag jemand anderem zugeteilt wurde. »Was den Schutz anderer Menschen angeht, waren meine bisherigen Bemühungen nicht gerade von Erfolg gekrönt.«

Taggart zog eine Braue hoch. »Sie sprechen von dem, was vor einigen Monaten passiert ist, als Sie angeschossen wurden?«

Wenn Heath etwas aufhalten wollte, beschwor er damit auf unheimliche Weise genau das, was er unbedingt verhindern wollte, erst recht herauf. Jedes Mal.

»Übertragen Sie mir doch die Untersuchung der Briefkastenbomben, wie Sie angekündigt hatten.«

»Nach der Explosion auf Ihrem Gelände geht das nicht. Diese Fälle könnten trotz allem zusammenhängen. Und für Harpers Schutz sind Sie der beste Mann, Heath.« Taggart trat einen Schritt näher und legte ihm kurz die Hand auf die Schulter. »Ich weiß nicht, wie oft ich schon gesehen habe, wie Sie sich um anderer Menschen willen in Gefahr gebracht haben.«

»Und Sie wissen, wie es in der Regel ausgegangen ist.«

»Das spielt keine Rolle. Sie sind ein Held, weil Sie die Bereitschaft besitzen, Ihr Leben für andere Menschen zu riskieren – egal, ob Sie diese Menschen kennen oder nicht. Und in diesem Fall sehe ich, dass Ihnen die Person, um die es geht, etwas bedeutet. Wenn jemand diese Frau beschützen kann, dann Sie.«

Der Sheriff verabschiedete sich mit einem herzlichen Händedruck und ließ Heath stehen.

Heath seufzte schwer. Plötzlich fiel ihm ein, dass er ganz vergessen hatte, Taggart für Harper ein weiteres Mal um die Erlaubnis zu bitten, sich die Absturzstelle des Wohnwagens und ihres Autos anzusehen. Er beeilte sich, ihn einzuholen.

Es sah ganz so aus, als käme er um seinen Job als Bodyguard nicht herum. Heath wollte es dieses Mal unbedingt richtig machen. Er könnte es nicht ertragen, wenn Harper etwas zustieß, während er für ihre Sicherheit verantwortlich war. Eigentlich fehlte ihm dafür das nötige Selbstvertrauen.

Doch Heath würde Harper um jeden Preis beschützen.

Dieses Mal durfte er nicht versagen.

29

FREITAG, 10:24 UHR
TATORT AM GRANITE RIDGE

Mit einem Knoten im Magen näherte Harper sich dem Wrack am Fuße des Granite Ridge. Von Emilys Wohnwagen und ihrem Pick-up war nur noch verkohltes, verbogenes Metall übrig.

Ihre Knie wurden weich, aber sie ging unbeirrt weiter. Sie musste sich beherrschen. Schluchzend zusammenzubrechen, war keine Option.

Tatortfotografen mussten emotional distanziert bleiben. Unvoreingenommen. Objektiv. Vielleicht half es, sich das vorzusagen, auch wenn es in diesem Fall unmöglich war.

Detective Moffett und Heath hatten sie herbegleitet. Sie hielten sich nun im Hintergrund und ließen Harper arbeiten, beobachteten aber jede ihrer Bewegungen. Zu Harpers Überraschung hatte die Spurensicherung schon am Morgen ihre Arbeit abgeschlossen und den Tatort freigegeben.

Beim Anblick der verkohlten Trümmer hatte sie Mühe, die Übelkeit, die in ihr aufstieg, zu unterdrücken.

Gott, bitte gib mir Nerven aus Stahl.

Sie hatte es so gewollt. Es war nicht so, dass der Sheriff sie engagiert hätte. Er erlaubte ihr lediglich, etwas zu suchen, das seine Ermittler und seine Spurensicherung übersehen haben könnten. Und nur weil er nichts zu verlieren hatte. Dennoch hatte Heath recht: Taggart war ein Mann, der die Wahrheit herausfinden wollte. Genauso wie sie wollte er den Täter hinter Gitter bringen. Je früher das gelang, umso besser für alle.

Detective Moffett war zugegen, um sicherzustellen, dass etwaige Indizien, die Harper fand, nicht gefälscht oder gar manipuliert wurden. Es bestand also immer noch ein gewisser Verdacht, aber Harper wusste, dass diese Vorsichtsmaßnahme dazu diente, dass mögliche Beweisstücke, die sie fand, in einem späteren Prozess als Beweismittel verwendet werden konnten. Sie fragte sich, ob Detective Moffett vielleicht hoffte, sie würde nichts finden. Denn wenn sie das tat, würde sie damit die Fähigkeiten der Ermittlerin und der Spurensicherung infrage stellen. Aber sie waren ein kleines, unterbesetztes Team und da konnte man leicht etwas übersehen.

Vorbehalte und starke Selbstzweifel wurden in ihr laut, doch sie verdrängte sie, so gut es ging. Dafür war jetzt kein Raum. Der Täter hatte sie persönlich angegriffen und bei seinen Mordplänen nicht einmal vor Emily haltgemacht.

Harper atmete einige Male tief durch, schaltete ihren Fotografinnenverstand ein und alles andere für den Moment aus. Hier ging es nicht um Kunst. Tatortfotografen mussten völlig anders denken und einen ganz anderen Blick haben als andere Fotografen.

Sie war dankbar, dass ihr ein Mitarbeiter der Kriminaltechnik erlaubt hatte, die Polizeikamera mit Stativ und allem Zubehör zu verwenden.

»Was haben Sie bis jetzt herausgefunden?«, erkundigte sich Harper. »Wie hat er die Tür verriegelt? Wie kam er in mein Auto und wie konnte er den Motor anlassen?«

Detective Moffetts Augen waren hinter einer dunklen Sonnenbrille versteckt. »Bei diesem alten Retro-Airstream war es nicht schwer, die Tür zuzusperren. Ich könnte Ihnen aus dem Stegreif mehrere Möglichkeiten aufzählen, aber bei diesem verbogenen Metall zu bestimmen, welche davon angewendet worden ist, kostet viel Zeit.«

Heath trat neben Detective Moffett. »Beim Pick-up war es leicht zu bestimmen. Es war ein älteres Modell. Wenn keine von euch den Schlüssel stecken lassen hat, muss er die Zündung kurzgeschlossen haben.«

»Ich kann nicht genau sagen, ob ich den Schlüssel abgezogen hatte. Der Wagen gehört mir. Besser gesagt, er *hat* mir gehört. Der Airstream war Emilys.«

Detective Moffett schürzte die Lippen. »Sehr viel Aufwand die ganze Aktion, wenn Sie mich fragen.«

Harper machte die ersten Bilder vom Tatort. »Wie meinen Sie das?«

»Es gibt einfachere Möglichkeiten, jemanden zu beseitigen.«

Darauf erwiderte Harper nichts, obwohl ihr mehrere Antworten durch den Kopf schossen. Ja, er hätte sie einfach einsperren und den Wohnwagen anzünden oder ihnen beiden eine Kugel in den Kopf jagen können.

»Vielleicht wollte er es so aussehen lassen, als hätte Harper den Wagen gelenkt. Dann hätte nichts auf einen Mord hingedeutet. Sie und Emily wären aus dem Wohnwagen geschleudert worden, als der zerschellte, und bei dem Ausmaß der Zerstörung hätte man vermutlich nicht rekonstruieren können, ob sie beim Absturz im Wohnwagen oder im Auto waren«, überlegte Heath. »Er hat nicht damit gerechnet, dass sie entkommen würden.«

»Aber der Täter konnte nicht mit Bestimmtheit wissen, dass der Wohnwagen auseinanderbricht. Falls das sein Plan war, hatte er definitiv Schwachstellen«, argumentierte Harper.

Das Gespräch lenkte sie von ihrer Arbeit ab. Sie konzentrierte sich wieder auf ihre Aufgabe. Normalerweise fotografierte sie alles, bevor irgendjemand etwas anrührte. Bevor auch nur die kleinsten Spuren verändert wurden. Gern hätte sie gewusst, ob die Leute von der Spurensicherung irgendetwas mitgenommen oder nichts gefunden hatten, was sie für relevant hielten.

Harper begann mit der Gesamtansicht. Sie trat von dem verkohlten Metallhaufen zurück, bis sie genügend Abstand hatte, um alles aufs Bild zu bringen. Dann stellte sie die Nikon D100 so ein, dass sie eine möglichst breite Aufnahme von der gesamten Szenerie machen konnte einschließlich der Felswand im Hintergrund. Sie ging um die Wracks herum und schoss aus jedem erdenklichen Winkel weitere Weitwinkelbilder. Wenn man seine Sache gut machte, konnten diese Aufnahmen Stunden in Anspruch nehmen. Die gründliche Untersuchung eines Tatorts dauerte manchmal Tage. Das wurde ihr in diesem Fall nicht zugestanden, doch sie würde aus der Zeit, die sie hatte, das Beste herausholen. Vielleicht würde sie keine weitere Gelegenheit bekommen, ihre Unschuld zu beweisen.

»Ich muss auch von oberhalb der Felswand Aufnahmen machen, wenn ich dieses Gebiet fotografiert habe.«

Vielleicht trieb sie es zu weit und Detective Moffett würde sie gleich zurückpfeifen. Aber noch hörte sie keinen Widerspruch. Sie machte noch mehr Fotos, um das Verhältnis zwischen der Felswand und dem umliegenden Gelände einzufangen. Dann trat sie näher, um Bilder aus mittlerer Entfernung zu machen, die sich normalerweise auf Schlüsselbeweise vor Ort und im Kontext konzentrierten, doch wenn die Spurensicherung nichts übersehen hatte, hatte Harper nichts zu fotografieren. Trotzdem würde sie weiter nach etwas suchen, das vielleicht übersehen worden war.

Nach nur einer Stunde trat Detective Moffett näher. Wurde sie ungeduldig? Würde sie Harper bitten, langsam mal zum Schluss zu kommen?

Die Sonne stand hoch am Himmel und schien direkt in die Schlucht neben der Felswand.

Zum Glück schwieg die Polizistin weiterhin.

»Wie konnte der Zeuge mich am Steuer sehen, wenn ich doch bei Emily war? Kann er sich so getäuscht haben?«

»Ein Kollege befragt ihn gerade, um das klarzustellen«, antwortete Detective Moffett. »Es war dunkel, also kann er sich durchaus geirrt haben. Und bevor Sie jetzt meine Intelligenz beleidigen: Ja, wir haben in und an dem Auto und Wohnwagen nach Fingerabdrücken gesucht. Wir haben die Schuhabdrücke und Reifenspuren auf dem Campingplatz und an der Stelle, an der der Täter vermutlich aus dem Wagen gesprungen ist, untersucht. Dieser Sprung muss schmerzhaft gewesen sein. Das wissen Sie und Ihre

Schwester nur zu gut. Wir befragen immer noch die Arztpraxen und Krankenhäuser in der Gegend, ob sie jemanden mit Verletzungen behandelt haben, die er sich durch einen solchen Sprung zugezogen haben könnte.«

»Okay. Danke.« Gut zu wissen.

Harper starrte die Überreste der Fahrerkabine an. Ausgebrannt. Zerdrückt. Bis auf einen Teil des Sitzes, der herausgebrochen war und schief zur Seite hing. Sie ging in die Hocke und machte Fotos. Sie zoomte den Sitz näher heran. »Wurden von diesem Sitz schon Spuren gesichert?«

»Einige Haare und Fasern. Wahrscheinlich Ihre und die Ihrer Schwester.«

Durch das Teleobjektiv betrachtete Harper ein Haar an dem Sitz. »Ein Haar wurde übersehen.« Sie ließ die Kamera sinken und drehte sich zu der Ermittlerin um. »Mein Haar ist nicht so leuchtend rot. Jemand könnte eine Perücke getragen haben, damit es so aussah, als würde ich am Steuer sitzen. Es müssen alle Haare untersucht werden, nicht nur ein paar. Da ich ja nicht in offizieller Funktion hier bin, bitte ich Sie, dieses Beweisstück zu sichern und zu dokumentieren. Noch besser: Bringen Sie den ganzen Sitz ins Labor.«

»Sie glauben, bei diesem Haar handelt es sich um synthetische Fasern?«

»Keine Ahnung. Aber ich bin mir ziemlich sicher, dass es nicht von mir stammt.« Harper betrachtete das Haar. Sie war Tatortfotografin, aber sie hatte auch schon in der Kriminaltechnik gearbeitet und wusste, wie man Beweise sammelt und dokumentiert. »Schicken Sie alle Haare ins kriminaltechnische Labor, um herauszufinden, ob mindestens eins davon synthetisch ist. Es gibt doch eine Datenbank mit den Typen von Perückenhaaren und mit den ganzen Herstellern. Wenn es synthetisch ist, ist das ein deutlicher Hinweis.«

»Und wenn der Täter oder die Täterin eine Echthaarperücke getragen hat?«

»Dann helfen uns die Haare nicht weiter.« Vielleicht verfolgte Harper diese Spur zu krampfhaft. »Es sei denn, es wäre eben doch nicht von einer Perücke, sondern ein echtes Haar des Täters. Vielleicht hat er sogar langes Haar. Es könnte theoretisch auch eine Frau gewesen sein.« Harper hatte bis jetzt gedacht, der Mörder aus dem Wald hätte am Lenkrad des Pick-ups gesessen und das Ziel verfolgt, sie – die Zeugin seines Verbrechens – zum Schweigen zu bringen. Aber auch wenn sie ihn nach wie vor für den Verantwortlichen hielt, war es möglich, dass er nicht allein gehandelt hatte.

Detective Moffett atmete tief aus. »Ich gebe der Kriminaltechnik Bescheid, dass sie diesen ganzen Sitz holen und ins Labor bringen sollen.«

Eindeutige Bewunderung sprach aus Detective Moffetts Augen, als sie ihre Sonnenbrille abnahm. War sie von Harpers Kompetenz überrascht?

Harper freute sich zwar über den Lohn für ihre Mühe, aber trotzdem war es ihr nicht sonderlich wichtig, Detective Moffett zu beeindrucken. Nein. Harper interessierte nur, was Heath dachte. Als sie den Blick hob, um ihn anzusehen, war ihre Kehle plötzlich wie zugeschnürt. Dachte er überhaupt etwas darüber? Warum war ihr das nicht egal? Sie sollte nicht …

In dem Moment, schob auch Heath seine Sonnenbrille hoch.

Sein Grinsen und der Respekt in seinen Augen sprachen Bände.

30

FREITAG, 15:33 UHR
ST. JOHN KRANKENHAUS

Harper hatte gehofft, dass endlich alles in die richtige Richtung
laufen würde, und jetzt das!

Oh, Emily!

Dr. Malus saß auf einem Stuhl neben dem Bett. Heath lehnte
an der Wand und hatte die Arme vor der Brust verschränkt.

Die Ärztin hatte um ein Gespräch gebeten, weil es zu einer
Komplikation gekommen war.

Harper musste stark sein für ihre Schwester. Sie hielt Emilys
Hand und war dankbar, dass ihre Schwester bei Bewusstsein war.
Harper hatte den ganzen gestrigen Tag bei ihr verbracht, und
nachdem sie heute den Tatort untersucht hatte, war sie direkt
wieder zum Krankenhaus gekommen.

In Emilys Augen stand blanke Angst. Harper drückte ihre kalte
Hand und hoffte, sie damit ein bisschen zu beruhigen.

Um Emilys Kopf war ein weißer Verband gewickelt. Sie sah
aus, als trüge sie eine Mütze. Unten schauten Elektroden heraus. Die Drähte waren mit einem Computer verbunden, der ihre
Hirnwellen aufzeichnete. Harper starrte die Kurve auf dem Mo-
nitor an und wartete auf Dr. Malus' Diagnose.

Die Ärztin erklärte Emily freundlich: »Es sieht insgesamt gut
aus, aber wir müssen Sie noch übers Wochenende zur Beobach-
tung hierbehalten – wegen der Krampfanfälle, die aufgetreten
sind. Das ist nach einer Kopfverletzung oder im Fall eines Ko-
mas nichts Ungewöhnliches. Aber die Anfälle treten auch jetzt
noch auf, obwohl Sie aufgewacht sind. Sie sind nonkonvulsiv, das
heißt, wir können keine körperlichen Auslöser erkennen. Wir ha-

ben überlegt, Ihnen Analeptika zu geben, um die Krämpfe unter Kontrolle zu bekommen.« Dr. Malus warf einen Blick auf ihre Notizen. »Die Krampfanfälle könnten in einigen Tagen von selbst aufhören. Trotzdem würde ich Ihnen dringend raten, zu einem Neurologen zu gehen, wenn Sie wieder zu Hause sind. In Ihrer Krankenakte habe ich gesehen, dass Sie normalerweise Lithium nehmen. Deshalb werden wir Ihnen dieses Medikament wieder verabreichen.«

Verwirrt schaute Harper Emily an.

»Analep…?«, setzte Emily an.

»Medikamente, die die Anfälle unterdrücken.« Dr. Malus stand auf. »Ansonsten befinden Sie sich eindeutig auf dem Weg der Besserung. Haben Sie noch Fragen?«

»Nein, danke.« Emily starrte ihre Hände an.

»*Lithium*?«, fragte Harper.

Eine Träne lief über Emilys Wange. »Ich wollte es dir nicht sagen. Kann ich bitte allein mit meiner Schwester sprechen, Dr. Malus?«

Die Ärztin nickte. »Natürlich. Ich habe heute Spätdienst und bin noch länger auf der Station. Melden Sie sich, falls Sie etwas brauchen oder noch Fragen haben.«

Heath räusperte sich. »Ich warte vor der Tür.«

»Danke«, nickte Harper.

Sie wartete, bis die beiden den Raum verlassen hatten. »Was hat das zu bedeuten?«

Emily und sie hatten sich bis zu ihrem Studium nicht besonders nahegestanden. Danach hatten sie beide nicht weit von ihrer Mutter gelebt, bis diese gestorben war. Auf der gemeinsamen Reise waren sie wieder zusammengewachsen. Sie hatten keine Geheimnisse voreinander. Wenigstens hatte Harper das bis jetzt geglaubt. Wie hatte ihr so etwas entgehen können?

»Mom war in erster Linie auf dich konzentriert, weil du dabei gewesen warst, als Dad getötet wurde. Sie hat sich darum gekümmert, dass du eine Therapie bekommst. Ich musste allein zurechtkommen. Schließlich hat mir ein Freund nahegelegt, mir professionelle Hilfe zu suchen. Also ging ich ebenfalls zu einem Therapeuten. Es war ernster, als ich dachte. Ich nehme das Lithium seit einigen Jahren wegen einer leichten bipolaren Depression.« Emily wischte sich über die Wangen. »Ich weiß, dass wir beschlossen haben, noch länger hierzubleiben. Aber ich will so bald wie möglich nach Hause. Wohl oder übel ohne den Airstream.« Emily schluckte schwer.

Es schnitt Harper ins Herz. »Du hast ihn mit so viel Liebe restauriert. Wir kaufen uns einen neuen Wohnwagen und richten ihn ein. Okay?« Sie wäre zu allem bereit, um Emily zu helfen. Harper konnte es nicht fassen, dass sie die Anzeichen nicht bemerkt hatte. Die ganze Zeit hatte sie gedacht, mit ihr würde etwas nicht stimmen, weil sie aufgrund ihrer Kindheitserlebnisse Probleme hatte. Doch Emily litt genau wie sie seit Jahrzehnten unter den traumatischen Erfahrungen aus ihrer Kindheit.

Es tat weh, dass ihre Schwester sich ihr nicht anvertraut hatte, aber Harper verstand, dass dahinter keine böse Absicht gesteckt hatte. Emily hatte Harper nicht mit ihren Problemen belasten wollen.

Emily nickte. »Klar. Das können wir vielleicht irgendwann machen. Harper … Ich möchte immer noch gern zu unserem alten Haus. So schnell wird sich keine Gelegenheit mehr ergeben, es zu sehen. Ich weiß, dass deine Schuldgefühle vor allem mit dem zu tun haben, was du als Kind dort erlebt hast. Deshalb meine Frage: Bist du einverstanden? Können wir wenigstens kurz wie geplant zu dem Haus fahren?«

Harper hatte noch nicht verarbeitet, was sie in der letzten halben Stunde erfahren hatte. Warum machte ihr Emily ständig Druck wegen des Hauses? »Ich würde alles für dich tun, Emily, aber …«

Emilys Augen glänzten feucht.

»Ach, Em, es tut mir leid. Du hast recht. Es ist nur ein dummes altes Haus.« Sie hatte keine Ahnung, aus welchem Grund es

Emily so sehr dorthin zog. Wenn es nach Harper ginge, würde sie es nie wieder sehen wollen. Aber sie hätte ihre Schwester fast verloren und wollte voll und ganz für sie da sein. Außerdem hatten sie es schon vor der Reise so ausgemacht.

»Danke.« Emily drückte Harpers Hand.

Harper berichtete ihr nun von den Fotos, die sie heute an der Absturzstelle gemacht hatte. Sie hatte beabsichtigt, in Wyoming zu bleiben, aber angesichts Emilys möglicher neurologischer Probleme kam das nicht mehr infrage. »Wir fahren nach Hause, sobald du entlassen wirst.«

»Nein.«

»Was?«

»Du fährst nirgendwohin. Ich will, dass du der Polizei hilfst, den Kerl zu finden, der uns das angetan hat. Finde den Mann, der diese Frau getötet hat. Du musst das machen, das verstehe ich jetzt. Und es tut mir leid, dass ich versucht habe, dir das auszureden. Dich mit diesem Fall zu befassen, hilft dir, die Vergangenheit zu bewältigen. Es tut dir gut. Außerdem hast du ja deinen Cowboy, der auf dich aufpasst; deshalb mache ich mir nicht mehr so große Sorgen um dich. Ich bin so stolz auf dich.«

»Du bist stolz auf mich?«

»Ja. Du führst diese Sache zu Ende. Du bist bereit, den nächsten Schritt zu gehen.«

Harper war sich nicht so sicher, ob sie Emily zustimmte, aber ihr blieb kaum eine andere Wahl. Beim Fotografieren heute war Harper bewusst geworden, dass sie es tatsächlich vermisst hatte, an der Auflösung von Verbrechen mitzuwirken.

Die Tür ging quietschend auf. Heath. »Kann ich jetzt wieder reinkommen?«

Harper hatte ganz vergessen, dass er draußen stand. »Natürlich. Entschuldige bitte.«

»Kein Problem.«

Sie ließ Emily nur ungern allein, aber ihre Schwester sah müde aus. »Kann ich dir noch irgendetwas bringen, bevor ich gehe?«

»Nein.« Emily schaute ihre Hände an und hob dann den Blick. »Warte. Du kannst die Kleidung mitnehmen, die ich anhatte. Keine Ahnung, vielleicht ist sie sowieso nicht mehr zu retten, dann kannst du sie entsorgen. Besorgst du mir bitte etwas Neues zum Anziehen, damit ich nicht in diesem Krankenhaushemd entlassen werden muss?«

»Natürlich, mach ich!« Harper zog die Plastiktüte mit Emilys Kleidung aus dem schmalen Schrank. »Okay. Noch etwas?«

»Mir fällt gerade nichts mehr ein. Oh Mann, ich bin froh, dass ich mein Buch schon abgeliefert habe.«

»Soll ich deine Lektorin anrufen? Daran habe ich gar nicht gedacht.«

»Nein, das ist nicht nötig. Vielleicht kannst du mir meinen Laptop …« Emily brach mitten im Satz ab. »Der ist nicht mehr da, richtig?«

»Leider.« Harper warf einen Blick zu Heath. Er nickte. »Aber wir kaufen dir einen nagelneuen. Du kannst deine Daten ja zum Glück aus der Cloud herunterladen.«

»Ich bin so froh, dass ich dich habe.« Emily setzte ein breites Lächeln auf. »Pass auf sie auf, Heath! Sonst muss ich dich töten.«

Er zuckte nicht einmal mit der Wimper.

»Sie meint, sie müsste dich in einem Roman töten«, präzisierte Harper. »Sie schreibt unter dem Pseudonym L. E. Harper. Das *L* steht für Leslie, unsere Mutter. Wusstest du, dass Emily Autorin ist?« Harper legte den Kopf schief und grinste ihn verschmitzt an. »Dazu müsstest du lesen.«

Er schürzte die Lippen. »Ich kann lesen. Danke.«

»Das habe ich nicht gemeint.« Sie schmunzelte. »Ich wollte sagen, dass du dazu *Krimis* lesen müsstest. Du siehst eher wie der Typ aus, der Western liest.«

Heath grinste und in ihrem Bauch flatterten die Schmetterlinge.

31

FREITAG, 20:42 UHR
EMERALD M GÄSTERANCH

Heath stand in der Abenddämmerung auf seiner Veranda und versuchte den schwarzen Fleck auf seinem Gelände zu ignorieren. Aber ein einziger Atemzug genügte und er roch den Rauch und die Asche. Der erwartete Regen war ausgeblieben. Heath hoffte, dass der nächste Wolkenbruch alles wegwaschen würde. Bis dahin würde er mit diesem beißenden Geruch leben müssen.

Die Suche nach der Person, die seine Blockhütte in die Luft gejagt hatte, war nicht seine einzige Sorge. Bis Harper und ihre Schwester in Sicherheit waren und der Mörder gefasst war, war Heath als Deputy gefragt.

Er trug keine offizielle Uniform, sondern hatte nur seinen Sam-Browne-Gürtel mit Schulterriemen umgeschnallt, jedoch ohne die acht Kilo schwere Ausrüstung. Im Moment hatte er nur seine Waffe eingesteckt und war sonst gekleidet wie bei seiner Arbeit auf der Ranch.

Er war zwischen seinen zwei Berufen hin- und hergerissen – Deputy und Rancher – und das fühlte sich nicht besonders gut an.

Solange die Untersuchungen nicht offiziell abgeschlossen waren und die Bauarbeiten für eine neue Blockhütte beginnen konnten, blieb die Gästeranch geschlossen. Keine Pferde. Keine Hunde. Er konnte Timber und Rufus unmöglich auf der Ranch lassen, solange es hier vor Polizisten wimmelte. Von seinen Mitarbeitern war Pete der einzige, der noch vor Ort war. Alle seine anderen Angestellten waren für die Gäste zuständig, und da keine auf der Ranch waren, solange sich die Lage nicht normalisiert hatte, gab es für diese Leute keine Arbeit. Trotzdem wollte Heath sie vorerst weiterbezahlen, um sie nicht zu verlieren.

Er steckte die Hände in die Hosentaschen, lehnte sich an einen knorrigen Holzpfosten und lauschte den Abendgeräuschen. Warum ausgerechnet seine Ranch? Er war von der Polizei schon mehrmals befragt worden, aber er hatte keine Antworten. Alles, was er hatte, war eine leere Gästeranch, obwohl um diese Jahreszeit normalerweise Hochbetrieb herrschte.

Pete kam vom Stall auf das Haus zu und stapfte die Verandastufen herauf. Er lehnte sich an den anderen Pfosten. Aus der Ferne hätte man sie leicht für zwei geschnitzte Cowboyfiguren halten können.

»Was hast du vor, Heath?«

»Sobald sie meine Ranch wieder freigeben, werde ich die Hütte neu aufbauen lassen. Ich habe schon mit Jeffers von JH Construction gesprochen. Dann holen wir die Pferde zurück und machen weiter.«

»Es freut mich, das zu hören.«

»Bis dahin kannst du dir freinehmen. Du brauchst nicht hierzubleiben. Vielleicht möchtest du Verwandte besuchen. Freunde. Irgendwohin gehen, wo du in Sicherheit bist.« Denn das war genau der Punkt: Seine Ranch war nicht mehr sicher.

Harper war nicht hier gewesen, als der Sprengsatz losgegangen war. Die Bombe konnte also nichts mit ihr zu tun haben. Wenigstens das.

Und die Polizeipräsenz auf der Ranch – das Argument, mit dem er Harper zum Bleiben überredet hatte – nahm auch ab.

»Ich bleibe hier. Ich wüsste nicht, zu wem ich gehen sollte. Die Ranch ist mein Zuhause. Wenn du willst, kann ich aufpassen, dass keine Unbefugten auf die Ranch kommen. Ich kann nicht fassen, dass die schuldige Person hier reingekommen ist, ohne dass ich es bemerkt habe.«

»Das war nicht deine Schuld. Keiner von uns hat jemanden gesehen. Ich bin nur froh, dass zu dem Zeitpunkt niemand in der

Hütte war. Wie geht es dir eigentlich? Du hast die Chemo hinter dir, oder?« Pete hatte darauf bestanden, trotz seiner Krankheit weiterzuarbeiten, obwohl ihm an den Abenden oft schlecht war. Allerdings wusste Heath nicht wirklich, welche Art Krebs er hatte und wie ernst Petes Zustand war.

»Es geht schon.«

»Gut.« Heath hätte gern nach seiner Prognose gefragt, aber er wollte Pete nicht bedrängen und es ihm lieber selbst überlassen, ob und wann er darüber sprechen wollte. Vielleicht konzentrierte er sich auf den Moment, statt in die Zukunft blicken. Besonders, falls die Ärzte glaubten, dass er keine Zukunft hatte. Es war nun einmal eine Tatsache, dass jeder sterben musste. Die Frage war nur, wann und wie.

Pete ging nicht näher auf das Thema ein.

»Heath?«, hörte er Harpers leise Stimme hinter sich.

Er drehte sich um. Sie hatte an der Tür gestanden und trat jetzt zu ihnen heraus.

»Ich lasse euch allein. Dann könnt ihr ungestört reden«, sagte Pete. »Ich drehe meine Runde um das Gelände. Drüben bei der zerstörten Hütte sind noch ein paar Leute von der Spurensicherung.«

»Sie sind immer noch da? Ich dachte, sie wären langsam mal fertig.« Die Hoffnung starb zuletzt.

»Es kommt wahrscheinlich darauf an, was sie finden«, sagte Pete, der bereits von der Veranda gestiegen war. »Sie haben viele Fragen gestellt. Anscheinend verdächtigen sie erst einmal jeden hier.«

Pete verschwand um die Ecke.

»Das stimmt.« Harper trat neben Heath und schob die Hände in die Taschen ihrer ausgeborgten Jeans. Die stand ihr gut. Wirklich gut. Auch wenn ihm solche Dinge besser nicht auffallen sollten.

Sie seufzte.

»Du klingst, als hättest du vieles auf dem Herzen, aber könntest dich nicht entscheiden, ob du darüber sprechen sollst, und wenn ja, in welcher Reihenfolge.«

Sie blickte ihn von der Seite an. »Du hast mich schon immer sehr gut gekannt.«

Sonderbar. Er hatte gedacht, dass sich das geändert hätte. Jeder von ihnen hatte in den letzten Jahrzehnten viel Prägendes erlebt. Und doch hatte etwas zwischen ihnen in all der Zeit und den Erfahrungen standgehalten.

»Ich bin ganz Ohr.« Er nahm sie am Arm und führte sie wieder ins Haus. »Aber mir wäre es lieber, wenn du nicht auf der Veranda herumstehst. Hier bist du eine gute Zielscheibe.«

»Meinst du nicht, das ist ein bisschen übervorsichtig? Ich kann mich doch jetzt nicht dauernd verkriechen!«

»Du hast gesagt, dass der Mörder ein Gewehr mit großer Reichweite hatte. Mit einem Zielfernrohr, durch das er dich von der anderen Flussseite aus sehen konnte.«

Harper erschauerte. Sie rieb sich die Arme. Das tat sie in letzter Zeit oft.

»Keine Angst. Ich beschütze dich.« Ja, Heath hatte nicht geglaubt, dass er dafür der richtige Mann war. Er hatte diese Verantwortung nicht übernehmen wollen, aber als er Harper jetzt anschaute, wusste er, dass er diese Aufgabe keinem anderen anvertrauen würde. Harper nahm in seinem Herzen einen besonderen Platz ein. Das war schon immer so gewesen. Er würde nie vergessen, wie sie in der schlimmsten Zeit seines Lebens zu ihm gestanden hatte. Wie tief die Freundschaft gewesen war, die sie miteinander verbunden hatte. Die Tragödie damals hatte sie zusammengeschweißt und die aktuelle Gefahr verband sie jetzt erneut miteinander.

Ein Deputy bewachte ihre Schwester im Krankenhaus. Wenn Emily entlassen wurde, würde sie bei Heath und Harper wohnen, bis sie nach Missouri zurückkehrte. Heath hatte vor, Harper zu überreden, mit Emily nach Hause zu fahren.

Auch wenn er nicht wollte, dass sie wieder aus seinem Leben verschwand.

Er führte sie in die Küche und setzte einen Teekessel auf. Er durfte nicht vergessen, ihn wieder rechtzeitig vom Herd zu nehmen. Evelyn war früh schlafen gegangen und er wollte sie nicht wecken. Leroys Zustand besserte sich, aber die Situation belastete seine Mutter natürlich weiterhin sehr.

»Willst du mir jetzt sagen, was dich beschäftigt?«

Harper nahm auf einem der Barhocker Platz und lächelte. In letzter Zeit hatte er das viel zu selten zu sehen bekommen. Bei dem Gedanken, dass dieses Lächeln für ihn bestimmt war, wurde ihm warm ums Herz.

»Ich bin nicht sicher, ob ich meine Gedanken schon in Worte fassen kann. Aber wenn ich so weit bin, bist du der Erste, der es erfährt.«

Damit konnte er leben. »Da fällt mir ein, ich habe aber noch etwas, das ich *dir* sagen wollte.«

»Schieß los.« Sie stützte ihre Ellbogen auf die Arbeitsplatte.

»Es war wirklich bewundernswert, wie professionell du den Tatort fotografiert hast. Du warst so konzentriert, so in deinem Element, als du nach Beweisen gesucht hast. Dieses rote Haar könnte wirklich einen entscheidenden Hinweis liefern. Ich denke, Detective Moffett war nicht weniger beeindruckt als ich.«

Sie errötete und senkte den Kopf. Als sie den Kopf wieder hob, schenkte sie ihm wieder dieses faszinierende Lächeln. Ihre langen roten Haare fielen über ihre linke Schulter. Wie würde es sich wohl anfühlen, mit den Fingern hindurchzufahren? Ein guter Moment, um nach dem Teekessel zu sehen, befand er.

»Danke, Heath. Du brauchst mir nicht zu schmeicheln. Ich weiß einfach nicht, was ich jetzt machen soll. Ja, ich habe etwas gefunden. Aber wir wissen nicht, ob es eine echte Spur ist, und ich habe keine Ahnung, wie mein nächster Schritt aussehen soll.«

»Warum glaubst du, du müsstest etwas tun?«

»Ich will unbedingt daran beteiligt sein, den Mann zu finden, der diese junge Frau getötet hat. Ich muss dieses Mal durchhalten. Es ist schwer zu erklären, warum mir das so wichtig ist.«

»Ich bin mir ziemlich sicher, dass solche Ermittlungen in der Realität viel länger dauern, als es im Fernsehen dargestellt wird.«

»Glaubst du, das wüsste ich nicht?«

»Natürlich weißt du das. Aber – auf die Gefahr hin, mich zu wiederholen – es ist nicht deine Aufgabe, den Täter aufzuspüren. Überlass das dem Sheriff und seinen Leute und den anderen Behörden, die Taggart hinzugezogen hat. Meine Aufgabe ist es, dich zu beschützen. Wenn du umherschnüffelst, setzt du dich unnötig noch größerer Gefahr aus.«

»Vielleicht muss ich genau das machen.«

»Was?«

»Rausgehen und weitersuchen, bis ich mein Ziel erreicht habe. Ich bin viel zu lange feige gewesen. Es ist Zeit, mutig zu sein.«

Heath ging um die Arbeitsplatte herum, wartete, bis sie sich auf dem Hocker zu ihm gedreht hatte, und drückte dann sanft ihre Schultern. Er hob ihr Kinn an und sah ihr in die Augen. »Harper Reynolds, du bist der mutigste Mensch, den ich kenne.«

Er wollte sie in seine Arme ziehen. Sie festhalten. Sie trösten. Dieser Wunsch kam von irgendwo aus seinem tiefsten Inneren. Keiner dieser Gedanken war angemessen. Allein schon seine Pflicht als Deputy sollte ihn Distanz wahren lassen. Keine Chance. Er legte zärtlich die Hand an ihre Wange und spürte ihre weiche Haut. Sie reagierte auf seine Berührung und lehnte sich an seine Hand.

Du spielst mit dem Feuer, McKade.

Ihre Lippen öffneten sich leicht, als wollte sie etwas sagen, aber stattdessen stieß sie nur ein leises Seufzen aus. In ihm regte sich das starke Bedürfnis, sie zu küssen.

Evelyns Worte gingen ihm durch den Kopf. Sie hatte ihn aufgefordert, sich von Gott einen besonderen Menschen zeigen zu lassen, den er lieben konnte. Doch jemanden zu lieben, war zu riskant. Ja, Taggart war der Meinung, dass er am besten geeignet wäre, um Harper zu beschützen. Das war Heaths Chance, sich zu beweisen. Sich selbst zu beweisen, dass er ein guter Beschützer sein konnte. Aber Harper verdiente viel mehr. Sie verdiente einen besseren Mann, als er es war oder je sein könnte.

Sein Mobiltelefon summte und zerstörte den Moment. Gleichzeitig erleichtert und enttäuscht sah er nach, wer ihm geschrieben hatte.

Lori Somerall.

Musste das jetzt sein?

»Was ist?«

»Eine Bekannte. Ich verstehe nicht, warum sie sie auf die Ranch lassen.«

Er trat von Harper weg, obwohl er das auf keinen Fall wollte, und ging zur Haustür. Als er auf die Veranda trat, sah er einen weißen Lincoln Navigator, der auf sein Haus zurollte. Mit einem unguten Gefühl in der Magengegend wartete er. Lori stieg aus und schlenderte auf ihn zu.

Er würde nicht unbedingt sagen, dass Lori ihre weiblichen Kurven zur Schau stellte, aber sie versteckte sie auch definitiv nicht. Sie hatte vor zwei Jahren ihren Mann verloren und Evelyn hatte kein Geheimnis daraus gemacht, dass sie sie gern an seiner Seite sehen würde – was ihm irgendwie unangenehm war. »Wie bist du an den Wachen vorbeigekommen?«, rief er.

»Ich habe dem Polizisten gesagt, dass deine Tiere auf meiner Ranch untergebracht sind und du mich sehen willst.«

Ganz so konnte man das nicht sagen. Pete hatte mit Lori vereinbart, dass die Pferde und Hunde vorübergehend bei ihr unterkommen konnten. Dafür war Heath sehr dankbar. Aber trotz ihrer Großzügigkeit wollte Heath sie nicht unbedingt persönlich sehen, und schon gar nicht jetzt.

Wie um seine Gedanken zu unterstreichen, trat Harper hinter ihn.

Er wollte auf keinen Fall, dass sie falsche Schlussfolgerungen zog. Das sollte ihm eigentlich egal sein, war es aber nicht. Lori interessierte sich für ihn, das wusste er, aber er erwiderte das nicht. Trotzdem war sie mit ihrer Ranch sozusagen eine Kollegin und außerdem ein aktives Mitglied der Gemeinde. Sie waren gute Bekannte, mehr nicht.

Lori kam auf die Veranda. Ihr leichtes Parfum stieg ihm in die Nase.

»Was kann ich für dich tun?«, fragte er.

Bei ihrem Lächeln wurde ihm unwohl. Er rief sich zur Ordnung. Vielleicht war er übertrieben vorsichtig. Diese Frau hatte einfach nur eine sehr herzliche Art. Sie hatte ihm einmal erklärt, dass alle Texaner so seien.

»Du und Evelyn und auch Pete … Ihr müsst zu mir ziehen. Ich mache mir Sorgen um euch, wenn ihr hierbleibt.«

Hinter ihm fiel die Tür ins Schloss. Harper war wieder ins Haus gegangen. Wahrscheinlich dachte sie jetzt, zwischen ihm und Lori wäre etwas.

»Sie kann auch mitkommen.«

Also hatte Lori Harper durchaus zur Kenntnis genommen. »Jeder, der hier bei dir wohnt, ist auf der Circle S Ranch herzlich willkommen.« Sie beugte sich näher vor und flüsterte: »Verrate bitte niemandem, dass du das von mir weißt, aber ich habe gehört, dass bald noch mehr Polizisten herkommen werden. Wahrscheinlich schicken sie euch sowieso weg.«

»Warum weißt du so etwas, noch bevor ich informiert werde?«, fragte Heath, obwohl er die Antwort im Grunde kannte. Lori hatte die Gabe, anderen Menschen Geheimnisse zu entlocken. Womöglich hatte sie das sogar von dem Polizisten erfahren, der am Tor Wache stand.

Heath führte Lori ins Haus. Harper war in der Küche und goss mit dem Wasser aus dem Teekessel heiße Schokolade auf. Er holte es nach, die beiden einander vorzustellen und Harper bot an, Lori auch eine Tasse zu machen.

Heath entfernte sich ein paar Schritte von den Frauen und rief Taggart an, doch der war nicht zu erreichen. Er hinterließ ihm eine Sprachnachricht. Als Nächstes probierte er es bei Detective Moffett.

Sie meldete sich. »Heath, ich wollte Sie auch gerade anrufen.«

»Gibt es etwas, das ich wissen sollte?«

»Wir haben dank Harpers Beschreibung wahrscheinlich herausgefunden, wer das Opfer ist. Die Eltern haben die junge Frau heute als vermisst gemeldet. Sie war auf ihrer Hochzeitsreise zum Wandern hier. Der Mann wird ebenfalls vermisst. Harper müsste sich Fotos ansehen und die Frau, die sie gesehen zu haben glaubt, identifizieren.«

Heath rieb sich die Augen, als Harper auf ihn zutrat.

»Heath, was ist los?«

32

SAMSTAG, 9:12 UHR
SHERIFFBÜRO VON BRIDGER COUNTY

Schon wieder saß sie auf dem Beifahrersitz in Heaths Pick-up. Harpers Handflächen waren feucht. Je mehr sie sich dem Sheriffbüro von Bridger County näherten, umso verkrampfter umklammerte sie den Türgriff. Als sie sich mit der Phantomzeichnerin getroffen hatte, war sie ganz ruhig gewesen. Sie hatte genau gewusst, was sie zu tun hatte und was auf sie zukam.

Heute schien die Luft um sie herum vor Anspannung zu knistern.

Die Hitze stieg vom schwarzen Asphalt auf, während sie auf das Gebäude zugingen.

Bei der Nachricht, dass nicht nur eine, sondern sogar zwei Personen vermisst wurden, war ihr schwer ums Herz geworden, ganz besonders weil es sich um ein Paar in den Flitterwochen handelte. Dass sie möglicherweise den Tod einer frisch vermählten Ehefrau beobachtet hatte, machte Harper fertig. Die Eltern der Vermissten waren gestern Abend aus Nebraska nach Wyoming geflogen und hofften auf Nachrichten von ihrer Tochter. Sie gaben an, dass sie die Frau sein könnte, die die Phantomzeichnerin gezeichnet hatte. Harper war sich sicher, dass ihr schon ein einziges Foto genügen würde, um sagen zu können, ob sie es war.

Am liebsten hätte Harper mit den Eltern gesprochen. Sie irgendwie zu trösten versucht. Aber das war nicht möglich, solange die Ermittlungen noch nicht abgeschlossen waren. Sheriff Taggart würde die beiden befragen müssen. Üblicherweise wurden die Menschen, die einem Opfer am nächsten standen, zuerst verdächtigt, da Morde oft von Personen verübt wurden, die das

Opfer gekannt hatte. Trotz all der Jahre als Tatortfotografin konnte sich Harper mit dieser Tatsache immer noch nicht abfinden. Würde sie auch aufgefordert werden, sich Bilder des Vaters anzusehen? Könnte er der Mann mit dem Gewehr gewesen sein? Sie erschauerte.

Der Sheriff würde auch den jungen Ehemann verdächtigen. Er wurde zwar selbst vermisst, aber nicht zuletzt deshalb könnte er das Verbrechen begangen haben. Eine tiefe Trauer überrollte sie bei dem Gedanken, dass Angehörige dazu in der Lage sein konnten, einen geliebten Menschen zu ermorden.

Heath hielt Harper die Tür auf. Drinnen wurde sie bereits von Detective Moffett erwartet.

»Die Eltern sitzen in einem anderen Raum und warten auf Neuigkeiten. Wir möchten Sie bitten, sich mehrere Fotos anzusehen und uns zu sagen, ob die Frau, die Sie gesehen haben, dabei ist.«

»Was ist mit dem Vater?« Harper sprach nicht aus, worauf sie mit ihrer Frage eigentlich hinauswollte.

»Er entspricht nicht Ihrer Beschreibung des Mörders. Zudem hat er MS und sitzt im Rollstuhl.«

»Verstehe.«

Detective Moffett führte sie in ein Zimmer. Auf dem Tisch waren Fotos ausgebreitet. Harper schloss die Augen und rief sich das Bild des Opfers ins Gedächtnis. Bevor sie sich die Fotos ansah, schaute sie kurz zu Heath, dann zu Detective Moffett. »Die Eltern hoffen, dass ihre Tochter noch am Leben ist.« Diese Hoffnung würde Harper ihnen vielleicht nehmen. Die Frau im Wald war nicht mehr am Leben, das wusste sie sicher.

»Das hoffen wir alle«, erwiderte Detective Moffett.

Harper atmete tief ein, dann trat sie an den Tisch heran und betrachtete die Fotos eingehend. Viele verschiedene Frauen blickten ihr entgegen. Ihr Puls hämmerte und pochte in ihren Ohren.

Sie strich mit dem Zeigefinger über die Kante eines Fotos. Diese Augen – sie würde diese Augen nie vergessen.

Die Frau auf dem Foto lächelte. Sie lachte mit Freunden. Heiße Tränen liefen über Harpers Wangen.

Warum war dieser grausame Mord passiert?

Sie warf einen Blick auf Detective Moffett. »Das ist die Frau, die ich gesehen habe. Ist … Ist sie das?«

»Ja.«

»Kann ich bitte ihren Namen erfahren?«

»Sophie Osborne. Ihr Mann heißt Chase«, antwortete Detective Moffett.

»Und die Eltern?«

»Rick und Netta Batterson.« Detective Moffett schaute Harper an. »Gibt es sonst noch etwas?«

Harper schüttelte den Kopf.

»Danke für Ihre Hilfe.«

Starke, mitfühlende Arme legten sich um ihre Schultern und Heath schob sie vor sich her in einen gemütlicher eingerichteten Raum. Er holte ihr eine Tasse mit dampfend heißem Kaffee. »Ich wünschte, du müsstest das nicht erleben. Und auch für die Eltern tut es mir sehr leid.«

»Jetzt, da wir eindeutig wissen, wer sie war, wissen wir auch, dass ihr Mann möglicherweise ebenfalls ermordet wurde.« Harper lief ein Schauder über den Rücken. »Oder denkst du, er kommt als Täter infrage? Weißt du zufällig, wie alt ihr Mann ist?«

»Ungefähr in Sophies Alter.«

»Dann hat er sie nicht getötet.« Sie wusste nicht viel, aber eine Sache stand fest: »Der Mörder war viel älter. Kein junger Mann in den Flitterwochen. Dann war es nicht der Ehemann.«

»Es hilft, dass wir das schon mal mit Sicherheit ausschließen können. Auch wenn wir so weiter nach einem Unbekannten suchen.«

Die gute Nachricht war, dass mehrere Behörden jetzt nach den zwei vermissten Wanderern suchen würden, die schlechte, dass mindestens einer von ihnen tot war. Harper hatte auch für Chase nicht viel Hoffnung, es sei denn, er war irgendwie entkommen, hatte sich in dem riesigen Wald verirrt und versuchte immer noch, einen Weg zurück in die Zivilisation zu finden. Aber da ein Jäger hinter ihm her war – jemand, der sich in dieser Gegend auskannte –, hatte er selbst dann nur geringe Überlebenschancen.

Detective Moffett kam mit einem Laptop ins Zimmer. »Ich habe die Eltern informiert. Wir starten jetzt die Suche nach dem Paar und werden dafür auch freiwillige Helfer um Mithilfe bitten. Ms Reynolds, fühlen Sie sich wieder fit? Wenn ja, könnten Sie und Deputy McKade sich an der Suche beteiligen. Der Sheriff schätzt Ihren Blick fürs Detail. Sie haben uns schon sehr geholfen.«

Wow! Die Skepsis des Sheriffs und seiner Deputys in Bezug auf Harper war fast über Nacht einer ungeteilten Wertschätzung gewichen. Damit hatte Harper nun wirklich nicht gerechnet. Fragend schaute sie Heath an.

Er schüttelte den Kopf. »Den Vorschlag kann ich nicht unterstützen. Harper würde sich dabei möglicherweise in Gefahr begeben.«

»Der Sheriff sagt, dass nichts passieren wird. Wenn ein riesiges Aufgebot an Polizisten mit Suchhunden im Wald unterwegs ist, wäre der Mörder verrückt, sich noch in der Nähe aufzuhalten. Trotzdem hat der Sheriff für den Fall, dass Sie einwilligen, als Vorsichtsmaßnahme zusätzlich Deputy Arty Custer als Begleitung für Sie abgestellt. Wir brauchen jede Hilfe, die wir kriegen können.«

33

SAMSTAG, 14:28 UHR
BRIDGER-TETON NATIONAL FOREST

Von Heath und Deputy Custer flankiert, schlug Harper sich mit der neuen Kamera, die sie sich in der Stadt gekauft hatte, durch den Wald. Sie und Emily hatten sich auch neue Laptops besorgt. Sie gaben ihr Geld viel zu schnell aus. Es würde bestimmt eine Weile dauern, bis die Versicherung ihre Schadensersatzansprüche auf den Wohnwagen und das Auto bearbeitet hatte. Hoffentlich waren das heute fürs Erste die letzten großen Anschaffungen gewesen. Allerdings brauchte sie eigentlich auch noch ein neues Stativ und ein Teleobjektiv.

Wie so oft in den letzten Tagen dachte sie über Heath nach. Er war dagegen gewesen, dass sie sich an der Suche beteiligte, aber die Polizei brauchte nun mal so viele Helfer wie möglich. Und Sheriff Taggart war einverstanden – er hatte es ja sogar selbst veranlasst.

Der Zugang zum Nationalpark war abgesperrt worden, was mitten in der Touristensaison gar nicht so leicht zu bewerkstelligen gewesen war. Trotzdem hatte Heath deutlich gemacht, dass er Harper lieber auf seiner Ranch wissen wollte, bis diese Sache vorbei war. Lori Somerall sah das ein wenig anders. Sie wollte, dass sie alle zu *ihr* zogen, weg von dem Chaos und der möglichen Gefahr durch den Verursacher der Explosion.

Harper mochte diese Frau irgendwie. Unter anderen Umständen hätten sie sogar Freundinnen werden können, aber Lori hatte definitiv ein Auge auf Heath geworfen, und das gefiel Harper gar nicht. Deshalb war sie auch sehr erleichtert gewesen, als er Loris Einladung ausgeschlagen hatte. Kurz bevor sie aufgetaucht war, hätte er Harper fast geküsst. Sie hatte nicht widerstehen können und ihre Wange an seine Hand geschmiegt. Was war nur mit ihr los? War sie wegen dieser Situation plötzlich viel zu verwundbar?

Andererseits würde sie sich vermutlich auch unter anderen Umständen zu Heath hingezogen fühlen. Es war fast, als hätte eine unsichtbare Kraft, die Zeit und Raum überspannte, sie wieder zusammengeführt. Aber Harper wusste, dass sie nie mit Heath zusammen sein könnte. Vielleicht war er ja sogar auf der Suche nach jemandem, aber diese Person konnte nicht sie sein.

Sie zwang ihre Gedanken zurück zu ihrer aktuellen Aufgabe. Das durfte sie nicht mehr so sehr ablenken. Aber ihr Gefühlschaos auszublenden war schwer, insbesondere, solange der attraktive Mann, um den ihre Gedanken kreisten, direkt neben ihr herlief.

Sie blieb stehen und trank einige große Schlucke aus ihrer Flasche. Dann goss sie ein wenig Wasser über ihren Kopf und zuckte leicht zusammen. Ganz schön kalt!

»Trinken Sie lieber nicht zu viel«, riet Deputy Custer. »Sparen Sie sich lieber noch etwas für später auf.«

Er hatte recht. Die Suchaktion konnte noch bis zum Abend dauern.

Harper folgte dem Deputy weiter auf dem Wanderpfad.

Er zog eine Landkarte heraus. »Wir sollen dieses Gebiet abseits des Pfades auf … Sie wissen schon … eine Leiche oder irgendetwas Ungewöhnliches absuchen.«

Die Sonne brannte auf sie herab, doch im Schatten der Bäume war es einigermaßen auszuhalten. Vor Anstrengung keuchend, bewältigten sie den steilen Anstieg. Bei jedem Schritt hielten sie die Augen offen und suchten nach Spuren eines Gewaltverbrechens. Die Zeit verstrich und aus Minuten wurden zwei Stunden.

Irgendwann brach Harper das Schweigen. »Sophie und ihr Mann Chase sind tagelang durch den Nationalpark gewandert. Was haben sie gesehen, Heath? Worauf sind sie gestoßen, dass Sophie mit ihrem Leben dafür bezahlen musste? Dass sie gezwungen war, vor einem Mörder zu fliehen? Du glaubst nicht, dass er ein Wilderer war, der nur eine Anzeige verhindern wollte, oder? Würde jemand wegen so etwas einen Menschen töten?«

Heath schüttelte den Kopf. »Ich finde, dass es überhaupt nichts geben sollte, für das man einen Menschen tötet. Aber leider werden trotzdem immer wieder Menschen aus den unfassbarsten Gründen zu Mordopfern.«

Dem konnte sie nicht widersprechen. »Er ist ein Psychopath. Das ist meine Meinung. Nur ein Psychopath ermordet eine Frau auf solche Weise.«

Deputy Custer trank nun ebenfalls etwas. »Ich glaube nicht, dass wir etwas finden werden«, sagte er, als er die Flasche wieder abgesetzt hatte. »Dieser Mann hat seine Spuren gut verwischt. Sonst hätten wir längst etwas gefunden. In unserem Bereich scheint jedenfalls nichts Verdächtiges zu sein. Wir sollten umkehren und uns ein neues Gebiet zuteilen lassen.« Er ging einen Schritt.

Wasser lief aus seinem Mund, als er plötzlich zu Boden sackte. Das Echo eines Schusses hallte durch den Wald.

34

»Geh in Deckung!« Heath drückte Harper schnell auf den Boden und warf sich als lebender Schutzschild auf sie. Aus dieser Position meldete er über Funk, dass auf sie geschossen worden war. Er war dankbar, dass er eine vollständige Ausrüstung angelegt hatte einschließlich einer kugelsicheren Weste.

Harper trug ebenfalls eine kugelsichere Weste und eine Waffe. Darauf hatte Heath bestanden und sie hatte nicht widersprochen.

Die Westen schützten vor Pistolenschüssen, aber nicht vor denen aus Schnellschussgewehren – und mit einem solchen Gewehr war offenbar auf Arty geschossen worden.

Heath musste Harper schützen, aber was war mit Arty? »Arty! Hörst du mich?«

Es kam keine Antwort. Er blieb auf Harper liegen und überlegte, wie er sie in Sicherheit bringen könnte. Das hätte nicht passieren dürfen! Er hatte gewusst, dass das hier keine gute Idee war.

»Heath, kannst du mich jetzt aufstehen lassen?«

Auf keinen Fall! Sie könnte sich mit jeder Bewegung direkt in die Schusslinie begeben.

Oh Gott, hilf mir!

Wenn Harper das beabsichtigte Ziel gewesen war – und alles andere war mehr als unwahrscheinlich –, hatte der Mörder sie verfehlt. Trotz seines Weitschussgewehrs hatte der Mann sie nicht getroffen; er war also vielleicht doch kein militärisch ausgebildeter Scharfschütze.

»Bleib unten. Ich decke ich«, flüsterte er Harper ins Ohr. »Wir kriechen ganz langsam zu den Felsen dort hinüber.«

»Was ist mit Arty?«

Er befürchtete das Schlimmste. »Ich sehe nach ihm, wenn du außer Reichweite des Schützen bist.«

»Heath, nein, dieser Irre wird dich töten! Ich habe gesehen, wozu er fähig ist!«

»Bitte tu, was ich dir sage. Wir wissen nicht, wo er ist. Der Schuss war erst zu hören, als die Kugel Arty schon getroffen hatte. Die Entfernung war also recht groß. Aber vielleicht kommt er näher.«

Heath schaute sie durchdringend an, bis er sich sicher war, dass sie tun würde, was er sagte. Sie nickte leicht. Er hatte den Auftrag, ihr Leben zu schützen, aber noch wichtiger war, dass sie eine Freundin war, eine Frau, die ihm sehr am Herzen lag. Aber Arty brauchte seine Hilfe.

Fast wie in Zeitlupe bewegten sie sich auf die zwei großen Felsen zu und suchten dazwischen Schutz.

Mit hämmerndem Herzen drückte Heath seinen Rücken an den Felsen und atmete stockend ein. »Er könnte einen Bogen schlagen und versuchen, dich aus einem anderen Winkel zu erwischen. Du musst zwischen diesen Felsen in Deckung bleiben.«

Heath duckte sich und wollte zu Arty rennen. Harper hielt ihn fest und schaute ihn mit furchterfüllten Augen an. »Bitte sei vorsichtig!«

Der Schütze hatte noch keinen weiteren Schuss abgegeben. Das war gut. Hoffentlich. Wartete er nur auf den richtigen Moment oder schlich er sich näher an sie heran?

Schweißtropfen standen auf Heaths Stirn. Er atmete einige Male tief durch. Dann huschte er von Baum zu Baum, bis er schließlich hinter dem Stamm neben dem regungslosen Deputy ankam. Heath kauerte sich nieder und spähte um den Baum herum.

Arty lag mit dem Gesicht nach unten auf der Erde, ein Einschussloch im Rücken.

Oh Gott! Warum?

War er im falschen Moment vor Harper getreten? Oder genau im richtigen?

»Arty, bitte sag etwas!«

Dunkelrotes Blut breitete sich um die Schusswunde herum aus. Heath legte sich flach auf den Boden und robbte näher. Er legte die Finger an die Halsschlagader des Mannes. Nichts. Hilflose Wut schäumte in ihm hoch. Er wollte den Deputy nicht so liegen lassen, aber er musste Harper in Sicherheit bringen.

Er forderte erneut über Funk Hilfe an. »Deputy tot. Von einem Schuss getroffen.« Er gab seine Position so gut wie möglich an.

»Eingreiftruppe ist unterwegs.« Er erkannte Lauras Stimme.

»Ich weiß nicht, ob wir so lange warten können.«

»Dann bringen Sie Harper von dort weg, Heath.«

Er hatte dreizehn Wochen Grundausbildung auf der Polizeischule absolviert, doch in dieser Situation kam ihm vor allem seine militärische Ausbildung zugute. Und seine Erfahrung.

Als er zu Harper zurückkam, kauerte sie hinter dem Felsen und hatte die Hand auf ihrer Waffe liegen. Gut, sie hatte nicht den Kopf verloren. Wobei er das auch nicht erwartet hatte.

»Arty?«

Er schüttelte den Kopf.

»Wir können ihn nicht einfach ...«

»Er würde wollen, dass wir die Gefahrenzone so schnell wie möglich verlassen.«

»Wir wissen nicht, wo der Schütze ist, Heath. Wie wollen wir von hier wegkommen?«

Er ließ seinen Blick durch den Wald schweifen. Hoffentlich hatte der Schütze nicht bereits eine neue Position eingenommen, von der aus er auf sie schießen konnte. »Wir müssen tief unten bleiben und die Bäume als Sichtschutz nutzen.«

»Bist du sicher, dass wir nicht auf Hilfe warten sollten?«

Es gab Situationen, in denen man einfach keine Wahl hatte. »Ja. Ich bin sicher.« Der Zweifel in seiner Stimme strafte seine zuversichtlichen Worte Lügen.

Heath feuerte mehrere Schüsse auf den Boden ab, um zu testen, ob er eine Reaktion bekam.

Nichts.

»Gehen wir.« Sie hatten beide ihre Waffen schussbereit in der Hand, während sie durch den Wald in die Richtung zurückschlichen, aus der sie gekommen waren. Sie entfernten sich immer weiter von Deputy Custer. *Arty.* Heath durfte nicht zulassen, dass der Schmerz um seinen Tod ihn jetzt aus der Fassung brachte.

Harper war am Leben und er musste dafür sorgen, dass das so blieb. Das war alles Taggarts Schuld! Harper hätte nie in diesen Wald kommen dürfen. Wenigstens wussten sie jetzt, dass sich der Kerl immer noch im Nationalpark aufhielt. Er hatte nicht das Weite gesucht.

Das wäre Heath fast lieber gewesen.

Ein lautes Dröhnen näherte sich über ihren Köpfen.

Ein Hubschrauber. Das Rettungsteam? Eine große Erleichterung erfasste Heath. Er würde Harper nicht allein aus dem Wald bringen müssen.

»Wie zeigen wir ihnen, wo wir sind, ohne unsere Deckung aufzugeben?«

Heath teilte der Rettungsleitstelle über Funk mit, dass der Hubschrauber genau über ihnen kreiste. Er musste schreien, um den Motorenlärm zu übertönen. Obwohl sie völlig außer Atem waren, hatten Heath und Harper sich noch nicht weit von der Stelle entfernt, an der Arty erschossen worden war.

Zwei schwer bewaffnete Männer in Spezialeinheit-Kampfausrüstung wurden vom Hubschrauber abgeseilt.

Wie groß war die Entschlossenheit des Schützen, Harper zu töten? Hatte er das Gebiet verlassen, wie Heath hoffte?

Heath und Harper verließen den Schutz des Baumes und liefen zu den Männern vom SWAT-Team, dem Einsatzkommando für polizeiliche Sonderlagen. Der Helikopter stand über ihnen.

»Aufgrund des Einschusswinkels würde ich sagen, dass die Kugel, die Arty getötet hat, aus Nordwesten kam«, erklärte Heath. »Der Täter kann inzwischen natürlich seine Position geändert haben.«

»Wir bleiben bei euch, bis die Ranger hier sind.« Der Polizist deutete mit dem Kopf zu dem schmalen Wanderpfad. »Sie bringen euch hier weg.«

»Mir wäre es lieber, wenn Harper im Heli mitfliegen könnte.«

»Wenn wir sie hochziehen, ist sie ihm in der Luft schutzlos ausgeliefert.«

»Stimmt, das habe ich nicht bedacht.«

Ranger Dan Hinckley kam aus südlicher Richtung auf sie zu. Ein zweiter Mann begleitete ihn.

»Danke, dass ihr gekommen seid, Dan«, sagte Heath.

Die beiden Polizisten überließen Heath und Harper den Rangern und begannen das Gelände zu sichern.

»Kommt«, sagte Dan. »Lasst uns von hier verschwinden! Die Polizei sucht den ganzen Wald ab. Wenn dieser Schütze auch nur einen Funken Verstand hat, ist er längst fort.«

»Ich glaube, da irrst du dich«, sagte Heath. Der Mörder war immer noch hier, obwohl er zwei Wanderer ermordet hatte. Auch Sheriff Taggart hatte geglaubt, der Täter hielte sich nicht mehr in diesen Wäldern auf. Dieser Irrtum hatte ein weiteres Menschenleben gekostet. Der Mörder war hiergeblieben, um Harper auszuschalten, obwohl die Polizei nach ihm fahndete. Mit seinem Zielfernrohr konnte er immer genügend Abstand halten. Er war schlau. Er hatte ein Ziel. Eine Mission.

Und Heath hatte das ungute Gefühl, dass der Mörder Bridger County erst dann verlassen würde, wenn er hier fertig war.

35

SAMSTAG, 16:52 UHR
BRIDGER-TETON NATIONAL FOREST

Die Glieder des Richters zitterten vor Schwäche. Es kostete ihn seine ganze Kraft, sein Gewehr abzulegen. Er umklammerte die Armlehne und sank stöhnend auf das alte Sofa.

Irgendwie musste er die Kraft finden, seine Mission zu Ende zu führen. Sein linker Ellbogen schmerzte immer noch von dem Sprung aus dem Pick-up. Sie sollte längst tot sein.

»Dieser verdammte Krebs!«

Zum ersten Mal seit einer Woche hatte er Hunger. Viel zu lange hatte er keinen Appetit gehabt. Er brauchte Fleisch. Also würde er auf die Jagd gehen müssen. Das würde ihm sowohl körperlich als auch psychisch guttun. Er brauchte das Gefühl, an der Spitze der Nahrungskette zu stehen. Stark zu sein. Es allen gezeigt zu haben.

Aber im Wald wimmelte es vor Polizeikräften. Er wusste natürlich, was sie dort suchten. Diese Frau, Harper Reynolds, hatte sie auf ihn gehetzt.

Sie brachte seine ganzen Pläne durcheinander. Diese zwei gescheiterten Versuche, sie zu töten, hatten ihm viel zu viel Zeit geraubt.

Die Suchtrupps würden die Leichen der Wanderer nie finden.

Wenn er diese Reynolds endlich in die Finger bekäme, würde es mit ihrer dasselbe sein.

36

MONTAG, 19:59 UHR
CIRCLE S RANCH

Harper genoss den Blick aus dem großen Panoramafenster in Lori Someralls Haus. Sie wollte die ungetrübte, grenzenlose Schönheit der Nadelbäume, die die Berge überzogen, in sich aufsaugen, diesen Anblick wenigstens in ihrem Gedächtnis speichern, wenn sie ihn schon nicht mit der Kamera festhalten konnte. Der Grand Teton ragte in der Ferne zwischen den anderen Gipfeln in die Höhe. Dieser majestätische Berg war der Inbegriff von Stärke und Schönheit und erinnerte Harper an den Bibelvers, der im Airstream an der Wand gehangen hatte. Als Kind hatte dieser Berg ihre Gedanken immer auf Gott gelenkt.

Unerschütterlich. Unveränderlich.

»Der HERR ist eine starke Festung …«

Wenn sie nur etwas von dieser Stärke fühlen könnte! Wenn nur dieser Ausblick das Bild von Arty überdecken könnte, die Überraschung und den Schock in seinem Gesicht in dem Moment, bevor er zusammengesackt war.

Das Gleiche, was Sophie zugestoßen war, hatte sich wiederholt. Der Schmerz darüber zerriss sie fast.

Der Deputy hatte eine kugelsichere Weste getragen! Heath hatte erklärt, dass das bei Gewehrschüssen mit sehr hoher Geschwindigkeit nichts nutzte. Warum waren sie ohne ausreichenden Schutz dort draußen gewesen?

Er ist allein meinetwegen gestorben.

Den Sheriff plagten bestimmt ähnliche Schuldgefühle, weil er die Gefahr unterschätzt hatte. Es war sehr gut möglich, dass Heath als Nächster zu Schaden kommen würde.

Wenigstens hatte er nun nicht mehr gezögert und nach diesem zweiten Anschlag auf Harpers Leben eingesehen, dass ein Umzug auf die Circle S Ranch das Beste sein würde.

Gestern hatte Lori auf einen kleinen Sonntagsgottesdienst auf der Ranch bestanden. Es war tröstlicher gewesen, als Harper nach Artys Tod erwartet hatte.

Ähnlich wie Heath lebte Lori in einem großen, leeren Haus. Evelyn war mit ihnen zu ihr gezogen, aber Pete würde auf der Emerald M Ranch bleiben und warten, bis der Tatort um die Blockhütte herum freigegeben wurde. Dann würde Heath eine neue Hütte bauen lassen können. Pete hatte sich bereit erklärt, den Wiederaufbau zu überwachen.

Ein Adler setzte zum Sturzflug an, als wollte er ein kleines Tier schnappen, stieg aber mit leeren Krallen wieder in die Luft auf. Harper folgte ihm mit ihrem Blick.

»Harper?« Emily trat hinter sie.

Sie drehte sich um und umarmte ihre Schwester, die am Nachmittag aus dem Krankenhaus entlassen worden war. Ein weiteres EEG hatte gezeigt, dass sich ihr Zustand übers Wochenende deutlich gebessert hatte. Emily hatte klargestellt, dass sie dringend nach Missouri zurückkehren müsse; deshalb hatte die Ärztin sie zur Nachuntersuchung zu einem Neurologen in St. Louis überwiesen. Trotz der Belastungen der letzten Tage war Emily schon wieder deutlich munterer.

»Es ist so gut, dich wieder zu Hause zu haben.« Aber dieses Haus war nicht ihr Zuhause. Es war nicht einmal Heaths Zuhause. Sie drückte Emily noch fester, bevor sie ihre Schwester schließlich wieder losließ.

»Dieses Haus erinnert mich irgendwie an die Schweizer Alpen«, sagte Emily. »Es hat etwas Rustikales, findest du nicht auch?«

Harper nickte abwesend. Die schöne blonde Frau, der diese Ranch gehörte, rundete das idyllische Bild ab, das ihre Schwester ihr da gerade vor Augen gemalt hatte. Vielleicht hatte Lori Heath noch nicht am Haken, aber es würde Harper nicht überraschen, wenn sie versuchte, ihn sich zu angeln. Sie verdrängte die lächerliche Eifersucht, die sie beschleichen wollte.

Wen interessierten schon Lori und Heath? Emily war bei ihr. Ihre Schwester würde wieder ganz gesund werden.

Harpers Aufmerksamkeit wanderte zu dem farbenfrohen Blumenstrauß aus Rosen und Lilien auf dem Tisch, ein Geschenk von einem Bekannten aus Emilys Verlagswelt. Der Strauß war unter den gegebenen Umständen zwar angebracht, aber Harper kam trotzdem nicht umhin, sich zu fragen, ob der Mann tatsächlich nur ein Freund war. »Wie fühlst du dich?«

»Seit ich hier bin, schon viel besser.« Emily sank auf das Sofa und nahm ein Kissen. Sie drückte es an sich. Ein Anflug von Sorge trat in ihre Augen, verschwand aber schnell wieder. Sie nahm die Bibel, die auf dem Tisch lag, und blätterte darin, bis sie fand, wonach sie gesucht hatte.

Obwohl sie aus dem Krankenhaus entlassen war, hatten ihr die Ärzte geraten, dass sie erst wieder Auto fahren sollte, wenn der Neurologe in Missouri keine Bedenken hatte. Sie könnte immer noch unter den Folgen ihres Sturzes leiden.

Harper zwang sich zu einem beruhigenden Lächeln. »Wann fängst du mit deinem nächsten Buch an?«

Emily hob den Blick von der Bibel. »So bald wie möglich.«

Harper hätte sie gern nach ihrer neuen Idee gefragt, aber seit sie unter der psychischen Belastung durch ihren Beruf fast zusammengebrochen wäre, sprach Emily nicht mehr mit ihr über ihre Buchprojekte.

»Ich mache mir Sorgen um dich. Dieser Kerl scheint wild entschlossen zu sein, dir etwas anzutun«, seufzte Emily. »Ich weiß, dass ich dir vorgeschlagen habe hierzubleiben, aber ich bin mir nicht mehr sicher, ob das so eine gute Idee ist.«

Harper seufzte. »Der Mörder ist der Grund, warum ich nicht mit dir nach Hause zurückfahren kann. Ich will nicht, dass dir etwas zustößt. Du bist gerade erst aus dem Krankenhaus gekommen. Er hat dich schon einmal verletzt, weil er es auf mich abgesehen hat. Ich werde das kein zweites Mal zulassen.«

Aber wer würde Emily nach Missouri bringen? Harper war hin- und hergerissen. Was war für ihre Schwester das Beste? Sollte sie sich besser von ihr fernhalten oder doch mit ihr nach Hause fahren?

»Dir darf aber auch nichts passieren!«, sagte Emily. »Ich glaube nicht, dass dir dieser Kerl bis nach Missouri folgen würde.«

Heath betrat das Zimmer, blieb aber an der Tür stehen, offenbar unsicher, ob er störte.

Emilys Miene veränderte sich sofort. Sie drehte den Kopf und grinste ihn kokett an. »Heath könnte doch mitkommen. Er kann dich in Missouri genauso beschützen wie hier.«

Die alte Emily kam wieder zum Vorschein, stellte Harper erleichtert fest.

Sie fand, dass Emily lieber Liebesromane als Krimis schreiben sollte.

»Ich weiß nicht, ob ich nach Missouri mitkomme, aber solange ich hier bin, bin ich froh, dass ich Heath habe.«

Auf diese Bemerkung erwiderte Heath nichts. Er schaute sie nur fragend an, so intensiv, dass es ihr Angst einjagte. Was dachte er?

»Ich will das tun, was für dich das Beste ist«, betonte Harper noch einmal. »Und im Moment glaube ich nicht, dass ich mit dir nach Hause fahren sollte. Aber ich möchte nicht, dass du allein bist. Wer wird dich in Missouri zu deinen Terminen fahren?«

Emily stieß ein Lachen aus, das bei Weitem nicht so fröhlich klang, wie es wohl sein sollte. »Ich habe genügend Freunde. Nachdem ich so lange weg war, kann ich es kaum erwarten, sie alle wiederzutreffen. Harper, ich würde die letzten Monate mit dir gegen nichts auf der Welt eintauschen. Ich wünschte nur, unsere Reise hätte anders geendet.« Sie drückte Harpers Hand. »Bitte pass auf dich auf. Mach keine Dummheiten.«

Harper musste schlucken. Emily würde tatsächlich nach Hause fahren. Und Harper würde tatsächlich hierbleiben.

»Versprochen.«

Aber solange dieser Fall nicht aufgeklärt war, war keine von ihnen wirklich sicher.

Emily stand vom Sofa auf. »Ich bin müde, denke, ich lege mich besser schlafen. Wahrscheinlich ist jetzt nicht der beste Zeitpunkt, um das anzusprechen, ich weiß, aber ich würde wirklich gern noch unser früheres Haus sehen. Geht das morgen? Danach kannst du mich zum Flughafen bringen.«

Morgen? Emily konnte es offenbar gar nicht erwarten, nach Hause zu kommen.

Harper war immer noch sehr aufgewühlt. War sie schon bereit, diesen sicheren Zufluchtsort in den Bergen zu verlassen, selbst wenn es nur für ein paar Stunden war? Und das ausgerechnet, um zu ihrem früheren Haus zu fahren? Warum war Emily das so wichtig? Brauchte ihr Krimihirn die Rückkehr zu dem Ort, um die Vergangenheit abzuschließen?

»Ich denke, das lässt sich einrichten«, sagte Harper langsam und fragte Heath mit ihrem Blick stumm, ob er einverstanden war.

Er äußerte sich nicht sofort dazu. »Lasst uns morgen darüber sprechen.«

Es war seine offizielle Aufgabe, auf sie aufzupassen. Ihre Sicherheit bestimmte im Moment seine Entscheidungen. Harper hätte gern gewusst, was er tatsächlich fühlte. Nervte ihn diese Beschützerrolle und wäre er lieber für etwas ganz anderes eingesetzt worden? Oder war er vielleicht sogar gern mit ihr zusammen?

37

Als Emily auf dem Gang verschwand, war Heath froh, dass Harper noch im Zimmer blieb. Sie mussten reden. In Emilys Beisein hatte er die ruhige Fassade aufrechterhalten können und hoffte, sich auch jetzt so gut wie möglich beherrschen zu können, wo er und Harper allein waren.

Sie trat erneut ans Fenster und blickte hinaus.

Wich sie ihm aus?

Einen Vorwurf könnte er ihr nicht daraus machen.

Sonderbar, dass er so viel Mut aufbringen musste, um mit ihr zu sprechen. Er befürchtete, dass sie sofort abblocken würde, wenn er etwas Falsches sagte. Das Schwierige war also nicht das Reden mit ihr selbst, sondern vielmehr, das auszusprechen, was ihm auf der Seele brannte. Offen mit ihr zu sein. Zögernd trat er neben sie. Er betrachtete die Bäume, den Berggipfel des Grand Teton, der sich über ihnen erhob. Den spektakulären Abendhimmel in seinen zarten Rosa- und leuchtenden Rottönen.

»Es geht nichts über einen Sonnenuntergang in den Bergen«, sagte er. Okay, das war nicht ganz das, was er ihr eigentlich sagen wollte.

»Ja, es ist atemberaubend.«

Er betrachtete ihr Profil. Ihr Haar floss ihr seidig über die schmalen Schultern. Weiche Gesichtszüge, zarte Sommersprossen. »Wirklich atemberaubend.«

»Musst du nicht los und Evelyn abholen?«, fragte sie.

Fragte sie, weil sie Zeit für sich brauchte? Vielleicht sollte er sie in Ruhe lassen.

»Ich bleibe bei dir, Harper. Ich lasse dich nicht allein. Außerdem hat Evelyn angerufen und gesagt, dass ihre Enkelin sie herbringt, die dann ebenfalls hier übernachten wird.«

»Das ist wirklich sehr großzügig von Lori.«

»Ja.« Lori war eine großzügige Frau. Und Heath hätte schon blind und dumm sein müssen, um nicht zu merken, dass sie ihn mehr als nur mochte. Deshalb gefiel es ihm überhaupt nicht, in ihrem Haus zu wohnen; er wollte Lori keine falschen Hoffnungen machen. Aber da Harper in Gefahr war, hatte er nicht wirklich eine andere Wahl gehabt, als die Einladung anzunehmen.

Lori hatte ihnen ihre Gastfreundschaft angeboten – das war alles. Für Harper dagegen hegte er tiefe Gefühle. Es nutzte rein gar nichts, sich selbst etwas anderes weismachen zu wollen. Doch an den Fakten hatte sich nichts geändert. Sie würde sich niemals dafür entscheiden, wieder in Wyoming zu leben. Und selbst wenn doch, wäre das nicht gut, da Heath wahrscheinlich zu viel für sie empfinden würde. Da war immer noch seine traurige Erfahrung, dass Menschen, die ihm wichtig waren, grundsätzlich Schlimmes zustieß. Davor wollte er Harper unbedingt bewahren. Trotzdem konnte er an nichts anderes denken als an sie.

»Harper …« Seine Stimme klang heiser. Ob ihm anzusehen war, was in ihm vorging? *Reiß dich zusammen!*

Harper hob das Gesicht und schaute ihn an. Das weiche Licht der tief stehenden Sonne, das durchs Fenster fiel, schmeichelte ihr. »An jenem Abend«, begann sie. »An dem Abend, an dem Dad ermordet wurde … Ich habe nicht alles gesehen. Sonst hätte sein Mörder für dieses Verbrechen bestraft werden können. Es war dunkel. Mom und Emily waren in die Stadt gefahren, um für irgendeinen Anlass ein Kleid zu kaufen. Ich war wegen irgendeiner Kleinigkeit sauer auf Emily und wollte nicht mitkommen. Jemand fuhr vor unserem Haus vor. Ich dachte, Mom und Emily wären zurück, aber Dad sagte mir, ich solle drinnen bleiben. Er schickte mich in mein Zimmer. Dann ging er hinaus. Natürlich war ich viel zu neugierig, um zu gehorchen, und schlich mich in Moms und Dads Schlafzimmer. Das Fenster ging zur Vorderseite des Hauses hinaus und ich konnte die Stimmen hören. Es gab einen hitzigen Streit. Vielleicht ging es um irgendwelche Anschuldigungen – ich habe mir die Worte nicht gemerkt. Durch das Fenster konnte ich den Rücken meines Vaters sehen, mehr nicht. Ein Schuss krachte und Dad fiel zu Boden. Ich sah, wie er dalag, und wusste sofort, dass er tot war. Ich rannte in mein Zimmer zurück und versteckte mich unter dem Bett.« Harper holte zittrig Luft.

Heath wollte sie in die Arme nehmen. Er wollte etwas sagen, aber dann würde sie ihm vielleicht nie den Rest erzählen. Also wartete er.

»Ich hätte mich bemerkbar machen müssen. Vielleicht wäre der Mörder dann geflohen und hätte ihn nicht getötet. Aber ich habe mich ganz leise verhalten. Und ich bin weggelaufen, statt herauszufinden, wer ihn umgebracht hat. Ich habe mich zusammengerollt, mich versteckt und konnte vor Angst kaum denken.«

»Wenn der Mörder dich entdeckt hätte, wärst du wahrscheinlich auch tot.«

»Oder ich hätte ihn gesehen. Der Mord an meinem Vater hätte mithilfe meiner Beschreibung aufgeklärt werden können. Das hat mich jahrelang gequält. Die Polizei forderte mich immer wieder auf, genauer nachzudenken, zu versuchen, mich an Details zu erinnern, und ich konnte es nicht.«

»Das ist eine sehr schwere Last für ein Kind.« Eine Last, die sie offensichtlich auch jetzt als Erwachsene noch mit sich herumtrug. Wenn nur Harpers Mutter nicht mit ihren Töchtern weggezogen wäre! Dann hätte er für sie da sein und ihr helfen können. *Als ob du das gekonnt hättest!*

Für einen Moment huschte ihr Blick zu ihm, dann schaute sie wieder aus dem Fenster. »Jetzt kennst du die ganze Geschichte. Ich habe damals die Augen vor dem verschlossen, was ich hätte sehen müssen. Als Tatortfotografin kann ich nicht wegschauen. Ich habe jahrelang einen Tatort nach dem anderen fotografiert und mich immer gefragt: Warum diese Person? Warum jene andere? Genauso wie damals, als Dad starb. Warum hatte *ich* überlebt? Bei dem letzten Fall, bei dem ich dabei war, konnte ich es nicht länger ertragen. Ein Kind hatte den Mord an seinem Vater beobachtet. Die Erinnerungen wurden wieder wach. Ich brauchte eine Pause. Fast ein ganzes Jahr lang habe ich es nicht mehr mit Gewalt oder Verbrechen zu tun bekommen. Doch dann sah ich, wie dieser Mann die junge Frau tötete. Und jetzt auch noch Arty.«

Oh, Harper! Trauer, Schmerz und Schuldgefühle zogen ihm beim Gedanken an Artys sinnlosen Tod den Magen zusammen. Aber er verdrängte seinen eigenen Kummer. Er fand keine Worte. Dabei wusste er genau, was sie dachte. Dass sie sich die Schuld für Artys Tod gab. Sie glaubte, dass sie an seiner Stelle hätte sterben sollen. Nach allem, was sie ihm gerade über ihre Vergangenheit erzählt hatte, konnte sie gar nicht anders.

Aber er wusste einfach nicht, was er sagen sollte.

Er wartete darauf, ob sie weitersprechen würde, doch sie schien nichts mehr hinzufügen zu wollen. Wie gebannt starrte sie aus dem Fenster. Die Dunkelheit brach ein und bald würden sie in der Scheibe nur noch ihre Spiegelbilder sehen.

Sie waren fünfzig Kilometer von der Stelle entfernt, an der Harper den Mord beobachtet hatte. Weit weg von dem Waldgebiet, in dem sie das vermisste Ehepaar gesucht hatten. Trotzdem war es, wenn Heath es sich recht überlegte, keine gute Idee, so lange hier am Fenster zu stehen.

Er betätigte einen Schalter an der Wand und die Jalousien bewegten sich nach unten. So eine moderne Technik hatte er auf seiner Ranch nicht. Hier war alles viel luxuriöser. Lori beschäftigte auch mehr Leute als er, aber im Haus hatte, seit sie verwitwet war, niemand mehr gewohnt, außer ihr selbst.

»Was machst du da?«, fragte Harper.

»Dich beschützen.«

»Ich will den Himmel und die Bäume sehen«, schnaubte sie leise und ließ ihn stehen.

Er holte sie ein, als sie die Treppe hinabstieg und durch die Tür trat, die zu einer gemütlichen Terrasse führte. Er konnte verstehen, dass sie allein sein wollte, aber darauf konnte er keine Rücksicht nehmen. Ihre Sicherheit hatte oberste Priorität.

Sie verschränkte die Arme vor der Brust und richtete ihren Blick wieder auf den Wald.

»Willst du dich wirklich so angreifbar machen? Wir wissen, dass dieser Kerl aus großer Entfernung schießen kann. Ich würde nicht so weit gehen und behaupten, dass er ein militärisch ausgebildeter Scharfschütze ist, aber warum willst du das Schicksal herausfordern?«

»Ich dachte, du hättest gesagt, dass wir hier sicher sind.«

»Das hoffe ich. Trotzdem besteht kein Grund, unnötige Risiken einzugehen.«

Sie zuckte mit den Schultern. »Ich halte es nicht aus, im Haus gefangen zu sein. Bitte gib mir ein paar Minuten, okay? Er kann uns nicht hierher gefolgt sein. So schnell kann er unmöglich herausgefunden haben, wo wir sind, selbst wenn ihm das früher oder später sicher auch noch gelingt.«

Heath konnte dieses Gefühl gut nachempfinden. Er wäre auch am liebsten draußen in der freien Natur gewesen. Vielleicht auf einem Ausritt mit Harper. Aber er wusste, dass selbst das sie nicht von ihren quälenden Gedanken hätte ablenken können. Artys Tod lastete schwer auf ihr. Sie alle litten darunter, aber Harper nahm ihn sich besonders zu Herzen, weil diese Kugel ihr gegolten hatte.

Wie konnte er ihr nur helfen? Er ließ die Vergangenheit in seinem Kopfkino vorüberziehen. Obwohl er es normalerweise vermied, an diese Zeit zu denken, besonders an die Rolle, die er damals gespielt hatte, kehrte er Harper zuliebe dorthin zurück. Heath dachte darüber nach, wie sehr die Freundschaft zu ihr ihn geprägt hatte, als sie Kinder gewesen waren. Einen Menschen zu haben, dem er sich anvertrauen konnte, hatte ihm so sehr geholfen. Ja, er hatte seine Brüder gehabt, aber sie hatten genauso getrauert wie er und er hatte versucht, ihnen so gut wie möglich weiteren Kummer zu ersparen.

»Erinnerst du dich daran, als meine Mutter uns verlassen hat?«

»Ja.« Ihre Stimme klang belegt. »Du warst am Boden zerstört. So deprimiert. Ich wusste nicht, was ich für dich tun konnte. Wie ich dir helfen sollte.«

»Aber du hast mir geholfen.« Daran erinnerte er sich noch ganz deutlich. Als sie sich zu ihm vorgebeugt hatte, war ihr das Haar ums Gesicht gefallen wie ein leuchtend roter Vorhang. Dieser Moment hatte sich besonders intensiv in sein Gedächtnis eingebrannt. »*Du könntest sie bitten zurückzukommen, Heath*«, hatte sie gesagt.

Ihr Vorschlag hatte so einfach geklungen. Eine gute Idee. Aber sie war zu Asche verbrannt. Buchstäblich. Heath hatte Harper natürlich nie Vorwürfe gemacht, weil sie es gewesen war, die ihn auf diesen Gedanken gebracht hatte. Für das, was geschehen war, war nicht sie verantwortlich.

»Als meine Mutter anrief, um zu fragen, wie es uns gehe, bat ich sie zurückzukommen – wie du es mir damals geraten hattest. Ich habe ihr gesagt, dass ich sie beschützen würde.« Was hatte er sich nur dabei gedacht? Immer wieder in seinem Leben war er an Punkte gekommen, an denen er etwas, das schiefgelaufen war, hatte retten wollen. Er hatte gedacht, wenn er seine Mutter zurückholen könnte, würde es seiner Familie wieder besser gehen. Das war ein großer Irrtum gewesen. Und jetzt hatte er sich vom Sheriff einreden lassen, er wäre der Richtige, um Harper zu beschützen.

Irrte Taggart sich?

Konzentrier dich, darum geht es jetzt doch gar nicht!

»Sie ist tatsächlich zurückgekommen. Ich glaube, sie wollte uns eigentlich gar nicht verlassen. Vielleicht ging es ihr mehr darum, meinem Vater die Augen zu öffnen. Er hatte angefangen, zu viel zu trinken und sie zu beschimpfen. Er hat sie sogar geschlagen.«

»Sie ist zurückgekommen, um *euch* zu beschützen, Heath. Dich und deine Brüder.«

»Keine Ahnung. Das werde ich wohl nie erfahren. Sie war keine zwei Tage zu Hause, als im hinteren Teil des Hauses das Feuer ausbrach. Ich wollte hineinlaufen und sie rausholen, aber mein Vater hielt mich zurück. Er war Feuerwehrmann und ist selbst hineingelaufen. Aber er kam ohne sie zurück. Ich hätte ihm ihr Leben nicht anvertrauen dürfen.« Er riss sich von dem dunklen Ort, an den ihn seine Erinnerungen geführt hatten, los und fokussierte sich wieder auf Harper im Hier und Jetzt. Er hatte ihr helfen wollen. Und es brachte nichts, sich von den dunklen Schatten seiner Vergangenheit in die Tiefe ziehen zu lassen. Harper in dieser Verfassung zu sehen, zu begreifen, unter welcher Bürde sie litt, schenkte ihm einen klaren Blick auf das, was damals passiert war. Er musste sich nicht dafür verantwortlich fühlen.

»Warum bist du so streng zu dir?«, fragte sie.

»Die gleiche Frage könnte ich dir auch stellen.«

»Wahrscheinlich will ich einfach mehr tun, um zu helfen. Nicht nur Spuren und Beweise sichern, wenn das Verbrechen schon geschehen ist und jemand verletzt oder ermordet wurde. Ich will nicht die Gewalt sehen, meine Fotos abliefern und am Ende des Tages heimgehen. Aber ich weiß nicht, was ich sonst tun könnte, Heath.«

»Das kann ich dir leider auch nicht sagen. Es gefällt mir überhaupt nicht, dass du dich in Gefahr begibst, aber ich verstehe, dass du dafür sorgen willst, dass der Gerechtigkeit Genüge getan wird. Und ich werde dabei nicht von deiner Seite weichen.«

Er lehnte sich neben ihr an das Geländer. Zusammen betrachteten sie das Farbenspiel der Wolken und der untergehenden Sonne. Harper war ihm jetzt so nah, dass er die Wärme fühlen konnte, die von ihr ausging. Heath wollte den Arm um sie legen, um sie zu trösten, aber auch, weil …

»Heath.« Sein Name von ihren Lippen war kaum ein Flüstern und rührte etwas tief in seinem Inneren an.

Er wandte ihr den Kopf zu.

Ein leichter Windhauch spielte mit einigen Strähnen ihres roten Haars und wehte sie ihr ins Gesicht. Sie lächelte ihn mit sanften Augen an. »Danke. Es bedeutet mir sehr viel, dass du bei mir bist. Ich weiß, dass das dein Job ist, aber ich glaube irgendwie, dass das nicht der einzige Grund ist. Wärst du auch dann hier, wenn du kein Deputy wärst?«

Er spürte, dass sie ihm diese Frage nicht gestellt hätte, wenn sie die Antwort nicht bereits wüsste. Sie wollte es aus seinem Mund hören. Das Gespräch über ihre dunkelsten Momente hatte sie einander nähergebracht.

»Heath?« Ihr Lächeln verblasste.

Ja. Oh ja. »Ich wäre auf jeden Fall hier.« Seine Worte klangen viel zu atemlos. Gefühle, die er nicht in Worte fassen konnte, durchfluteten sein Herz und sein Denken. »Ich würde nirgendwo sonst sein wollen.«

Ihre Lippen öffneten sich leicht. Sein Puls beschleunigte sich. Der Wunsch, sie zu küssen, wurde übermächtig. Falscher Zeitpunkt. Falscher Ort. Falsch, falsch, falsch. Aber er hörte nicht auf seinen Verstand. Nur auf sein Herz. In ihren Augen schimmerte die Sehnsucht. Das gleiche tiefe Gefühl, das auch in ihm brannte. Er hörte sie scharf einatmen, spürte, wie sehr auch sie es wollte.

Alles andere trat in den Hintergrund. In diesem Moment gab es nur Harper. Ihre Nähe.

Die Anziehungskraft, die zwischen ihnen herrschte, ließ sich nicht länger unterdrücken. Nichts und niemand hätte ihn davon abhalten können, Harper in diesem Moment zu küssen.

Sie erwiderte die leidenschaftlichen Berührungen seiner Lippen, ohne zu zögern.

Harper!

Seine Hände strichen über die dichten Wellen ihres Haars, während er ihren Duft einatmete. Er genoss ihre gefühlvolle Antwort auf seinen Kuss, die sich überschlagenden Gefühle.

Es war berauschend.

Schließlich brachte er unter Aufwendung all seiner Willenskraft so viel Abstand zwischen ihre Gesichter, dass er die Hände an ihre Wangen legen konnte. Wenn dieser Moment nur nie enden würde!

Er würde sie nicht gehen lassen können.

»Ich wünschte«, hauchte er an ihre Lippen. »Ich wünschte, du müsstest nicht fort von hier, wenn das alles vorbei ist. Ich wünschte, du könntest in Jackson Hole bleiben.« *Was tust du denn, Heath?*

Harper erstarrte. Mit seinen Worten hatte er den wunderschönen Moment zerstört. In ihren Augen sah er die Hoffnung, die er geweckt hatte. Und die Fragen.

Aber Heath war einfach der falsche Mann. Er hatte einen schweren Fehler begangen und alles vermasselt. Schon wieder.

»Es tut mir so leid, Heath.« Harper trat zurück und lief eilig ins Haus.

38

DIENSTAG; 00:04 UHR
CIRCLE S RANCH

Heath knallte das Glas auf die Arbeitsplatte. Hoffentlich hatte er damit jetzt niemanden aufgeweckt. Er wollte im Moment niemanden sehen.

Nicht Harper. Das wäre zu unangenehm.

Nicht Emily. Sie würde zu viele Fragen stellen.

Nicht Evelyn oder ihre Enkelin. Ihm war nicht nach Lächeln zumute.

Und Lori mit ihrem herzlichen, einladenden Grinsen wollte er schon gleich gar nicht sehen. Am liebsten hätte er das Haus verlassen und einen langen Spaziergang an der frischen Luft gemacht.

Er verstand ganz genau, wie es Harper ging. Sie brauchte Raum. Die Freiheit, so zu leben, wie sie wollte, ohne Angst haben zu müssen, dass jemand auf sie schießen könnte oder dass jemand, der zufällig in ihrer Nähe stand, in Gefahr geriet. Oder einen falschen Schritt machte und diesen mit seinem Leben bezahlte – wie Arty. Heath konnte auch nachvollziehen, womit sie schon so lange zu kämpfen hatte. Sie war tatsächlich immer die Überlebende, wie sie vor ein paar Tagen zu ihm gesagt hatte.

Er raufte sich die Haare. Warum hatte er sie geküsst? Okay, ja, sie hatten es beide gewollt. Waren sie nicht die perfekten einsamen Freunde, um ein Traumpaar abzugeben?

Jetzt mussten sie einen Weg finden, in den nächsten Tagen zusammenzuarbeiten, ohne dass es peinlich wurde. Vielleicht sollte er Taggart noch einmal bitten, Harper jemand anderen zur Seite zu stellen.

Durch die geschlossenen Jalousien fiel das Licht von Autoscheinwerfern. Wer konnte das um diese Uhrzeit sein?

Sein Smartphone summte. Eine Nachricht von Taggart.

Ich bringe jemanden, den Sie bestimmt sehen wollen. Sind Sie wach?

Was hatte Taggart denn jetzt vor?

Das kommt darauf an, wer es ist. Würden Sie mir das bitte verraten?

Reden Sie lieber gleich selbst mit ihm.

Es war mitten in der Nacht und er hatte absolut keinen Nerv für solche Spielchen. Heath wollte Taggart gerade eine weitere Nachricht schicken, als es an der Haustür klopfte. Obwohl er eigentlich keine Lust auf Gesellschaft hatte, schloss er eilig auf und öffnete die Tür einen Spaltbreit.

Überrascht riss er die Augen auf.

Liam grinste ihm unsicher entgegen. »Hallo, Heath.«

Auch wenn es ihm die Sprache verschlagen hatte, schwang Heath die Tür weit auf. Er konnte seinen Bruder wenigstens ins Haus lassen.

Mit einer Reisetasche über der Schulter trat Liam ein.

Taggart blieb auf der Veranda stehen und wartete. Er sah ziemlich erschöpft aus.

»Kommen Sie auch herein?«, fragte Heath.

»Ich bin heute Nacht nur der Taxifahrer. Bringen Sie Harper morgen bitte zu mir ins Büro. Ich muss ihr etwas zeigen.«

»Was denn?«

»Das kann bis morgen warten. Sie beide haben sich bestimmt viel zu erzählen.«

»Taggart, ist mit Ihnen alles in Ordnung?«

Der Sheriff zog eine Grimasse. »Solange wir diesen Kerl nicht gefunden haben, ist nichts in Ordnung.« Er hob das Kinn – wohl seine Art, ihnen eine gute Nacht zu wünschen –, bevor er sich abwandte und wieder ging.

Heath schloss die Tür und spürte Liams Blick auf seinem Rücken. Langsam drehte er sich um und verringerte den Abstand zwischen ihnen. Nach einem kurzen Zögern umarmte er seinen Bruder und klopfte ihm kräftig auf den Rücken, bevor er ihn wieder losließ.

Liam, der zweitälteste der drei Brüder, war ungefähr drei Zentimeter größer als Heath. Er hatte das hellblonde Haar und die dunkelbraunen Augen ihres Vaters geerbt. Liam nahm seine Kappe ab und fuhr sich mit der Hand über den Kopf. »Entschuldige, dass ich dich so überfalle.«

»Kein Problem.« Heath studierte Liams Gesicht.

»Ich war auf der Ranch. Vielleicht hätte ich vorher anrufen sollen, aber ich wollte dich überraschen. Ich hatte geplant, ins Haus zu marschieren, meine Reisetasche auf den Boden zu stellen und zu verkünden: ›Hier bin ich!‹ Aber es war niemand da. Das Haus war abgeschlossen. Das hat mich beunruhigt. Dann hat Pete mich gefunden.«

»Warum hast du mich nicht angerufen?«

»Ich wollte dich überraschen. Ich … Du weißt doch, dass wir uns am Telefon manchmal missverstehen. Das wollte ich vermeiden.« Liam grinste. In der Schule hatten die Mädchen diese Grübchen immer geliebt. Darauf war Heath immer ein wenig eifersüchtig gewesen.

»Also hast du Taggart angerufen.«

»Ja. Pete sagte, dass er bestimmt weiß, wo ich dich finde.«

Der Sheriff hatte Liam also persönlich abgeholt und hierhergebracht. Interessant. Vielleicht traute er keinem anderen zu, darauf zu achten, dass ihnen niemand zur Circle S Ranch folgte.

»Hat dir der Sheriff unterwegs erzählt, was los ist?«

»Ja, aber erst nachdem er zu dem Schluss gekommen war, dass ich nicht verdächtig bin. Ich habe ihm angeboten zu helfen, falls er mich brauchen kann.«

Heath konnte seinen Augen immer noch nicht ganz trauen. »Komm mit in die Küche. Dort können wir uns ungestört unterhalten. Aber wir müssen leise sein.«

Die Anspannung seines Bruders ließ sichtlich nach.

Heath und Liam kamen selten gut miteinander aus und gerieten schnell in Streit, aber in Loris Haus sollten sie sich besser zusammenreißen.

Liam schob die Reisetasche von seiner Schulter und stellte sie neben die Tür. Heath konnte ihm natürlich kein Zimmer anbieten – falls überhaupt noch eins frei war –, ohne vorher mit Lori zu sprechen. Aber er vermutete, dass Liam herzlich willkommen war.

»Du kannst heute Nacht mein Gästebett haben.« Heath würde einfach auf dem Sofa schlafen.

»Klingt gut, danke.«

In der Küche bot Heath Liam ein Glas von Loris Limonade an und schenkte sich selbst auch eines ein. Selbst in seinen kühnsten Träumen hätte er nie gedacht, dass er einmal mit Liam hier stehen würde.

Ein unsicheres Schweigen erfüllte den Raum und wurde nur kurz vom Klirren seines Glases unterbrochen, als er es auf der Granitplatte abstellte.

Heath konnte nicht aufhören, seinen Bruder zu betrachten. Sein Haar war zerzaust, sein Gesicht so angespannt, als ob er direkt aus einem Kriegsgebiet gekommen wäre. Offensichtlich müde bis auf die Knochen stützte er sich an der Arbeitsplatte ab, und sah aus, als würde er umfallen, wenn er diesen Halt nicht hätte.

»Es ist schön, dich zu sehen«, sagte Heath. »Wir haben so lange nichts voneinander gehört. Ich weiß gar nicht, wo ich anfangen soll. Was führt dich hierher? Kommst du von einem streng geheimen Einsatz und brauchst Urlaub?«

Liam blies seine Wangen auf, dann atmete er aus, als wüsste er nicht, wo er anfangen sollte. »Etwas in der Art. Ich habe deine Nachrichten bekommen, und statt dich anzurufen, habe ich beschlossen, einfach bei dir aufzutauchen.«

Heath schmunzelte. »Wie lang willst du bleiben?«

»Solange du mich lässt.«

»Was heißt das?«
»Dass ich nicht zurückgehen werde.«

39

DIENSTAG, 13:00 UHR
SHERIFFBÜRO VON BRIDGER COUNTY

Wie lange sollten sie denn noch warten? Harper saß wieder in dem stickigen Besprechungszimmer. Heath und sein Bruder lehnten zusammen mit Sheriff Taggart hinter ihr an der Wand. Eigentlich sollte schon längst jemand von der Kriminaltechnik hier sein.

Zum Glück saß sie nach dem Fiasko von gestern Abend nicht mit Heath allein im Raum. Sein Bruder war unerwartet aufgetaucht, aber wenn sie sich richtig erinnerte, hatten Heath und Liam früher viel miteinander gestritten. Die beiden sahen auch jetzt nicht gerade glücklich aus.

Harper knetete ihre verspannten Nackenmuskeln. Wie lange sollte sie noch warten, bis ihr der Sheriff endlich verriet, warum er sie herbestellt hatte? Hatten sie Sophies Leiche gefunden? Aber ihr Gefühl sagte ihr, dass es einen anderen Grund gab. Vielleicht war ein Beweisstück aufgetaucht. Etwas, das Harper bestätigen sollte.

Heath wusste auch nicht, was los war. Vermutlich hatte ihm der Sheriff nichts gesagt, weil er befürchtete, dass Heath es ihr verraten würde. Taggart wollte ihr die Informationen wahrscheinlich selbst geben, weil er ihre Reaktion sehen wollte.

Taggart hatte es anscheinend auch satt, noch länger zu warten, denn er baute sich jetzt vor ihr auf und verschränkte die Arme. »Ein Tourist hat eine Speicherkarte gefunden. Als er sah, was sich darauf befindet, hat er sie der Polizei übergeben.«

Ihr Brustkorb zog sich zusammen. »Sie haben die Bilder gefunden, die ich aufgenommen habe?«

»Das können nur Sie uns sagen.«

»Worauf warten wir dann noch?«

Er ging in dem kleinen Raum auf und ab. »Unsere Computertechnik hat die Fotos von der Karte kopiert. Es wird jeden Moment jemand kommen und sie hochladen.«

Die Wanduhr tickte und die Sekunden verstrichen.

Heath trat an die gegenüberliegende Wand. Seine Miene war undurchdringlich. Warum hatte sie ihrem lächerlichen Wunsch, ihn zu küssen, nachgegeben? Weil sie in seiner Nähe Dummheiten machte, wie sich näher zu lehnen und ihn praktisch einzuladen. Weil sie schon als Kinder Seelenverwandte gewesen waren und sie aus einem unerklärlichen Grund das Gefühl hatte, dass sich diese Verbindung trotz der vielen Jahre, die seitdem vergangen waren, vertieft hatte.

Aber durch den traumatischen Verlust ihres Vaters und durch die Tatorte, die sie in ihrem Beruf jede Woche gesehen hatte, wusste sie, dass einem ein geliebter Mensch jederzeit durch eine Tragödie genommen werden konnte. Deshalb hatte Harper schon vor langer Zeit beschlossen, sich dafür nicht mehr zusätzlich verwundbar zu machen, indem sie neuen Menschen wichtige Rollen in ihrem Leben gab. Heath zu küssen, war ein großer Fehler gewesen.

Die Tür ging auf.

»Entschuldigung, dass es so lange gedauert hat.« Eine Frau, jung und lebhaft, mit kurzem brünetten Haar, eilte an den Tisch.

Harper hatte einen typischen Computerfreak erwartet und war überrascht.

Die junge Frau setzte sich zu ihr. »Ich bin Meghan.«

»Guten Tag.«

Aber Meghans Aufmerksamkeit richtete sich bereits auf den Computer. Sie warf Sheriff Taggart einen fragenden Blick zu.

»Fangen Sie ruhig an, Meghan. Zeigen Sie uns, was wir haben. Detective Moffett wird auch bald zu uns stoßen.«

Harper hielt den Atem an. Wie würde sie auf die Fotos reagieren? Falls es überhaupt ihre waren.

212

Meghan tippte etwas auf der Tastatur und der dunkle Bildschirm schaltete sich ein. Ein digitales Fotoalbum erschien.

Obwohl Harper sich zu wappnen versucht hatte, atmete sie hörbar aus.

»Sind das Ihre Bilder?«, fragte der Sheriff.

»Ja, das sind sie.«

»Das dachte ich mir. Auch wenn Sie nicht die Einzige sind, die Tausende von Nationalparkfotos macht, sind der Bär, das Opfer und der Mörder wohl eindeutig.«

»Die anderen Bilder sind noch auf der Kamera. Wenn ich sie nur nicht verloren hätte!« Sie wandte den Blick von den Bildern ab. In der Vergangenheit hatte sie es versäumt hinzusehen. Dieses Mal hatte sie es versäumt, ihre Tatortdokumentation zu sichern. Gott sei Dank war diese Speicherkarte gefunden worden!

Das war wenigstens etwas.

Eigentlich sogar sehr viel.

»Nur dank Ihrer Aussage haben wir von der vermissten Frau erfahren und wissen, was ihr zugestoßen ist«, sagte Sheriff Taggart.

Heath nickte zustimmend.

»Wir werden versuchen, die Bilder zu vergrößern«, sagte Meghan. »Vielleicht finden wir ein Detail, das uns hilft, den Mann zu identifizieren. Übrigens: Absolut professionelle Fotos. Sie haben mit dem Teleobjektiv einige geniale Nahaufnahmen gemacht. Es ist wirklich schade um Ihre Ausrüstung.«

»Geht es Ihnen gut?«, fragte Sheriff Taggart. »Ich weiß, dass die Bilder die Erinnerungen wieder lebendig machen. Augenzeuge eines Mordes zu sein, ist eine große Belastung.«

»Sie haben recht. Es ist schwer, sie anzusehen.« Obwohl ihr Puls raste, bewahrte sie Haltung. »Bekomme ich die Fotos zurück? Wenigstens die, die nichts mit dem Fall zu tun haben? Die meisten habe ich zwar schon auf die Cloud hochgeladen, aber die Bilder aus dem Yellowstone fehlen mir noch.«

»Wir werden sehen, was sich machen lässt«, antwortete Taggart. »Aber vorerst bleibt diese Speicherkarte bei uns.«

»Sheriff?«, mischte sich Liam ein.

»Ja, bitte! Ich habe Sie wegen Ihrer Erfahrung als Polizist gebeten, mit herzukommen. Ein neuer, unvoreingenommener Blick auf diesen Fall könnte uns vielleicht weiterhelfen.«

»Ich werde mein Bestes geben«, erwiderte Liam. »Können Sie das Gewehr mal vergrößern? Bei dem Winkel, in dem der Kerl es hält, können wir die Seriennummer wahrscheinlich nicht sehen. Aber vielleicht können wir trotzdem herausfinden, wer die Waffe gebaut und wer sie gekauft hat.«

»Soll das etwa ein Witz sein? Wyoming ist ein Jagdparadies! Wir würden eine Nadel im Heuhaufen suchen. Die Möglichkeiten hier sind grenzenlos. Er könnte doch das Gewehr online oder irgendwo anders erworben und mit nach Wyoming gebracht haben.«

»Aber dieser Mann ist ein Einheimischer.« Heath klang überzeugt.

»Wie kommen Sie darauf?«, fragte Taggart.

»Jemand, der aus einem anderen Bundesland nach Wyoming kommt, um hier zu jagen? Dafür ist nicht die richtige Jahreszeit. Ich würde eher vermuten, dass er hier aus der Gegend stammt.« Heath wandte den Blick nicht vom Bildschirm ab. »Außerdem ist dieses Gewehr eine Sonderanfertigung. Schauen Sie sich doch nur das Zielfernrohr an. Eins mit dieser Reichweite kostet mindestens drei- bis viertausend Dollar. Und dann das Gewehr selbst. Das ist definitiv kein Standardgewehr. Jemand hat Tausende Dollar dafür hingeblättert. Es ist so speziell, dass man mindestens ein halbes Jahr daran baut.«

Liam beugte sich noch weiter vor, um das Bild besser betrachten zu können. »Vielleicht können wir ein unverkennbares Merkmal daran finden – den Schliff oder ein Muster. Ich könnte mich bei den Gewehrbauern in der Gegend umhören. Vielleicht bringe ich etwas in Erfahrung. Es sei denn, er hat das Gewehr selbst gebaut. Trotzdem könnte er die Teile vor Ort gekauft haben. Demzufolge, dass dieser Mann ein Verbrecher ist, hat er es sich unter

Umständen auch auf dem Schwarzmarkt besorgt oder selbst gebaut. Ich könnte dieser Spur nachgehen.«

»Sie werden nicht vom Bezirk bezahlt.«

»Ich weiß. Ich bin nur ein Mann, der sich für ein Gewehr interessiert, wie es unser krimineller Freund hier hat.«

Sheriff Taggart nickte. »Danke für Ihre Hilfe, Liam. Ich betrachte Sie als Ermittlungsberater in diesem Fall.«

Heath lächelte.

Harper beobachtete die drei Männer. Respekt sowohl vor Liam
als auch vor Heath sprach aus Sheriff Taggarts Augen.

Dann schaute Heath sie an. Sein Lächeln veränderte sich nicht,
aber irgendwie wusste sie, dass es nun ihr galt. Zwischen ihnen
war wieder alles in Ordnung, auch wenn sie sich zueinander hingezogen fühlten.

Ihr Herz jubelte vielleicht etwas zu überschwänglich.

40

DIENSTAG, 15:35 UHR
SHERIFFBÜRO VON BRIDGER COUNTY

Als sie das Sheriffbüro verließen und zu Heaths Pick-up gingen, schrieb Harper Emily, dass sie in der Stadt fertig waren und bald zu Loris Ranch zurückkämen.

Wenigstens hatte sich die Fahrt nach Grayback gelohnt. Ihre Bilder wurden in die bislang so dünne Beweismappe aufgenommen. Jetzt gab es tatsächlich ein Foto von dem Mörder, das der Polizei bei der Suche helfen könnte. Und Liam wollte die Gewehrbauer in der ganzen Gegend nach Spezialanfertigungen befragen.

Harpers Handy klingelte. Es war Emily.

»Hey. Was wollte der Sheriff von dir?«, fragte ihre Schwester.

»Warte, lass mich kurz ins Auto einsteigen.«

Heath schloss den Wagen auf. Liam setzte sich auf den Rücksitz und Harper nahm auf den Beifahrersitz Platz.

Während Heath vom Parkplatz bog, berichtete Harper Emily, dass jemand die Speicherkarte mit ihren Bildern gefunden hatte. Sie musste die Tränen wegblinzeln, als diese Bilder erneut an ihrem inneren Auge vorbeizogen. *Sophie.*

Seit sie den Namen des Opfers kannte, schmerzte es irgendwie noch mehr.

Harper schloss die Augen. Sie würden diesen Mann finden. Daran glaubte sie ganz fest.

»Wo seid ihr jetzt?«, fragte Emily.

»Wir kommen zu dir.«

»Fahrt bitte zu unserem alten Haus. Ich bin mit Lori dorthin unterwegs.«

»Was? Warum?«

»Ich habe befürchtet, dass du nicht rechtzeitig fertig wirst, um mich zum Flughafen zu bringen. Lori hat angeboten, mich zu fahren. Ich wollte dir gerade schreiben. Wir treffen uns dort.«

Harper biss sich auf die Unterlippe. Wäre Emily enttäuscht, wenn sie nicht zu dem Haus kam? Es reichte doch, wenn Lori sie begleitete. Warum musste Harper auch noch hinfahren?

Trotzdem hielt sie das Handy kurz ein Stück weg und nannte Heath das neue Ziel.

»Alles klar!« Er wendete.

»Ich muss dir etwas sagen«, fuhr Emily fort.

Harpers Hand verkrampfte sich um den Türgriff. War bei ihrer Schwester ein neues gesundheitliches Problem aufgetreten? »Ja?«

»Du wirst es kaum glauben!«

Klang das jetzt nach einer guten oder einer schlechten Nachricht?

»Als ich mit dem Packen fertig war, habe ich an das Haus gedacht und überlegt, wer jetzt dort wohnen könnte. Wenn möglich, würde ich am liebsten nicht nur an dem Haus vorbeifahren, sondern es auch noch mal von innen sehen. Ich weiß, das ist viel verlangt. Wer lässt schon zwei Fremde sein Haus besichtigen? Ich habe im Adressbuch nachgesehen.« Emily atmete tief aus.

Harper richtete sich auf dem Beifahrersitz auf. »Em?«

»Das Haus gehört anscheinend unserem *Onkel*.«

»Was?!«

»Onkel Jerry. Mom hat uns doch gesagt, er sei gestorben. Was kann das zu bedeuten haben?«

»Ich habe nicht die geringste Ahnung.« Harpers Handflächen wurden ganz feucht. »Wage es ja nicht, dich dem Haus zu nähern, bevor ich da bin.«

41

DIENSTAG, 15:45 UHR
BRIDGER-TETON NATIONAL FOREST

Heath hätte Harper gern nach dem Gespräch mit ihrer Schwester gefragt, aber sie war offenbar ziemlich durch den Wind und musste wohl erst selbst verarbeiten, was sie gerade erfahren hatte.

Er warf einen Blick in den Rückspiegel. Hatte Liam etwas mitbekommen? Vielleicht nicht. Sein Bruder schien völlig in Gedanken versunken zu sein.

»Ich gehe nicht zurück.« Liam hatte das im Brustton der Überzeugung gesagt, doch Heath hegte keine große Hoffnung, dass sein Bruder hierbleiben würde. Trotzdem war er froh, ihn zumindest fürs Erste in seiner Nähe zu haben.

Liam bemerkte Heaths Blick. »Wenn wir das erledigt haben, würde ich gern meine Sachen holen und dann zur Ranch fahren. Ist es okay, wenn ich dein anderes Auto benutze, bis ich mir selbst eins gekauft habe?«

»Betrachte es als deins, Liam.«

»Danke! Aber es ist nur vorübergehend. Ich werde auf der Emerald M Ranch wohnen, wenn du nichts dagegen hast«, sagte er. »Dann kann ich Pete helfen, die Pferde zurückzubringen. Er sah nicht besonders gut aus.«

»Er ist krank, aber sprich ihn lieber nicht darauf an – er redet nicht gern darüber.« Heath konnte kaum glauben, dass der Mann überhaupt noch arbeitete. »Er freut sich bestimmt über deine Hilfe. Zu deiner Idee, auf der Emerald M Ranch zu wohnen: Wenn du helfen willst, diesen Fall zu lösen, ist es wahrscheinlich besser, wenn du bei uns bleibst.«

»Wie du meinst.«

Liam konnte trotzig sein. Es hatte ihm nicht gefallen, wie Heath das Ruder übernommen und sich wie eine Vaterfigur benommen hatte, als ihr Dad nach dem Tod ihrer Mutter immer mehr getrunken hatte. Heath hatte die tiefe Trauer seines Vaters verstanden und hätte leicht selbst in ein tiefes Loch fallen können, aber er hatte sich um seine Brüder kümmern müssen. Diese Verantwortung hatte ihm geholfen, einen klaren Kopf zu behalten und nicht aufzugeben. Warum hatte die Verantwortung für seine drei Söhne bei ihrem Vater nicht das Gleiche bewirkt?

Wenn er neue Konflikte vermeiden wollte, durfte Heath nicht vergessen, dass Liam zwar sein Bruder, aber längst kein Kind mehr war. Er durfte sich auf keinen Fall bevormundend verhalten.

Aus dem Augenwinkel bemerkte Heath, dass Harper den Kopf schüttelte.

»Was ist los?«, erkundigte er sich.

»Ich kann es einfach nicht glauben. Emily hat im Adressbuch nachgesehen, wer in unserem alten Haus wohnt: Angeblich gehört es unserem Onkel.« Harper schwieg einen Moment, dann fügte sie hinzu: »Laut Mom ist er seit Jahren tot.«

Heath verlagerte sein Gewicht auf dem Sitz. »Das ist unheimlich. Und du hast ihn nie gesehen? Er hat sich nie bei deiner Mutter gemeldet?«

Harper schüttelte langsam den Kopf. »Nein. Wenn Mom noch leben würde, könnten wir sie fragen. Aber vielleicht wäre sie von Anfang an dagegen gewesen, dass wir nach Bridger County fahren, weil sie gewusst hätte, dass wir hier ihrem Bruder begegnen würden. Er war viel älter als sie. Ich frage mich, was zwischen ihnen vorgefallen ist, dass sie so gar keinen Kontakt mehr hatten.«

»Du kannst ihn ja fragen. Dass Geschwister sich entfremden, ist gar nicht so selten …« Bei Heath und seinen Brüdern hatte es lange Phasen gegeben, in denen sie nicht miteinander gesprochen hatten. Jahre. Austin war ihm bei ihrem Wiedersehen fast wie ein Unbekannter vorgekommen. Er hatte es nicht so gewollt, aber manchmal waren die Gefühle einfach zu stark, um vernünftig miteinander zu reden, und die Zeit hatte das Ihre beigetragen.

Er war froh, dass Liam zurück war, aber etwas quälte seinen Bruder. Etwas war passiert. Was hatte ihn veranlasst, nach Hause zu kommen? Warum wollte er nicht zurückgehen? Hatte es mit seiner Arbeit zu tun? Heath hatte gestern Abend nicht mehr aus ihm herausbekommen und würde auch nicht in ihn dringen. Er würde alles tun, um für ihn da zu sein, wenn Liam ihn brauchte.

Schließlich hielt Heath dort an, wo die Zufahrt zum Haus in die Landstraße mündete. Das Haus stand gut fünfzehn Meter weiter hinten.

In diesem Moment stieg ein Stückchen weiter die Straße runter Emily aus Loris Geländewagen. Heath, Liam und Harper gingen zu ihr. Lori winkte aus ihrem Auto.

»Ich warte hier, wenn ihr nichts dagegen habt.« Liam verschränkte die Arme und lehnte sich an den Wagen.

Heath war nicht wohl bei der ganzen Sache mit dem Zwischenstopp. Hier waren sie der Stelle im Wald, an der Harper den Mord beobachtet hatte, viel näher. »Meine Damen, können wir uns bitte beeilen?«

42

Eine Schotterzufahrt führte zum Haus. Als Harper das letzte Mal hier gewesen war, war es noch ein Feldweg mit vielen Schlaglöchern gewesen.

»Bist du bereit?«, fragte Emily.

»Ich weiß nicht.«

Heath beobachtete die beiden Schwestern und wartete, sagte aber nichts.

»Wenigstens brauchen wir keinen völlig Fremden zu fragen, ob wir ins Haus können«, bemerkte Emily. »Hast du noch Erinnerungen an Onkel Jerry?«

»Nein.«

»Ich schon. Ich habe ihn einmal gesehen.«

»Mom dachte, er wäre tot. Oder sie hat uns angelogen. Vielleicht war er in Wahrheit nur sprichwörtlich für sie gestorben. Wie auch immer, dafür muss es einen Grund gegeben haben. Ich bin nicht sicher, ob es eine gute Idee ist, hier einfach aufzukreuzen.«

»Aber du stimmst mir zu, dass wir es versuchen sollten?«, fragte Emily.

Harper zuckte mit den Schultern. »Wahrscheinlich.« Mit einem äußerst mulmigen Gefühl betrachtete sie das Haus, in dem sie aufgewachsen war. Es sah ziemlich verwahrlost aus und schrie förmlich nach einem neuen Anstrich. Vielleicht wäre ein Bulldozer die beste Lösung.

Emily setzte sich in Bewegung.

Statt sie zu begleiten, blickte Harper ihr überfordert nach. Emily schien entschlossen, mit der Vergangenheit abzuschließen. Oder suchte sie Stoff für einen neuen Roman? Harper hätte nicht sagen können, was ihre Schwester antrieb. Warum hatte ihre Mutter steif und fest behauptet, dass sie keine Verwandten mehr hätten? Möglicherweise hatte sie diese Aussage nicht so eng gemeint. Vielleicht hatten Harper und Emily sie damals missverstanden. Doch Harper hatte bis heute geglaubt, sie hätte keine Angehörigen außer Emily. Sie war davon ausgegangen, dass das Haus an Fremde verkauft worden war.

»Also gut.« Alles in Harper sträubte sich dagegen, Emily zu folgen, aber sie würde ihre Schwester diesen Weg nicht allein gehen lassen. Sie schaute Heath an, der ihren Blick erwiderte und gleichzeitig die Umgebung im Auge behielt. »Kommst du mit?«

»Du kennst die Antwort«, sagte er. »Und wenn ihr hier fertig seid, Harper, fahren wir Emily auf direktem Weg zum Flughafen. Ich will dich so bald wie möglich zu Loris Ranch zurückbringen, weil das im Moment der sicherste Ort für dich ist. Es sei denn, du hast deine Meinung geändert und fliegst mit Emily nach Hause. Das wäre das Allerbeste.«

Warum hatte er dann gestern gesagt, dass er wünschte, sie würde nicht von hier weggehen? Andererseits war das in einer Situation gewesen, zu der es nie hätte kommen dürfen.

Sie schüttelte seufzend den Kopf. »Komm.«

Im Laufschritt holte sie Emily ein, die schon fast beim Haus war. Heath blieb dicht hinter ihr. Sie kamen an einem alten roten Pick-up vorbei, der neben dem Haus parkte.

Emily stieg die Verandastufen hinauf. Aus der Nähe sah das alte, baufällige Haus viel kleiner aus, als Harper es in Erinnerung hatte. Als wäre es in den vergangenen zwei Jahrzehnten geschrumpft. Harper trat zu Emily vor die Eingangstür.

»Es wäre vielleicht besser gewesen, vorher anzurufen«, überlegte Harper.

»Es wird bestimmt eine nette Überraschung. Wart's nur ab.« Emily klopfte.

Harpers Blick wanderte durch den überwucherten Garten. Der Wald schloss fast unmittelbar an das Haus an. Erinnerungen strömten auf sie ein.

Emily runzelte die Stirn und klopfte noch einmal. »Anscheinend ist niemand zu Hause«, stellte sie enttäuscht fest.

»Vielleicht hat er außer diesem alten Pick-up noch ein anderes Auto.«

Sie wandten sich ab und gingen die Stufen wieder hinunter.

Emily hob die Schultern. »Es schadet ja niemandem, wenn wir uns trotzdem kurz ein wenig umsehen.«

»Auf keinen Fall, Emily!« Harper kam sich vor, als würde sie ein kleines Kind zurechtweisen.

Hinter ihnen ging quietschend die Tür auf und ein spindeldürrer Mann mit unnatürlich glänzenden Haaren trat nach draußen. Das konnte doch nicht ihr Onkel sein, oder?

»Kann ich Ihnen helfen?« Seine Stimme war heiser und schwach. Er musterte sie argwöhnisch.

»Onkel Jerry?« Emily eilte zu ihm. »Ich bin Emily Larrabee und das ist Harper. Wir sind die Töchter deiner Schwester Leslie. Wir haben uns vor langer Zeit einmal gesehen. Erinnerst du dich an uns?«

Harper trat vor und lächelte.

Einige Sekunden lang starrte er sie schweigend an. »Meine Güte, ihr Mädchen seid ganz schön groß geworden! Was führt euch hierher?« Er trat noch einen Schritt weiter auf sie zu, wirkte jedoch nicht, als hätte er vor, sie hereinzubitten.

»Hast du ein paar Minuten? Wir würden gern ein wenig über die alten Zeiten plaudern und das Haus noch mal von innen sehen. Wir bleiben auch nicht lange, versprochen«, sagte Emily. »Ich muss heute Nachmittag zum Flughafen.«

Ihr Onkel schien Emilys Wiedersehensfreude nicht gerade zu teilen. Warum bemühte ihre Schwester sich so? Dieser Mann war praktisch ein Fremder. Ihre Mutter hatte den Ort, an dem ihr Vater gestorben war, vergessen wollen. Aber wie es aussah, hatte sie noch viel mehr hinter sich gelassen.

»Oder wir setzen uns auf die Veranda«, schlug Emily vor.

Ohne Stühle?

223

»Ich bin krank und fühle mich heute nicht gut. Könnt ihr morgen wiederkommen?«

»Mein Flieger geht heute Nachmittag«, erklärte Emily zum zweiten Mal.

»Das tut mir leid.« Er hustete. »Heute geht es nicht. Wenn ihr morgen wiederkommen könntet, wäre es besser.« Er schaute Harper lange an, als erwarte er, dass sie an Emilys Stelle antwortete, dann sagte er in neutralem Tonfall: »Du hast viel Ähnlichkeit mit deinem Vater.«

Unsicher, was sie darauf antworten sollte, zuckte Harper mit den Schultern. »Emily ist morgen nicht mehr da«, sagte sie überflüssigerweise.

»Aber du bleibst hier.«

Sie zögerte. »Ich glaube nicht, dass ich es schaffe.«

Er schürzte die Lippen und nickte. »Das Telefon klingelt. Danke für euren Besuch. Wenn du deine Meinung änderst, kannst du gern wiederkommen.« Er ging ins Haus zurück und schloss die Tür.

Das war sonderbar. Sehr sonderbar. Ehrlich gesagt hatte sie auch keinen herzlichen Empfang erwartet. Trotzdem schämte sie sich, dass sie nicht bereit gewesen war, wenigstens seine Einladung für morgen anzunehmen. Sonderbarerweise bedrängte Emily sie nicht dahingehend, dass sie sich das noch einmal überlegen solle. Dabei hatte Harper kurz sogar befürchtet, dass ihre Schwester spontan ihre Reisepläne ändern würde.

Harper starrte die geschlossene Tür an und überlegte, ob sie noch einmal klopfen und darum bitten sollte, sich ohne großes Drumherum nur kurz im Haus umschauen zu dürfen, weil es Emily viel bedeuten würde. Doch dieser Ort wühlte sie zu sehr auf und ihr Onkel würde, so wie sie ihn nach dieser ersten Begegnung einschätzte, wahrscheinlich ohnehin Nein sagen. Das war es also gewesen.

Harper ging mit ihrer Schwester und Heath zur Straße zurück. Neben Heaths Pick-up wartete Liam, die Hände in den Hosentaschen.

Harper legte Emily den Arm um die Schultern. »Es tut mir leid. Ich weiß, du hattest sehr gehofft, dass wir reindürfen.«

»Du hattest von Anfang an recht. Ich dachte, weil er ein Verwandter ist, wäre es weniger unangenehm.«

»Alles, was mit diesem Haus zu tun hat, ist irgendwie unangenehm. Wir gehören nicht mehr dorthin.«

Emily lächelte traurig. »Na ja ... Dann ist es so weit. Lori bringt mich zum Flughafen.«

»Was? Das braucht sie doch nicht, Heath hat schon zugestimmt, dass wir dich hinfahren!«

»Du weißt, wie sehr ich Abschiede hasse.« Emily lächelte tapfer. »Lori will heute sowieso nach Jackson. Der Flughafen liegt auf dem Weg. Es ist alles schon ausgemacht.«

»Du verabschiedest dich also vor diesem gruseligen alten Haus von mir?«

Emily grinste sie mit Tränen in den Augen an. »So etwas ist Stoff für gute Krimis.«

Harper lächelte zurück. Ihre Schwester befand sich eindeutig auf dem Weg der Besserung. Harper würde sie vermissen.

Neben Loris Geländewagen umarmten sie einander vorerst zum letzten Mal. »Ich komme nach Hause, sobald ich kann.«

Emily ließ sie widerwillig los, dann öffnete sie die Tür und stieg ins Auto. »Pass gut auf dich auf.«

»Mir passiert schon nichts. Dieser Mann ...«, sie deutete auf Heath, »... und vielleicht auch sein Bruder sind ja da, um mich jederzeit vor Gefahren zu retten. Ich mache mir eher Sorgen um dich. Ruf mich an, wenn du beim Neurologen warst, okay?«

»Mach ich!« Emily warf ihr einen Kuss zu und zog die Tür hinter sich zu.

Lori hatte ihr Fenster heruntergekurbelt. »Ich sorge schon dafür, dass sie wohlbehalten zu ihrem Flieger kommt, versprochen.«

Harper winkte und sah dem Auto mit widerstreitenden Gefühlen nach. Wie gern hätte sie Emily begleitet! Es gefiel ihr gar nicht, sie allein zu lassen. Doch sie war froh, dass sie wenigstens keine Zielscheibe auf dem Rücken haben würde, wenn sie nicht mehr in Harpers Nähe war. Sie bekam eine Gänsehaut. Könnte ihnen der Mörder gefolgt sein und auch jetzt in der Nähe lauern? Hoffentlich hatte er diese Gegend endlich verlassen, jetzt, wo die Polizei aus ganz Wyoming hinter ihm her war.

»Komm«, sagte sie zu Heath. »Verschwinden wir von hier.«

Heath und Liam standen wie Leibwächter neben ihr. Sie war nicht ganz sicher, ob sie das beruhigen oder ihr noch mehr Angst machen sollte. Womöglich befanden sie sich beide ihretwegen in Gefahr.

Sie stiegen ins Auto und Heath ließ den Motor an. Dann bog er auf die Straße und wollte Loris Navigator folgen.

»Warte! Halt bitte noch mal an«, bat Harper.

Heath verlangsamte das Tempo und hielt dann am Straßenrand. »Was ist?«

Sie öffnete die Tür und stieg wieder aus, bevor er sie zurückhalten konnte. Dann holte sie ihre Kameratasche vom Rücksitz.

Heath sprang nun ebenfalls aus dem Auto und lief um die Motorhaube herum, um sie abzufangen. »Harper, was wird das denn jetzt?«

Liam stieg aus und trat zu ihnen.

Harper hängte sich die Tasche über die Schulter und steuerte um Heath herum geradewegs in den Wald hinein. »Ich mache Fotos. Falls ich je auf die verrückte Idee kommen sollte, dass ich dieses Haus noch mal wiedersehen möchte, oder wenn mich Emily anfleht, sie noch einmal hierher zu begleiten, brauche ich mir nur die Bilder anzusehen, um zu wissen, dass ich dieses Grundstück nie wieder betreten will. Und Emily genauso.«

Emily hatte mit dieser Rückkehr an den Ort, an dem sie aufgewachsen waren, zu einem schmerzhaften Kapitel ihres Lebens zurückgeblättert. Harper war mehr als erleichtert, dass dieses Kapitel jetzt endgültig abgeschlossen war.

43

DIENSTAG, 19:30 UHR
EMERALD M GÄSTERANCH

Liam hatte schon fast befürchtet, er würde nie auf die Ranch zurückkommen.

Doch an diesem Abend blieb eine Polizistin bei Harper auf der Circle S Ranch, während Heath Liam auf die Emerald M Ranch brachte, damit er das renovierte Haus bei Tageslicht sehen und Heaths zweiten Pick-up holen konnte. Morgen würde er anfangen, Informationen über dieses speziell angefertigte Gewehr zu sammeln.

Jetzt war es so weit: Der Moment der Wahrheit war gekommen. Der Moment, auf den sie beide gewartet hatten. Plötzlich hatte er Wyatt Earp in dem Film *Tombstone* vor Augen. Beinahe hätte Liam gelacht. Natürlich würden sie es nicht buchstäblich auskämpfen. Wofür er sehr dankbar war. Wenn er nicht gewusst hätte, dass Heath ihn trotz aller Differenzen nie abweisen würde, wäre er nicht gekommen.

Sie waren Brüder.

Liam hätte überall hingehen können, aber er war ausgerechnet nach Grayback zurückgekehrt.

Bis jetzt hatten sie keine Gelegenheit gehabt, darüber zu sprechen, aber nun waren er und Heath tatsächlich allein. Ohne Freundinnen aus der Vergangenheit oder der Zukunft – er grinste bei dem Gedanken daran, dass Heath vorübergehend bei Lori Somerall wohnte, die unübersehbar ein Auge auf ihn geworfen hatte. Er würde nicht so weit gehen zu sagen, dass Harper in Bezug auf seinen Bruder ebenso klare Absichten hatte, aber sie schaute ihn auf diese besondere Art an, auch wenn Heath das vielleicht nicht bewusst war.

Liams Sneakers quietschten auf dem Holzfußboden des Raums, der früher nur halb so groß gewesen war. Ein schokoladenbrauner Teppich mit türkisfarbenem Diamantmuster dämpfte seine Schritte. Ein schönes Farbelement. Er freute sich über die Veränderungen, aber gleichzeitig erinnerten sie ihn daran, wie schäbig es hier früher gewesen war. Hatte es damals überhaupt einen Teppich gegeben? Wenn er sich recht erinnerte, hatte hier nur ein ausgefranster, abgenutzter Läufer gelegen.

Seine Mutter hatte sich wirklich immer große Mühe gegeben. Aber das Leben hatte ihr einen Strich durch die Rechnung gemacht.

Er schaute zu der hohen Zimmerdecke, den Dachbalken und der Western-Deko hinauf. Früher waren die Wände kahl gewesen.

»Du hast es geschafft«, sagte er. »Du hast es tatsächlich geschafft! Du hast diesem Haus ein völlig anderes Gesicht gegeben.« Liam verschränkte die Arme und schlenderte durch sein ehemaliges Zuhause. Er spürte Heaths Blicke, die ihm folgten. Sein Bruder beobachtete ihn abwartend. Es war nicht so, dass Heath jemals Liams Lob gewollt oder gebraucht hätte. Im Gegenteil, er hatte immer gewollt, dass Liam *sein* Lob brauchte, und versucht, dort weiterzumachen, wo ihr Vater versagt hatte.

Heath atmete hörbar aus. Er steckte die Hände in die Hosentaschen. »An seinem Todestag hat Dad gesagt, dass er mir alles hinterlassen wolle und dass ich etwas Gutes daraus machen solle. Dass ich die Dinge nach dem, was geschehen war, zum Besseren wenden sollte.«

Liam war es nicht gewohnt, seinen Bruder so zerknirscht zu sehen. »Wie ich schon sagte: Du hast es geschafft.«

»Als er all das zu mir gesagt hat, habe ich ihn beschimpft, Liam. Ich hätte nie so hart sein dürfen. So unbarmherzig. Vier Stunden später starb er bei dem Verkehrsunfall.«

»Ich gebe zu, ich war sauer auf ihn, weil er alles dir vererbt hat, und eifersüchtig auf dich. Aber als du angeboten hast, die Ranch zu verkaufen und den Erlös unter uns aufzuteilen, habe ich dein Angebot abgelehnt. Austin hat sich mit so großen Schuldgefühlen gequält wegen Dads Unfall, dass er sowieso nichts von dem Geld gewollt hätte.« Liam kratzte sich am Kinn. Vielleicht war es dumm von ihm gewesen, dieses Angebot auszuschlagen, aber das ließ sich jetzt nicht mehr rückgängig machen. Außerdem befand sich die Ranch in den richtigen Händen. »Ich weiß, warum Dad dir die Ranch anvertraut hat. Er wusste, dass du etwas wirklich Gutes daraus machen kannst. Das war von Anfang an sein Wunsch gewesen. Leider hat er sich diesen Traum selbst zerstört. Aber bitte sag jetzt nicht, dass du die Ranch nur auf Vordermann gebracht hast, weil du auch Schuldgefühle hattest.«

»Die hatte ich und sie haben mich gelähmt. Wenigstens für eine Weile. Dann habe ich angefangen, die Ranch zu renovieren. Ich habe gehofft, dass ich dabei auch mich selbst erneuern könnte. Meine ganze Energie ist in dieses Umbauprojekt geflossen. Ich habe wohl gehofft, dass ich irgendwie wiedergutmachen könnte, was ich zu ihm gesagt habe. Und ja, vielleicht auch einiges von dem, was in der Vergangenheit passiert ist.«

»Du hast noch viel mehr erreicht. Du hast alle Erinnerungen mehr oder weniger ausgelöscht. Ich könnte fast vergessen, wie brutal er war.«

»Es tut gut, das aus deinem Mund zu hören. Die Emerald M Ranch zählt zu den besten Gästeranches in Jackson Hole, aber wenn sie dir gefällt, bedeutet mir das noch sehr viel mehr.«

»Wie steht es mit dir? Hast du das Gefühl, dass du, wie du es ausgedrückt hast, dich selbst auch erneuert hast?«, fragte Liam mit einem Grinsen.

Heaths Schmunzeln wirkte gezwungen. »Leider nicht.«

Liam ließ diese Bemerkung stehen, ohne nachzubohren. Heath war schon immer zu streng mit sich selbst gewesen. Darüber konnten sie später sprechen. Hoffentlich.

»Trotzdem ist die Ranch ohne Dad so leer«, sagte Heath.

»Netter. Ruhiger. Sogar friedlich.« Liams Blick wanderte durch das Fenster zum Stall.

»Trotzdem vermisse ich ihn, auch wenn er große Probleme hatte und manchmal richtig unmenschlich war.« Heath seufzte schwer.

Dazu wollte Liam nichts sagen; deshalb schwieg er lieber. Es hatte keinen Sinn, negative Gefühle aus der Vergangenheit neu aufleben zu lassen. Es stand Heath zu, seinen Vater zu vermissen. Liam war dazu noch nicht bereit. Vielleicht war also der Moment der Wahrheit doch noch nicht gekommen.

Obwohl er zurück war und geglaubt hatte, so weit zu sein, stellte er jetzt fest, dass er eigentlich nicht über ihr früheres Leben hier reden wollte. Noch nicht. Es wurde Zeit, das Thema zu wechseln.

»Verrätst du mir, was zwischen dir und Harper läuft? Und wenn wir schon dabei sind: Was ist mit der Frau, in deren Haus du zurzeit wohnst?«

»Du weißt, warum wir dort wohnen. Mit keiner der beiden läuft etwas.«

»Harper und du wart früher ziemlich gut befreundet.«

Heath zog eine Braue hoch. War er überrascht?

Liam schmunzelte. »Ja, das ist mir nicht entgangen.«

»Und ich dachte die ganze Zeit, du hättest nur Augen für Pferde gehabt. Du konntest schon damals sehr gut mit den Tieren umgehen.«

»Du weißt ja, wie es war. Jeder von uns musste sich mit etwas ablenken. Pferde im Sommer. Skifahren im Winter. Brad hat mich mitgenommen, erinnerst du dich? Seine Familie konnte sich den Skipass leisten. Ich hatte also auch einen Freund, auch wenn es kein süßes Mädchen war. Harper *war* süß. Jetzt nicht mehr so sehr.«

Heath machte ein wenig zustimmendes Gesicht.

Liam schlenderte weiter durchs Zimmer. »Siehst du! Ich wusste doch, dass du sie magst. Was ich meinte: Sie ist nicht süß, sondern richtig attraktiv. Und sehr ernst. Obwohl … das war sie vielleicht auch als Kind schon. Warum hast du sie mit dieser Polizistin zurückgelassen und bist mit mir gekommen?« Diese Frage bereute er sofort. Er kannte die Antwort. Aber vielleicht wollte er sie aus Heaths Mund hören. Und nicht nur raten, was in seinem Bruder vorging.

»Ich sag dir, warum. Aber du zuerst.«

»Was?«

Heath ging um die große Küchentheke herum.

Liam strich mit der Hand über die schwere Kiefernplatte. *Schön.* Er hob den Kopf und schaute Heath erwartungsvoll an, obwohl er wusste, was kommen würde.

»Du warst schon immer eigensinnig, aber darum geht es jetzt nicht. Ich will wissen, was dir zu schaffen macht.«

»Wirklich? Ich dachte, deine Frage wäre, warum ich zurückgekommen bin. Die hast du mir schon gestellt.«

»Und du hast mir keine Antwort gegeben.«

Liam hatte Übung darin, seine Gefühle zu beherrschen. Die drohende Dunkelheit auf Abstand zu halten. Die Arbeit als Undercover-Ermittler für die Drogenpolizei hatte ihn auf einige finstere Straßen geführt, auf die er nicht vorbereitet gewesen war. Entschlossen drängte er die Erinnerungen zurück. »Sagen wir, ich brauche eine Pause. Eine lange. Ich kann dir sowieso nichts erzählen. Heath, ich bin … ich bin froh, dass ich einen Ort habe, an den ich zurückkommen konnte.« Trotz ihrer unschönen Kindheit erschien ihm die Ranch jetzt wie eine reine, heile Welt. Ein starker Kontrast zu dem Umfeld der Menschen, als deren Freund er sich hatte ausgeben müssen. Sein Seufzen war so tief, dass es von den Bergen hätte widerhallen können.

Heath schaute ihn fragend an. Die Fürsorge seines Bruders könnte die harte Schale, die Liam um sich herum aufgebaut hatte, früher oder später möglicherweise aufbrechen.

Heath trat zu ihm und es sah aus, als würde er Liam am liebsten in die Arme schließen. Schon wieder. Aber er klopfte ihm nur auf den Rücken. Die Berührung gab Liam dennoch mehr Trost, als Worte es vermocht hätten. Diese brüderliche Zuneigung war genau das, was Liam brauchte, obwohl ihm das bis zu diesem Augenblick selbst nicht klar gewesen war.

»Du kannst so lange hierbleiben, wie du willst. Auf jeden Fall bis dich das, was dich gezwungen hat, hierher zurückzukommen, nicht mehr so sehr belastet.«

Liam schmunzelte. »*Dich* hat nichts gezwungen zurückzukommen.«

»Mag sein, aber dich schon. Ich kenne dich. Du wärst sonst nicht hier. Ich freue mich natürlich, dass du endlich wieder da bist, aber du musst ziemlich viel durchgemacht haben. Du bist bei mir immer herzlich willkommen. Das weißt du.«

»Apropos, wie lange dauert es noch, bis wir alle wieder hierher umsiedeln können?«

»Hoffentlich nicht allzu lange.«

»Glaubst du, wenn das alles vorbei ist, wird Harper weggehen?«

»Wahrscheinlich.«

»Du wirst sie gehen lassen?«

»Es gibt keinen Grund, sie zum Bleiben zu bewegen. Es gibt viel, das du nicht über mich weißt. Es ist so einiges passiert. Und ich bin kein Mann zum Heiraten.«

Soso.

»Du kannst dir den Rest des Hauses ansehen. Lass dir Zeit. Ich gehe raus zu Pete.«

»Gut, ich komme in ein paar Minuten nach.«

Heath schaltete beim Hinausgehen das Licht aus. Es war zwar noch hell, aber hier drinnen war es für Liams Geschmack trotzdem zu dämmrig. Er machte das Licht wieder an. *So ist es besser.*

Sein Handy klingelte. Er warf einen Blick aufs Display.

Die Dunkelheit wollte ihn sogar bis hierher verfolgen.

44

MITTWOCH, 9:43 UHR
CIRCLE S RANCH

Harper war mit Deputy Naomi Thrasher, die sie heute an Heaths Stelle beschützen sollte, allein. Die Polizistin würde sie zum Fädenziehen ins Krankenhaus bringen. Als sie sich durch die Bilder, die von ihrer Speicherkarte heruntergeladen worden waren, klickte, blieb Harper bei einigen Fotos von Emily hängen. Ihre Schwester stand auf dem Campingplatz Granite Ridge neben dem Airstream und lächelte.

Emily hatte ihr gestern Abend geschrieben, dass sie gut zu Hause angekommen war. Nach den Monaten, in denen sie mit Emily auf engstem Raum zusammengelebt hatte, war es ein ungewohntes Gefühl, sie jetzt nicht mehr um sich zu haben. Mit Heaths Abwesenheit ging es ihr gerade seltsamerweise ähnlich. Er musste sich um etwas auf seiner Ranch kümmern und hatte sie keiner unnötigen Gefahr aussetzen wollen.

Dass er Deputy Thrasher für gestern Abend und auch heute Morgen als seine Vertretung angefragt hatte, konnte sie gut nachvollziehen. Wahrscheinlich brauchte er eine Pause von seiner Aufgabe als Babysitter. Eine Pause von ihr. Außerdem wollte er aktiv daran mitwirken herauszufinden, wer hinter den tödlichen Schüssen steckte. Und hinter den Bombenexplosionen.

Sie konnte dieses Bedürfnis verstehen und es gab wirklich keinen Grund, enttäuscht darüber zu sein, dass er erleichtert war, der Circle S Ranch und ihr einige Stunden entkommen zu können. Sie brauchten beide Raum, um das, was zwischen ihnen passiert war, zu verarbeiten und ihre Gefühle zu ordnen.

Sie hatte ihn verletzt, als sie ihn nach dem Kuss abgewiesen hatte. Auch sie selbst hatte das geschmerzt. Aber so war es besser. Das wussten sie beide.

Dann war Liam plötzlich auf der Bildfläche erschienen. Seitdem galt Heaths Aufmerksamkeit nicht mehr nur ihr allein. Die Veränderung war subtil, aber sie war ihr nicht entgangen. Harper hatte gedacht, Liam wäre regelmäßig Gast auf der Emerald M Ranch, aber Heath hatte diesen Irrtum aufgeklärt. Er hatte fünf Jahre nichts von Liam gehört oder gesehen seit der Beerdigung ihres Vaters. Obwohl beide sich über das Wiedersehen zu freuen schienen, ging eine starke Unruhe von jedem von ihnen aus. Trotz der Ereignisse der letzten Tage hatte Harper eine solche Nervosität vorher nicht bei Heath beobachtet.

Deputy Thrasher trat zu ihr und warf über Harpers Schulter hinweg einen Blick auf den Bildschirm. »Ich habe gehört, dass Sie eine außergewöhnlich begabte Tatortfotografin sind.«

Das Lob tat ihr gut. Ja, sie verstand ihr Handwerk. Plötzlich wurde ihr bewusst, dass die Polizistin womöglich auch den Rest ihrer Geschichte kannte.

Obwohl Harper mit psychischen Problemen gekämpft hatte, durfte sie sich davon nicht länger blockieren lassen.

Ja, sie hatte sich als Kind unter ihrem Bett versteckt, als ihr Vater ermordet worden war, na und? Harper sehnte sich danach, jetzt ein Mensch zu sein, der die Wahrheit sehen wollte – mit ihrer Kamera und auch sonst.

Ich kann das. Ich kann so ein Mensch sein.

Sie blickte zu der jungen Polizistin hinauf. »Ich weiß nicht, was Sie sonst noch alles über mich gehört haben, aber danke.«

»Ein schöner Wohnwagen. Sehr schade drum!« Deputy Thrasher betrachtete das Foto. »Wir haben auf dem Campingplatz nach Spuren gesucht, aber nichts gefunden. Es muss doch welche geben! Ich bin zwar noch neu in diesem Beruf, aber ich bin überzeugt, dass es an einem Tatort *immer* Spuren gibt. Es geht nur darum, sie zu finden.«

Die junge Frau gefiel Harper. »Das sehe ich ganz genauso!

Trotzdem scheint manchmal nicht der kleinste Hinweis zu existieren.«

»Mr Stein, der Mann, der den Campingplatz Granite Ridge für die Forstverwaltung leitet, hat gesagt, dass er für eine Weile niemanden auf den Platz lassen will, obwohl wir ihn inzwischen freigegeben haben. Er sagte, er brauche ein paar Tage, bis er das, was passiert ist, verarbeitet hat.«

»Er scheint ganz nett zu sein. Ich habe ihn nur wenige Male gesehen, aber er hat Emily geholfen, die Wohnwagentür wieder aufzubekommen, als sie geklemmt hat.« Harper ging die nächsten Bilder vom Campingplatz durch. *Hm.*

»Tatsächlich?«, fragte Deputy Thrasher.

Ihr Tonfall machte Harper hellhörig. »Was denken Sie?«

»Die Wohnwagentür klemmte so sehr, dass Sie sie in jener Nacht nicht öffnen konnten.« Deputy Thrasher schrieb etwas in ihren Block. »Wir haben ihn befragt, das weiß ich. Er war der Zeuge, der Sie angeblich wegfahren gesehen hat. Mittlerweile deutet aber alles darauf hin, dass der Täter eine Perücke getragen hat.«

»Sie glauben doch nicht …? Wollen Sie etwa sagen …? Nein. Er war so nett und hilfsbereit!«

»Tut mir leid. Aber der Mörder, den Sie fotografiert haben, könnte prinzipiell jeder sein, der, sagen wir, mindestens fünfzig ist. Das wissen Sie.«

Die Polizistin hatte leider recht. Harper drückte die Hand an ihren Bauch. »Ich kann mir trotzdem nicht vorstellen, dass er es gewesen sein könnte.«

Thrasher zog ihr Mobiltelefon aus der Tasche. »Jemand soll seinen Hintergrund überprüfen. Herausfinden, was wir über ihn wissen. Er muss noch einmal befragt werden.«

»Bitte sorgen Sie dafür, dass niemand allein hingeht.« Harper klappte ihren Laptop zu und stand auf. Könnte Mr Stein der Täter sein?

Sie hatte genug davon, wie eine Gefangene hier festzusitzen.

Sie war nicht in Wyoming geblieben, um Däumchen zu drehen.

»Könnten Sie mich zum Sheriffbüro bringen, wenn ich im Krankenhaus fertig bin? Ich könnte bei Meghan bleiben und mir weitere Bilder ansehen.«

»Gute Idee. Vielleicht stoßen wir noch auf irgendetwas Brauchbares.«

Nachdem sie Harper zu Dr. Jacob begleitet hatte, die die Fäden gezogen hatte, parkte Deputy Thrasher ihren Dienstwagen auf dem Parkplatz vor dem Sheriffbüro.

Harpers Smartphone summte im selben Moment wie das der Polizistin.

Wo seid ihr?

»Ist Ihre Nachricht auch von Heath?«, fragte Harper.

»Ja. Ich hätte ihm Bescheid sagen sollen.«

»Schreiben Sie ihm, dass er uns hier treffen kann«, bat Harper.

Sobald sie das Gebäude betreten hatten, kam ihnen Sheriff Taggart entgegen.

Er sah aus, als habe er eine Frage, doch Deputy Thrasher kam ihm zuvor: »Wir müssen Mr Stein überprüfen, den Campingplatzwart von Granite Ridge. Er hat Harpers Schwester vor dem Mordanschlag geholfen, ihre klemmende Tür zu öffnen. Ich dachte, wir könnten …«

»Gut, überprüfen Sie seinen Hintergrund, soweit das von hier aus möglich ist. Aber bleiben Sie bei Harper. Wir haben vor ein paar Stunden einen anonymen Hinweis auf einen anderen möglichen Verdächtigen bekommen. Wir gehen dem nach, aber wir haben nicht genug Indizien, um sein Haus zu durchsuchen oder ihn zu verhaften. Zwei Deputys sind unterwegs zu ihm; sie sollen ihn bitten, sich einer freiwilligen Befragung zu stellen, und klären, ob er mit einer Durchsuchung seines Hauses einverstanden ist. Wir sind auf der Suche nach Beweisen, die den neuen Hinweis stützen. Mal sehen, was sich dabei ergibt. Vielleicht ist es auch eine falsche Spur, die uns nicht weiterbringt. Aber für den Fall, dass er unser Mann ist, sollten Sie mit Harper hierbleiben. Das ist am sichersten.«

45

MITTWOCH, 11:35 UHR
CURTS GEWEHRMANUFAKTUR

Liam schlenderte zu Curts Gewehrmanufaktur. Es handelte sich dabei um eine Werkstatt im hinteren Teil eines kleinen Ranchhauses. Liam hatte schon fünf der acht Gewehrmanufakturen, die Sonderanfertigungen für Kunden bauten, abgeklappert. Er hatte überall die gleichen Fragen gestellt, aber vor allem hatte er versucht, ein Gespür für den Stil und die Persönlichkeit des jeweiligen Gewehrbauers zu bekommen. Den Zweck der Gewehre. Die Ästhetik.

Curts Manufaktur war ein kleiner Betrieb. Kundenbesuche waren nur nach Terminvereinbarung möglich. Vielleicht würde man Liam gar nicht hineinlassen. Sheriff Taggart hatte wahrscheinlich recht. Er vergeudete hier nur seine Zeit. Aber falls der Täter sein Gewehr in Jackson Hole hatte anfertigen lassen, würde Liam das herausfinden. Mit guter altmodischer Polizeiarbeit. Routinearbeit, die sonst niemand übernehmen wollte.

Er klopfte an die Tür, dann öffnete er sie und trat ein.

Ein Mann Anfang dreißig, also ungefähr in Liams Alter, saß über einem in eine Drehbank gespannten Gewehrlauf auf einem großen Werktisch gebeugt. »Guten Tag. Was kann ich für Sie tun?«

Gut. Das klang nicht, als würde er gleich rausgeworfen, weil er ohne vorherige Absprache hier aufkreuzte.

Er reichte dem Mann die Hand und dieser schlug ein.

»Ich heiße Liam. Ich wollte mir gern ein Bild von Ihrer Arbeit machen.«

»Ich bin Chad.« Als er Liams fragenden Blick bemerkte, ergänzte er: »Curt ist mein Vater.«

Liam ließ die Hand sinken, schaute sich im Raum um und entdeckte einen Schrank mit Ausstellungsstücken. Sein Bauchgefühl sagte ihm, dass er gefunden hatte, was er suchte.

»Sie haben keinen Termin.«

»Nein. Ich wollte kurz vorbeikommen, bevor ich einen vereinbare.« Liam lächelte freundlich, um es sich nicht mit dem Mann zu verscherzen.

Chad betrachtete zwei Läufe aus rostfreiem Edelstahl neben der Drehbank. »Was suchen Sie? Ich habe fertige Gewehre, wenn Sie nicht warten wollen. Und …«, Chad schaute ihn vielsagend an, »… in fünf Minuten kommt jemand, der einen Termin hat.«

So lange würde Liam nicht brauchen. »Würden Sie ein Gewehr nach meinen Wünschen für mich anfertigen?«

»Was schwebt Ihnen vor?«

»Eins wie das hier.« Liam zog eine Kopie des Fotos von dem Täter und seinem Gewehr heraus, legte sie auf die Werkbank und schob sie Chad hin. »Wurde dieses Gewehr von Ihnen gebaut?«

Chad rückte seine Brille zurecht. Ein undefinierbarer Ausdruck trat in seine Augen, verschwand aber sofort wieder. »Wollen Sie, dass ich so ein Gewehr für Sie baue, oder wollen Sie wissen, ob ich das Gewehr auf dem Foto gebaut habe?«

Kluger Mann. »Haben Sie es denn gebaut?«

Chad runzelte die Stirn. »Es sieht unserem Jagdgewehr mit extragroßer Reichweite ähnlich. Extragroß heißt über zwölfhundert Meter. Solche Waffen sind unsere Spezialität. Aber ich kann nicht mit Bestimmtheit sagen, dass wir dieses Exemplar hier gebaut haben. Ich müsste die Registriernummer sehen oder es zerlegen.«

»Wie sieht es mit dem Zielfernrohr aus? Müssten Sie es extra bestellen?«

»Ja. Oder jemand bringt es später am Gewehr an.«

Liam war erfreut darüber, dass Chad ihn nicht anlog. Trotzdem hatte er das Gefühl, dass er nicht mit der ganzen Wahrheit herausrückte. »Aber da diese Gewehre mit extragroßer Reichweite Ihre Spezialität sind und Sie auch die Kugeln anfertigen und die Präzision des Gewehrs testen müssten, bräuchten Sie dafür wahrscheinlich das Zielfernrohr.«

»Sind Sie ein Polizist oder so?« Chad zog eine Braue hoch.

Diese Frage war gar nicht so leicht zu beantworten. »Ich suche einen Mann, der zwei Wanderer getötet hat.«

Chad wurde blass. »Ich hatte keinen Kunden, der dieses Zielfernrohr bestellt hat.« Er gab ihm das Bild zurück.

Liam wünschte, er hätte eine Vergrößerung des Fotos dabei. »Und was ist mit dem Gewehr an sich? Das ist doch Ihr Stil, oder? Dieser Lilienschliff.«

»Der könnte von jedem stammen.«

Chad machte dicht, aber Liam hatte trotzdem schon viel in Erfahrung gebracht. Keine der ausgestellten Waffen hatte genau dieses Muster, aber sie hatten viel Ähnlichkeit mit der Mordwaffe. Ja, definitiv sehr viel Ähnlichkeit.

»Mein nächster Kunde fährt gerade vor.« Chad gab Liam eine Visitenkarte. »Vereinbaren Sie gern einen Termin, wenn Sie ein Gewehr von mir wollen.«

Liam schrieb seine Telefonnummer auf die Rückseite von Chads Karte und gab sie ihm zurück. »Falls Ihnen irgendetwas einfällt, das mir weiterhelfen könnte, rufen Sie mich bitte an.«

Vielleicht war es falsch, dass Liam so viel Zeit darauf verwendete, diese Werkstätten zu besuchen, aber der Kerl, der die Frau, die seinem Bruder offensichtlich viel bedeutete – die er vielleicht sogar liebte –, töten wollte, würde es vielleicht wieder versuchen.

Liam dankte Chad und ging zur Tür. Durchs Fenster sah er einen untersetzten Mann Mitte fünfzig näher kommen. Liam legte die Hand auf den Türgriff.

»Da war dieser Mann …«, begann Chad.

Liam drehte sich zu ihm um.

»Er war vielleicht Ende sechzig. Hat viele Fragen gestellt. Ich dachte, er würde ein Gewehr in Auftrag geben, aber als ich ihm sagte, dass die Wartezeit sechs bis sieben Monate beträgt, meinte er, dass er nicht so lange warten könne.«

»Das heißt?«

»Das weiß ich nicht genau. Als er gegangen war, hatte ich das Gefühl, dass er vielleicht versucht, das Gewehr selbst zu bauen. Er kannte sich gut genug aus, um es mit dem richtigen Werkzeug hinzukriegen.«

Eine Waffe ohne Registriernummer.

»Wissen Sie, wie er heißt?«

Chad verzog den Mundwinkel. »John Smith.«

46

MITTWOCH, 11:47 UHR
BRIDGER-TETON NATIONAL FOREST

Wenn dieser Mann sich als der Gesuchte entpuppen sollte, wollte Heath ihm in die Augen sehen. Was für ein Monster machte so etwas? Heath könnte sogar auf den Gedanken kommen, noch mehr zu tun, als ihn nur anzuschauen. Aber er arbeitete jetzt für die Polizei und das, was ihm vorschwebte, widersprach den Aufgaben eines Deputys.

Vielleicht sollte er kündigen.

Oh ja, auch Ehrenamtliche konnten kündigen.

Heath war auf dem Weg zu Harper gewesen, als Sheriff Taggart angerufen und ihn gebeten hatte, sich mit zwei anderen Deputys bei Donny Albrights Adresse oben an der Moose Creek Road zu treffen.

Jemand hatte Donny mit zwei Wanderern, einem Mann und einer Frau, im Wald gesehen. Die Frau war den Beschreibungen zufolge Sophie Batterson Osborne gewesen. Donny hatte Jagdkleidung getragen und ein Gewehr mit Zielfernrohr bei sich gehabt. Das alles bedeutete natürlich nicht, dass er schuldig war, aber sie mussten ihn zumindest befragen.

Heath hatte kein gutes Gefühl bei der Sache, seit er auf halber Strecke bemerkt hatte, dass er hinter Taggart herfuhr. Er stellte sein Auto hinter dem des Sheriffs in der Einfahrt ab. Das Haus war alt, aber tadellos gepflegt. Der überschaubare Garten war gemäht und ordentlich. Direkt dahinter fing der Nationalforst an. Donnys Haus befand sich keine fünf Meilen von der Stelle entfernt, an der Harper den Mord beobachtet hatte. Dieser Mann hatte Elche, Rentiere, Bären und Antilopen direkt vor seiner

Haustür. Er brauchte kein Präzisionsjagdgewehr dieses Kalibers und dieser Preisklasse, aber manchmal wollte man ja auch etwas haben, das man nicht unbedingt brauchte.

Taggart stand neben seinem Auto und schaute auf sein Handy. Heath stellte sich zu ihm. »Was machen wir jetzt? Ist er unser Mann?«

»Wir haben seinen Hintergrund überprüft, aber nichts gefunden. Ich habe Moffett und Shackelford geschickt, um ihn zu einer freiwilligen Befragung zu holen.« Der Sheriff steckte das Handy ein und seine Miene verriet deutliches Unbehagen.

»Warum sind wir dann auch noch hergekommen?«, fragte Heath. »Was ist passiert?«

»Kommen Sie.«

Sheriff Taggart setzte sich in Bewegung und lief an der Seite des Hauses entlang. Heath verstand nicht, was das sollte. Warum klopften sie nicht an die Haustür? Offenbar stimmte irgendetwas nicht.

»Sheriff Taggart!«, ertönte Shackelfords Stimme knisternd aus dem Funkgerät des Sheriffs.

Statt ihm zu antworten, ging der Sheriff weiter um das Haus herum.

Donny Albright saß zusammengesunken an einem Baum, ein Einschussloch in der Schläfe. Eine Pistole lag neben seiner leblosen Hand. Moffett machte Fotos.

Heaths Magen zog sich vor Übelkeit zusammen. Im Geiste hörte er Harper schimpfen, weil jetzt schon vier Menschen durch den Garten gestapft waren und möglicherweise Spuren verwischt hatten. Bedeutete der grausige Fund, dass der Fall abgeschlossen war und Harper sich nicht mehr in Gefahr befand? Irgendwie erschien Donnys Tod *zu* passend.

»Das ist sehr schlecht.« Taggart ging in die Hocke, um Donnys Gesicht anzusehen.

»Der Rechtsmediziner ist unterwegs«, teilte Shackelford ihm mit. »Haben Sie den Durchsuchungsbeschluss?«

Der Sheriff nickte und blickte in den Wald, als suche er nach etwas. »Die Ballistik soll untersuchen, ob diese Waffe von ihm selbst abgefeuert wurde und ob in der Wunde Schmauchspuren zu finden sind. Das gibt einen ersten Anhaltspunkt, ob es sich um einen vorgetäuschten Selbstmord handeln könnte.«

»Sie glauben nicht, dass er sich das Leben genommen hat?«, fragte Moffett.

»Das habe ich nicht gesagt. Bald werden wir mehr wissen. Ich will so viel wie möglich klären, bevor die anderen Behörden hier auftauchen. Wenn das der Mann ist, den wir suchen, werden alle mitreden wollen. Besonders wenn er auch derjenige war, der Arty erschossen hat. Aber wir müssen die Mordwaffe finden. Das Gewehr, das er benutzt hat.« Taggart schaute Heath an. »Sie kommen mit mir. Moffett, Sie folgen uns, wenn Sie hier mit den Bildern fertig sind. Ich will noch nicht zu viele Leute im Haus haben.«

Heath und Sheriff Taggart verschafften sich Zugang zu Donnys Haus. »Was ist Ihrer Meinung nach passiert?«, fragte Heath, als sie eintraten.

»Er muss gewusst haben, dass er uns nicht entkommen kann«, sagte Taggart. »Aber das ist reine Spekulation. Wenn wir ihn nur hätten befragen können!«

Drinnen war alles ordentlich aufgeräumt. Von den Wänden starrten ihnen ausgestopfte Elch- und Rentierköpfe entgegen.

»Der Durchsuchungsbeschluss gilt für das Gewehr, aber falls Sie etwas anderes Verdächtiges entdecken, das mit diesem oder einem anderen Verbrechen in Verbindung stehen könnte, geben Sie mir sofort Bescheid.«

Sie teilten sich auf. Im Schlafzimmer entdeckte Heath Jagdkleidung, die auf dem Boden lag. War das die Kleidung, die Donny getragen hatte, während er zum Mörder geworden war?

In der Ecke lehnte ein Gewehr. Es könnte die Waffe sein, mit der Sophie getötet worden war. Und auch Arty? »Sheriff, hier im Schlafzimmer!«

Sheriff Taggart betrat das Zimmer. »Sieh einer an! Da haben wir ja, was wir suchen.«

Durch das Schlafzimmerfenster konnte Heath Donnys Leiche am Baum lehnen sehen.

»Was denken Sie, McKade?«

»Donny Albright tötet eine Frau, vielleicht auch ihren Mann, aus Gründen, die wir nie erfahren werden. Er versucht zweimal, Harper zu töten. Bei seinem zweiten Versuch erschießt er Arty. Jetzt liefert er uns die Beweisstücke wie auf dem Präsentierteller und geht in den Garten hinaus und erschießt sich? Das klingt mir zu einfach.«

»Manchmal geben Mörder einfach auf.«

»Glauben Sie wirklich, dass das hier der Fall ist, Taggart?«

»Ein Schuss in die Schläfe ist in den meisten Fällen ein Selbstmord. Aber gesetzt den Fall, es war keiner: Wurde er irgendwie gezwungen, sich zu erschießen? Dann lautet unsere nächste Frage: Wie? Womit wurde er unter Druck gesetzt?«

Heaths ungutes Gefühl verstärkte sich. »Wir müssen mit seinen Angehörigen und Freunden sprechen.«

»Falls sein Tod als Selbstmord inszeniert wurde, verfolgt der tatsächliche Mörder das Ziel, dass wir ihn für tot halten und die Suche nach ihm einstellen. Wenn er glaubt, wir hätten aufgehört, ihn zu suchen, wird er möglicherweise unvorsichtig. Vielleicht sollten wir ihn glauben lassen, der Fall wäre für uns erledigt. Trotzdem … Ich hoffe, dass das ein falscher Verdacht ist und wir unseren Mörder gefunden haben.«

47

MITTWOCH, 12:15 UHR
SHERIFFBÜRO VON BRIDGER COUNTY

Harper sichtete mit Meghan die Fotos. Sie waren mit einer speziellen Software stark vergrößert worden. Auch wenn diese Bilder schon durchgesehen worden waren, hatte sie ein besonders geschultes Auge, und sie wollte sich irgendwie nützlich machen. Vielleicht würde sie etwas Ungewöhnliches oder Auffälliges entdecken, das ihnen weiterhelfen könnte.

Aber ihre Gedanken kreisten darum, dass Heath zu jemandem unterwegs war, bei dem es sich um den Mörder handeln könnte. Das war für ihre Konzentration nicht sonderlich förderlich.

Ihr Handy klingelte. Emily. Harper stand auf, um ihre steifen Beine zu strecken. »Hey. Wie geht es dir?«

»Bestens. Ich bin noch nicht lange wach. Es ist ein komisches Gefühl, wieder in meinem eigenen Bett zu schlafen.« Emily seufzte. »Ich wollte dir unbedingt noch mal sagen, dass ich trotz dieses hässlichen Endes die Monate im Wohnwagen mit dir sehr genossen habe. Es war ein einmaliges Erlebnis. Du hast recht: Vielleicht können wir das irgendwann wiederholen. Hoffentlich kommst du bald nach Hause.«

»Was das betrifft, gibt es Neuigkeiten: Sie überprüfen gerade jemanden, der der Mörder sein könnte. Falls er es tatsächlich ist, ist der Fall aufgeklärt und ich kann heimkommen.«

»Harper, das ist ja eine wunderbare Nachricht!«

»*Falls* er es ist, ja.« Sie klammerte sich an diese Hoffnung.

»Was ist mit den beiden Wanderern?«

»Sie wurden noch nicht gefunden. Wenigstens habe ich nichts

gehört.« Sie sah Sophie vor sich und eine plötzliche Traurigkeit erfasste sie.

»Vielleicht ist es verfrüht, aber ich bin sehr erleichtert«, gestand Emily. »Ich kann es nicht erwarten, dass die Gefahr vorbei ist. Und ich vermisse dich schon!«

Harper musste das Thema wechseln. »Bitte lass mich wissen, was der Neurologe sagt. Dein Termin ist morgen, oder?« Erst zu spät wurde ihr bewusst, dass Emily wahrscheinlich nicht daran erinnert werden wollte. Es musste beängstigend sein, über mögliche Folgen einer Hirnverletzung zu sprechen. Andererseits war es natürlich gut, dass die Ärzte das Risiko erkannt hatten, damit Emily zu Hause gründlich untersucht werden konnte und ihr die richtigen Medikamente verschrieben wurden.

»Ja … Aber mein Termin ist erst nächste Woche.«

»Oh?«

»Es gibt einen anderen Grund, warum ich so schnell nach Hause wollte: Ich bin zu einer großen Gala eingeladen und habe dort neben mehreren anderen kreativen Köpfen einen Auftritt. Mein Buch *Feuer und Asche* wird vorgestellt.«

»Das ist ja fantastisch! Wann ist die Gala?«

»Am Samstagabend. In Dallas.«

»Was?! Und das hast du mir nicht gesagt?« Hatten sie nicht vereinbart, dass sie keine Geheimnisse voreinander haben wollten? Harper müsste bald einen Flug buchen. Falls Emily sie überhaupt bei der Gala dabeihaben wollte. »Warum hast du mir das nicht schon früher erzählt?«

»Sei mir deshalb bitte nicht böse. Ich wollte dich nicht unter Druck setzen, solange du noch nicht bereit bist, nach Hause zu kommen. Ich wollte nicht, dass du nur mit mir fliegst, weil du dich dazu verpflichtet fühlst.«

»Das klingt, als wüsstest du den Termin schon länger.«

»Ja. Ich habe schon zu Beginn unserer Tour davon erfahren. Aber es ist ja nicht so, dass du immer bei all meinen Events dabei sein müsstest. So eine große Sache ist es wirklich nicht.«

Natürlich war es eine große Sache. »Du hättest es mir trotzdem sagen sollen. Dann hätten wir zusammen zurückfahren können. Dann hättest du sogar deinen Airstream noch.« Den Wohnwagen hätte Harper lieber nicht erwähnen sollen.

Emily seufzte. Sie sprach mit jemand anderem, dann wandte sie sich wieder an Harper. »Entschuldige, aber Michelle ist gekommen, um mich abzuholen. Wir gehen einkaufen. Ich brauche für diesen Anlass ein neues Kleid. Ich habe es nie angesprochen, weil du Zeit gebraucht hast, um dich zu erholen. Ich war nicht sicher, ob wir länger als geplant unterwegs sein würden. Deshalb habe ich nichts gesagt. Ich wollte nicht festsetzen, dass wir zu einem bestimmten Zeitpunkt wieder zurück sein müssen. Ich hoffe, du verstehst, dass ich es nur gut gemeint habe.«

Emily erstaunte sie immer wieder. Ihre Schwester war so selbstlos. Emily hatte für Harper ein ganzes Jahr lang ihr eigenes Leben praktisch auf Eis gelegt – einschließlich der Gelegenheiten, mit Männern auszugehen. Und jetzt hätte sie Emily mit ihren persönlichen Problemen beinahe um diese Gala gebracht, auf die sie sich so zu freuen schien.

»Danke, Emily. Du bist die allerbeste Schwester der Welt. Gut, dass es mit der Gala klappt.« Harper schmunzelte. »Und dass du es mir endlich erzählt hast. Das Publikum wird dich und dein Buch lieben.«

Emily lachte. »Du hast es doch nicht mal gelesen.«

»Tut mir leid«, sagte sie zerknirscht. »Ich dachte, du verstehst, warum ich das noch nicht konnte.« In Emilys Krimis ging es um Mord und Totschlag. Themen, zu denen Harper dringend Abstand gebraucht hatte. Leider hatte ihr die Realität in dem Punkt einen Strich durch die Rechnung gemacht.

»Natürlich verstehe ich dich. Bitte fühle dich nicht schlecht, wenn du es nicht zur Gala schaffst. Ich freue mich zwar, wenn du kommst, aber ich habe schon eine Begleitung.«

»Wer ist der Glückliche?« Offenbar hatte Emily noch mehr Geheimnisse vor ihr.

»Wie meinst du das? Ich habe nicht gesagt, dass es ein Mann ist.«

»Das war auch nicht nötig. Also, wer ist dein Date?« Plötzlich wollte Harper umso mehr dabei sein.

»Mein alter Lektor. Er fliegt nach Dallas. Wir treffen uns dort.«

»Dein *alter* Lektor?«

Emily kicherte. »Mein *früherer* Lektor. Wir kennen uns schon lange. Er arbeitet jetzt für einen anderen Verlag. Was uns die Möglichkeit gibt, eine andere Art von Beziehung in Betracht zu ziehen …«

»Moment! Er arbeitet jetzt für einen anderen Verlag? Willst du damit sagen, dass er seine Stelle gewechselt hat, damit ihr euch privat treffen könnt?«

»Ich war ja in den letzten Monaten nicht zu Hause, um mich mit ihm treffen zu können. Aber wir haben in letzter Zeit nicht mehr nur über mein Buch gesprochen, sondern auch über persönliche Themen. Zum Beispiel, wie es zwischen uns weitergehen soll, wenn ich wieder zu Hause bin. Anfangs war ich nicht sicher, ob es etwas Ernstes werden könnte. Deshalb habe ich auch nichts davon erwähnt, weil du mir sonst keine Ruhe gelassen hättest.«

Wie hatte Emily so viel vor ihr geheim halten können? Wenn Harper wieder zu Hause war, würden sie ein ernstes Gespräch über Geheimnisse unter Schwestern führen müssen.

»Und du hast mit Heath geflirtet.«

»Harper?« Meghan räusperte sich laut und deutete zur Tür, durch die Heath gerade getreten war. Eine Mischung aus Frustration, Bedauern und Erleichterung sprach aus seiner Miene. Er hatte doch nicht hören können, was Emily gerade gesagt hatte, oder?

»Ähm. Ich muss aufhören. Heath kommt gerade zurück. Ich ruf dich an, wenn ich mehr weiß.« Sie beendete das Gespräch.

»Und?«, fragte sie.

»Es könnte sein, dass wir den Mörder gefunden haben.«

»Oh, Gott sei Dank!« Aber er klang irgendwie nicht überzeugt.

Sie versuchte, in seinem Gesicht zu lesen, und nahm wieder neben Meghan Platz.

Heath zog einen Stuhl heran und setzte sich ebenfalls. »Das war noch nicht alles.«

»Was gibt es noch?«

»Er hat Selbstmord begangen.«

»Oh.« Er würde ihnen nicht mehr verraten können, wo er Sophies Leiche versteckt hatte. Sie konnten ihn nicht fragen, warum er sie getötet hatte. »Ich habe gehofft, dass wenigstens Chase noch lebt und der Täter uns verrät, wo er ihn gefangen hält.«

»Ich auch.« Er atmete schwer aus.

»Was verschweigst du mir?«

»Ich will weiterhin vorsichtig sein, bis wir mit Sicherheit wissen, dass er es tatsächlich war.«

»Also hältst du das nicht für wahrscheinlich?«

»Wir haben eine Waffe gefunden, die so aussieht wie die auf dem Foto. Die Ballistiker werden uns sagen, ob es das Gewehr ist, mit dem der Schuss auf Arty abgegeben wurde. Aber ob damit auch Sophie getötet wurde, wissen wir nicht, weil wir keine Leiche oder Kugel für einen Vergleich haben. Wir haben auch Kleidung gefunden. Sie sieht genauso aus wie die, die der Mörder auf deinen Bildern getragen hat. Der Tatort muss untersucht werden, vielleicht gibt es Hinweise darauf, ob das junge Ehepaar in seinem Haus war.«

»Warum bist du dann so skeptisch?«

»Das kann ich nicht genau sagen. Du hast geniale Bilder gemacht, Harper. Aber es lässt sich darauf nicht erkennen, ob der Täter Donny oder ein anderer Mann war. Ich denke aber, dass die Forensik damit weiterarbeiten kann. Wahrscheinlich haben sie im Labor eine Software, mit der sich die Gesichter vergleichen lassen. Der Mann hat sich sehr viel Mühe gemacht, um dich auszuschalten. Und jetzt soll er einfach das Handtuch geworfen haben? Wir bekommen einen anonymen Hinweis, gehen der Spur nach und der Mann hat sich selbst umgebracht?«

Wenn nur der Mord an ihrem Vater so eindeutig hätte aufgeklärt werden können!

Harper stand wieder auf und begann in dem kleinen Raum auf und ab zu gehen. »Und was denkt der Sheriff?«

»Er tendiert zu der Vermutung, dass Donny die Verbrechen begangen hat. Ein paar Stunden vor dem Tod der Frau wurde er mit ihr zusammen gesehen. Wobei das erst noch überprüft werden muss. Er war Jäger und konnte daher exzellent mit seinem Gewehr umgehen und aus großer Entfernung schießen. So gesehen passt alles zusammen.« Heath trat Harper in den Weg und ergriff ihre Hände. »Ich weiß, dass du nach Hause willst. Es wird dir guttun, in dein gewohntes Leben zurückzukehren. Du musst nicht länger hierbleiben, Harper. Ich ... ich finde wirklich, du solltest zu Emily fliegen.«

In diesem Moment konnte sie sich selbst nicht länger täuschen. Sie hatte es nicht wahrhaben wollen, aber jetzt konnte sie die Augen nicht mehr davor verschließen: Natürlich wollte sie, dass der Mörder endlich gefunden wurde, aber nicht etwa, damit sie nach Hause fliegen konnte, sondern, damit Heath und sie etwas Neues wagen konnten. Damit sie herausfinden konnten, was zwischen ihnen war, ohne dass überall Gefahren lauerten.

Aber welche Rolle spielte das schon? Heath wollte, dass sie nach Hause zurückkehrte. Drängte er sie dazu, weil er um ihre Sicherheit besorgt war? Oder weil er glaubte, sie wolle gehen, und er ihrem Glück nicht im Weg stehen wollte? Harpers Reaktion auf seinen Kuss hatte ihn bestimmt nicht ermutigt.

Das war's also ...

»Okay. Ich bin sowieso nur hiergeblieben, um mitzuhelfen, dass Sophies Mörder gefasst wird – und die Ermittlungen scheinen ja jetzt bald abgeschlossen zu sein. Außerdem mache ich mir Sorgen um Emily.«

Harper hoffte, dass Heath nicht wusste, was wirklich in ihr vorging.

48

DONNERSTAG, 0:30 UHR
CIRCLE S RANCH

Heath knirschte mit den Zähnen. Es kostete ihn große Selbstbeherrschung, die Tasse geräuschlos abzustellen. Er wartete auf Liam und hatte bestimmt nicht vor, wieder die Vaterfigur zu geben. Aber ein bisschen fühlte es sich trotzdem so an.

Liam huschte leise ins Haus und schlich über die Holzdielen. Nach einigen Schritten fiel sein Blick auf Heath, der ihn von der Küche aus beobachtete. Selbst in dem schwachen Licht entging Heath Liams finsteres Stirnrunzeln nicht.

Oh Mann, genauso wie früher. Heath wartete immerhin ab, bis Liam in die Küche kam. »Wo warst du?«

»Ich habe die Gewehrbauer überprüft. Bei diesen kurvigen Bergtälern ist man stundenlang unterwegs.«

Heath rang seinen Ärger nieder, so gut es ging. Statt die Faust zu ballen, legte er die Hand um seine Tasse. »Du hast nicht auf meine Nachricht geantwortet. Da draußen läuft ein Mörder frei herum. Ich habe mir Sorgen gemacht.«

»Mein Akku ist leer. Tut mir leid.«

»Hast du schon mal was von einem Ladekabel gehört?«

»Was soll das, Heath? Wir sind keine Kinder mehr!«

Heath atmete hörbar aus. »Ich weiß. Entschuldige.« Er war aus mehreren Gründen angespannt. »Was hast du herausgefunden?«

»Die einzige interessante Spur, die ich gefunden habe, ist ein Mann, der John Smith heißt.«

Heath verschluckte sich fast an seinem Kaffee. »Du machst Witze.«

»Nein.« Liam erzählte ihm von seinem Gespräch mit Chad bei

Curts Gewehrmanufaktur. »Fest steht: Falls der Kerl irgendwo gesucht wird oder wegen eines Verbrechens aktenkundig ist, kann er sich keine Waffe kaufen, auch keine Spezialanfertigung. Aber er hat von dem Mann, der sie baut, viel gelernt. Vermutlich war genau das sein Plan. Ich habe den Verdacht, dass er genau weiß, was er tut, und seine Munition selbst herstellt. Anscheinend hatte er einige Fragen in Bezug auf die Präzision von Gewehren mit großer Reichweite. Er hat Chad darüber so viele Informationen wie möglich entlockt.«

Heath rieb sich das Kinn und dachte nach. »Kannst du morgen noch einmal hinfahren?«

»Warum?«

»Wir haben heute einen anonymen Hinweis bekommen und der hat uns zu einem Mann geführt, der angeblich für den Mord an Sophie verantwortlich sein soll.« Heath erzählte von dem Haus und dem Verdächtigen, den sie tot aufgefunden hatten. »Taggart hat mich vor einer Stunde angerufen. Da Arty – Deputy Custer – getötet wurde, hat die Kriminaltechnik das Gewehr sofort untersucht. Der ballistische Bericht ist schon da: Wir haben die richtige Waffe konfisziert.«

Liam verzog keine Miene. »Aber du siehst die Sache anders.«

»Es ist alles so … extrem offensichtlich. Donny hatte einige ausgestopfte Tiere an der Wand hängen, aber die einzige teure Waffe, die wir bei ihm gefunden haben, war dieses Gewehr. Die könnte jeder dort platziert haben. Der Tipp war anonym – wirklich bedauerlich. Und als wir ankamen, war Donny tot. Die Waffe lag in seinem Zimmer. Auf dem Boden die Kleidung, die der Täter auf dem Foto trägt. Sonst nichts. Nur die Sachen, die auf Harpers Bildern zu sehen sind.«

Das konnte bedeuten, dass der Mörder Harpers Kamera hatte. Bei diesem Gedanken erschauerte er.

Liam holte sich eine Flasche Wasser aus dem Kühlschrank und setzte sich auf einen Hocker. »Verstehe. Du willst weiterhin auf der Hut sein, allein schon, um Harper zu beschützen.«

»Ja.« Heath würde alles dafür geben, dieses Mal nichts falsch zu machen. Er konnte sich keinen weiteren Fehler erlauben.

Schon gar nicht, wenn es um Harper ging.

Das war ein weiteres, ganz anderes Problem. Verliebten sich zwei Menschen leichter ineinander, wenn sie früher Freunde gewesen waren? Trotz seiner Bemühungen, es nicht so weit kommen zu lassen, beherrschte Harper längst seine Gefühle und sein Denken.

Jetzt mach mal halblang!

»Hat das Gewehr eine Seriennummer? Wenn ich noch mal zu Chad fahre, wird er als Erstes danach fragen.«

»Nein, es hat keine. Wir wollen von Chad wissen, ob Donny Albright John Smith ist.«

»Erlaubt Taggart, dass du mir ein Bild von dem Mann gibst?«

»Ich habe ihn lieber gar nicht erst gefragt. Er sollte besser nichts davon erfahren, sonst feuert er mich am Ende noch aus meinem ehrenamtlichen Dienst.«

Liam verschluckte sich und prustete Wasser auf die Arbeitsplatte. »Du machst das *ehrenamtlich*?«, fragte er fassungslos.

»Oh ja. Hatte ich das nicht erwähnt?«

»Wie geht das denn?« Liam wischte die Tropfen mit einem Küchenpapier weg.

»Erkläre ich dir ein andermal. Check lieber deine E-Mails. Ich habe dir ein Foto geschickt, das ich im Internet gefunden habe. Fahr morgen bitte noch einmal hin und zeig es Chad. Ach, und nimm dieses Mal ein Ladekabel mit.«

Liam gähnte und streckte sich. Er grinste. »Ich weiß noch nicht, ob ich von einem Ehrenamtlichen Befehle entgegennehme.«

Heath fiel nicht gleich eine schlagfertige Antwort ein.

Liam stand auf und lächelte. »Entschuldige. Im Ernst: Jemand, der so viel leistet wie du, ohne dafür einen Cent zu bekommen, ist ein Held. Du bist *mein* Held, Heath.«

49

DONNERSTAG, 7:45 UHR
CIRCLE S RANCH

Heath hatte die ganze Nacht kein Auge zugetan.

Wie hätte er auch schlafen können? Er sollte Harper beschützen. Auf sie aufpassen.

Dieser Auftrag würde von der Seite der Polizei aus heute enden.

Allein schon dieser Gedanke hatte ihn wach gehalten. Er war unruhig durchs Haus gegangen und hatte aus den Fenstern dieser Ranch geblickt, die nicht seine Ranch war. Jetzt stand er im Badezimmer vor dem Spiegel. Die Sonne war bereits aufgegangen und alle waren wach. Abgesehen von dem Aufruhr in seinem Inneren war es eine ruhige Nacht gewesen. Er spritzte sich Wasser ins Gesicht. Seine Augen waren blutunterlaufen und er sah völlig abgeschlagen aus. Nicht einmal in seiner Zeit bei der Armee oder nach der Schussverletzung im vergangenen Jahr hatte er sich derart erschöpft gefühlt.

Prompt begann die Narbe an seiner Seite zu pochen. Er verzog das Gesicht und drückte eine Hand dagegen. Er dachte an den Moment direkt nach dem Schuss. Sheriff Haines – der Mann, der auf ihn geschossen hatte – hatte sich über ihn gebeugt und die Behauptung aufgestellt, dass sein Vater bei dem tödlichen Autounfall entgegen der bisherigen Anschuldigungen nicht betrunken gewesen sei. Es hatte gewirkt, als hätte er ihm das als eine Art Wiedergutmachung erzählt. Mit der Erinnerung kam auch die Wut zurück. Wenn sein Gefühl ihn nicht täuschte, lief nach wie vor ein Mörder frei herum. Eine seiner Blockhütten war in die Luft gesprengt worden und Harper war wieder in seinem Leben aufgetaucht. Deshalb hatte Heath die Suche nach der Wahrheit über seinen Vater vorerst auf Eis legen müssen. Aber sobald das hier vorbei war, würde er Taggart so lange löchern, bis der Antworten für ihn hatte. Heath war klar, dass der Sheriff im Moment auch anderes zu tun hatte, als den Fall seines Vaters zu untersuchen, obwohl er ihm versprochen hatte, noch einmal nachzuforschen.

Heath verdrängte die vielen offenen Fragen, so gut er konnte. Er musste sich anziehen und zu den anderen gehen. Sich diesem Tag stellen.

Sich Harper stellen.

Davor graute es ihm, auch wenn es dafür keinen vernünftigen Grund gab. Das, was er gesagt hatte, bevor er den riesigen Fehler begangen hatte, sie zu küssen, war die Wahrheit: Er wollte in ihrer Nähe sein und er würde sie auch ohne Taggarts Auftrag beschützen. Dass er ihr gesagt hatte, was er wirklich fühlte, bereute er nicht.

Aber jetzt ging Harper weg.

Das ist das Beste für sie. Und auch für dich.

Er atmete tief aus, spritzte sich noch mehr Wasser ins Gesicht und trocknete sich dann ab. Nachdem er sich die Haare gekämmt hatte, verließ er das Badezimmer.

Liam war früh am Morgen aufgebrochen, um hoffentlich die wahre Identität von John Smith in Erfahrung zu bringen. Heath wünschte sich nichts mehr, als dass sich nun doch alles so einfach aufklären ließ, wie die Beweise es nahelegten.

Aus der Küche waren Stimmen zu hören.

»Mein Junge kommt nach Hause!«

»Das sind ja wunderbare Neuigkeiten, Evelyn«, antwortete Harper. »Ich freue mich so für dich!«

Sollte er Harper von John Smith erzählen?

Er blieb noch einen Moment auf dem Gang stehen und freute sich über die unbeschwerte Freude in Harpers Stimme. Wenn er sie jetzt in seine Überlegungen einweihte, würde er ihr nur wieder Angst einjagen. Außerdem könnte die neue Information sie davon abhalten, nach Hause zu fliegen. Es war besser, sie in dem Glauben zu lassen, dass sie den Fall abschließen konnten. Dann würde sie sich nicht gezwungen fühlen, noch länger zu bleiben. Auch wenn er plante, nach ihrer Abreise weiter zu ermitteln.

Es war sinnvoll, erst einmal abzuwarten, was Liam herausfand. Heath sah keinen Grund, sie unnötig zu beunruhigen. Vielleicht war Donny ja tatsächlich der Mann, den sie suchten. Obwohl …

Er wollte nicht, dass sie wegging. Aber wollte er, dass sie hierblieb?

Selbst wenn er sie dazu überreden könnte, hatte sie unmissverständlich klargestellt, dass sie sich keine Beziehung mit ihm vorstellen konnte. Er knirschte mit den Zähnen.

Da kam Harper um die Ecke und stieß mit voller Wucht mit ihm zusammen. Er hielt sie an den Armen fest, um sie zu stützen.

»Du meine Güte, Heath! Entschuldige bitte. Was machst …?«

»Ich wollte gerade in die Küche gehen.« Er lächelte sie an und hoffte, sie würde ihn nicht durchschauen. Ahnen, dass er sich nicht getraut hatte, ihr gegenüberzutreten.

»Bist du …? Ist alles in Ordnung?« Sie blickte zu ihm hinauf und er hätte schwören können, dass sie dasselbe empfand wie er. Dass sie sich zu ihm hingezogen fühlte, auch wenn sie so abweisend auf seinen Kuss reagiert hatte.

»Klar, mir geht es gut. Bist du startklar?« Er würde sie zu Sheriff Taggart bringen. Darum hatte sie ihn gebeten, denn sie wollte sich von ihm bestätigen lassen, dass der Mörder gefunden war. Danach würde er sie zum Flughafen fahren.

Harper würde aus seinem Leben verschwinden. Wie groß war die Wahrscheinlichkeit, dass er sie eines Tages wiedersehen würde?

»Ja. Ich hole nur noch meine Sachen.«

Sie eilte an ihm vorbei. In ihren Zitronenduft gehüllt, blieb er einen Moment stehen. Dann schlenderte er in die Küche, um sich einen Kaffee einzuschenken, obwohl er in der Nacht schon viel zu viel davon getrunken hatte.

Evelyn empfing ihn mit einem strahlenden Lächeln. »Heath, ich bin so glücklich: Leroy wird morgen aus dem Krankenhaus entlassen!«

Lori stand am Herd, wo sie Rühreier machte, und wandte sich zu ihm um, um ihm ihr schönstes Lächeln zu schenken. »Selbstverständlich kann Leroy auch hier wohnen. Ich helfe gern, wo ich kann. Du brauchst nur ein Wort zu sagen.« Ihr Texas-Tonfall kam ihm heute Morgen noch verführerischer vor als sonst. »Ihr seid alle herzlich eingeladen, hier zu wohnen, solange ihr wollt. Ihr braucht nicht auszuziehen, nur weil Harper jetzt nicht mehr in Gefahr ist.«

Sie tätschelte Evelyns Hand. »Beratet in Ruhe darüber! Ich will euch dabei nicht stören. Ich muss sowieso mit meinem Vorarbeiter sprechen.« Lori stellte den Herd ab und legte einen Deckel auf die Pfanne. »Die Eier sind fertig. Bedient euch einfach!«

»Danke, Lori«, sagte Heath.

Sie verließ das Haus und er schenkte sich einen Kaffee ein.

Evelyn holte Luft, doch Heath kam ihr zuvor: »Ich weiß, was du sagen willst.«

»Wirklich?«

»Natürlich.« Er hatte ihre Worte nicht vergessen.

»Irgendeine tolle Frau da draußen verpasst die Chance, von dir geliebt zu werden. Bitte enthalte ihr das nicht vor.«

Lori konnte zum Glück wirklich einen anständigen Kaffee kochen und das war sicher nicht ihr einziger Vorzug. Aber so freundlich und begabt Lori auch war – er konnte ihre Zuneigung einfach nicht erwidern.

»Du willst mir sagen, dass ich mich um Lori bemühen soll. Dass sie mehr als großzügig ist und wir gut zusammenpassen würden.«

Sie nickte. »Ja, sie ist großzügig. Aber darauf wollte ich nicht hinaus.«

Verwirrt schüttelte er den Kopf. »Worauf dann?«

»Lori ist ein guter Mensch. Ich glaube nicht, dass sie dich

enttäuschen würde. Aber sie ist klug genug, um zu sehen, dass du nur Augen für Harper hast. Klug genug, um nicht die zweite Wahl sein zu wollen. Aber eigentlich wollte ich dir sagen, dass wir keinen Tag länger als nötig hierbleiben sollten.«

»Gut. Ich bin froh, dass du das auch so siehst. Ich muss auf meine Ranch zurück. In mein Haus. Außerdem habe ich so eine Idee, wer der richtige Mann für Lori sein könnte.«

Sheriff Taggart war mitten in der Nacht den weiten Weg zur Circle S Ranch gefahren, um Liam hier abzusetzen, obwohl das auch ein Deputy hätte machen können. Das ließ nur einen Schluss zu: Er hatte Lori sehen wollen. Heath lächelte in sich hinein. Taggart hätte sich eigentlich denken können, dass er ihr zu so später Stunde nicht mehr über den Weg laufen würde.

»Das löst aber dein Problem nicht, Heath.«

»Ich habe ein Problem?«

»Natürlich. Du kannst Harper nicht gehen lassen.«

50

DONNERSTAG, 9:33 UHR
SHERIFFBÜRO VON BRIDGER COUNTY

Harper war gekommen, um sich von Sheriff Taggart zu verabschieden und um zu fragen, ob er noch irgendetwas von ihr brauche, bevor sie nach Hause flog. Als sie ihm jetzt hier in seinem Büro gegenübersaß, wurde ihr bewusst, dass sie mit diesem Zwischenstopp auf dem Weg zum Flughafen eigentlich nur das Unausweichliche hinauszögern wollte.

Ich gehe für immer von hier weg.

Sie konnte sich beim besten Willen nicht vorstellen, dass sie je an diesen Ort zurückkommen würde, der mit so vielen schrecklichen Erinnerungen verbunden war.

Aber nicht alle Erinnerungen waren schrecklich. Nicht die, die mit Heath verbunden waren, der jetzt mit verschränkten Armen an der Wand des Büros lehnte. Er war mitfühlend und stark. Vertrauenswürdig. Ein Beschützer. Ein Verteidiger. Seine wachen, aufmerksamen blauen Augen waren auf sie gerichtet, aber er schien in Gedanken weit weg zu sein.

Ohne ihn würde etwas in ihrem Leben fehlen.

Liam schlüpfte ins Büro und trat zu seinem Bruder. »Ich habe etwas herausgefunden.«

Sheriff Taggart erhob sich von seinem Schreibtischstuhl. »Dann schießen Sie los.«

»Ich glaube nicht, dass jetzt der richtige Zeitpunkt ist, Liam«, versuchte Heath ihn zum Schweigen zu bringen.

Harper begriff die Lage sofort. Heath wollte nicht, dass sie hörte, was Liam zu sagen hatte? Tja, dafür war es jetzt zu spät.

»Entschuldige, Heath«, sagte Liam. »Sie sollte es wissen.«

Heath verzog unwillig den Mund.

»Ich habe Chad das Foto von Donny Albright gezeigt. Er glaubt nicht, dass er John Smith ist.«

»John wer?« Sie war nicht wirklich Teil des Ermittlungsteams, aber dass ihr offensichtlich zentrale Informationen vorenthalten worden waren, traf sie dennoch.

»Chad ist ein Gewehrbauer, der Spezialanfertigungen nach den Wünschen seiner Kunden baut«, erklärte Liam. »Er hat gesagt, dass ihm jemand Fragen zur Konstruktion eines Weitschussgewehrs mit diesem speziellen Zielfernrohr gestellt hat. Der Mann nannte sich John Smith. Als ich heute Morgen noch einmal zu Chad gefahren bin, konnte er sich plötzlich wieder daran erinnern, dass er das Gewehr doch gebaut hat.«

Der Sheriff schüttelte den Kopf und sah wenig überzeugt aus. »Es hat keine Seriennummer. Wenn Chad das Gewehr gebaut hat, müsste es aber eine geben.«

Liam verschränkte die Arme vor der Brust, genauso wie Heath es oft tat. »Zuerst hat er gemeint, dass jemand das Gewehr selbst gebaut haben könnte. Das stimmt zwar nach wie vor, aber Chad hat eingeräumt, dass es seine Handschrift trägt. Seinen Schliff. Ich gestehe, dass ich ihn in dem Glauben gelassen habe, wir wüssten, dass er es gebaut hat. Deshalb hat er es schließlich zugegeben.«

Der Sheriff ging aufgebracht hinter seinem Schreibtisch auf und ab und fragte sich offensichtlich, ob hier denn jeder machte, was er wollte. »Sie sind mit Donnys Foto noch einmal zu diesem Gewehrbauer gefahren, ohne das vorher mit mir abzusprechen?«

»Das habe ich nicht für nötig gehalten. Ich arbeite nicht für Sie. Und Heath ist nur …«

Heath warf ihm einen warnenden Blick zu und schüttelte leicht den Kopf. »Ich entschuldige mich für meinen Bruder, Sheriff.«

»Hören Sie, Taggart«, sagte Liam. »Tatsache ist, dass Chad dieses Gewehr gebaut hat. Und er hat Donny nicht erkannt. Er glaubt nicht, dass er und John Smith dieselbe Person sind.«

»Was soll das heißen? Er *glaubt* es nicht? Er muss doch wissen, ob es Donny war oder nicht«, knurrte Taggart.

»Dann bestellen Sie Chad ein und legen Sie ihm Fotos vor, anhand derer er den Mann identifizieren soll«, schlug Liam vor. »Oder er soll sich den Toten anschauen. Was ist mit Harper? Hat sie die Leiche schon gesehen?«

Harper hielt sich die Hände vors Gesicht. Sie konnte das alles kaum glauben.

»Da sie das Gesicht des Mörders nicht kennt, würde uns das nicht weiterhelfen. Wir haben die Bilder, die sie gemacht hat, und werten sie aus.«

Heath hatte von John Smith gewusst und ihr diese Information bewusst verschwiegen. Er hatte gewollt, dass sie glaubte, der Fall wäre so gut wie abgeschlossen und nach Missouri zurückkehrte, obwohl er selbst mehr als skeptisch war, ob Donny wirklich der gesuchte Mann sein konnte.

»Chad soll bestätigen, dass das Gewehr, das wir bei Donny gefunden haben, definitiv das ist, das er für John Smith gebaut hat«, sagte Heath.

Der Sheriff nickte. »Das wäre ein Schritt in die richtige Richtung. Ich wüsste gern, warum er keine Seriennummer eingestanzt hat. Er weiß, dass das illegal ist.«

»Ähm … Ich glaube, aus diesem Grund hat Chad am Anfang auch nicht die Wahrheit gesagt«, gab Liam zu bedenken. »Er hat behauptet, dass er dem Kunden das Gewehr unfertig übergeben hätte. Die fehlenden Teile hat John Smith angeblich selbst angebracht und bequemerweise die Seriennummer weggelassen. So umgehen diese Leute das Gesetz.«

Sheriff Taggart fuhr sich mit der Hand übers Gesicht. »Also gut, dann soll er die Waffe identifizieren.«

»Haben Sie Indizien dafür gefunden, dass Sophie oder ihr Mann Chase jemals in Donnys Haus waren?«, fragte Heath.

»Noch nicht. Die Spurensicherung ist noch an der Sache dran. Uns fehlen noch einige Puzzleteile.«

»Allerdings«, murmelte Heath.

Harper war schlecht. Sie hatte gedacht, das Ganze würde endlich ein Ende haben. Stattdessen war der Mörder wahrscheinlich immer noch nicht gefunden.

Sie war sich nicht sicher, ob sie sauer auf Heath sein oder es zu schätzen wissen sollte, dass er sie einfach an einem sicheren Ort wissen wollte, an dem ihr keine Gefahr drohte. Er hatte gewusst, dass sie nicht abreisen würde, wenn sie die Wahrheit über John Smith erfuhr. Jetzt verstand sie besser, warum er sie so gedrängt hatte.

»Bis jetzt ist Donny Albright unser Hauptverdächtiger«, betonte Taggart noch einmal. »Die Waffe, die Arty getötet hat, war in seinem Besitz. Es wird sich entweder bestätigen, dass er unser Mann ist, oder nicht.«

»Sie wollen damit sagen, dass sie sich nicht damit begnügen, dass er die Waffe im Haus hatte. Richtig?« Heath zog eine Braue hoch.

»Keine Sorge, McKade. Wir verfolgen alle Spuren. Ein Deputy wurde getötet. Eine Frau ist ebenfalls tot und wahrscheinlich auch ihr Mann. Wir wollen, dass der Täter für seine Verbrechen bezahlt.« Sheriff Taggart schaute Harper an. »Das alles könnte sich noch länger hinziehen. Es ist wahrscheinlich gut, dass Sie heute nach Hause fliegen.«

»Ich könnte aber auch noch eine Weile bleiben.« So. Jetzt hatte sie gesagt, was sie tatsächlich dachte und fühlte. Nicht ganz so, wie sie es beabsichtigt hatte, aber jetzt war es draußen.

Heath runzelte die Stirn, schwieg aber.

»Wie Sie wollen. Von meiner Seite aus können Sie jederzeit nach Hause fliegen. Wir können uns bei Ihnen melden, wenn wir etwas von Ihnen brauchen.«

Der Sheriff konnte es bestimmt kaum erwarten, den Fall endlich aufzuklären, damit er sich auf die Bombenexplosion konzentrieren konnte. Das Ergebnis des kriminaltechnischen Labors lag inzwischen vor und stimmte mit dem der Feuerwehr überein:

Die Blockhütte auf der Emerald M Ranch war von einem Sprengsatz in die Luft gejagt worden.

»Ich habe eine Idee, Sheriff«, sagte Harper.

»Ich weiß nicht, ob ich sie hören will.«

»Mir ist bewusst, dass Sie unterbesetzt sind und es Ihnen lieber wäre, wenn ich nach Hause fliege und Sie sich nicht mehr um meinen Schutz kümmern müssen. Deshalb mache ich Ihnen folgenden Vorschlag: Ich bleibe, aber Heath braucht nicht mehr auf mich aufzupassen. Ich glaube nicht, dass ich jetzt noch in Gefahr bin. Der Täter ist entweder tot oder hat sich viel Mühe gemacht, um einem anderen den Mord anzuhängen. Das bedeutet, dass er keine ungebetene Aufmerksamkeit auf sich ziehen will. Das würde er aber unweigerlich, wenn er wieder versucht, mir etwas anzutun. Er dürfte mich eigentlich nicht mehr als Bedrohung betrachten. Und falls er noch lebt, will er sich so oder so bestimmt nicht verraten, indem er einen weiteren Mord begeht. Denn dann würde die Polizei erneut nach ihm fahnden.«

»Das klingt logisch«, stimmte Taggart zu.

»Moment mal!«, versuchte Heath dazwischenzukommen, doch Harper ignorierte ihn.

»Ich habe gehört, dass Sie keinen ausgebildeten Tatortfotografen haben«, fuhr sie fort. »Ich könnte den Job übernehmen. Vielleicht könnten Detective Moffett und ich zusammenarbeiten. Ich könnte … freiberuflich mit an Bord sein. Oder vielleicht sogar *ehrenamtlich*?« Sie unterbreitete den Vorschlag mit ihrer fröhlichsten, unbeschwertesten Stimme.

Was mache ich hier?

Sie war fest entschlossen gewesen, heute heimzufliegen. Auch um am Samstagabend mit Emily in Dallas sein zu können. Stattdessen bewarb sie sich um eine nicht mal ausgeschriebene Stelle, um hierbleiben zu können? Doch aus irgendeinem Grund fühlte es sich gut an.

»Ich werde es mir überlegen.« Taggarts Mobiltelefon klingelte. Er warf einen Blick aufs Display. »Für den Moment sind wir hier fertig. Bitte halten Sie sich nach Möglichkeit von allem fern, was zu Ärger führen könnte.«

Er hatte gut reden!

Mit mehr Fragen als Antworten verließ Harper zusammen mit Heath und Liam das Büro. Schweigend gingen sie zum Ausgang. Draußen steuerten sie auf Heaths Pick-up zu. Liam hatte auf der anderen Straßenseite geparkt. Im Nordwesten zogen Wolken auf, dunkel und bedrohlich. Es sah ganz nach einem heftigen Gewitter aus. Als Kontrast dazu brannte im Südwesten die Sonne auf sie nieder.

»Und jetzt?« Heath schaute sie an, immer noch merklich durcheinander.

Liam lehnte sich an Heaths Wagen.

»Keine Ahnung«, gab sie zurück. Am Morgen hatte sie genau gewusst, was sie tun wollte, und jetzt?

»Ich sollte dich zum Flughafen bringen. Bleibst du jetzt oder nicht?«

»Durch das, was Liam herausgefunden hat, hat sich alles geändert. Wir wissen nicht, ob Donny Albright tatsächlich der Schuldige ist. Und auch nicht, wer Sophie getötet hat. Also … bleibe ich.«

»Dafür gibt es doch keinen Grund! Du brauchst mich nicht mehr als Beschützer. Das hast du da drinnen unmissverständlich klargestellt. Du bringst Emily nicht in Gefahr, wenn du nach Hause fliegst. Also, warum solltest du deine Rückreise noch weiter hinauszögern?«

Leider hatte er seine Augen hinter einer Sonnenbrille versteckt, sodass sie den Ausdruck darin nicht sehen konnte. Was wollte Heath? Warum war sie bereit, alle ihre Pläne über den Haufen zu werfen? Tat sie das wirklich nur wegen der neuen Informationen in dem Mordfall?

Ich will bleiben, um zu sehen, ob wir eine gemeinsame Zukunft haben könnten.

Sie hatte den Mut aufgebracht, dem Sheriff zu erklären, dass sie für ihn arbeiten wollte, aber ihre eigentlichen Gründe offen auszusprechen, fiel ihr wesentlich schwerer.

»Ich denke, ich fahre schon mal voraus.« Liam zwinkerte. »Dann könnt ihr zwei das in Ruhe klären. Ich hole mein Zeug von der Circle S Ranch und fahre heim.«

»Heim?«, fragte Heath.

»Ja. Emerald M Ranch, ich komme.«

Heath entspannte sich sichtlich. Er machte sich Sorgen um seinen Bruder und brauchte mehr Zeit mit ihm. Das verstand sie nur zu gut. Sie machte sich auch immer noch Sorgen um Emily, aber sie war nicht allein und es ging ihr so weit gut. Harper wusste, dass ihre Schwester sie ermutigen würde zu bleiben. Das hatte sie schon einmal getan.

Sie trat näher zu Heath und atmete den Geruch von Wald und Bergen ein, der von ihm ausging. Er nahm die Sonnenbrille ab. Damit er sie besser sehen konnte? Sie schaute ihm in die Augen und suchte darin nach einer Antwort. Nach irgendetwas. Plötzlich war sie sehr unsicher.

»Als ich hier angekommen bin, war ich immer noch eine wandelnde Katastrophe«, sagte sie.

Heath grinste.

Sie knuffte ihn freundschaftlich in die Seite. »Ich meine es ernst! Ich befand mich auf der letzten Etappe einer langen Reise, auf der ich mich irgendwie erholen sollte.« Aus Angst vor seiner Reaktion wandte sie den Blick ab.

»Und jetzt?«

»Die psychische Belastungsstörung, die mich nicht losgelassen hat, die Depressionen ... Das alles rührte daher, dass ich als Kind nichts unternommen hatte, um den Mörder meines Vaters zu überführen. Mittlerweile kann ich das mit etwas Abstand betrachten und ich denke, dass es mir besser geht.«

»Das sehe ich ganz genauso, auch wenn ich kein Psychologe bin. Du hast Taggart sogar angeboten, als Tatortfotografin für ihn zu arbeiten – wenn das mal kein Fortschritt ist ...« Wieder dieses Grinsen. »Ich bin wirklich beeindruckt und sehr stolz auf dich.«

Oh! Sie wünschte sich so, dass er ihr auch einen persönlichen Grund zum Bleiben geben würde. Auch wenn sie ihn von sich weggeschoben hatte. Obwohl sie ihm gesagt hatte, dass sie keine Beziehung wollte. Die Gründe für diese Entscheidung zählten nicht mehr. Heath hatte sie beschützt und war immer noch unversehrt. Er stand vor ihr, ein lebender Beweis, dass ihre Ängste unbegründet gewesen waren.

Heath legte die Hand auf sein Auto, um sich abzustützen, und beugte sich näher zu ihr vor. Viel zu nahe. »Aber ich muss den *wahren* Grund wissen, warum du überlegst hierzubleiben.« Seine Stimme klang rau. »Ist es wegen uns?«

Sie nickte langsam, aber die Worte wollten nicht über ihre Lippen kommen.

»Aus deiner Reaktion auf meinen Kuss habe ich geschlossen, dass wir keine Chance haben. Ich dachte, dass es richtig wäre, wenn du weggehst. Ich habe zu viele Menschen enttäuscht. Wenn ich versucht habe, Menschen zu helfen … Sagen wir einfach, dass es nie gut ausging.«

»Aber siehst du das denn nicht, Heath? Ich brauche deine Hilfe nicht. Ich brauche …« Sie brach ab.

»Was, Harper? Was brauchst du?«

Eine Explosion zerriss die Luft.

Die Erde unter ihren Füßen bebte.

Ein Zittern lief durch Harpers gesamten Körper.

Dann ein ohrenbetäubender Knall.

51

Harpers Herz raste. Es klingelte in ihren Ohren. Die Angst schnürte ihr die Kehle zu.

Heath lag schützend auf ihr, während Glasscherben, Steine und Schutt auf sie niederprasselten. Das Klingeln schien immer lauter zu werden und sich in ihrem ganzen Kopf auszubreiten.

Sie konnte sich nicht rühren. War Heath …?

Oh, Herr! Bitte … nein!

Sie drückte ihre Handflächen auf den rauen Asphalt und stemmte sich mit ihrem ganzen Gewicht gegen ihn, aber er ließ sich nicht bewegen.

»Harper, warte«, sagte er heiser. War er verletzt? »Es fliegen immer noch Trümmer durch die Luft.«

Wie auf Kommando knallte neben ihnen ein großes Holzstück auf den Boden.

Harper kreischte auf.

Sie kniff die Augen zu und schickte verzweifelte Gebete zum Himmel, dass Gott sie beschützen möge. Es vergingen noch mehrere lange Sekunden, bis Heath seine Position als lebender Schutzschild aufgab und ihr half, sich aufzusetzen. Sie konnten beide noch nicht stehen.

Ein starkes Schwindelgefühl erfasste sie. Was war hier passiert? Wieder eine Explosion? Wie hatte es dazu kommen können?

»Alles okay?« Heaths Worte drangen trotz ihrer Benommenheit zu ihr durch. Sein Tonfall war sanft und besorgt. »Bist du verletzt?«

»Nein. Und du?«

Er schüttelte den Kopf und tastete sie mit seinem Blick ab.

»Heath, vielleicht braucht jemand Hilfe!« Zwischen den zwei Pick-ups konnte sie nicht sehen, wo die Explosion passiert war.

Sirenen heulten. Heath zog sie auf die Beine. Wie kam es, dass ihm der Schreck anscheinend nicht so viel anhaben konnte? Sie war ganz wacklig auf den Beinen und musste sich an seinen Wagen lehnen.

»Ist mit euch beiden alles in Ordnung?« Liam kam zu ihnen.

»Ich glaube schon.« Heath schaute Liam prüfend an. »Und mit dir?«

»Ja, aber nur, weil ich noch nicht ins Auto gestiegen war.«

Harper warf einen Blick über die Straße. Ein großer, glühender Metallklumpen hatte die Fahrerkabine von Heaths zweitem Pickup zerschmettert, mit dem Liam gefahren war.

»Ich schaue, ob es Verletzte gibt!« Liam lief los.

Heath legte den Arm um Harper und schob sie in Richtung des Gebäudes, in dem sich das Sheriffbüro befand. »Du solltest vorsichtshalber nicht im Freien bleiben.«

Sie wand sich aus seinem Griff. Einige Häuser weiter verzehrten Flammen das, was von dem alten Bahnhofsgebäude übrig war. »Dieses Gebäude war abgeschlossen und leer, oder?« Genauso leer wie Heaths Blockhütte, wenn auch weitaus weniger abgelegen. »Das würde bedeuten, dass bei der Explosion wahrscheinlich niemand drin war.« Sie hoffte und betete, dass niemand zu Schaden gekommen war.

»Leute, die in der Nähe standen, könnten verletzt worden sein. Die Schockwelle oder herumfliegende Trümmer könnten sie getroffen haben. Wir beide sollten uns auch genauer untersuchen lassen.«

In dem Moment hörten sie das Weinen eines kleinen Jungen und entdeckten eine Frau, die mit ihm an der Hand über den Parkplatz humpelte.

Heath warf Harper einen fast flehentlichen Blick zu. »Versprich mir, dass du hierbleibst.« Er wartete nicht auf ihre Antwort, sondern war schon unterwegs zu Mutter und Sohn.

Harper sah sich um und eilte dann zu einem älteren Mann, der über eine Frau gebeugt war, die am Boden lag. Blut lief aus einer klaffenden Wunde an ihrer Stirn. Harper beugte sich ebenfalls über sie. »Wir müssen Sie von hier wegbringen.«

»So schlimm ist es nicht.«

Die Frau kam ohne Hilfe auf die Beine und lehnte sich an den Mann.

»Wir schaffen das allein, aber danke«, sagte er zu Harper. »Ich bringe sie ins Krankenhaus.«

Harper lief weiter, um zu sehen, ob sonst jemand Hilfe brauchte. Eine weinende Frau. Zwei Jugendliche, die auf der Straße saßen und unter Schock standen. Sie konnte nicht mehr tun, als sich zu vergewissern, dass sie nicht ernsthaft verletzt waren, und sie ein wenig zu beruhigen.

Ihr Blick wanderte über den Tatort. Die Glasscheiben mehrerer Fahrzeuge waren zerborsten. Passanten saßen nebeneinander und hielten sich an den Händen. Polizisten strömten aus dem Sheriffbüro. Aus dem Burger-Grill auf der anderen Straßenseite wagten sich Menschen vorsichtig nach draußen. Jemand verteilte Gummihandschuhe zum Schutz vor Scherben. Angestellte des Hotels einige Häuser weiter brachten Decken. Die Feuerwehr rollte an und die Rettungswagen trafen ein.

Harper hörte ein kleines Mädchen weinen. »Meine Mami! Ich kann meine Mami nicht finden!« Harper lief zu der Kleinen hin und nahm sie in die Arme. »Hey, alles wird gut. Wir finden deine Mami.«

Sie trug das Mädchen über die Straße und suchte die Umgebung nach der Mutter ab. Harper entdeckte eine Frau, die neben einem Auto lag. War sie bewusstlos? Da sie das kleine Mädchen nicht verängstigen wollte, näherte sie sich ganz vorsichtig. Und wenn sie tot war? Mit dem Kind in den Armen ging Harper im selben Moment in die Hocke, in dem die Frau stöhnend die Augen aufschlug.

»Mami!« Das Mädchen wollte sich aus Harpers Armen befreien.

»Vorsicht! Ich glaube, deine Mami hat eine Gehirnerschütterung.« Harper winkte einem Sanitäter zu, der sofort zu ihnen kam. Sie trat einen Schritt zurück, damit er die Frau versorgen konnte. Das Mädchen hatte die Hand seiner Mutter genommen.

Vom alten Bahnhofsgebäude stieg schwarzer Rauch auf. Es sah aus, als würde er sich mit den immer düsterer werdenden Wolken des drohenden Gewitters vereinen.

Sheriff Taggart trat zu ihr. »Harper, holen Sie Ihre Kamera. Machen Sie so viele Fotos wie möglich. Fotografieren Sie alles. Das Gebäude, die Flammen und den Rauch. Die Menschen. Alles. Verstanden?«

»Aber ich kann nicht objektiv sein. Ich war in der Nähe der Explosion.«

»Kommen Sie mir jetzt nicht damit. Wir waren alle in der Nähe. Die anderen fotografieren auch, aber ich will professionelle Bilder. Es wird Stunden dauern, bis die Verstärkung durch andere Behörden eintrifft. Vielleicht sogar bis morgen. Ich habe das ATF informiert. Und auch das Bombenentschärfungskommando aus Cody, da sie viel schneller hier sein können. Als Teil der regionalen Sicherheitseinsatzkommandos von Wyoming sind sie in so einem Fall zuständig.«

»Könnte es nicht auch eine lecke Gasleitung oder etwas in der Art gewesen sein?«, fragte sie hoffnungsvoll.

»Das würde ich auch gern glauben. Aber wir müssen vom Schlimmsten ausgehen. Ich muss eine Befehlszentrale einrichten. Es wird bald regnen, Sie sollten sich also beeilen. Sind Sie dabei?«

»Ja, natürlich.« Sie schämte sich, dass sie nicht sofort zugestimmt hatte. Schnell joggte sie zu Heaths Pick-up hinüber, um ihre Kamera zu holen.

Dann begann sie sofort zu fotografieren. Als Erstes machte sie Bilder von den Menschen, obwohl sie das normalerweise als Letztes tat. Von denen, die halfen, und denen, die verletzt waren. Auch von allen, die nur als Zuschauer dabeistanden. Manchmal kehrte der Täter zum Tatort zurück, besonders in Fällen von Brandstiftung. Es konnte also sein, dass sich der Schuldige irgendwo in der Menschenmenge befand. Hatte eine Explosion, die zu einem Brand führte, die gleiche Dynamik wie Brandstiftung?

War dieses Feuer durch eine Brandbombe ausgelöst worden?

Flammen züngelten an dem Gebäude hoch, aus dem gerade mehrere Feuerwehrleute wieder herauskamen.

Durch den Sucher ihrer Kamera hielt sie Ausschau nach Heath. Wo war er? Was machte er? Ging es ihm gut?

Liam kam atemlos auf sie zugelaufen.

»Ich weiß nicht, wo Heath ist«, sagte sie besorgt. »Eben war er noch da, aber jetzt sehe ich ihn nicht mehr.«

Harper senkte die Kamera und schaute Liam an. Ruß bedeckte sein Gesicht. »Heath ist da drinnen«, keuchte er. »Er ist in das Gebäude gelaufen und sucht nach vermissten Personen. Jemand hatte eine Frau hineinrennen sehen, die ihr Kind nicht finden konnte. Ich bin ihm gefolgt.« Er stützte die Hände auf die Oberschenkel und rang keuchend nach Luft. »Ein Feuerwehrmann hat mich herausgezogen.«

Natürlich fühlte Heath sich dafür verantwortlich, jemanden zu retten, der in einem Feuer gefangen war. So war er.

Harpers Beine hätten beinahe unter ihr nachgegeben, doch sie mobilisierte all ihre Kräfte. Jede Sekunde zählte!

Sie rannte auf das Gebäude zu.

52

DONNERSTAG, 10:42 UHR
BRENNENDES GEBÄUDE

Flammen leckten um Heath herum an den Wänden. Ihm blieben nur noch wenige kostbare Minuten, vielleicht sogar nur Sekunden. Die Hitze und der giftige Rauch konnten sie beide töten, wenn er die Frau nicht schnellstens hinausbrachte. Sie hatten eine zweite Explosion im vorderen Teil des Gebäudes heil überstanden, aber wer wusste schon, ob in dieser Todesfalle nicht noch etwas explodieren würde?

»Ich habe Sie. Wir schaffen es.« Heath zog die Frau hoch und stützte sie. Sie sackte an seiner Seite zusammen. Er hielt sie fest und schwang sie im Feuerwehrgriff über seine Schultern. Diesen Griff hatte sein Vater Austin, Liam und ihm beigebracht, als sie noch Kinder gewesen waren.

Der Weg, auf dem Heath das brennende Gebäude betreten hatte, war jetzt ein flammendes Inferno. Er musste auf der Rückseite einen Ausgang finden. Schritt für Schritt kämpfte er sich vorwärts und betete, dass sein Weg nicht in den sicheren Tod führte.

Bilder von dem Tag, an dem ein Feuer ihr Haus zerstört und ihm seine Mutter geraubt hatte, schossen ihm durch den Kopf. Er durfte sich davon jetzt auf keinen Fall lähmen lassen. Sonst würde er es nie schaffen, lebend aus diesem Gebäude zu kommen. Die verwundete Frau brauchte seine Hilfe.

Herr, bitte lass sie überleben! Bitte mach, dass es nicht vergeblich ist. Bitte lass uns entkommen!

Im hinteren Teil des Gebäudes stand eine Tür offen. Eine Lücke im Rauch tat sich auf wie ein Fenster. Er konnte hindurchsehen. Gras. Himmel.

Freiheit.

Er fühlte ein Beben in seinen Beinen. Krachend brach ein Teil der Decke ein und schnitt ihm den Weg ab.

53

DONNERSTAG, 10:44 UHR
INNENSTADT VON GRAYBACK

»Heath!« Harper schaffte es nicht, sich aus Liams starken Armen zu befreien. »Lass mich los! Was soll das?«

»Bleib hier, Harper! Ich lass dich nicht da rein!«

»Ist er dir denn egal?«

»Was glaubst du denn? Er ist mein Bruder! Aber er würde mich umbringen, wenn ich zulassen würde, dass du dieses Gebäude betrittst. Heath wird es schaffen. Du wirst schon sehen! Er schafft es immer.«

Wie konnte Liam das glauben? Wie konnte er so überzeugt von seinen Worten sein?

Sie musste unweigerlich daran denken, was ihr Heath erzählt hatte: Wie er seine Mutter aus dem brennenden Haus hatte retten wollen, aber sein Vater ihn zurückgehalten hatte.

Heath. Es gab so vieles, was sie ihm noch sagen musste. Sie war kurz davor gewesen, ihm zu sagen, was sie fühlte. Und jetzt? Würde sie je die Chance dazu bekommen?

Während einige Feuerwehrleute die Flammen mit dem Strahl aus dem Wasserschlauch bekämpften, kamen vier weitere in einem weiten Bogen von der Rückseite des Bahnhofsgebäudes angelaufen. Zwei trugen eine Frau. Die beiden anderen stützten Heath, der dabei war, sich die Seele aus dem Leib zu husten.

Liam ließ sie los und sie rannten über den Parkplatz. Harper konnte die Hitze der Flammen spüren. Die Männer brachten Heath und die Frau zu einem wartenden Rettungswagen. Harper und Liam folgten ihnen.

Heath beteuerte, dass er allein stehen könne, und die Männer gaben ihn frei. Ein Feuerwehrmann drückte ihm eine Sauerstoff-maske vors Gesicht. Heath setzte sich auf die Kante einer Kran-kenliege.

Mit hämmerndem Herzen trat Harper langsam näher. Sie woll-te ihn anschreien. Mit den Fäusten auf ihn einschlagen. Was hatte er sich nur dabei gedacht, einfach sein Leben aufs Spiel zu setzen?

Die Frau, die auf einer Trage lag, drehte den Kopf. Sie sah un-endlich erleichtert und dankbar aus.

Ein Mann kam mit einem Kind an der Hand näher. Das Kind, nach dem sie in dem Gebäude gesucht hatte?

Harper kämmte mit ihren Fingern durch Heaths rußbedeck-tes Haar. Schwarzer Ruß rieselte auf seine Schultern. Die Berüh-rung war viel zu vertraut, aber sie konnte ihre Zuneigung nicht mehr verbergen, nicht nach dem, was gerade geschehen war. Heath lächelte zu ihr hinauf.

»Du bist total verrückt«, sagte sie. *Ein Held.*

In Liams Augen standen Tränen. Harper war so froh, dass er recht behalten hatte: Heath hatte es wirklich geschafft!

»Harper!«

Sie drehte sich um und sah Taggart auf sich zukommen.

»Ich bin wirklich froh, dass Heath heil aus dem Gebäude ge-kommen ist. Aber Sie müssen jetzt unbedingt weiterfotografie-ren!«

Ein Regentropfen landete auf ihrer Stirn. »Mache ich.«

Der Regen würde den Feuerwehrleuten helfen, den Brand zu löschen, aber leider auch viele Spuren vernichten.

»Ich muss wieder an die Arbeit gehen.« Harper beugte sich nach unten und drückte Heath einen Kuss auf die Stirn. Hinter der Sauerstoffmaske protestierte er dagegen, dass sie weiter allein auf dem Gelände herumlaufen wollte. Wahrscheinlich hätte er sie sofort in sein Auto verfrachtet, wenn er gekonnt hätte. Wäre die Sauerstoffmaske nicht gewesen, hätte sie sich wahrscheinlich nicht davon abhalten können, ihn auf den Mund zu küssen.

Sie entfernte sich langsam und bemühte sich um Konzentration. Am Tatort herrschte das reinste Chaos. Sie wusste ganz genau, wie es ablaufen würde. Die Polizei würde alles absperren und das Gebiet nach Trümmern absuchen. Sie würden jedes Einzelteil mit nummerierten Spurenmarkern kennzeichnen. Alle würden dabei helfen, nicht nur ein oder zwei Kriminaltechniker, und ihr Möglichstes tun, bis das ATF oder das Bombenentschärfungskommando oder gar das FBI eintrafen.

Bis dahin würde auch sie vollen Einsatz zeigen. Ihre Fotos könnten entscheidend sein, um die Person zu überführen, die für diese Explosion verantwortlich war.

Ein weiterer Tropfen landete auf ihrem Kopf und dann noch einer. Wenige Sekunden später prasselte der Regen wolkenbruchartig auf den Asphalt.

Sie machte weitere Fotos von den Anwesenden. Trotz des Gewitters hatten nur wenige den Tatort verlassen, obwohl sie jetzt ein Stück zurückgedrängt wurden, als das Absperrband angebracht wurde. Die Ausmaße der Zerstörung waren erdrückend, aber Harper blieb stark und hatte das Gefühl, von einer unsichtbaren Kraft gehalten zu werden.

Sie fing tiefe Erleichterung und Freude mit ihrer Kamera ein. Dass sie emotional beteiligt war, würde später deutlich zu erkennen sein. Harper hoffte, ihre fotografische Dokumentation würde dennoch vor Gericht zugelassen werden.

Aus dem Augenwinkel sah Harper einen Mann, der lachte und seinen Sohn unter Freudentränen in die Arme schloss, also richtete sie die Linse auf die beiden und hielt den rührenden Anblick fest. Sie brauchte die Erinnerung, dass rundherum Leben war. Nicht nur Tod und Zerstörung.

Das hier war das Ende ihrer Reise, um ihre posttraumatische Belastungsstörung zu überwinden.

Sie hatte wieder überlebt.

Aber dieses Mal würde sie nicht weglaufen. Sie würde sich nicht abwenden. Sie war *dankbar*, dass sie überlebt hatte, weil sie jetzt den Opfern helfen konnte.

54

Alles klar.

Er konnte wieder normal atmen. Heath schob die Sauerstoffmaske weg und setzte sich auf der Liege auf. Sie hatten ihn in den Rettungswagen geschoben, als der Regen eingesetzt hatte, aber er wollte nicht ins Krankenhaus. Er musste hierbleiben.

»Danke für die Hilfe, mir geht es wieder gut! Sie können sich um die anderen kümmern.« Heath las das Namensschild des Sanitäters. Vince Saunders.

»Die Verletzten werden bereits alle versorgt.« Vince nahm die Sauerstoffmaske entgegen. »Die meisten sind schon auf dem Weg ins Krankenhaus.«

»Das ist gut! Wie steht es mit … ist jemand …?«

»Bis jetzt sind keine Todesopfer zu beklagen.«

Heath atmete erleichtert auf. Er war stolz, Teil dieser Gemeinschaft zu sein, die so schnell und so effizient auf die Explosion reagierte.

»Sie sollten später zum Arzt gehen«, riet ihm Vince. »Lassen Sie Ihre Lunge untersuchen. Und auch Ihre Ohren. Mir ist nichts aufgefallen, aber ich bin kein Otorhinolaryngologe.«

Heath schaute den Mann mit einem schwachen Grinsen an. »Ist das ein Wort, das man auch als Rancher und Deputy kennen muss?«

»Hals-Nasen-Ohren-Arzt. Die Schockwelle könnte innere Schäden verursacht haben.«

»Ich fühle mich gut.« Er atmete den beißenden Geruch ein. »Ich rieche Rauch und Asche. Ich kann auch wieder gut hören, aber ich werde Ihren Rat im Hinterkopf behalten.«

Er war nicht so nahe bei der Explosion gewesen wie andere. Allerdings fand er, dass Harper sich auch untersuchen lassen sollte. Als er aus dem Rettungswagen stieg, stellte er fest, dass der Regen aufgehört hatte, aber es donnerte immer noch bedrohlich. Das Gewitter war noch nicht vorbei.

Er marschierte bis zum Rand des Absperrbands und ließ seinen Blick umherwandern. Wo war Harper?

Da war sie! Sie stand innerhalb des abgesperrten Bereichs und machte Fotos. Ihre Kamera war jetzt auf einem Stativ befestigt. Ein ganzer Häuserblock war als Betreten-verboten-Zone markiert worden. Vielleicht sollten sie die ganze Stadt abriegeln.

Heath blickte auf, als ein Blitz in der Ferne in einen Berggipfel einschlug, als wolle er den Himmel sprengen. Nur zwei Sekunden später folgte ein lauter Donner. Ganz schön nah. Das Gewitter setzte zur nächsten Runde an.

Und der Bombenleger? Plante er auch schon, ein weiteres Mal zuzuschlagen? Mit welchem Ziel?

Der Stadtrat von Grayback hatte darüber diskutiert, das leer stehende Gebäude umzufunktionieren oder es zu einem historischen Denkmal zu erklären. Wenn der Verbrecher, der für diese Explosion verantwortlich war, wirklich Menschen töten wollte, hätte er sich ein anderes Gebäude ausgesucht. Warum war seine Wahl ausgerechnet auf den alten Bahnhof gefallen?

Was war in seiner Heimat zurzeit nur los? Bittere Galle stieg in seiner Kehle auf. Er wollte den Kerl finden, der für diese sinnlose Gewalt verantwortlich war. Zum Glück stand er mit diesem Wunsch nicht allein da. Sie alle wollten diesem Wahnsinnigen das Handwerk legen, allen voran Sheriff Taggart.

Heath machte sich um Harper Sorgen, die hier so seelenruhig herumspazierte. Was, wenn ein weiterer Sprengsatz in die Luft ging?

Und wo steckte eigentlich Liam? Heath vermutete, dass er der Polizei half oder auf eigene Faust nach Antworten suchte.

Heath bahnte sich einen Weg zur Befehlszentrale, die unter einem großen Pavillon eingerichtet worden war, wo Taggart in ein Gespräch mit mehreren Deputys und Ersthelfern vertieft war.

Detective Moffett stand neben ihm. Grayback arbeitete mit dem Sheriffbüro von Grayback County zusammen, um die nötige Polizeipräsenz in der Stadt zu haben, ohne Geld für eine eigene Stadtpolizei aufbringen zu müssen.

Taggart sah ihn kommen. »Was machen Sie hier? Sie müssen ins Krankenhaus.«

»Ich wurde schon versorgt, alles gut. Wie geht es jetzt weiter?«

»Wir markieren die Spuren und warten auf das ATF. Niemand berührt oder verändert etwas. Das FBI taucht vielleicht auch noch auf. Es dauert wahrscheinlich eine Weile, bis sie ihre mobilen Einheiten zusammenrufen und hier ins Tal bringen. Meine Aufgabe ist es, den Tatort abzusperren und zu sichern, bis das FBI beschließt, dass der Fall in seinen Zuständigkeitsbereich fällt.«

»Sie klingen, als würden Sie fest davon ausgehen«, bemerkte Detective Moffett.

»Ich stelle mich auf alles ein. Die Feuerwehr ist noch dabei, den Brand zu löschen. Jeder hat seine Aufgabe. Jetzt fangen Sie an und fotografieren Sie. Wenn Sie es für nötig halten, können Sie auch filmen. Befragen Sie Zeugen ...«

Heath hörte zu, wie Taggart seine Anweisungen erteilte. Was hier geschehen war, war der Albtraum jeder Stadt. Das Worst-Case-Szenario jedes Bezirkssheriffs.

Er schaute wieder zu Harper, die immer noch fotografierte.

Sein Herz schlug höher. Selbst in dieser schrecklichen Szenerie war sie so schön. Sie schien ganz in ihrem Element zu sein. Trotzdem sorgte er sich um sie.

»Wenn sowieso das FBI kommt und alle fotografieren, was macht dann Harper da?«

Der Sheriff legte ihm eine Hand auf seine Schulter. »Ich weiß, dass wir beide das gleiche Ziel verfolgen: denjenigen, der das getan hat, dingfest machen. Ich lasse mich nicht aus den Ermittlungen rausdrängen. Harper hält so viel fest wie möglich und gibt mir die Bilder. Ich werde sie den anderen Behörden selbstverständlich weiterleiten, aber ich will sie zuerst sehen.«

»Was Sie brauchen, befindet sich aber im Inneren des brennenden Gebäudes. Die meisten Spuren sind wahrscheinlich längst vom Feuer vernichtet worden.«

»Man weiß nie, was sich alles rekonstruieren lässt. Was das Explosionsmuster verrät. Auf der Straße und dem Parkplatz liegt genug herum. Wir gehen so vor, wie wir es in unserer Ausbildung gelernt haben. Auch wenn ich damals bei vielem gehofft habe, dass ich es nie im Ernstfall anwenden muss.«

Einige dicke Regentropfen kündigten den nächsten Schauer an. Ein Mann eilte mit einem Schirm los, um Harpers Kamera zu schützen. Gerade noch rechtzeitig, denn wenige Sekunden später goss es in Strömen. Der Wind wurde stärker und riss beinahe den Pavillon weg.

Harper hielt die Hand schützend über die Kamera und kam zu ihnen herüber.

Heath musste sehr an sich halten, um sie nicht in seine Arme zu ziehen.

Sie war völlig durchnässt, ihr Haar klebte an ihrem Kopf und Wassertropfen liefen über ihr Gesicht. Er hatte den starken Eindruck, dass sie mit Tränen vermischt waren. Jemand hatte mitgedacht und einen Stapel Handtücher auf einen der Tische bereitgelegt. Heath nahm eins und reichte es Harper. Sie übergab ihm im Gegenzug die Kamera.

»Danke.« Sie wischte sich das Gesicht ab, rubbelte über ihre Haare und hängte sich das Handtuch dann um den Hals. »Ich muss in dieses Gebäude hinein, sobald es gesichert ist«, ließ sie Taggart wissen.

Der Sheriff nickte. »Das wäre gut. Aber ich bezweifle, dass es gesichert werden kann, bevor die anderen Behörden hier eintreffen. Ich werde mich dafür einsetzen, dass Sie hineinkönnen.«

Detective Moffett stand noch in der Nähe und verzog keine Miene. Ob es sie wohl störte, dass Harper sich in ihren Aufgabenbereich einmischte? Normalerweise machte sie die Tatortfotos für Taggart. Vielleicht war sie aber auch dankbar, dass jemand mit Harpers Fähigkeiten sie unterstützte. Heath konnte beim besten Willen nicht sagen, was in ihrem Kopf vorging.

Harper lächelte schwach. »Okay. Geben Sie mir einfach Bescheid. Meinen Flug habe ich ohnehin verpasst. Ich bleibe also hier.«

Taggart nickte erneut. »Über Ihren Vorschlag sprechen wir später.«

Heath legte Harper eine Decke um die Schultern.

»Soll ich Ihnen die Speicherkarte geben? Ich müsste die Bilder erst noch in einem Fotoprotokoll dokumentieren, wenn Sie die Absicht haben, sie später als Beweismittel zu verwenden.«

»Behalten Sie die Speicherkarte bei sich und passen Sie gut darauf auf. Tun Sie, was Sie tun müssen. Wenn Sie später noch mehr Fotos machen können, sind wenigstens alle zusammen. Ich melde mich später bei Ihnen, um mir das Material anzusehen. Einverstanden?«

Sie stimmte mit einem zufriedenen Lächeln zu.

»Gute Arbeit, Harper«, lobte der Sheriff.

»Woher wollen Sie das wissen? Sie haben meine Bilder doch noch gar nicht gesehen.«

»Sie haben bereits bewiesen, dass sie Ihre Sache gut machen.« Taggarts Handy klingelte. Er nahm den Anruf entgegen und wandte sich mit einem Stirnrunzeln ab.

Heath drückte Harper einen Kuss auf den Scheitel. Er konnte nicht anders. So tragisch alles auch war, gab es wenigstens einen Lichtschimmer.

55

DONNERSTAG, 21:02 UHR
CIRCLE S RANCH

Obwohl es sich wie eine Ewigkeit anfühlte, hatte alles nur wenige Stunden gedauert. Der Sheriff ordnete an, dass alle, die sich nicht unbedingt in der Stadt aufhalten mussten, zu Hause bleiben sollten. Die Polizei war noch vor Ort und überwachte den Tatort.

Nach der Explosion war von dem Umzug auf die Emerald M Ranch keine Rede mehr gewesen. Liam hatte sich Heaths Pick-up ausgeliehen und war noch nicht zurückgekommen. Deshalb hatte Lori Heath und Harper auf ihre Ranch zurückgebracht.

Nach diesem Tag freute Harper sich darauf, wieder in dem schon vertrauten Bett in Loris Gästezimmer zu schlafen. Nachdem sie all den Ruß und Schmutz abgewaschen hatte und in eine Jogginghose und ein Kapuzenshirt geschlüpft war, blickte sie in den Spiegel. Ihre abgrundtiefe Erschöpfung war unübersehbar. Zusätzlich zu den Verletzungen, die nach ihrem Sprung aus dem Wohnwagen noch nicht verheilt waren, überzogen jetzt mehrere Blutergüsse ihren Rücken und ihre Beine. Aber die waren eine Lappalie angesichts dessen, was sie heute erlebt hatte. Was Grayback heute erlebt hatte.

Und Heath? Ihr Herz verfiel sofort in einen deutlich schnelleren Takt. Heath war ihr Retter und Schutzschild gewesen – auch wenn er sie dabei fast erdrückt hätte.

Trotz der chaotischen Bilder, die sie bestürmten, erinnerte sie sich ganz genau an den Moment unmittelbar vor der Explosion.

»Aber siehst du das denn nicht, Heath? Ich brauche deine Hilfe nicht. Ich brauche …«

– »Was, Harper? Was brauchst du?«

Sie hatte ihm gerade sagen wollen, was es war. Aber in diesem Moment fiel ihr beim besten Willen nicht mehr ein, welche Worte ihr auf der Zunge gelegen hatten. Sie stand immer noch unter Schock. Seufzend setzte sie sich auf die Bettkante.

Wenn sie nur ihre aufgewühlten Gedanken beruhigen und an etwas Friedliches denken könnte! Sie versuchte sich die Aufnahmen, die sie auf ihrer Reise mit Emily gemacht hatte, vor Augen zu halten, aber sie waren dem Ansturm der schlimmen Eindrücke des Tages nicht gewachsen. Das war schließlich genau ihr Problem: Harper ließ die Bilder von Verbrechenstatorten immer viel zu nahe an sich heran.

Was hätte sie zu Heath gesagt, wenn sie nicht so brutal unterbrochen worden wäre?

Harper massierte sich die Schläfen. *Heath.*

Hatte sie wirklich beschlossen, seinetwegen hierzubleiben? Ihr ganzes Leben lang hatte sie zu viel Angst gehabt, ihr Herz zu riskieren. Jetzt stand für sie zum ersten Mal im Raum, dieses Risiko bei einem Menschen einzugehen. Nicht bei irgendeinem Menschen, bei Heath McKade.

Sie schüttelte den Kopf über sich selbst. Solche Gedanken waren im Moment wohl kaum angebracht. Menschen waren verletzt worden und sie sollte mit ihren Gedanken und Gebeten bei ihnen sein.

Aber Heath hätte auch verletzt werden können. Er war in dieses brennende Gebäude gelaufen, um jemandem das Leben zu retten, und hätte dabei sterben können.

Sie hatte keinen Einfluss darauf, was ihr Herz ihr sagte. Dass sie ihn liebte, war keine Entscheidung, sondern eine Tatsache. Und dennoch hatte sie immer noch solche Angst. Ihre Hände zitterten. Sie konnte weder ihren Atem noch ihre Gedanken beruhigen. Was sie seit ihrer Ankunft hier erlebt hatte, war einfach zu viel für sie. Viel zu viel.

Jemand klopfte leise an ihre Tür. »Harper? Alles okay?«

Sie erhob sich und durchquerte den Raum. Sie wischte ihre

Handflächen an der Hose ab und wappnete sich dafür, Heath gegenüberzutreten. Nach einem tiefen Atemzug öffnete sie die Tür und schaute in sein besorgtes Gesicht. »Ich werde es überleben.«

Wie immer.

Er blickte sie stirnrunzelnd an, als versuche er ihre psychische Verfassung einzuschätzen. Aber er sagte nichts. Sonderbar. »Heath, ich …«

»Sheriff Taggart schickt Detective Moffett zu uns. Sie soll sich die Bilder ansehen, die du bis jetzt gemacht hast.«

»Sie fährt den weiten Weg heraus auf die Ranch? Warum treffen wir sie nicht …?«

»Keine Ahnung, aber so müssen wir nicht noch mal los. Evelyn macht sich übrigens Sorgen um dich. Geht es dir gut genug, um in die Küche zu kommen und etwas zu essen? Sie und Lori haben Elcheintopf gekocht.«

Ihr Magen war im Moment viel zu empfindlich. Vermutlich könnte sie nichts bei sich behalten. »Es ist ziemlich spät. Ich habe keinen Hunger, aber ich komme runter, damit Evelyn sich davon überzeugen kann, dass ich noch lebe. Was ist mit Leroy? Ich dachte, er würde heute entlassen.«

»Ja, aber es gab eine Planänderung. Bis er wieder ganz gesund ist, wird er bei seiner Tochter in North Dakota wohnen.«

»Begleitet Evelyn ihn?«

»Sie wollte mitfahren und für ein paar Tage bei ihm bleiben, bis er sich eingewöhnt hat, aber nach allem, was passiert ist, will sie hierbleiben. Sie hat das Gefühl, dass sie sich um uns kümmern muss.«

»Das braucht sie nicht. Leroy ist doch ihr Sohn.« Harper schloss die Tür hinter sich und folgte Heath durch den Flur. Jede Faser ihres Körpers schmerzte.

»Sie betrachtet uns auch als ihre Familie.«

Uns?

»Warte mal, Heath«, sagte sie leise.

Er blieb stehen und sah sie an.

285

»Wie konntest du den Flammen entkommen? Hast du keine Brandwunden abbekommen? Wäre es nicht besser, wenn du …?«

»Mach dir um mich keine Sorgen. Der Rettungssanitäter hat mich untersucht. Ich war ja schnell wieder draußen.« Er trat näher. Sein Ausdruck veränderte sich. »Ich hätte heute einen Menschen verlieren können. Liam. Oder dich.«

Er schaute ihr fragend in die Augen. In ihrem Kopf ging immer noch alles drunter und drüber. Sie war nicht in der Lage, ihm auf seine nicht ausgesprochene Frage zu antworten.

Es klingelte an der Tür.

»Das ist bestimmt schon Detective Moffett. Ich mache ihr auf.«

»Sag ihr, ich bin sofort da.« Harper kehrte ins Gästezimmer zurück und holte ihre Kamera und ihren Laptop. Dann ging sie in die Küche, wo Detective Moffett schon Platz genommen hatte. Sie sah nicht weniger geschafft aus als Heath und sie selbst. Evelyns Eintopf köchelte bei kleiner Flamme auf dem Herd, aber sie selbst hatte die Küche für die Besprechung geräumt.

»Ich habe dem Sheriff ja gesagt, dass ich das Fotoprotokoll erstellen muss. Normalerweise mache ich das am Tatort«, erklärte Harper, »aber die Situation ließ das heute nicht zu.«

»Das passt bestimmt auch so.«

Harper kopierte die Fotos auf ihre Festplatte, löschte sie jedoch nicht von der Speicherkarte, denn diese würde sie dem Sheriff zusammen mit dem Fotoprotokoll als Beweismittel übergeben.

»Wo ist eigentlich dein Bruder?«, erkundigte Harper sich bei Heath.

»Das wüsste ich auch gern. Er geht schon wieder nicht ans Handy. Ich bemühe mich, mir keine Sorgen zu machen. So ist er nun einmal. Vielleicht verfolgt er eine Spur und will noch nicht darüber sprechen.« Heath zuckte mit den Schultern.

Der Kopiervorgang war abgeschlossen und Harper öffnete den Ordner, damit Detective Moffett die Bilder sehen konnte. Das Trauma dieses Tages wurde durch die Emotionen in den Gesichtern der Männer, Frauen und Kinder wieder lebendig.

Detective Moffett stieß die Luft aus. »Es wird viel Zeit kosten, die alle zu sichten.«

»Was ist mit Überwachungskameras?«, fragte Harper. »Sie könnten zeigen, wer sich vor der Explosion in der Nähe des Gebäudes aufgehalten hat.«

»Wir sind hier nicht in Boston oder New York.«

»Heißt das, es sieht schlecht aus?«

»Das habe ich nicht gesagt. Es ist bereits jemand vom FBI in der Stadt und schaut sich das Material an, das wir haben. Mir sind im Moment die Hände gebunden.«

»Wollte Taggart deshalb, dass Sie sich die Bilder hier auf der Ranch ansehen?«

Detective Moffett nickte. »Ich muss auch die Speicherkarte mitnehmen.«

»Das mit dem Protokollieren sollte ich heute Nacht schaffen. Aber Sheriff Taggart wollte, dass ich die Karte noch behalte, falls ich auch im Inneren der Brandruine fotografieren darf. Er will alle Bilder zusammen haben.«

Heath trat näher hinter sie. »Stimmt, das hat er gesagt.«

Detective Moffett zuckte die Achseln. »Dann ziehen Sie mir die Fotos auf eine andere Karte.«

Harper kramte in ihrer Kameratasche, wurde aber nicht fündig. »Ich habe leider keine mehr. Ich komme direkt morgen zu Ihnen ins Büro. Keine Sorge, Sie bekommen die Bilder.«

■

Als Detective Moffett schon lange fort war, klickte Harper noch einmal jedes einzelne der Bilder an, um es in der Vergrößerung anzuschauen. Sie durchlebte alles noch einmal neu, während sie das Fotoprotokoll erstellte. Wenn sie das doch in Ruhe direkt vor Ort hätte machen können! Aber dann hätte sie sich viel länger am Tatort aufhalten müssen. Andererseits waren viele Bilder zeitkritisch. Das Feuer und der Rauch. Die Menschen in Bewegung.

Heath lief unruhig durch die Küche, trank Kaffee und versuchte immer wieder, seinen Bruder zu erreichen.

»Willst du dich die ganze Nacht damit quälen?«

Sie zuckte zusammen; sie hatte gar nicht gemerkt, dass er auf einmal so dicht hinter ihr stand. »Ja. Ich weiß auch nicht, warum es mir so schwerfällt. Ich durchlebe jeden schrecklichen Moment erneut. Das ist bei mir immer so. Hast du etwas von den Verletzten gehört?«

Er nickte. »Lori ist zum Krankenhaus gefahren. Sie ist ehrenamtliche Helferin. Laut ihr ist niemand in Lebensgefahr, das hat sie mir geschrieben. Es hätte viel schlimmer ausgehen können. Evelyn ist mit ihr mitgefahren. Sie will Leroy verabschieden.«

Plötzlich fiel ihr ein, dass ihr Emily mehrere Nachrichten geschickt hatte. Harper hatte ihrer Schwester nur kurz mitgeteilt, dass sie unverletzt war und später anrufen würde. Emily machte sich bestimmt Sorgen. Aber Harper musste zuerst dieses Protokoll fertigstellen. Es war ein komisches Gefühl, Emily nur telefonisch erreichen zu können, obwohl eigentlich geplant gewesen war, dass sie heute zu ihr nach Hause fliegen würde.

Ihre Entscheidung war noch nicht endgültig gefallen. Hierbleiben oder wieder nach Missouri gehen? Falls Sie Wyoming jetzt verließ, würde sie vielleicht nie zurückkommen. Sie wollte ihre Wahl treffen, bevor sie mit Emily sprach, aber sie schrieb ihr wenigstens schon einmal eine kurze Nachricht, dass es mit ihrem Anruf noch dauern würde.

»Ich glaube, ich esse doch noch etwas von dem Eintopf. Sonst halte ich nicht mehr lange durch.« Harper holte sich einen Teller voll und setzte sich damit wieder an den Tisch, wo sie mit dem Dokumentieren fortfuhr. Der Eintopf schmeckte köstlich und als sie den Teller leer gegessen hatte, war ihr wohlig warm.

Heath zog den Stuhl neben ihr zurück, setzte sich und rutschte dann näher. Er nahm ihre kleineren Hände zwischen seine großen. »Ich mache mir Sorgen um dich.«

Sie versuchte, sie ihm sanft zu entziehen, aber er ließ sie nicht los. Vielleicht brauchte sie in diesem Moment genau das. Sie war hin- und hergerissen und Heath gab ihr Halt.

Das aktuell geöffnete Foto zog ihre Aufmerksamkeit wieder auf sich und lenkte sie von Heath ab. Sie betrachtete es verwirrt.

»Was ist?«

»Ich weiß nicht genau«, sagte sie und zoomte näher. »Einige dieser Bilder erinnern mich an meine Mutter.«

»Was? Wie denn das?«

»Sie hatte Zeitungsartikel von einer Bombenexplosion aufgehoben. Ich glaube, dabei war eine Freundin gestorben, die ihr nahestand. Kurz vor Dads Tod haben sie darüber gestritten. Mom war sehr aufgewühlt. Wir waren Kinder, deshalb kann ich mich nur noch erinnern, dass sie laut wurden, aber nicht, worum es genau ging. Die Bombe interessierte mich nicht. Ich hatte noch keine Ahnung, wie verheerend so eine Explosion für eine Stadt ist. Selbst wenn niemand stirbt.« Sie schaute Heath an. »Er wird es wieder tun, nicht wahr?«

56

FREITAG, 1:30 UHR
CIRCLE S RANCH

Liam fuhr in Heaths Pick-up vor Loris Chalet vor – für ihn sah ihre Ranch wie ein Chalet in den Alpen aus – und versuchte, ins Haus zu schleichen, ohne jemanden zu wecken. Seine Stiefel – ja, er hatte kapituliert und sich ein Paar Stiefel anstelle seiner Sneakers gekauft, um hier in Wyoming nicht aufzufallen – quietschten auf den Holzdielen der Veranda. Im Schatten bewegte sich etwas.

Heath saß auf der Veranda.

Im Dunkeln.

Auf einem Schaukelstuhl.

Liam schmunzelte. »Es wird wirklich Zeit, dass du heiratest und Kinder bekommst.« Er setzte sich auf den Stuhl neben Heath und schaukelte ebenfalls. Schöne Erinnerungen wurden wach. Als er klein war, hatte er Schaukelstühle geliebt. »Dann kannst du bis spätnachts aufbleiben und auf jemand anderen warten als auf mich.«

Sein Bruder seufzte schwer. »Heute gab es eine Bombenexplosion und du bist einfach verschwunden. Du kannst mir wirklich keinen Vorwurf daraus machen, dass ich mir da Sorgen mache, oder? Und wozu, glaubst du, gibt es Handys? Warum nimmst du überhaupt eins mit, wenn du sowieso nicht drangehst?«

»Ich war im Krankenhaus. Dort steht überall, dass man sein Handy ausschalten soll.« Das musste als Ausrede genügen.

»Warum warst du dort?«

»Na ja, zuerst habe ich zusammen mit den Deputys den Umkreis des Tatorts abgesucht. Sie haben mich weggeschickt – offizielle Ermittlungen und so weiter –, aber ich habe das Gebiet im

Blick behalten. Mich umgeschaut. Beobachtet. Manchmal halten sich Täter in der Nähe auf, um zuzusehen.«

»Hast du denn einen Verdächtigen bemerkt?«

»Mir ist niemand aufgefallen, aber ich habe mitbekommen, dass Pete auch unter den Verletzten war und behandelt werden musste. Ich habe kurz mit ihm gesprochen.«

»*Was*?! Warum hast du mir nicht Bescheid gegeben? Ich wäre auch gekommen und hätte nach ihm gesehen.«

»Ich habe es ihm vorgeschlagen, aber er meinte, es wäre nicht so schlimm und ich bräuchte dich nicht extra anzurufen. Zum Glück musste er nicht im Krankenhaus bleiben. Du, ich finde immer noch, wir sollten so bald wie möglich auf die Emerald M Ranch zurückziehen.«

»Ich weiß nicht recht. Die Bundespolizei ist gestern noch einmal gekommen und hat alles genauer untersucht, und jetzt will auch noch das FBI meine Blockhütte unter die Lupe nehmen.«

»Wie geht es Harper?« Liam war überrascht, dass sie nicht mehr auf war und die Bilder vom Tatort dokumentierte. Oder hatte sie sie schon dem Sheriff übergeben?

»Sie ist völlig kaputt. Vor ein paar Minuten ist sie endlich schlafen gegangen. Sie hat bis eben an ihrem Protokoll gesessen.«

»Wie geht es jetzt weiter, Heath? Sie hat angeboten, hierzubleiben und als Tatortfotografin zu arbeiten. Irgendwie unheimlich, dass das unmittelbar vor der Bombenexplosion war.«

Er runzelte die Stirn. »Was willst du damit sagen?«

»Ich dachte, sie wollte nach Hause fliegen. Bleibt sie jetzt hier oder nicht?«

»Ich weiß nicht, was in ihr vorgeht.«

»Und was willst *du*, Heath?«

»Was ich will, ist total egoistisch. Es sah ganz so aus, als wollte sie meinetwegen bleiben. Unseretwegen. Aber das war vor der Explosion. Und ich denke, das Ganze hat ihre Überlegungen noch mal ziemlich durcheinandergebracht. Ich weiß also nicht, wo sie gerade mit ihren Gedanken ist. Und mit ihrem Herzen.«

Heath seufzte. »Sie ist ein Naturtalent, Liam. Du hättest die Bilder sehen müssen, die sie vom Tatort gemacht hat. Detective Moffett war hier, um sie zu sichten. Taggart will die Bilder aus irgendeinem Grund nicht aus der Hand geben. Aber Harper …« Heath schaute in die Ferne und schüttelte den Kopf. »Sie hat diese Bilder praktisch in sich aufgesogen und alles viel zu nah an sich herangelassen. Es hat mich innerlich fast zerrissen, sie so zu sehen.«

»Vielleicht ist sie zu sensibel. Nicht abgehärtet genug für diesen Job.«

»Ich verstehe jetzt, dass die Jahre in ihrem Beruf sie so fertiggemacht haben – noch dazu nach dem schlimmen Vorfall in ihrer Kindheit. Wenn sie darauf besteht, wieder dauerhaft als Tatortfotografin zu arbeiten, weiß ich nicht, ob ich bereit bin, das mit ihr durchzustehen.«

Genau aus diesem Grund wollte Liam nicht mehr zurück. Er hatte mehr Ähnlichkeit mit Harper, als er sich eingestehen wollte. Die Arbeit für die amerikanische Drogenbehörde mochte ihn in einigen Punkten abgehärtet haben, aber sie hatte ihn auch kaputt gemacht.

»Sie will morgen in die Stadt und noch mehr Bilder machen«, sagte Heath.

»Dazu wird es nicht kommen. Ich habe die Wagen des ATF und des FBI-Mobilkommandos gesehen. Sie sind schon vor Ort. Scheint ganz so, als hätten sie es sehr eilig gehabt.«

»Wow. Dann müssen sie definitiv davon ausgehen, dass es sich nicht nur um eine Gasexplosion gehandelt hat.« Heath seufzte tief. »Morgen Abend steht eine große Veranstaltung an, zu der Harper mit Emily gehen wollte. Ich werde sie überreden, doch noch zu fliegen.«

»Flieg mit ihr.«

»Was? Das kann ich nicht. Ich werde hier gebraucht.«

»Ich sage doch nur, dass du sie zu dieser Veranstaltung begleiten sollst, Heath. Überrasch sie. Sei ihr Märchenprinz. Ich bin der Letzte, der gute Ratschläge in Liebensangelegenheiten auf Lager hat, aber du bist mein Bruder. Ich liebe dich und ich will, dass du glücklich bist. Es ist … Ich habe das Gefühl, dass diese Frau die richtige für dich sein könnte. Du nicht?«

»Doch. Ja.«

»Und was willst du unternehmen? Ich sag's dir – lad sie zu dem Event ein. Vielleicht auch gleich mit gebuchten Flugtickets. Dann kann sie nicht Nein sagen.«

Heath zog eine Braue hoch. »Seit wann bist du so ein Romantiker?«

Wahrscheinlich hätte er zu dem Thema lieber den Mund halten sollen. Er zuckte nur leicht mit den Schultern und sah seinen Bruder auffordernd an.

»Ich überlege es mir. Okay?«

Gut. Liam nickte und war froh, dass das Thema damit erledigt war.

»Ich habe heute noch etwas anderes herausgefunden«, sagte er. »Etwas, das Taggart bestimmt interessiert. Aber es hat nichts mit der Bombe zu tun. Es würde ihn nur von der aktuellen Situation ablenken. Vielleicht kannst du ihn fragen, ob du der Sache nachgehen darfst. Aber nur, wenn es dich nicht daran hindert, Harper zu dieser Veranstaltung zu begleiten.«

Sein Bruder bedachte ihn mit einem sonderbaren Blick, als würde er sich gerade fragen, ob er etwas verpasst hatte. Es gab so vieles, das Heath nicht über ihn wusste.

»Worum geht es?«, fragte Heath.

»Chad hat mich angerufen. John Smith hat ihm unabsichtlich seine Adresse hinterlassen.« Liam zog den Zettel aus seiner Tasche und reichte ihn Heath.

Heath las ihn und gab einen Schreckenslaut von sich.

57

FREITAG, 2:45 UHR
CIRCLE S RANCH

»Ich weiß, es ist spät geworden. Entschuldige bitte.« Harper lag im Bett und hielt das Handy ein Stück von ihrem Ohr weg. Emily hielt ihr eine Standpauke. Daraus konnte ihr Harper keinen Vorwurf machen. Eine Textnachricht war in einer solchen Situation viel zu wenig. Harper hatte, nachdem sie bis weit nach Mitternacht die Bilder protokolliert hatte, doch wieder vergessen, Emily anzurufen.

Als sie mitten in der Nacht aufgewacht war, war es ihr siedend heiß eingefallen. »Bist du jetzt fertig?«

»Nein. Ich könnte noch ewig weiterschimpfen.«

»Ich kann nur wiederholen, dass es mir leidtut.« Harper schob ihr Kissen ein Stückchen zur Seite.

»Sag das noch einmal, dann höre ich auf. Übrigens ist es nicht spät, sondern früh.«

»Was? Ach, richtig. Es tut mir leid, dass ich dich nicht angerufen habe. Wirklich!« Harper schilderte ihr, was passiert war.

Emily seufzte schwer. »Mir wäre es lieber, wenn du nicht dort gewesen wärst. Es tut mir so leid, dass du das miterleben musstest. Geht es dir gut?«

»Ja. Ich habe nur ein paar Kratzer abbekommen.« Sie lachte kurz. »Zu den alten Abschürfungen, die ich eh schon hatte, sind noch ein paar dazugekommen.« Aber Harper wusste natürlich, dass Emilys Frage tiefer ging. »Es ist schlimm, dass das passiert ist, aber mir geht es den Umständen entsprechend gut. Sheriff Taggart hat mich gebeten, Fotos zu machen, und ich habe mein Bestes gegeben. Es hat sich gut angefühlt, wieder zurück zu sein, auch wenn ich die Bilder, die ich heute gesehen habe, noch nicht verarbeitet habe. Aber jetzt sollte ich wohl besser versuchen, ein wenig Schlaf zu bekommen. Vielleicht soll ich morgen noch mal zum Tatort.«

»Okay, aber bevor du auflegst, muss ich dich noch um einen Gefallen bitten.«

Oh oh. »Was für einen?«

»Mir geht Onkel Jerry nicht aus dem Kopf.«

Harper spannte sich an. Sie ahnte, was gleich kommen würde. »Und?«

»Wo du immer noch in Bridger County bist … Fährst du bitte noch mal zu ihm?«

»Warum kommst du nicht einfach bei Gelegenheit selbst noch mal her, wenn dir das so wichtig ist?«

Wieder ein Seufzen. »Der Gedanke lässt mir einfach keine Ruhe und im Moment frage ich mich, ob er vielleicht in der Stadt war und auch verletzt wurde. Er gehört zur Familie, es sollte einfach jemand nach ihm sehen. Außerdem ist er krank. Aber ja, vielleicht können wir auch planen, ihn in den nächsten Wochen zusammen zu besuchen.«

»Wieso fühlst du dich auf einmal für ihn verantwortlich? Wir wussten ja nicht mal, dass er überhaupt noch lebt.« Sie hatte die Worte kaum ausgesprochen, da bekam sie auch schon ein schlechtes Gewissen. »Tut mir leid, du hast wahrscheinlich recht.« Aber irgendwie hatte sie das Gefühl, dass es einen guten Grund gab, warum ihr Onkel nie einen Platz in Emilys und ihrem Leben eingenommen hatte.

»Er ist unser einziger lebender Verwandter. Warum hatten wir keine Ahnung, dass er in unserem früheren Haus wohnt? Bist du nicht neugierig, warum er und Mom keinen Kontakt mehr hatten?«

Harper fielen vor Müdigkeit fast die Augen zu. »Okay. Ich versuche, bei ihm vorbeizuschauen, aber ich kann dir nichts versprechen. Ich weiß nicht, wann ich die Zeit dafür finde. Das hängt davon ab, wie sich alles entwickelt. Wenn der Sheriff mich braucht, will ich da sein.«

Die Bilder vom Explosionsort wollten sie einfach nicht loslassen. Sie hatte sie für immer auf ihrer Speicherkarte festgehalten. Und leider auch in ihrem Kopf.

58

FREITAG, 9:02 UHR
SHERIFFBÜRO VON BRIDGER COUNTY

Harper fand sich damit ab, dass sie von den Ermittlungen ausgeschlossen wurde, da alle möglichen Leute vom FBI und von der Bundespolizei an dem Fall arbeiteten. Da noch nicht einmal entschieden war, wer das Ganze leitete, hielt sie sich lieber aus der Sache heraus.

»Taggart ist nicht im Büro«, sagte Heath, der sich gerade nach dem Sheriff erkundigt hatte. »Er ist irgendwo draußen am Tatort.«

»Dann los, suchen wir ihn«, seufzte Liam.

»Ich gehe zu Meghan und gebe ihr die Speicherkarte.« Harper ließ die Männer stehen und machte sich auf den Weg in das Großraumbüro, in dessen hinterster Ecke Meghan arbeitete.

»Harper! Hallo.« Meghan lächelte ihr entgegen und hielt ihr die Hand hin. »Haben Sie sie?«

Harper nickte und gab ihr die Speicherkarte.

»Danke. Sie können sich zu mir setzen. Ich lade die Bilder auf die Festplatte und erstelle eine Sicherheitskopie.«

»Ich habe Ihnen mein Fotoprotokoll gemailt.«

»Ja, danke, ich habe es schon gesehen.«

»Ich hoffe, die Bilder können falls nötig als Beweismittel verwendet werden. Eigentlich müsste ich unbedingt wieder zum Tatort. Gestern war alles so chaotisch. Ich hatte nicht genug Zeit, um alles zu fotografieren.«

Meghan lächelte, dann sah sie sich um und senkte die Stimme ein wenig: »Taggart war sehr froh, jemanden mit Ihren Fähigkeiten dazuhaben.« Sie öffnete die Bilder an ihrem Computer. »Das ist viel mehr als Tatortfotografie.« Sichtlich bewegt scrollte Meghan durch den Ordner.

»Ich konnte das alles einfach nicht objektiv fotografieren.«

»Sie sind wirklich sehr begabt. Sie haben auch die Gefühle eingefangen. Ich …« Jetzt traten Meghan sogar Tränen in die Augen. »Ich war nicht dort. Mir war nicht bewusst …«

Harper konnte gut nachfühlen, welche Wirkung die Aufnahmen auf Meghan hatten. Grayback war ihre Heimatstadt und das Verbrechen, von dem sie gestern erschüttert worden war, war einfach entsetzlich.

»Oh, Harper.« Meghan drückte ihren Arm. »Und Sie haben es wirklich unverletzt überstanden?«

Da sie kein Wort herausbrachte, beschränkte sie sich auf ein Nicken. *Heath hat mich beschützt.* Was wäre gewesen, wenn er gestorben wäre und sie überlebt hätte? Diese Frage geisterte unaufhörlich durch ihr Herz und ihren Kopf.

In diesem Augenblick kam Heath ins Büro und kam zu Meghans Schreibtisch. »Sheriff Taggart hat mich gebeten, etwas für ihn zu untersuchen. Ist es dir recht, eine Weile hierzubleiben?«

Sie nickte. »Klar, Meghan, und ich werden ohnehin eine Weile beschäftigt sein.«

Er nickte mit ernster Miene und ließ sie allein. Sie schaute ihm nach. Würde Sheriff Taggart ihr eine Stelle anbieten und ihr damit einen legitimen Grund geben, nicht wieder von hier zu verschwinden? Er hatte sie immerhin offiziell darum gebeten, diese Fotos zu machen. Sie wusste nicht, ob sie für ihre Arbeit bezahlt werden würde, aber sie hätte sie so oder so gemacht.

Meghan öffnete eine Übersicht weiterer Bilderordner. »Diese Fotos sind von allen anderen, die draußen Indizien gesammelt haben. Scherben, Fetzen, Trümmer, alles, was helfen könnte, das Explosionsmuster zu erkennen. Es gibt so vieles, das untersucht werden muss. Dafür werden eine Menge Leute gebraucht. Sie haben sich vorerst im Besprechungszimmer eingerichtet, wollen aber in die Schulsporthalle umziehen.«

»Was wissen wir bis jetzt?«

Meghan zuckte die Schultern. »Mir verrät niemand was. Ich glaube, das FBI und die anderen Behörden werden auch Sheriff Taggart nicht über alles informieren, obwohl sie behaupten, dass sie zusammenarbeiten wollen.«

»Deshalb hat er mich angewiesen, so viele Bilder wie möglich zu machen. Er will sich nicht aus den Ermittlungen hinausdrängen lassen. Moment!« Harper beugte sich vor. »Können Sie diesen abgebrochenen Pfeifenkopf vergrößern?«

Meghan nickte. »Was ist daran interessant?«

»Sind das … Initialen, die da eingeschnitzt sind?«

»Keine Ahnung. Das sieht aus wie P. L.« Meghan keuchte auf. »Ich habe gestern noch lange über Bombenanschläge recherchiert. Ich hoffe, dass wir es hier nicht mit einem Terroristen zu tun haben. Ein berüchtigter Bombenleger soll seine Bomben mit Initialen markiert haben. Man nannte ihn den Feuerbombenleger. Manchmal hat er die Polizei mit falschen Spuren absichtlich in die Irre geführt. Er wurde nie gefasst. Das muss nichts zu sagen haben, aber ich werde es auf jeden Fall dem Sheriff melden.«

Harper kannte einen P. L. Pete Langford. Aber der Täter konnte nicht Pete sein. Das wollte sie auf keinen Fall glauben. Trotzdem würde sie es Heath gegenüber ansprechen müssen. Er war Deputy.

Und sie sollten lieber keine Möglichkeit ausschließen.

»Meghan?« Eine Frau trat zu ihnen. »Der Fingerabdruckscanner ist defekt. Und Moffetts Funkgerät hat keinen Empfang.«

Meghan nickte. »Ich komme sofort.« Mit einem resignierten Seufzen gab sie Harper die Speicherkarte zurück. »Ich hätte Unmengen an Arbeit für Sie. Ich würde Sie gerne einbeziehen. Sie haben schon so viel für uns getan. Aber solange es der Sheriff nicht ausdrücklich erlaubt, darf ich Sie nicht mitarbeiten lassen.«

»Das verstehe ich.« Harper wünschte, sie wäre offiziell angestellt und könnte sich an den Ermittlungen beteiligen. Im Moment fühlte sie sich völlig nutzlos. »Danke.«

»Im gesamten Büro gibt es nur zwei IT-Spezialisten, mich und noch einen Kollegen. Das heißt, dass ich bei allen elektronischen Problemen zuständig bin. Unter anderem bei defekten Funkgeräten und Fingerabdruckscannern. Ich würde Ihnen ja gern erlauben, hier zu warten, aber solange Sie nicht Teil unseres Teams sind ...«

»Natürlich, das verstehe ich.«

»Aber Sie können solange in die Küche gehen. Trinken Sie einen Kaffee.« Sie lächelte. »Und essen Sie einen Donut.«

»Okay, danke.« Harper folgte Meghan auf den Gang hinaus und begab sich in die Küche. Sie würde sich noch gedulden müssen, bis sie Heath berichten konnte, was sie entdeckt hatte. Wahrscheinlich war der Gedanke mit Pete sowieso abwegig. In jedem Fall würde Heath sicher die Hand für den Mann ins Feuer legen.

Sie brauchte unbedingt eine Aufgabe, um nicht den Verstand zu verlieren. Harper wusste genau, wie diese Aufgabe aussah, auch wenn ihr davor graute, noch einmal an diesen Ort zurückzukehren.

59

FREITAG, 10:45 UHR
ONKEL JERRYS HAUS

Heath fuhr dieses Mal direkt bis zum Haus. »Was macht Loris Wagen hier?«, fragte er mit einem flauen Gefühl im Magen.

Liam schnallte sich ab. »Das musst du sie selbst fragen.«

Da entdeckte er Lori und Harper auf der Veranda. Lori winkte und lächelte.

Heaths Magen krampfte sich noch mehr zusammen. Das gefiel ihm nicht. Überhaupt nicht.

Er hatte Harper absichtlich im Dunkeln darüber gelassen, dass die neue Spur zu ihrem Onkel führte. Der Sheriff hatte ihm erlaubt, den Mann wegen des Gewehrs zu befragen. Heath hatte den Verdacht, dass Taggart ihm deshalb so schnell die Erlaubnis gegeben hatte, weil er sich auf eine Pressekonferenz vorbereiten musste und Heath hatte loswerden wollen. Aller Augen richteten sich jetzt auf ihre Kleinstadt. Heath war dankbar, dass er damit nichts zu tun hatte und den Journalisten entkam, die ihn sonst wahrscheinlich wieder wegen der Explosion auf seiner Ranch ausgefragt hätten.

Der alte rote Pick-up, der letztes Mal vor dem Haus gestanden hatte, war fort. Heath stieg aus dem Auto; Harper und Lori kamen ihnen entgegen. Heath zügelte seinen Ärger. »Was machst du hier?«, fragte er Harper. »Du warst doch bei Meghan im Büro. Wolltest du ihr nicht helfen?«

»Du bist nicht mehr mein Aufpasser, schon vergessen? Und ich dachte, du wärst im Auftrag von Taggart unterwegs. Ich habe nicht erwartet, dass du etwas dagegen hast, wenn ich meinen Onkel besuche.«

Heath warf einen Blick zum Haus. »Ist er da?«

»Bis jetzt hat niemand aufgemacht. Ich nehme an, dass er weggefahren ist. Was machst *du* hier?«

Sollte er ihr die Wahrheit sagen? Er hatte sie nicht unnötig beunruhigen wollen, solange sie nicht wussten, ob ihr Onkel tatsächlich etwas mit dem Fall zu tun hatte. Heath holte tief Luft.

Liam kam ihm zuvor: »Der Gewehrbauer hat gesagt, dass dies die Adresse von John Smith ist.« Er zögerte kurz, dann fügte er hinzu: »Hinter dem Namen könnte sich dein Onkel verbergen.«

Harper runzelte verständnislos die Stirn, als hätte Liam in einer anderen Sprache gesprochen. Dann wanderte ihr Blick zu Heath. »Was will er damit sagen?«

»Du hast ihn gehört. Ich habe dir das noch nicht erzählt, weil ich der Sache erst nachgehen wollte.« Wie hätte er auch ahnen können, ihr hier zu begegnen? Sie hatte auf ihn nicht den Eindruck gemacht, als würde sie sich je wieder freiwillig in die Nähe dieses Hauses begeben.

Harper verschränkte die Arme. »Mein Onkel ist nicht dieser John Smith. Das glaube ich nicht.«

»Dann beweisen wir jetzt, dass du recht hast.« Es tat ihm weh, sie so aufgewühlt zu sehen. Obwohl Harper ihren Onkel nie gekannt hatte, wollte sich niemand vorstellen müssen, dass ein Verwandter versuchte, ihn zu ermorden.

»Wir könnten uns ein wenig umsehen«, schlug Liam vor.

»Wir sind nur gekommen, um ihm Fragen zu stellen«, widersprach Heath. »Wir dürfen nicht unbefugt ein privates Grundstück betreten und nach Spuren suchen.«

»Der Wald um das Haus herum ist Staatseigentum«, argumentierte Liam.

»Woher weißt du das?«, fragte Heath.

»Das steht auf den Schildern.«

Harpers Stirnrunzeln vertiefte sich.

»Vielleicht finden wir etwas, das uns einen hinreichenden Verdacht entwickeln lässt. Wir hätten versuchen sollen, einen

Durchsuchungsbeschluss zu bekommen.« Liam ließ sie stehen und begann den Wald neben dem Haus zu erkunden.

»Ich hole meine Kamera«, sagte Harper.

Heath war nicht sicher, ob das eine gute Idee war. Dieser Mann war Harpers Onkel. Außerdem war ihr Vater vor diesem Haus ermordet worden. Sie war demnach die Letzte, die hier mögliche Beweisfotos machen sollte. Sie konnte unmöglich objektiv sein. Doch er verstand ihr Bedürfnis. Deshalb würde er sie nicht daran hindern.

»Wenn ihr nichts dagegen habt«, meldete Lori sich zu Wort, »warte ich im Auto. Dort ist es kühler und wahrscheinlich auch sicherer.«

»Harper kann mit uns zurückfahren, Lori. Du musst nicht bleiben.«

Lori schaute Harper an. »Ich kann gern auf dich warten.«

Harper schüttelte den Kopf. »Schon okay. Danke, dass du mich gefahren hast.«

Lori zwinkerte ihr zu, dann stieg sie in ihren Geländewagen und reichte Harper die Kamera heraus, bevor sie den Motor anließ und davonfuhr.

Harper ging neben Heath her in den Wald. Ihm wäre es sehr viel lieber gewesen, wenn sie mit Lori gefahren wäre.

»Und wenn er wirklich John Smith ist?«, fragte sie. »Das muss nicht heißen, dass er Sophie getötet hat. Denn dann würde er auch hinter den Anschlägen auf mich stecken und das weigere ich mich zu glauben.«

Genau Heaths Gedanke.

»Das ergibt einfach keinen Sinn.«

Heath verstand, warum sie nicht in Erwägung ziehen wollte, dass ihr Onkel ein Verbrecher war. Er gehörte immerhin zur Familie. Andererseits hatte ihre Mutter offensichtlich nichts mit ihm zu tun haben wollen.

Harper spähte durch den Sucher ihrer Kamera. »Ich hatte fest vor, nie hierher zurückzukommen. Dafür hatte ich schon beim letzten Mal extra Bilder gemacht – für den Fall, dass ich es mir irgendwann doch noch anders überlegen könnte.«

»Warum *bist* du dann zurückgekommen?«

»Emily hat mich darum gebeten. Sie hat wahrscheinlich ein schlechtes Gewissen, weil sie abgereist ist, ohne ihn vorher noch mal zu treffen. Und ich hatte ein schlechtes Gewissen, weil ich mich nicht um ihn gekümmert habe. Ich wusste, dass sie keine Ruhe geben würde. Deshalb habe ich Lori angerufen, als Meghan mich nicht mehr gebraucht hat. Lori ist immer sehr hilfsbereit.«

Ja. Das war sie.

»Trotzdem müsstest du jetzt nicht hier sein. Er ist nicht zu Hause. Du kannst Emily sagen, dass du es versucht hast.«

»Du weißt, dass ich sehr wohl hier sein muss.« Sie schob das Kinn vor.

»Wenn er wenigstens da wäre! Ihn zu befragen wäre eindeutig besser, als hinter seinem Haus durch den Wald zu schleichen.« Im Geiste sah er sich wieder mit Harper und Arty im Wald.

Arty in einer Blutlache.

Heath versuchte das Bild abzuschütteln.

»Wir könnten auf ihn warten«, sagte Harper. »Ich hatte den Eindruck, dass er krank ist. Richtig krank. Wahrscheinlich bleibt er nicht lange weg.«

Heath blieb dicht hinter Harper, während sie den Wald um das Haus herum durchkämmten. Der Mann hatte das Grundstück verwahrlosen lassen. Dieses Haus machte einen ganz anderen Eindruck als das von Donny Albright.

»Das Haus ist anscheinend nicht mehr gestrichen worden, seit wir weggezogen sind«, bemerkte Harper.

»Hey, ihr zwei! Hier drüben!«, rief Liam. Er war in die Hocke gegangen und betrachtete etwas auf dem Boden.

Harper fotografierte die Stelle. »Patronenhülsen. Na und?«

»Diese Patronen wurden speziell für eine Remington 7 mm Magnum angefertigt«, klärte Liam sie auf.

»Und?«, fragte Heath. »Wie viele Leute benutzen ein solches Gewehr?«

»Das kann ich dir nicht sagen, aber da wir es hier mit John Smith zu tun haben könnten, müssen wir der Sache nachgehen. Ich weiß, dass du nicht …«

»Das könnte ein Zufall sein«, warf Harper ein.

»Oder er könnte tatsächlich der Mann sein, den wir suchen«, entgegnete Heath. »Irgendwo dort draußen muss eine Zielscheibe sein. Vielleicht finden wir einige Kugeln. Die bringen wir dann zur Ballistik.«

»Wie sieht es *jetzt* mit einem Durchsuchungsbeschluss für das Haus aus?«, fragte Liam.

Heath runzelte die Stirn. »Taggart hat alle Hände voll zu tun. Genau wie alle anderen im Sheriffbüro. Ich werde diese Patronenhülsen einpacken und für die Kriminaltechnik mitnehmen, aber erst, wenn sie ordnungsgemäß fotografiert worden sind. Also rühr nichts an, hörst du? Sie liegen hier auf Staatsgelände; damit sind sie als Beweismittel zulässig.« Harpers sorgenvoller Blick machte ihm zu schaffen. »Alles okay?«

Sie nickte, aber er glaubte ihr nicht.

»Er ist zu alt und zu krank, um der Täter zu sein«, beharrte Harper.

»Kannst du ihn dir nicht mit dieser Kappe und dem Gewehr vorstellen? Wie er die Frau tötet?« Liam schaute sie forschend an. »Oder *willst* du es nur nicht?«

»Liam. Es reicht!«

Harper atmete hörbar aus. »Ich will Bilder machen, aber ich arbeite nicht offiziell für den Sheriff. Und das hier ist noch kein Tatort. Glaubt ihr wirklich, dass es einer werden könnte?«

»Ich denke, wir haben genug, um einen Durchsuchungsbeschluss zu bekommen.« Liam verschränkte die Arme. »Aber ich arbeite ebenfalls nicht für den Sheriff. Ich bin lediglich ein Ermittlungsberater, wie er es formuliert hat. Also, Heath, was sollen wir machen?«

Heath zuckte nur mit den Schultern. Liam war sich offenbar sehr sicher mit dem Verdacht bezüglich Harpers Onkel. Trotzdem ... er konnte sich irren. Hoffentlich irrte er sich.

»Ich mache mir Sorgen um ihn«, sagte Harper. »Er hat sich nicht gut gefühlt. Vielleicht ist er zu schwach, um an die Tür zu kommen.«

»Sein Wagen ist fort. Er ist nicht hier«, entgegnete Heath.

»Das kannst du nicht wissen«, sagte sie.

»Ich würde sagen, es ist Gefahr in Verzug«, sagte Liam. »Falls er der Mörder ist, könnte er in diesem Moment irgendwo da draußen sein und den nächsten Menschen töten.«

Heath schaute seinen Bruder an. »Du bist nicht zum ersten Mal in so einer Situation, oder?«

Liam zuckte mit den Schultern. »Du kannst jemanden anrufen und einen Durchsuchungsbeschluss anfordern. Mir gefällt der Gedanke nicht, dass ein Mörder frei herumläuft, der uns einen anderen als Täter präsentiert hat und glaubt, wir hätten ihm das abgekauft. Besser gesagt, der Sheriff hätte es ihm abgekauft.«

Harper seufzte. »Im Ernst, Heath, ich kann nicht glauben, dass Onkel Jerry der Mörder sein soll. Genauso wenig wie du es glauben wirst, wenn du hörst, dass Pete Langford der Bombenleger sein könnte.«

60

FREITAG, 11:45 UHR
ONKEL JERRYS HAUS

Harper saß auf der Veranda des Hauses, in dem sie aufgewachsen war, und hatte das Gefühl, der Wald rücke immer näher. Die Grillen ließen sich von ihrer Anwesenheit nicht stören und zirpten laut. Heath hatte es wie erwartet nicht gefallen, dass sie sofort an Pete gedacht hatte, als sie diese Initialen auf dem Pfeifenkopf gesehen hatte. Aber sie wusste, dass er die Spur trotzdem ernst nahm.

Wie würde es jetzt weitergehen? Stürmte die Polizei in diesem Moment Heaths Ranch und suchte Pete? Sie war bestimmt nicht die Einzige, die Pete in Erwägung zog, da es schließlich auch direkt auf der Ranch eine Bombenexplosion gegeben hatte. Wenigstens waren sie gerade nicht dort.

Nein. Sie waren bei ihrem früheren Haus. Wenn sie nur heute nicht wieder hierhergekommen wäre!

Falls Onkel Jerry doch ein Mörder war, sollte sie nicht hier sein. Aber das Haus war kein offizieller Tatort. Also konnte sie auf der Veranda sitzen, solange sie wollte, selbst wenn … Nein! *Einfach nein! Onkel Jerry war es nicht.*

Wie oft hatte sie als Kind hier gesessen und den Geräuschen des Waldes gelauscht? Ohne zu ahnen, dass ihr vertrautes Zuhause und das Leben, das sie gekannt hatte, in einem einzigen verhängnisvollen Moment für immer zerstört werden würden.

Harper war müde. Was sollte das überhaupt? Warum betrachteten sie ihr früheres Haus wie einen potenziellen Tatort?

Was würde zuerst passieren – die Ausstellung des Durchsuchungsbeschlusses oder Jerry Johnsons Rückkehr?

Wo bist du, Onkel Jerry?

Sie stützte sich mit den Händen am Boden ab und streckte die Beine aus. Hinter ihr ertönte ein Knarren. Harper warf einen Blick über ihre Schulter.

Hmm. Die Tür stand einen Spaltbreit offen. Hatte ein Windstoß sie geöffnet? Bevor Heath hier aufgetaucht war, hatte sie den Klingelknopf gedrückt, aber sie hatte nicht angeklopft. Vielleicht war die Tür ja schon die ganze Zeit nicht richtig zu gewesen? Harper stand auf und trat näher. Sie warf einen Blick zu den anderen. Heath telefonierte und Liam suchte den Wald nach weiteren Kugeln ab, die aus dem Gewehr abgeschossen worden waren.

Sie sollte lieber keinen Alleingang machen. Aber was, wenn Onkel Jerry verletzt war? Vielleicht war sein Wagen zurzeit in der Werkstatt und er lag drinnen im Bett. Sie stand leise auf, schob die Tür ganz auf und trat zögerlich ins Haus. »Onkel Jerry?«

Jetzt, wo sie im Haus war, gab es kein Zurück mehr, die Erinnerungen strömten auf sie ein. Die guten und die schlechten. Mom und Emily. Dad, wie er nach der Arbeit im Sessel saß und die Nachrichten schaute.

Mom und Dad, wie sie stritten. Ihre Eltern hatten sich geliebt, das wusste Harper, aber sie waren auch oft aneinandergeraten.

Ein schimmeliger Geruch wehte ihr entgegen, der typische Mief von schmutziger Wäsche und ungespültem Geschirr. Sie schlich weiter über den knarzenden, verkratzten Holzboden.

Harper wusste, dass sie nicht einfach hier herumspazieren sollte, aber eine unsichtbare Kraft drängte sie voran. Auf der Suche nach Onkel Jerry. Auf der Suche nach der Wahrheit.

»Onkel Jerry?«, rief sie wieder. Das Haus fühlte sich leer an. Sie spürte, dass sie allein war. Dass er nicht bewusstlos oder verletzt irgendwo lag.

Und wenn er nach Hause kam? Wie würde er auf sie reagieren? Bestand doch eine kleine Möglichkeit, dass er der Mörder war? Würde sie dann mit ihrer Anwesenheit in seinem Haus alle Beweise gegen ihn unbrauchbar machen?

Warum wohnte er hier? Warum hatte Mom ihnen erzählt, dass sie das Haus verkauft hätte? Oder war das auch so gewesen und ihr Onkel hatte es der Person später abgekauft? Sie wagte sich weiter vor und kam sich ein bisschen vor, als wäre sie Emily, die Krimiautorin auf der Jagd nach Antworten. Antworten darauf, was an jenem Abend passiert war. Und darauf, wer ihren Vater getötet hatte. Aber die würde sie hier nicht finden.

Wenn sie damals nur erkannt hätte, wer ihren Vater erschossen hatte, bevor sie sich versteckt hatte! Aber war es so, wie Heath sagte? Wäre sie selbst auch getötet worden, wenn sie die Person, die ihren Vater ermordet hatte, gesehen hätte?

Seit damals lebte Harper mit so vielen Fragezeichen und verschwommenen Erinnerungen.

Die Tür am Ende des Gangs war geschlossen.

Ihr früheres Zimmer, in dem sie sich unter dem Bett versteckt hatte. Wo sie voller Angst, dass der Mörder sie auch erschießen würde, ihr Schluchzen zu unterdrücken versucht hatte.

Würde ihr Trauma sie in die Knie zwingen, wenn sie diese Tür öffnete und hineinging? Würde alles wieder lebendig werden und sie wieder an den Punkt zurückwerfen, den sie so mühevoll überwunden hatte? Vielleicht würde ihr dort drinnen aber auch etwas einfallen, das sie vergessen hatte. Vielleicht würde eine Erinnerung wach werden, die sie tief in ihr Unterbewusstsein verdrängt hatte.

Trotz des Grauens, das sich in ihrem Inneren zusammenzuballen schien, näherte Harper sich der Tür. An den Wänden hingen keine Familienfotos mehr; sie wusste noch, dass ihre Mutter sie hängen lassen hatte, als sie ausgezogen waren.

Harper hatte sich nie gefragt, was aus den Dingen geworden war, die sie zurückgelassen hatten. Sie war davon ausgegangen, dass ihre Mutter sich darum gekümmert hatte.

An der Tür legte sie die Hand auf das alte, raue Holz. Eine Erinnerung meldete sich. Dads Worte an jenem Abend. »*Ich weiß, was du getan hast.*«

Ihre Kehle schnürte sich zusammen. Sie hatte sich immer nur an den Schuss erinnert und daran, wie ihr Vater zu Boden gesunken war. Aber nie an diese Worte. Bis jetzt.

Würde noch mehr zurückkommen?

Harper öffnete die Tür und trat in einen Raum, der nicht die geringste Ähnlichkeit mit ihrem früheren Kinderzimmer hatte. Werkbänke und Maschinen, wohin sie blickte. Gewehre und Gewehrläufe. Schwarzpulver. Material zur Herstellung von Kugeln.

Harper hielt sich die Hand vor den Mund. *Er ist also Jäger. Er baut seine Gewehre selbst. Na und?*

Heath trat hinter sie. »Wir haben den Durchsuchungsbeschluss. Taggart hat gesagt, dass wir reinkönnen. Es sieht so aus, als hättest du schon gefunden, wonach wir suchen.« Er drehte sie zu sich herum und drückte sanft ihre Schultern. »Das bedeutet nicht, dass er der Mörder ist, Harper.«

»Aber …« Sie deutete auf einen rosa Wanderrucksack. »Es sieht nicht gut aus.«

»Es wäre besser, wenn du schnell wieder nach draußen gehst. Der Sheriff wäre nicht begeistert, wenn er wüsste, dass du hier bist. Du bist persönlich involviert. Detective Moffett ist schon auf dem Weg.«

Sie nickte. »Das hier war mein Zimmer.«

Er sah sie mitfühlend an. »Komm, ich bringe dich zum Wagen zurück. Ich kann bei dir bleiben, bis sie kommt, und dich dann zurückbringen.«

»Das ist nicht nötig.« Sie übergab ihm die Kamera. »Du kannst ein paar Bilder machen.«

Plötzlich wurde ihr übel. Sie floh aus dem Zimmer. Wenn sie nur mit Emily zurückgeflogen wäre! Das alles hier war ihr einfach zu viel.

Auf dem Weg nach draußen hielt sie noch einmal an. Sie wollte Moms und Dads früheres Schlafzimmer sehen. Wenigstens einen kurzen Blick hineinwerfen.

Sie durchschritt den kurzen Gang und trat durch die offene Tür.

Liam stand mitten im Zimmer. Mit verschränkten Armen starrte er die Wände an, die mit Diagrammen und Zeitungsausschnitten bedeckt waren. Auf einem Tisch lagen einige Rohre, daneben Schießpulver und Zünder.

Liam betrachtete stirnrunzelnd die Wände. »Was *ist* das?«

»Ich kann dir sagen, was das ist. Meine Mutter hat die gleichen Zeitungsausschnitte in einer Schuhschachtel gesammelt – in Erinnerung an eine Freundin, die dabei ihr Leben verloren hat. Dieser Bombenanschlag geschah, unmittelbar bevor mein Vater ermordet wurde. Ich habe nie ganz verstanden, warum sie darüber gestritten haben, aber sie waren beide außer sich deswegen.«

Harper schaute sich genauer um. Auf einem zweiten Tisch waren Anleitungen für den Bau von Bomben ausgebreitet. »Was hat das zu bedeuten? Hat er versucht, den Feuerbombenleger nachzuahmen? Hat er das Bahnhofsgebäude und Heaths Blockhütte in die Luft gejagt?«

»Könnte er vielleicht sogar selbst der Feuerbombenleger *sein*?«, überlegte Liam. »Das FBI hat ihn doch nie gefunden.«

Sie betrachtete Fotos von Spezialteilen, die vermutlich zum Bau einer Bombe verwendet werden konnten. »Wir sollten von hier verschwinden! Vielleicht ist das eine Falle. Er hat gewollt, dass ich zurückkomme.« Ihr Onkel war ein gefährlicher Psychopath!

»Du hast recht. Wir informieren die zuständigen Verantwortlichen und teilen ihnen mit, was wir gefunden haben. Das Einzige, was noch fehlt, ist der Mann hinter dem Ganzen.« Liam folgte Harper aus dem Zimmer, zurück durch den Gang und zur Tür hinaus auf die Veranda. Harper eilte die Stufen hinab. *Schnell!* Sie musste von hier weg!

Onkel Jerry hatte nicht nur versucht, sie zu töten, es sah auch ganz so aus, als wäre er ein Terrorist, der ihr früheres Haus als Hauptquartier nutzte. Liam blieb neben Heaths Pick-up stehen und machte einen Anruf. Harper stellte sich dorthin, wo die Zufahrt in die Straße mündete.

Der Schotter unter Heaths Stiefeln knirschte, als er vom Haus zu ihr kam. »Sie haben Pete tatsächlich zur Befragung geholt! Ich habe berichtet, was wir gefunden haben. Sie werden bald hier sein, Harper. Ich will dich von hier wegbringen, bevor sie kommen. Sie werden dich befragen wollen, weil er dein Onkel ist. Aber das kann warten.«

»Jetzt ergibt alles einen Sinn«, flüsterte sie leise.

»Es tut mir so leid.«

»An jenem Abend hat Dad gesagt: ›Ich weiß, was du getan hast.‹ Daraufhin wurde er getötet. Mom ist mit uns weggezogen. Sie war wegen Dads Tod am Boden zerstört. Diese Freundin von ihr … was, wenn es sich dabei in Wahrheit um ihren Bruder gehandelt hat? Er war seitdem für sie gestorben, obwohl er immer noch lebte. Vielleicht hatte sie herausgefunden, dass er der Feuerbombenleger war, und Dad hat ihn zur Rede gestellt und wurde von ihm ermordet.«

»Es tut mir so leid«, sagte Heath noch einmal und zog sie in seine Arme.

»Aber diese ganzen Bilder an den Schlafzimmerwänden! Das ist wie eine Gedächtniswand für den Feuerbombenleger.«

»Ich glaube, es ist mehr als nur eine Gedächtniswand, Harper. Das ist ein Schlachtplan.«

61

FREITAG, 17:25 UHR
NEUE OPERATIONSBASIS

Der Zeitplan des Richters war durcheinandergebracht worden, aber er war flexibel gewesen und seine Pläne gingen trotzdem auf. Es war der krönende Abschluss. Danach würde es vorbei sein, er würde sich nie wieder so krank fühlen. Dieses Wissen gab ihm die Kraft, es zu Ende zu bringen. Seine großen Pläne in die Tat umzusetzen. Ein paar Probeläufe waren nötig gewesen. Zuerst die Briefkästen. Die Ironie bei der Sache: Die Jugendlichen, die seinen eigenen Briefkasten in die Luft gejagt hatten, hatten ihn überhaupt erst auf die Idee gebracht, wie er seinen Abgang inszenieren könnte.

Dann hatte er etwas Größeres gebraucht. Die Blockhütte auf der Ranch von McKade. Schließlich das Bahnhofsgebäude.

Er arbeitete zielstrebig auf den Höhepunkt hin. Es wäre wie in alten Zeiten. Man hatte ihn bisher noch nie aufhalten können, und das würde auch jetzt niemandem gelingen.

Er würde sich mit einem großen Spektakel verabschieden und viele mit sich in den Tod reißen.

Wenn er seinen Zeitplan einhalten wollte, hatte er eine lange Nacht vor sich. Für einen ruhmreichen Tod gab es nichts Besseres als eine Großveranstaltung, die im Rampenlicht der Öffentlichkeit stand. Schon vor Monaten hatte er sich alles, was er brauchte, beschafft und im Verborgenen gearbeitet, nur mit einer Taschenlampe. Er hatte das Tempo beibehalten, die Schmerzen standhaft ignoriert. Und nun stand er kurz vor dem Ziel.

Während er die letzten Vorbereitungen für seinen Geniestreich traf, dachte er an den Moment, als er die Tür geöffnet hatte und die Fotografin und ihre Schwester auf seiner Veranda gestanden hatten.

Sie hatten behauptet, er wäre ihr Onkel. Ihm war nicht bewusst gewesen, dass diese Frau Leslies Tochter war, als er versucht hatte, sie zum Schweigen zu bringen. Eigentlich hätte er die Ähnlichkeit sehen müssen.

Er hatte den beiden gesagt, dass er sich nicht gut fühle. Was nicht mal eine Lüge gewesen war, denn als er begriffen hatte, wer die Fotografin war, war ihm tatsächlich so übel geworden wie noch nie zuvor. Er wusste nicht, wie er damit umgehen sollte, dass er plötzlich mit solch ungewohnten Empfindungen zu kämpfen hatte. Reue. Bedauern.

Diese Gefühle könnten seine Mission gefährden. Seine Lebensaufgabe. Seine Pläne hatten viel zu lange brachgelegen, während er sich im Untergrund aufgehalten hatte.

Das, was er im Wohnwagen gefunden hatte, zeigte, dass die Vorsehung es gut mit ihm meinte. Jetzt hatte er den passenden Ort für seinen fulminanten Schlussakkord.

62

FREITAG, 18:37 UHR
CIRCLE S RANCH

Harper interessierte es kaum, dass der Mann, der versucht hatte, sie zu töten, noch am Leben war, auch wenn Heath befürchtete, dass sie immer noch in Gefahr sein könnte. Onkel Jerry hatte die Spuren so gelegt, dass es so ausgesehen hatte, als hätte ein anderer das Verbrechen begangen, nachdem er erfahren hatte, dass Harper seine Nichte war. Der Fall war aufgeklärt. Aber der Mord an ihrem Vater war unter völlig anderen Umständen geschehen und sie hatte den Verdacht, dass ihr Onkel auch dafür verantwortlich war. Sie war nur eine von vielen Personen, die in Gefahr standen, durch ihn ihr Leben zu verlieren.

Benommen und in eine Quiltdecke gewickelt, kuschelte Harper sich aufs Sofa und legte die Hände um eine Tasse mit heißem Kamillentee, den ihr Lori aufgebrüht hatte.

»Ich kann mir gut vorstellen, dass du es nicht erwarten kannst, nach Hause zu kommen. Dich wieder sicher zu fühlen. Und diese hässliche Geschichte hinter dir zu lassen.« Lori bedachte sie mit einem besorgten, ehrlichen Lächeln. Als Harper keine Antwort gab, fragte sie: »Brauchst du sonst noch etwas, Liebes?«

»Ich habe alles, danke.« Harper wollte nicht verhätschelt werden. Das war auch nicht nötig, aber Lori kümmerte sich offensichtlich einfach gern um andere Menschen.

»Gut. Dann lasse ich dich in Ruhe. Ich bin in der Nähe, falls etwas ist.«

Harper ließ den Schmerz nicht an sich heran. Das gelang ihr so gut, dass sie Lori sogar ein beruhigendes Lächeln schenken konnte. Sie wollte gerade wirklich nur allein sein mit ihrer Trauer und dem Schock.

Ein riesiges Polizeiaufgebot – von der Bundespolizei und vom FBI – war dabei, das Haus, in dem sie aufgewachsen war, auseinanderzunehmen. Sie hatten sogar ihre Kamera beschlagnahmt. Sie würde sie zu einem späteren Zeitpunkt zurückbekommen. Vielleicht auch nie. Weitere Einsatzkräfte des FBI waren angerückt, um die Explosion in Grayback und auch auf Heaths Ranch zu untersuchen. Dieser Terrorist – der Feuerbombenleger – war ihnen vor Jahren entkommen. Damals hatte er falsche Spuren gelegt. Genauso wie jetzt, als er ihnen Petes Initialen zugespielt hatte. Das FBI wollte sich diese unerwartete Chance, ihn endlich zu fassen, nicht entgehen lassen. Dieses Mal hatten sie einen Namen.

Da sie seine Nichte war, war Harper auf eine Weise befragt worden, die an ein Verhör grenzte. Würden sie sich früher oder später auch Emily vornehmen?

Aber Harper hatte selbst viele Fragen. Wie war ihr Onkel ein solcher Mensch geworden? Es war ihr unbegreiflich, dass der Bruder ihrer Mutter so etwas hatte tun können. Aber jetzt verstand sie, warum die beiden keinen Kontakt zueinander gehabt hatten. Onkel Jerry war verrückt, doch das war noch nicht alles, hatte man ihr gesagt. Psychologen, Profiler, Polizei – alle befassten sich damit, warum jemand so gewalttätig werden konnte. Inlandsterroristen – zu denen Onkel Jerry gezählt wurde – kamen aus den verschiedensten Hintergründen. Sie waren Akademiker, Soldaten, reich, arm. Es gab kein festes Schema.

Laut dem FBI-Ermittler war ihr Onkel Wirtschaftsprofessor an der Universität von Colorado gewesen.

Er hatte die Namen von anderen Inlandsterroristen genannt: Timothy McVeigh. Ted Kaczynski, auch als Unabomber bekannt. Onkel Jerry, der Feuerbombenleger, gehörte zu einer Terrorgruppe, die sich selbst »Die Freiheitskämpfer« genannt hatte, aber die Mitglieder waren inzwischen alle tot oder verhaftet. Alle außer ihrem Onkel, der sich den Namen »der Richter« gegeben hatte.

Jetzt operierte er als einsamer Wolf, hatte jedoch über das Internet Kontakt zu ähnlich gesinnten Menschen, durch die seine radikale Ideologie neuen Nährstoff bekam.

In Harpers Kopf hämmerte es. Der Rest ihres Körpers war wie taub.

Sie schaute aus dem großen Panoramafenster auf die Berge und Wälder hinaus, aber ihre Gedanken waren weit entfernt von diesem friedlichen, malerischen Anblick. Sie war froh, dass sie noch nicht von Loris Ranch auf die Emerald M Ranch zurückgezogen waren. Sonst wären sie postwendend zu Lori zurückgekommen. Die gesprengte Blockhütte auf Heaths Ranch stand erneut im Zentrum der Ermittlungen, da ein Zusammenhang zwischen dieser Bombe und der Bombe in Grayback bestand. Und beide Bomben wurden mit Onkel Jerry in Verbindung gebracht.

Ich sollte jetzt heimfliegen. Nach Missouri zurückkehren.

Vor der Bombenexplosion in Grayback hatte sie wirklich in Betracht gezogen zu bleiben und für Sheriff Taggart zu arbeiten, falls er ihr ein entsprechendes offizielles Angebot machte. Und um eine Beziehung zu Heath auszuloten. Der Gedanke, Heath tatsächlich in ihr Herz zu lassen, der Liebe eine Chance zu geben, hatte sich so richtig angefühlt.

Aber die Worte, die sie ihm hatte sagen wollen, waren verhindert worden. Sie war nicht dazugekommen, sie auszusprechen, und jetzt war sie nicht sicher, ob sie sie je sagen würde.

Alles … *alles* hatte sich geändert.

Sie hatte Antworten auf Fragen bekommen, die sie überhaupt nicht gestellt hatte, und diese Antworten waren erdrückend.

Die Polizei hatte vorerst eine Informationssperre verhängt, damit der Flüchtige nicht erfuhr, dass sie ihm auf den Fersen waren. Harper hatte den Verdacht, dass es nicht lange dauern würde, bis die Medien Wind davon bekamen und dann im ganzen Land darüber berichtet würde.

Der Feuerbombenleger, der jetzt als Gerald Henry Johnson, Bruder von Leslie Johnson Larrabee alias Leslie Reynolds, identifiziert war, hatte zwei Jahrzehnte in Jackson Hole gelebt. Leider hatte er sich der Verhaftung auch dieses Mal wieder entzogen. Er war ihnen immer noch um mehrere Schritte voraus. Onkel Jerry hatte Pläne für eine weitere große Bombe. Die Polizei hoffte, den Anschlag zu vereiteln, allerdings wusste niemand, welches Gebäude er als Nächstes in die Luft sprengen wollte. Sie waren sich einig, dass seine nächste Bombe definitiv seine letzte wäre, da bekannt war, dass er Lungenkrebs im Endstadium hatte.

Onkel Jerry wollte offenbar einen großen finalen Auftritt. Womöglich hatte er sogar beschlossen, selbst durch die Bombe zu sterben statt an seiner Krankheit.

Harper nippte an dem Kamillentee, der jetzt nicht mehr heiß, sondern nur noch lauwarm war. Die Tränen waren auf ihren Wangen getrocknet. Sie hatte sich nicht die Mühe gemacht, sie wegzuwischen. Sie hoffte und betete, dass sie und Emily nicht gegenüber aller Welt mit dem Mann in Verbindung gebracht werden würden, wenn der Fall publik wurde. Sie hatten einen anderen Nachnamen als er, aber jeder neugierige Reporter könnte nach Angehörigen des Verbrechers recherchieren. Könnte diese Sache Emilys Karriere als Autorin beeinträchtigen, auch wenn sie ihre Krimis unter einem Pseudonym schrieb?

Harper verstand jetzt besser, warum ihre Mutter so Hals über Kopf mit ihnen weggezogen war und ihren Nachnamen geändert hatte. Mom hatte keine Freundin bei einer Bombenexplosion verloren. Sie hatte ihren Bruder an den Wahnsinn des Terrorismus verloren. Harper begriff nicht, warum ihre Mutter Onkel Jerry damals nicht der Polizei ausgeliefert hatte. Immerhin hatte er ihren Mann ermordet. Hatte er auch ihr Leben und das Leben ihrer Töchter bedroht? Hatte sie die Rache der anderen Freiheitskämpfer gefürchtet und war aus diesem Grund geflohen? Diese Erklärung klang am plausibelsten.

Es wurde Zeit, dass Harper wieder einen klaren Kopf bekam.

Ihre Hände zitterten, als sie das Handy nahm und Emilys Bild anstarrte. Sie musste ihre Schwester anrufen.

Morgen war Emilys großer Abend. Ihr Buch wurde vorgestellt. Sie würde bei einer großen Gala sprechen.

Harper zögerte. Die Nachricht, dass ihr Onkel der schlimmste Verbrecher war, den man sich nur vorstellen konnte, könnte Emily die Freude an der Gala verderben. Wahrscheinlich würde sie ihren Auftritt dann nicht mehr gelassen über die Bühne bringen können.

Aber wenn Harper ihr nichts erzählte und Emily es von jemand anderem hörte – zum Beispiel durch einen der Nachrichtensender, falls die Informationen doch frühzeitig durchsickerten –, wäre das noch verheerender.

Mit einem tiefen Seufzen legte Harper das Handy wieder weg. *Herr, ich weiß nicht, was ich tun soll. Soll ich es ihr sagen oder soll ich es vorerst für mich behalten?*

Wie sollte sie ihrer Schwester schonend beibringen, was passiert war?

Harper spürte es sofort, als jemand den Raum betrat. Er näherte sich leise, als wollte er sie überraschen; der Duft seines Rasierwassers verriet ihr, dass es Heath war, und im Fenster konnte sie nun auch sein Spiegelbild sehen.

»Versuchst du dich anzuschleichen?«

Er kam um das große Sofa herum und setzte sich neben sie. Seine hellblauen Augen waren sorgenverdunkelt. Seine Miene blieb jedoch trotz der Falten, die sich in seine Stirn gruben, herzlich, ja, sogar sanft. »Ich war nie gut darin, dich zu überraschen. Nein, ich wollte nur nach dir sehen, aber dich nicht stören.«

»Hast du etwas Neues gehört?« Sie war nicht sicher, wie viel sie noch verkraften konnte.

»Nichts, das mit dem Feuerbombenleger zu tun hat. Ich glaube auch nicht, dass uns das FBI etwas verraten wird. Wie Sheriff Taggart befürchtet hat, wurde ihm der Fall entzogen.«

Sie war nicht sicher, ob sie seine ernste Miene noch viel länger ertragen konnte. »Das tut mir leid.« Was konnte sie sonst sagen?

Heaths Lächeln war angespannt. »Der Mann, der versucht hat,

dich zu töten, ist immer noch irgendwo da draußen, Harper. Ich weiß, dass es jetzt um viel mehr geht, aber du bist in Gefahr – du *persönlich* bist eine mögliche Zielscheibe. Mein Auftrag, dich zu beschützen, gilt wieder. Der Sheriff hat vorgeschlagen, dass ich dich von hier wegbringen könnte, und ich halte das für eine sehr gute Idee. Taggart braucht mich im Moment nicht.« Heath rutschte näher und nahm ihre Hand. »Aber du.«

Sie wollte ihn nicht brauchen. Sie hatte versucht, sie hatte wirklich versucht, sich der Vorstellung von einer Beziehung zu öffnen. Aber selbst das, was sie ihm hatte sagen wollen, hatte ihr dieser Bombenanschlag geraubt.

Als Heath ihre Hand drückte, verschlug ihr die Berührung fast den Atem. Sie fühlte seine Stärke, seine bedingungslose Hingabe, die Mühe, die er sich gab, jeder Aufgabe gerecht zu werden, für die er sich verantwortlich fühlte. Oder in diesem Fall: der *Person* gerecht zu werden, für die er sich verantwortlich fühlte – Harper.

Sie wollte die Wärme und das Prickeln, das er in ihr weckte, ignorieren. Im Moment war sie nur von Schmerz und Leid umgeben. Es war wichtig, die düsteren Gefühle zuzulassen, um sie verarbeiten zu können. Sie entzog Heath ihre Hand und legte die Arme um ihren Oberkörper.

»Ich werde nicht länger mit ansehen, wie du dich selbst fertigmachst.« Heath wartete, bis sie ihn ansah. »Nach allem, was du durchgestanden hast, weißt du doch, dass das Leben ein Geschenk ist. Du solltest es nicht in einer Art persönlich angeheiztem Fegefeuer vergeuden. Ich lasse nicht zu, dass du dir das antust.« Er zögerte, als müsse er für seine nächsten Worte erst seinen ganzen Mut zusammenkratzen. »Vielleicht kann ich dich ja *doch* überraschen.« Ein nervöses Schmunzeln.

Er zog zwei Flugtickets hervor.

Sie starrte sie an. »Was …? Wofür sind die?«

»Würdest du mit mir zur Metcalfe-Benefizgala gehen? Du solltest Emilys Auftritt auf keinen Fall verpassen.«

Die Worte blieben ihr im Halse stecken. Heath hatte tatsächlich genau hingehört.

Seine Augen flehten sie an, alles, was hier geschehen war, für eine Weile zu vergessen. Wenigstens für die Dauer der Gala.

Nur Heath brachte es fertig, ihr in dieser Krise ein Lächeln zu entlocken. Auch wenn es ein ziemlich angespanntes Lächeln war. Sie hätte ihn nicht für einen Romantiker gehalten, aber eventuell musste sie ihre Meinung in der Hinsicht revidieren. Er war so einfühlsam und am liebsten hätte sie jeden Widerstand gegen ihre Gefühle aufgegeben.

Aber das Timing passte einfach nicht.

Ein trockenes Grinsen spielte um seine Lippen. »Ich sehe, wie sich riesige Turbinen in deinem Kopf drehen. Ich weiß, dass der Zeitpunkt nicht unbedingt ideal ist. Aber keine Gelegenheit ist perfekt. Du brauchst diese Abwechslung. Und deiner Schwester würde es viel bedeuten, wenn du dabei wärst. Also flieg mit mir nach Dallas. Dort bist du in Sicherheit.«

63

SAMSTAG, 17:30 UHR
DALLAS, TEXAS

Harper blickte in den langen Spiegel in dem Hotelzimmer, das sie zusammen mit Emily bewohnte.

Sie hatte gehofft, dass sie nach ihrer Fotoreise durch die Nationalparks anders aussehen würde. Nun, eine kleine Veränderung war nicht zu übersehen: Sie hatte eine Narbe am Haaransatz. Jetzt bereute sie, dass sie sich nicht doch dazu entschieden hatte, sich einen Pony wachsen zu lassen. Dafür war es für heute Abend zu spät.

Aber die Veränderungen, die sie sich erhofft hatte, waren weitaus weniger oberflächlicher Natur. Sie musste sich eingestehen, dass sie sich viele falsche Hoffnungen gemacht hatte.

Mehr als alles andere hatte sie sich gewünscht, dass sie sich von der Vergangenheit befreien könnte. Sie hatte es versucht und Dr. Drew geglaubt, es würde ihr helfen, ihren Blick und ihre Kamera auf die Schönheit der Natur statt auf Mord und Todschlag zu richten. Aber statt damit abzuschließen, trug sie jetzt sogar noch mehr Ballast mit sich herum, als sie es je für möglich gehalten hätte. Irgendwie war sie wieder da, wo alles angefangen hatte. Sie hatte sich durch eine raue Wildnis gekämpft, auf die sie sich nie hatte einlassen wollen, und sich dabei an vielen schmerzhaften Dornen verletzt. Sie hatte keine Kontrolle über das, was passiert war, über das, was ihr Onkel getan hatte.

Sie hätte nie zurückkehren sollen.

Emily summte im Badezimmer eine fröhliche Melodie und holte Harper damit in die Gegenwart zurück. Tiefe Sorgenfalten gruben sich in ihre Stirn. Sie bemühte sich, ein freundlicheres Gesicht zu machen, um nicht ganz so angespannt auszusehen.

Heute war Emilys großer Abend. Harper wollte sich auf ihre Schwester konzentrieren, die sie wegen dieses Wahnsinnigen fast verloren hätte. Vielleicht würde es auch für Harper ein schöner Abend werden.

Und Heath?

Er hätte in Wyoming auf seiner Ranch und bei seinen Freunden bleiben können. Bei seiner Familie. Liam war auf der Ranch und Heath sollte die Zeit nutzen, um die Beziehung zu seinem Bruder zu verbessern. Aber stattdessen hatte er zwei Flugtickets nach Dallas gebucht. War das ein Versuch, ihr Herz zu erobern? Sie wusste es nicht genau. War er nur aus Pflichtgefühl hier, weil Taggart ihn wieder mit ihrem Schutz beauftragt hatte oder weil er sich diese Aufgabe selbst auferlegt hatte? Oder war es mehr? Falls er mit ihr hier war, weil er sich eine gemeinsame Zukunft mit ihr vorstellen konnte: War Harper bereit, dieses Risiko einzugehen? Selbst wenn das der Fall sein sollte, könnte Heath das Weite suchen, sobald er sah, wie kaputt sie innerlich immer noch war.

Sie wollte sich keine allzu großen Hoffnungen machen. Wenigstens im Moment noch nicht, solange diese Sache nicht endgültig ausgestanden war. Solange Onkel Jerry nicht hinter Gittern saß. Die Fassungslosigkeit überrollte sie erneut mit voller Wucht. Sie stützte sich am Schminktisch ab und schloss die Augen. Sie konnte den heutigen Abend gut überstehen. Sie *würde* ihn gut überstehen.

Gott, bitte hilf, dass unser Onkel gefasst wird, bevor er noch mehr Menschen verletzen oder sogar töten *kann.*

Emily rauschte aus dem Badezimmer und holte ihre Schuhe aus dem Schrank. »Du hast noch fünf Minuten.«

Äußerlich war Harper startklar. Innerlich war sie nach den vielen Umwegen und Verwirrungen noch lange nicht bereit. Sie bemühte sich nach Kräften zu lächeln und sich nicht anmerken zu lassen, dass eine neue Last auf ihren Schultern lag. Falls Emily überhaupt etwas ahnte, vermutete sie wahrscheinlich, dass der Schmerz in Harpers Augen von der Bombenexplosion in Grayback herrührte. Das stimmte natürlich, aber das war längst nicht alles.

Wie und wann sollte sie Emily erzählen, was sie inzwischen über ihren Onkel wusste? Es war ein Wunder, dass ihre Schwester noch nicht danach gefragt hatte, ob sie ihn noch mal besucht hatte.

Harper blinzelte die Tränen zurück, atmete tief ein und zupfte die Träger des schwarzen Kleids zurecht, das Emily ihr geliehen hatte. Es wurde höchste Zeit, sich auf diesen Abend und die Gala zu konzentrieren.

Mit einem Lächeln trat Emily hinter sie.

»Ich vermute mal, dass du nicht meinetwegen so strahlst.« Emilys Fähigkeit, alles Schlimme für einen Abend auszublenden, war beneidenswert. Vielleicht könnte sie Harper ja ein wenig damit anstecken.

»Natürlich tu ich das deinetwegen! Du siehst umwerfend aus.«

»Danke.«

Vielleicht merkte Emily, dass Harpers Reaktion nicht besonders enthusiastisch war, denn sie umarmte sie lang und fest. »Ich bin so froh, dass dir nichts passiert ist! Die letzten Wochen waren so herausfordernd. Aber wir sind heute zusammen hier. Eine größere Freude hättest du mir kaum machen können.« Emily löste sich von ihr, dann fügte sie hinzu: »Vielleicht merkst du es selbst nicht, aber du besitzt eine unglaubliche innere Schönheit. Darauf bin ich schon lange ein bisschen eifersüchtig.«

»Was? Warum denn das?«

»Weil du stärker bist als jeder andere Mensch, den ich je gekannt habe, Harper. Seit ich wieder zu Hause bin, habe ich viel darüber nachgedacht. Das, was du für eine Schwäche, ein Problem, hältst, ist in Wirklichkeit eine Stärke. Du *bist* eine Überlebende, und daran ist nichts falsch. Ich bereue so sehr, was ich damals zu dir gesagt habe und dass ich dir vorgeworfen habe, du hättest an dem Abend, an dem Dad erschossen wurde, hinsehen sollen. Wenn du das gemacht hättest, wärst du vielleicht auch tot. Aber du lebst und zeigst mir mit deiner Entschlossenheit jeden Tag, dass ich auch stark sein kann. Ich weiß, dass Mom und Dad sehr stolz auf dich wären. Ich kann über Polizisten und Tatortfotografen nur Romane schreiben, aber du? Du setzt dich solchen schweren Situationen im wirklichen Leben aus. Anderen Menschen zuliebe. Bitte bleib, wie du bist.«

Harper wollte Emilys Worte so gern glauben. Sie wollte sich nicht schwach fühlen und als Mensch sehen, der an anderen versagte, wenn es darauf ankam. Vielleicht musste sie das ja auch nicht.

»Als wir noch in Jackson Hole gewohnt haben«, sagte sie, »haben wir immer zum Grand Teton aufgeschaut. Besonders auf dem Weg in die Stadt hatten wir einen guten Blick auf ihn. Dieser Berg war so groß, dass ich bei seinem Anblick immer an Gott denken musste. Ich habe geglaubt, wenn ich dieser Berg wäre, könnte mich nichts erschüttern oder erschrecken. Nichts könnte mir etwas anhaben. Jetzt habe ich es endlich begriffen: Gott ist für uns wie dieser Berg und wir können uns an ihm festhalten.«

»Und egal, was im Leben passiert, es gibt nichts, das uns aus seinen Händen reißen kann.« Emily schaute in den Spiegel. »Oh weh, jetzt hast du mich zum Weinen gebracht. Mein Make-up verschmiert schon!«

Emily tupfte vorsichtig die Schlieren unter ihren Augen weg und schaute dann Harper im Spiegel an und lächelte. »Ich glaube, dieses kleine Schwarze hat eine neue Besitzerin gefunden. Das Kleid gehört dir.«

Harper lachte. Emily zuliebe, aber auch für sich selbst. »Ist das dein Ernst? Verglichen mit dir in diesem funkelnden kobaltblauen Traum sehe ich wie eine graue Maus aus.«

»Ich habe nicht oft die Gelegenheit, so etwas anzuziehen. Wenn ich schon auf diese Bühne steigen darf, will ich das Publikum nicht nur mit meinen Worten beeindrucken.« Sie lehnte sich vor, legte ihre Wange an Harpers und hob ihr Smartphone. »Zeit für ein Selfie!« Emily betätigte den Auslöser.

Harper hatte gar keine Zeit gehabt, ihr Fotogesicht aufzusetzen. »Warn mich bitte das nächste Mal vor!«

»Okay, apropos vorwarnen: Heath ist schon unten im Foyer und er sieht umwerfend aus.« Das Funkeln in Emilys Augen übertraf das ihres Kleides noch um ein Vielfaches.

»Woher weißt du das?«

»James hat mir gerade ein Selfie geschickt, das sie in der Lobby gemacht haben.«

Harper war James – Emilys früherer Lektor – schon kurz vorgestellt worden, als sie in Dallas eingetroffen war.

»Zeig es mir!«

Emily schob das Smartphone schnell hinter ihren Rücken. »Ich will doch die Überraschung nicht kaputt machen! Heath ist bestimmt schon ganz gespannt auf deine Reaktion.«

Okay, jetzt war sie nervös. Sie nahm ein Handtuch und wischte sich die Hände ab. Emilys neckendes Grinsen verriet, dass sie schon mehr wusste, als sie Harper verraten wollte.

»Was soll dieser Blick?«, fragte sie. »Das ist kein Date oder so was.«

Emily nickte, aber ihre Miene verriet eindeutig, dass sie ihr das nicht abkaufte.

»Was ist mit *deinem* Date?«

»Was soll damit sein? Ich gebe offen zu, dass es ein Date ist. Oder auf jeden Fall etwas in der Richtung. James konnte keinen Babysitter für seinen kleinen Sohn finden und musste ihn mitbringen. Dawson ist vier und ziemlich lebhaft. Aber weißt du was? Das ist okay. Er ist so ein Wonneproppen. Ich glaube, ich habe mich verliebt.«

»In James oder in Dawson?«

Emily grinste. »Wir müssen jetzt los.«

64

SAMSTAG, 18:30 UHR
TRINITIY-MUSEUMSTHEATER
DALLAS, TEXAS

Harper und Heath standen mit Hunderten anderer Leute im eleganten Foyer des Trinity-Museumstheaters. Emily und James hielten sich an den Händen. Dawson hatte die andere Hand seines Vaters ergriffen, während sie sich in den Saal begaben. Das Gebäude mit seinen gewölbten Bogendecken erinnerte Harper an eine Kathedrale. Kunstvolle Plastiken und Wandgemälde stellten Szenen aus der Geschichte dar.

Harper legte die Hand auf den Arm, den ihr Heath anbot. Ihre überschäumenden Gefühle zogen ihr Herz in zu viele verschiedene Richtungen. Sie hatte so lange im Wohnwagen gelebt, Naturmotive im Wald fotografiert und war dann von einem Mörder gejagt worden, dass sie sich in dieser eleganten Umgebung wie in einem Alternativuniversum vorkam.

Heath lächelte ihr zu. Er schien sich in seinem schwarzen Anzug pudelwohl zu fühlen. Die Schatten in seinen Augen wirkten nicht mehr so tief, er war frisch rasiert und hatte für den Abend auf seinen Hut verzichtet. Harper bemühte sich, nicht an seinen Kuss zu denken, aber die Erinnerungen und Gefühle tobten stürmisch durch ihr Inneres. Ihre Beine fühlten sich an wie Pudding und sie war dankbar, sich an seinem Arm festhalten zu können. Er sah heute Abend so gut aus, dass sie ihm lieber nicht verriet, dass sie seinen ungezähmten Cowboylook noch lieber mochte. Aber Heath sah sowieso immer gut aus, egal, was er anhatte.

»Habe ich dir eigentlich schon gesagt, wie schön du aussiehst?« Bei der unverhohlenen Bewunderung in seinen Augen fragte sie sich unwillkürlich, ob Heath diesen Abend durchaus als Date betrachtete.

»In der letzten Viertelstunde nicht, aber das ist schon okay.« Vielleicht sollte sie darüber nachdenken, ob es von ihrer Seite aus nicht auch ein Date sein könnte. »Heath, ist das …? Sind wir …?«

»Ich hätte mir nie träumen lassen, dass ich einmal mit der schönsten Frau der Welt am Arm zu einer solchen Gala gehen würde.«

Er war ihr ins Wort gefallen, bevor sie ihre Frage ganz ausgesprochen hatte. Absichtlich?

Natürlich war das kein Date. Heath war hier, weil Taggart ihn angewiesen hatte, sie so weit wie möglich von Grayback wegzubringen.

Aber »die schönste Frau der Welt«?

Er trat vor sie. »Ich verstehe besser, als du ahnst, wie viel es kostet, einem anderen Menschen sein Herz zu öffnen. Trotzdem möchte ich dich in meins lassen, Harper. Ich habe dich sehr gern.« Der Blick aus seinen blauen Augen war intensiv und drang bis in ihre Seele vor. »Aber darüber sollten wir erst sprechen, wenn alles vorbei ist. Einverstanden?«

Sie nickte. »Einverstanden.«

Sie konnte es nicht erwarten, dass ihr Onkel endlich gefasst wurde, damit Heath und sie die Chance bekamen, einen Versuch als Paar zu wagen.

Heath und Harper folgten Emily und James, der Dawson auf dem Arm trug, damit der Junge nicht zwischen all den Menschen verloren ging. Sie erreichten ihre Sitzreihe, die für die Ehrengäste und ihre Begleitungen reserviert war. Emily hatte recht: Dawson war ein süßer Wonneproppen und könnte das Potenzial haben, eines Tages ein Herzensbrecher zu werden. Sie hoffte um Emilys willen, dass sein Vater genau das nicht war. Ihre Schwester war unübersehbar verliebt. Harper freute sich sehr für sie.

Nach dem Auftritt einer Kunsttanzgruppe eröffnete der Mann, der die Programmmoderation machte, offiziell den Abend und ehrte mehrere Künstler, die das Museum unterstützten und dazu ermahnten, den Holocaust nie zu vergessen. Die nächste Stunde war geprägt von kurzen Dokumentarbeiträgen sowohl über das Museum als auch über den Holocaust. Zwischen den einzelnen Beiträgen sprachen die Ehrengäste.

Schließlich kam der Moment, in dem Emily den Gästen vorgestellt wurde.

»Wir möchten als Nächstes Emily Reynolds, alias L. E. Harper, für ihr neues Werk, *Feuer und Asche,* auszeichnen.«

»Gratuliere, Em«, sagte Harper. »Das hast du dir redlich verdient.«

Unter dem Applaus des Publikums stand Emily von ihrem Platz auf. Anmutig und elegant stieg sie in ihrem glitzernden blauen Kleid auf die Bühne, in der Hand ein iPad mit ihrer Rede.

Das Publikum hatte ja nicht die geringste Ahnung, was Emily in den letzten Tagen durchgemacht hatte.

»Ich bin so stolz auf sie«, sagte Harper.

Heath nickte und grinste anerkennend, aber er wirkte angespannt.

Eine neue Unruhe regte sich in ihr.

Entspann dich! Harper wollte noch ein paar Minuten in dieser unbeschwerten Welt bleiben.

Auf der Bühne tippte Emily auf ihr iPad und begann, ihre Dankesrede vorzutragen: »Es ist eine unglaublich große Ehre, inmitten dieser Menschen, die für ihr Lebenswerk geehrt werden, zu stehen.« Sie lächelte und nickte einer anderen Künstlerin zu. »Und es macht mich sehr demütig, dass Sie meinen Roman ausgewählt haben. *Feuer und Asche* ist ein Krimi über eine Frau, die einen Mord aufklären will, der im Zusammenhang mit dem Bombenanschlag steht, der auf den Tag genau vor dreiundzwanzig Jahren hier an diesem Ort verübt wurde. Bei ihren Recherchen erfährt sie, was ihre Familie während des Holocausts erlebt hat. Ich liebe es, geschichtliche Ereignisse in meinen Büchern zu verarbeiten und meine Protagonisten dabei Morde aufdecken,

Lügen entlarven und die Wahrheit ans Licht bringen zu lassen. Ich werde oft gefragt, woher ich die Ideen für meine Geschichten nehme.« Emily schaute auf ihr iPad und schwieg einen Moment, als müsste sie sich kurz sammeln. Dann hob sie mit einem etwas brüchigen Lächeln den Kopf. »Aber diese Geschichte ist für mich viel persönlicher.«

Harper erstarrte.

»Auf den Tag genau vor dreiundzwanzig Jahren hat meine Mutter eine liebe Freundin verloren, als dieses Museumstheater zerstört wurde. Der Täter war, wie die Polizei damals vermutete, ein Holocaustleugner und gehörte einer regierungsfeindlichen Terrorgruppe an.« Emily machte eine ausholende Handbewegung. »Aber das Theater wurde wieder aufgebaut und ist jetzt noch eindrucksvoller als zuvor. Die Architekten und Bauleute haben hervorragende Arbeit geleistet, finden Sie nicht?« Wie ein Profi wartete Emily auf den Applaus, der einsetzte, während sich das Publikum anerkennend im Saal umsah.

»Meine Mutter starb vor drei Jahren. Als ich ihre Sachen durchsah, stieß ich auf einen Schuhkarton mit Zeitungsartikeln über den Bombenanschlag auf dieses Gebäude. Ich hatte dieses traurige Ereignis fast vergessen. Als ich diese Berichte las, wusste ich, dass ich die Geschichte zur Erinnerung an die Menschen, die hier ihr Leben gelassen haben, und an die Millionen Menschen, die im Holocaust gestorben sind, schreiben muss. Ich verrate das Ende natürlich nicht, falls Sie das Buch noch nicht gelesen haben, aber im echten Leben geht es nicht immer so gut aus wie für meine Charaktere. Trotzdem besteht immer Hoffnung. Es kann Umkehr geben. Versöhnung. Eine neue Chance. Dieses Gebäude bekam so eine neue Chance …« Emily sprach weiter, aber Harper konnte sich nicht mehr auf ihre Rede konzentrieren. Emilys Worte hallten laut und bedrohlich durch ihren Kopf. Harper drehte den Kopf zu Heath, der Emily aufmerksam zuhörte.

Wie konnte mir das nur entgehen?

Emily hatte ihren neuen Krimi auf der Grundlage der Zeitungsartikel über den Bombenanschlag geschrieben, die ihre Mutter aufgehoben hatte. Harper hatte nicht nur das Buch nicht gelesen, sondern sich auch nicht getraut, Emily Fragen danach zu stellen, da sie im letzten Jahr so sehr darauf bedacht gewesen war, einen weiten Bogen um alles zu machen, was mit Mordfällen zu tun hatte.

Dieses Gebäude war vor Heaths Hütte und dem alten Bahnhof in Grayback der letzte Ort gewesen, den der Feuerbombenleger in die Luft gesprengt hatte.

65

SAMSTAG, 20:45 UHR
TRINITIY-MUSEUMSTHEATER
DALLAS, TEXAS

Ein starkes Unbehagen regte sich in Heath. Emilys Rede erinnerte ihn genau an das, vor dem sie geflohen waren. Harper hatte beschlossen, bis nach der Gala damit zu warten, ihrer Schwester die Wahrheit über ihren Onkel zu erzählen, aber jetzt erkannte er, dass das ein großer Fehler gewesen sein könnte.

Er wollte nach Harpers Hand greifen, bevor sie die Nerven verlor, doch sie stand plötzlich auf, schob sich durch die Sitzreihe und verschwand durch eine Seitentür. Heath stand auf, entschuldigte sich flüsternd bei James und zwinkerte dem kleinen Dawson zu, der auf dem Schoß seines Vaters unruhig herumzappelte. Dann verließ er ebenfalls die Reihe und folgte Harper aus dem Saal. Hinter der Tür erstreckte sich zu beiden Seiten ein langer Gang. Gegenüber befand sich eine große Halle mit Stühlen. Harper war nirgends zu sehen.

Heath stemmte die Hände in die Hüften und drehte sich suchend im Kreis. Endlich entdeckte er sie. Am Ende des Gangs, der zum Foyer führte, schritt sie nervös auf und ab. Er lief zu ihr und fasste sie an den Armen. »Was ist los?«

Sie war den Tränen nahe. »Hast du nicht zugehört, was Emily gesagt hat? Der Feuerbombenleger! Er ist hier. Heute Abend. Es ist … es ist der Jahrestag seiner großen Bombe. Er hat vor dreiundzwanzig Jahren dieses Gebäude in die Luft gesprengt. Wir müssen die Menschen warnen! Das Theater muss evakuiert werden.«

»Langsam. Beruhige dich. Das FBI arbeitet fieberhaft an dem Fall. Sie suchen ihn und werden ihn vor seiner nächsten Bombe ergreifen.«

»Wie beim letzten Mal? Das FBI ist nicht schnell genug. Das sagt mir mein Bauchgefühl, Heath. Überleg doch: Wir wissen, dass Onkel Jerry eine weitere Bombe plant. Diesen Ort verbindet er mit seinem letzten großen Erfolg. Emily und ich sind hier. Er kann sich im Wohnwagen umgesehen haben, als wir nicht da waren, um an mehr Informationen über uns zu kommen. Vielleicht hat er herausgefunden, dass Emily Autorin ist und heute Abend hier geehrt werden soll. Für einen Wahnsinnigen ist das doch das perfekte Ende seines Lebens. Er ist todkrank, das wissen wir. Wie könnte er sich aufsehenerregender von dieser Welt verabschieden? Ich habe mich geirrt, als ich dachte, er würde nicht mehr versuchen, mich zu töten. Ich bin nach wie vor Zeugin seines Verbrechens. Besser gesagt seiner Verbrechen. Er hat auch meinen Vater getötet.« Mit zitternden Händen zog sie ihr Handy aus der Tasche.

Heath lehnte sich an die Wand. Er musste nachdenken. Wenn Harper recht hatte, war es ein Wettlauf mit der Zeit. Möglicherweise war es sogar schon zu spät. Auf der anderen Seite würde eine unnötige Bombenwarnung den Abend ruinieren und viele Leute verärgern. Möglicherweise würden sie beide sogar verhaftet werden. Aber Menschenleben könnten in Gefahr sein. Er schaute Harper fragend an. Sie schien überzeugt zu sein. Wenn er sich doch nur in Ruhe nach verdächtigen Objekten umsehen könnte! Aber wenn sie mit ihrem Verdacht richtiglag, konnte er sich das nicht leisten.

»Wir sollten zuerst mit dem Sicherheitsdienst reden!« Er wollte loslaufen und jemanden suchen.

»Ich habe schon einen der Mitarbeiter informiert. Er wollte jemanden anrufen.« Harper hielt sich ihr Handy ans Ohr.

»Dann können wir sonst nichts mehr machen«, sagte er.

»Wirklich nicht? Ich bin mir nicht sicher, ob mich der Mann

ernst genommen hat.« Harpers Anruf wurde entgegengenommen und sie schilderte der Person am anderen Ende der Leitung die Situation. »Ich habe keine Ahnung, wo sie ist … Ja, ich habe es einem Mann vom Sicherheitsdienst hier gesagt, aber ich weiß nicht, ob er etwas unternimmt.«

Ihre Ungeduld wuchs sichtlich. »Keine Ahnung, wann sie losgeht oder wie sie aussieht! Nein, ich habe die Bombe nicht gelegt! Bitte schicken Sie jemanden, um dieses Gebäude räumen zu lassen.« Harper hörte zu, verabschiedete sich und legte auf. »Ich glaube, die Polizei wird kommen. Wenn jemand anruft und eine Bombenwarnung ausspricht, müssen sie etwas unternehmen. Aber was ist, wenn ich mich irre?«

Heath zog ebenfalls sein Handy heraus, um Taggart, Moffett und Liam anzurufen. Sie wussten, wie der Feuerbombenleger tickte, und könnten aktiv werden und die Polizei in Dallas vom Ernst der Lage überzeugen. Heath hinterließ bei allen dreien eine Sprachnachricht. Das dauerte alles viel zu lange! Er wählte die Nummer des FBI-Büros in Dallas. Bis er zu jemandem durchgestellt wurde, der eine sofortige Evakuierung des Gebäudes veranlassen könnte, verging eine gefühlte Ewigkeit.

Er sollte einfach den Feueralarm drücken. Das ginge schneller.

»Special Agent DeSanto am Apparat.«

»Hier Deputy Heath McKade. Ich glaube, der Feuerbombenleger könnte heute Abend zum Jahrestag des Bombenanschlags vor dreiundzwanzig Jahren während der Metcalfe-Gala einen Anschlag auf das Trinity-Museumstheater planen. Das Gebäude ist voller Menschen. Soll ich den Feueralarm auslösen?«

»Betätigen Sie den Alarm nicht, das könnte eine Massenpanik auslösen. Es hat schon jemand angerufen. Wir schicken Polizisten zum Theater, die sich ein Bild von der Lage machen sollen. Die Entscheidung liegt bei der Ortspolizei. Sie werden das Gebäude gegebenenfalls für eine geordnete Evakuierung vorbereiten und sichern. Bewahren Sie Ruhe, Deputy McKade.«

Heath beendete das Gespräch. Sich ein Bild von der Lage machen? Das Gebäude für eine geordnete Evakuierung vorbereiten und sichern? Was, wenn es bis dahin schon zu spät war?

»Warum konnte das FBI anhand der ganzen Informationen, die der Bombenleger zurückgelassen hat, nicht herausfinden, was er plant?«, fragte sich Heath.

»Meghan hat mir erzählt, dass er in der Vergangenheit oft falsche Spuren gelegt hat, um die Polizei absichtlich in die Irre zu führen«, sagte Harper. »Das ist einer der Gründe, warum er nie gefasst wurde. Vielleicht hat er das wieder getan.«

»Komm, wir holen deine Schwester und tun, was wir können, um alle unbeschadet aus dem Gebäude zu bringen.«

Sie eilten in den Saal zurück und blieben an der Seite stehen. Emily stand immer noch auf der Bühne und genoss das Lachen und den Applaus des Publikums. Ihr Blick wanderte jedoch umher, als wäre sie in Gedanken ganz woanders.

Harper versuchte, ihrer Schwester Handzeichen zu geben, doch Emily hatte sie noch nicht entdeckt. »Oh, komm schon, Em. Beeil dich bitte«, flüsterte sie.

»Geh du schon mal nach draußen! Ich hole Emily, James und Dawson.«

»Ich kann James nicht sehen. Vielleicht ist er mit Dawson auf der Toilette. Oh, Heath, was sollen wir nur machen?«

»Bitte verlass das Gebäude. Warte in sicherer Entfernung zum Eingang. Du kannst die Polizisten in Empfang nehmen und in ihrer Nähe bleiben, bis ich die anderen hinausgebracht habe.« Am liebsten hätte er sie auf seine Arme geschwungen und eigenhändig ins Freie getragen. Aber sie würde es ihm nie verzeihen, wenn Menschen zu Schaden kamen, weil er ihr Wohl über das aller anderen gestellt hatte. Er sich selbst auch nicht.

Mit rasendem Herzen setzte er sich in Bewegung und näherte sich an der Wand entlang der Bühne, um Emily sofort abfangen zu können.

Gott, warum bin ich jetzt in dieser Situation? Du wusstest doch, dass ich der Falsche bin, um Harper zu beschützen. Es war meine

Idee, sie hierherzubringen. Und jetzt?! Ich kann mich noch so sehr bemühen, aber ich mache immer alles nur noch schlimmer!

»Ohne meine Schwester und dich gehe ich nirgendwohin.« Harper war ihm natürlich gefolgt.

Emily war immer noch nicht fertig.

Herr, bitte lass die Polizei rechtzeitig hier sein!

Heath hoffte inständig, dass Harper sich in Bezug auf die Bombe irrte.

Sein Handy summte. Er warf einen schnellen Blick aufs Display.

Liam.

Bringt euch in Sicherheit! Das FBI glaubt auch, dass Jerry das Trinity-Museumstheater in die Luft sprengen will. Ihr seid doch noch dort, oder?

Das FBI war also zum selben Ergebnis gekommen wie Harper und er. Aber würde die Zeit noch reichen, um alle Anwesenden hier herauszubekommen?

Agent DeSanto hatte Heath aufgefordert zu warten. Aber im Gegensatz zum FBI war er vor Ort und konnte etwas tun. Er marschierte auf den Feueralarmknopf zu. Wenn er zuerst anordnete, dass alle das Gebäude geordnet verlassen sollten, bevor er ihn betätigte, würden die Menschen hoffentlich verhältnismäßig ruhig bleiben.

Emily beendete endlich ihre Rede. Als sie an ihren Platz zurückkehren wollte, schien etwas hinter der Bühne sie abzulenken. Statt zu Heath und Harper zu kommen, wandte sie sich in die andere Richtung. Dann verschwand sie hinter der Bühne.

»Oh nein! Wir müssen sie holen!«

Mit einem ohrenbetäubenden Lärm ging der Feueralarm los. Heath und Harper wechselten einen erschrockenen Blick. Er hatte den Alarm nicht ausgelöst.

Jemand rief laut: »Verlassen Sie sofort das Gebäude!«

Was passiert hier?

In diesem Moment stürmten Polizisten in den Saal. Gleichzeitig verließen die Menschen in Scharen die Sitzreihen und drängten sich durch die Ausgänge.

Heath wollte nach Harpers Hand fassen, aber er griff ins Leere. Sie war fort.

66

Harper eilte die Stufen neben dem Orchestergraben zur verwaisten Bühne hoch.

Heath war hinter ihr gewesen, als sie losgelaufen war, wenigstens hatte sie das gedacht. Aber sie hatte ihn aus den Augen verloren. Sie warf einen Blick zurück auf die fliehende Menschenmasse. Zwischen all den Fremden, die in Panik zu den Ausgängen drängten, hatte sie keine Chance, ihn wiederzufinden oder gar zu ihm durchzukommen. Heath konnte auf sich aufpassen.

»Emily!« Der Feueralarm hallte immer noch ohrenbetäubend schrill durch den Saal. Harper tauchte in die Schatten hinter der Bühne ein. Obwohl sie sich immer weiter von dem Tumult entfernte, gellten ihr die Rufe der Menschen, die aus dem Gebäude flohen, in den Ohren. Nun war sie von schweren Vorhängen und unzähligen Requisiten umgeben. Über ihr befanden sich ein Laufsteg und ein System aus Seilen, Gegengewichten und Flaschenzügen, die durch eine Öffnung über ihr zu erreichen waren: das Bühnenhaus. Das kannte sie aus ihrer Zeit beim Schultheater.

In diesem verwinkelten Labyrinth wäre es leicht, eine Bombe zu verstecken. Die Angst schnürte Harper die Kehle zu. »Emily! Bitte, wir müssen raus hier! Wo bist du?«

Und wenn sie ihre Schwester nicht rechtzeitig fand? Warum hatte Emily nicht auf direktem Wege die Bühne verlassen? Vielleicht hatte sie einen anderen Ausgang benutzt und war längst im Freien?

Harper eilte an Garderobenräumen mit riesigen Spiegeln vorbei. Darin hingen Unmengen von Kostümen. Endlich, der Quergang, der auf die andere Seite führte! Sie lief an weiteren Räumen vorbei, in denen offensichtlich weitere Requisiten gelagert wurden.

»Emily!«

Hinter sich hörte sie eine Stimme, aber sie klang weit weg und gedämpft. »Emily, bist du das? Bitte ruf lauter!«

Befand Emily sich im Raum unter der Bühne?

»Hier ist wahrscheinlich irgendwo eine Bombe!«, schrie Harper. Sie wehrte sich nach Kräften gegen die Angst, die sie zu lähmen drohte, und lief um die Ecke. Auch hier keine Spur von Emily. »Wo bist du? Hörst du mich? Wir müssen verschwinden! Emily, hier ist irgendwo eine Bombe versteckt!«

Harper stieß auf eine Treppe und rannte mit klackernden Absätzen die Metallstufen hinab, bis sie den leeren Raum unter der Bühne erreichte. Die Unterbühne. Hektisch blickte Harper sich um. Ein Bühnenlift. Kisten. Noch mehr Requisiten. Aber keine Emily.

Aus einem noch tiefer gelegeneren Raum erklang ein erstickter Schrei.

»Emily!« Harpers Nackenhaare stellten sich auf. Sie entdeckte eine weitere Treppe. Ihre hastigen Schritte hallten gespenstisch von den Wänden wider. Unten angekommen, trat sie durch eine weitere Tür und schob sich durch einen Vorhang. Kisten verstellten den Lagerraum.

»Emily?«

»Ich bin hier!«

Harper lief suchend weiter.

Endlich sah sie ihre Schwester. Emily war in die Hocke gegangen und drückte Dawson an sich. »James! Er ist bewusstlos!« Sie deutete auf eine Gestalt am Boden.

»Was? Wieso ist er denn hier runtergekommen?«

»Vielleicht hat er Dawson gesucht? Ich habe ihn weggehen sehen, während ich meine Rede gehalten habe.« Ihre Stimme bebte. Sie stand auf und hob den Jungen hoch. »James ist anscheinend gestürzt und hat sich den Kopf angeschlagen.«

»Wir müssen sofort hier weg!«, sagte Harper. »Ich helfe James. Bring du den Kleinen raus.«

Dawson hob den Kopf von Emilys Schulter und deutete mit dem Finger in den hinteren Teil des Raums. »Der Mann hat Daddy geschlagen!«

Emily starrte das Kind an. »Welcher Mann denn? Ich sehe niemanden.«

Angst krallte ihre eisigen Finger in Harpers Herz, als sie in den Schatten und dunklen Winkeln jemanden auszumachen versuchte. Auch sie konnte niemanden entdecken; dafür fiel ihr Blick auf etwas anderes. Etwas, das wie eine Zeitschaltuhr aussah. Sie war an einem Kistenstapel mit der Aufschrift KOSTÜME befestigt und zeigte einen Countdown an.

Sieben Minuten und dreiunddreißig Sekunden.

Zweiunddreißig.

Einunddreißig.

Emily war Harpers Blick gefolgt. Ihre Augen weiteten sich. »Ist das dort an der Kiste das, was ich denke?«

In Harpers Kopf ratterte es. Die Bomben in Grayback waren bestimmt nur Probeläufe gewesen. Sie vermutete, dass es sich hier noch mal um ein ganz anderes Kaliber handelte. Mit großer Sprengkraft und Brandbeschleuniger. Was die Explosion nicht sofort zerstörte, würde vom Feuer verzehrt werden.

Ihre Beine wollten unter ihr nachgeben. Doch dieses Mal kamen keine Tränen. Sie spürte nur die feste Entschlossenheit, ihre Schwester, James und Dawson zu retten. »Ja.« Ihre Worte waren nicht lauter als ein Flüstern. »Aber der Alarm wurde sicher früh genug ausgelöst. Jetzt müssen nur noch wir uns in Sicherheit bringen.«

»Es ist zu spät! Das schaffen wir nie im Leben!«

»Doch, natürlich schaffen wir es! Uns wird nichts passieren!« Sie zog ihr Handy heraus, um die Polizei anzurufen, aber sie hatte hier unten keinen Empfang. Soweit sie wusste, konnte die Bombe nicht aktiviert werden, wenn man den Zünder unschädlich machte. Aber Harper hatte nicht die geringste Ahnung, wie das ging.

»Komm!« Sie schob ihre Schwester durch den schweren Vorhang. »Lauf schon voraus. Ich trage James.«

»Was?! Er ist viel zu schwer für dich! Wir können ihn doch nicht hier liegen lassen!«

Harper runzelte die Stirn. »Nein, natürlich nicht. Aber er würde wollen, dass du seinen Sohn rettest. Ich bin die Stärkere von uns beiden. Ich trage ihn im Feuerwehrgriff, dann geht es.« Wenigstens hoffte sie das. »Wir haben keine Zeit für Diskussionen. Los jetzt!«

Emily rannte mit Dawson zur Treppe.

Harper ging neben James in die Hocke. »Ich nehme nicht an, dass du aufwachst und selbst laufen kannst, oder?« Sie versuchte, den kräftigen Mann über ihre Schultern zu ziehen, obwohl ihr schon im ersten Moment klar wurde, dass sie ihn unmöglich die Treppe hinauftragen konnte.

Gott, hörst du mich? Bitte hilf mir!

James stöhnte. Kam er zu sich?

»James?«

Er murmelte etwas Unverständliches, seine Lider flatterten. Harper schluchzte auf. Sie klopfte leicht auf seine Wangen und endlich öffnete er die Augen. Es gelang ihr, ihn auf die Beine zu ziehen und seinen Körper zu stützen. Adrenalin wurde durch ihre Adern gepumpt. Sie schafften es zur Treppe und erklommen gemeinsam eine Stufe nach der anderen, aber sie kamen trotzdem viel zu langsam voran.

James hing schwerfällig an ihr. Sie zog ihn näher an ihre Seite. Ihr Herz hämmerte und sie konnte kaum atmen. Wie viel Zeit blieb ihnen noch?

Keuchend erreichten sie den zweiten Treppenabsatz.

In Gedanken war Harper schon mit James durch die Tür und rekonstruierte ihren Weg durch den Irrgarten hinter der Bühne. »Los, James, es ist nicht mehr weit!«

Sie schleppten sich zum nächsten Treppenabsatz hinauf. Harpers Muskeln schrien, als das Gewicht unvermittelt zunahm. James hatte wieder das Bewusstsein verloren.

Nein, nein, nein, nein!

Sie ließ ihn zu Boden gleiten und stemmte sich gegen die Tür. Dann stützte sie die Hände auf die Oberschenkel und rang nach Luft. Sie würde ihn anders weiterhieven müssen. »James, wenn du nicht aufwachst, sterben wir hier drin!«

Selbst falls sie sich selbst noch retten könnte, wenn sie ihn hier zurückließ, kam das auf keinen Fall infrage.

Warum bin ich so schwach? Ich habe mich für stärker gehalten! Aber … Gott ist stärker. Hilf mir, Herr. Hilf uns!

»Der HERR ist eine starke Festung: Wer das Rechte tut, findet bei ihm sichere Zuflucht!« Sie stieß den Bibelvers hervor. Für einen kurzen Moment schloss sie die Augen und malte sich diesen unverrückbaren Berg aus. Heiße Tränen liefen ihr übers Gesicht.

Harper dachte daran, wie ihre Mutter damals über den Bombenanschlag geweint hatte – und um ihren Bruder, aus dem ein Ungeheuer, ein mörderischer Bombenleger geworden war.

Wenn die Polizei, das Bombenentschärfungskommando oder das Sondereinsatzkommando nicht schon auf dem Weg zu der Bombe waren, waren sie und James dem sicheren Tod geweiht.

67

»Harper!« Wieder und wieder schrie Heath ihren Namen. Ihm war nichts anderes übrig geblieben, als sich von dem Menschenstrom aus dem Theater hinaustreiben zu lassen. Hatte Harper Emily gefunden? Die beiden mussten es einfach geschafft haben, aus dem Gebäude zu entkommen. Etwas anderes durfte er gar nicht erst denken!

Er versuchte von der Menge wegzukommen, um sich einen besseren Überblick verschaffen zu können. Polizisten standen am Ausgang und schickten die Leute von dem Gebäude weg. Sie würden niemanden wieder hineinlassen. Aber falls Harper da drin war, musste er sie suchen.

»Harper? Harper!«

Die Menschen folgten den Anweisungen, sich bis zum nächsten Häuserblock zu entfernen. Heaths Mut sank. Sein Gefühl sagte ihm, dass Harper sich nicht in dieser Menschenmenge befand. Wo war sie? Er suchte weiter und rief nun auch nach Emily.

»Heath!«, hörte er Harpers Schwester plötzlich rufen.

Erleichtert drehte er sich um. Emily eilte mit Dawson auf den Armen auf ihn zu.

»Ich glaube, Harper ist noch nicht draußen! James wurde verletzt. Sie wollte ihm helfen, aus dem Gebäude zu kommen, und uns so schnell wie möglich folgen.«

Er packte sie an den Armen. »Wo hast du sie zuletzt gesehen?«

»In einem Raum unter der Bühne. Dort tickt eine Bombe! Ich kann dir den Weg zeigen, aber jemand muss auf Dawson aufpassen.«

»Auf keinen Fall! Du bleibst bei Dawson!«

Einige Nachzügler verließen das Theater. Einige der Polizisten waren bereits dabei, das Gelände weiträumig abzusperren. Das

Bombenentschärfungskommando war wahrscheinlich schon unterwegs, aber würden sie rechtzeitig kommen, um die Detonation der Bombe zu verhindern?

Heath ballte die Hände zu Fäusten. Das Bombenentschärfungskommando, die Polizei, sie alle gaben ihr Bestes, aber sie waren nur Menschen.

Heath war auch nur ein Mensch; allerdings hatte er ein solches Szenario schon einmal erlebt. Er hatte schon einmal einen geliebten Menschen verloren und er würde nicht tatenlos hier herumstehen. Er hatte Harper gesagt, dass der Preis der Liebe hoch sei. Und dass er bereit sei, diesen Preis zu zahlen.

Vielleicht war er verrückt.

Eine Frau stolperte aus einem Seitenausgang. Der Polizist, der dort postiert war, trat zu ihr. Diesen Moment nutzte Heath, um an ihm vorbeizustürmen. Er ignorierte die Rufe, dass er sofort zurückkommen solle.

Schon war er durchs Foyer und raste durch den Saal nach vorne. »Harper! Wo bist du?« Er rannte die Stufen zur Bühne hinauf und fand sich wenige Sekunden später in einem verwirrenden Labyrinth aus Räumen und Gängen wieder. Emily hatte gesagt, dass Harper unter der Bühne war. Wie kam er am schnellsten dorthin?

68

»Du hättest nicht hierherkommen sollen, Mädchen.«

Harper kannte diese Stimme. Sie klang bedrohlich.

Sie starrte Onkel Jerry an, der bedächtig die Treppe heraufgestiegen kam. »Warum tust du das?«

»Du bist zu der Gala gekommen, also kennst du den Grund.«

»Du bist wahnsinnig!«

»Die Regierung verdreht die Wahrheit. Sie verbreitet Lügen über unsere Geschichte, damit sie die Zukunft bestimmen kann.«

»Aber mit einer Bombe änderst du doch nichts! Ein Gebäude voll mit Menschen in die Luft zu jagen, ist der falsche Weg, um deinen Standpunkt zu vertreten!«

»Solange man keinen Druck ausübt, hört einem niemand zu. Aber das spielt mittlerweile auch schon keine Rolle mehr. Ich bin todkrank und ich habe beschlossen, selbst zu bestimmen, wie ich sterbe. Und dabei werde ich noch einmal für alle Welt ein Zeichen setzen.«

»Aber *ich* bin nicht todkrank. Ich habe noch mein ganzes Leben vor mir, wenn du mich heute Abend nicht umbringst.« Ein Leben mit Heath. Harper wollte eine Chance mit ihm haben. Selbst wenn ihr nur wenige schöne Momente mit ihm vergönnt wären, würde es sich lohnen. Wie hatte sie nur je daran zweifeln können? »Denk an Leslie, deine Schwester! Willst du wirklich nach ihrem Mann auch noch ihre Töchter töten?«

»Du weißt also Bescheid über die Sache mit deinem Vater.« Sein Stirnrunzeln vertiefte sich. »Ich hatte keine Ahnung, dass du die Frau mit der Kamera warst. Sonst hätte ich nicht versucht, dich zu töten. Ich hätte dich auf andere Weise zum Schweigen gebracht.«

Aus dem Mund eines Mörders war das kein großer Trost.

»Ist das deine Art, dich zu entschuldigen? Dafür ist es zu spät! Es sind schon mehrere Menschen gestorben. Und es werden noch mehr Menschen deinetwegen umkommen.« Eigentlich hatte es überhaupt keinen Sinn, weiter auf ihn einzureden. Er war zu gefühlskalt, zu abgestumpft, und sie verschwendete hier gerade vielleicht die letzten Augenblicke ihres Lebens.

»Sie sind alle draußen. Ich habe den Feueralarm ausgelöst, damit sie sich retten konnten. Nur du bist noch da.«

Was? Ihr blieb die Luft weg. »Du warst das?« Neue Hoffnung keimte in ihr auf. Harper richtete sich auf und zog James mit einem Ächzen hoch. »Du hast den Feueralarm ausgelöst? Warum?«

»Deine Schwester. Ihre Rede. Das Buch, das sie geschrieben hat.« Jedem Wort folgte ein rasselnder Atemzug.

Das alles zu planen, die Bombe vorzubereiten, hatte ihn wahrscheinlich seine letzte Energie gekostet. Und der Krebs, der ihn bei lebendigem Leib zerfraß.

»Ich saß auf dem Bühnensteg und habe ihr zugehört. Die Leute waren fasziniert von ihren Worten.« Er lehnte sich an die Wand. »Ich werde sterben. Wenn ich tot bin, kann ich nichts mehr verändern. Ich bin der Letzte unserer Gruppe im Kampf um die Wahrheit. Die Lügen, die die Regierung verbreitet, damit sie uns kontrollieren kann, müssen aufgedeckt werden. Aber Emily muss am Leben bleiben, um es zu verkünden.« Er atmete mühsam ein und musste husten.

»Es verkünden? Wovon sprichst du? Welche Lügen?«

»Ich habe einen Brief an die *New York Times* geschrieben, in dem ich alles erklärt habe. Er müsste morgen bei der Redaktion ankommen. Sag deiner Schwester, dass sie ihn lesen soll. Dann wird sie verstehen, warum sie tiefer in der Geschichte graben und die Wahrheit ans Licht bringen muss. Ich weiß, dass sie sie erkennen wird. Dann kann sie darüber schreiben und es werden noch mehr Menschen davon hören.«

Emily sah die Geschichte nicht wie er und sie leugnete auch den Holocaust nicht. Sie war schließlich keine radikale Extremistin. Aber Harper sparte es sich, das zu sagen. Er würde ihr sowieso nicht zuhören. Nein, er war viel zu sehr in seiner Paranoia gefangen. Und offenbar war er auch noch nicht fertig.

»Ich weiß, dass sie dafür bestimmt ist, den Kampf für die Wahrheit weiterzuführen. Das liegt ihr im Blut. Deshalb musste ich sie am Leben lassen. Seit ich ihre Rede gehört habe, habe ich Frieden. Ich weiß, dass ich die richtige Entscheidung getroffen habe. Emily wird die Sache weiterführen, auch wenn sie das jetzt vielleicht noch nicht weiß.«

Harper war übel. Dieser Mann glaubte tatsächlich, er täte das Richtige.

Sie dachte an Emilys Dankesrede und daran, welche Wirkung sie auf Onkel Jerry gehabt hatte. Anscheinend hatte er etwas Wichtiges überhört.

»Emily hat von zweit Chancen gesprochen. Du kannst diese zweite Chance haben.«

»Wozu? Es wäre ohnehin nichts mehr zu retten.«

Wie kam ein Mensch an den Punkt, an dem er glaubte, dass er keine zweite Chance verdienen würde? Harper war dieses Gefühl nicht fremd. Viel zu lange hatte sie diese Lüge selbst geglaubt. Der Prozess, sich selbst zu vergeben, dass sie ihren Vater im Stich gelassen hatte, war immer noch nicht abgeschlossen. Aber sie konnte nicht warten, bis Onkel Jerry erkannte, dass er Jesus brauchte. Falls er das überhaupt erkennen könnte.

Sie versuchte James weiterzuschleppen.

Er stöhnte. Wachte er wieder auf? Bestand noch Hoffnung, dass sie überleben würden?

»Es ist sonderbar«, sprach Onkel Jerry unbeirrt weiter. »Das Wissen, dass ich durch die Bombe mein Leben lassen werde, löst euphorische Gefühle aus. Ich hinterlasse ein Vermächtnis.«

»Ein Vermächtnis aus Tod und Zerstörung.« Ihn hätte sie vielleicht irgendwie außer Gefecht setzen können, aber das würde nicht das Problem mit der Bombe lösen. »Hilf mir! Bitte halt diese Zeitschaltuhr an! Ich bin noch nicht bereit zu sterben.«

»Aber ich. Ich sterbe so, wie ich es will. Die Explosion könnte ich so oder so nicht mehr aufhalten. Das kann niemand.«

69

Heath fand eine Tür zum Treppenhaus und rannte die Stufen hinab.

»Harper!« Er trat durch einen schweren Vorhang und stand in einem großen, überfüllten Raum. Sein Blick fiel auf ein kleines rotes Licht.

Eine Zeitschaltuhr.

Achtzehn Sekunden.

Sein Atem stockte. »Harper? Wo bist du?« Die Angst schnürte ihm die Kehle zu. Liam würde es ihm sehr übel nehmen, wenn er hier starb. Und er selbst würde es sich sehr übel nehmen, wenn Harper etwas zustieß.

Lief es nicht jedes Mal so ab? Endete es nicht immer auf diese Weise? Er hatte sie hierher gebracht. Er! Er war verantwortlich. Dieses Mal würde er die Frau, die er liebte, verlieren. Selbst wenn er sie in den nächsten paar Sekunden fand, reichte die Zeit nicht, um aus dem Gebäude zu kommen.

Da entdeckte er ihn.

Jerry.

Der Mann schaute Heath mit glasigem Blick an.

»Wo ist sie?«, brüllte Heath. »Was haben Sie ihr angetan?«

»Hier entlang.« Jerry schlurfte an den umherstehenden Kisten entlang.

»Warum sollte ich Ihnen trauen?«

Jerry ging unbeeindruckt weiter. »Sie haben zehn Sekunden Zeit, um sich zu entscheiden.«

»Harper!«, rief Heath, während er ihrem Onkel folgte. Das war doch irre!

Gott, hilf mir! Soll ich diesem Mörder wirklich folgen?

Er hätte Harper doch hören müssen, wenn sie sein Rufen beantwortet hätte? Befand sie sich noch irgendwo hier unten? War sie noch bei James?

Jerry führte ihn durch einen Tunnel und deutete dann auf eine Sprengschutztür. »Sie ist da drinnen.«

Heath stürzte sofort zur Tür und hämmerte dagegen. »Achtung, ich komme rein!« Ohne auf eine Antwort zu warten, schob er den Hebel nach oben und zog dann die Tür auf.

Harper keuchte, als sie Heath sah, und zog ihn schnell zu sich herein.

»Verriegelt die Tür!«, rief Jerry und schlug sie von außen zu.

»Moment!« Heath wollte Jerry auch in den Schutzraum ziehen, doch es war zu spät.

Ein ohrenbetäubender Knall ließ alles erbeben. Instinktiv zog Heath Harper zu Boden und legte die Arme um sie.

Oh, Herr, bitte lass uns überleben!

Sie drückte das Gesicht an seine Schulter. Es fühlte sich an, als bewege sich der ganze Raum um einige Zentimeter. Harpers Fingernägel bohrten sich schmerzhaft in seine Haut.

Wenn dieser Schutzraum der Detonationswelle nicht standhielt, würden sie sterben. Alles hing davon ab, wie stark Jerry die Bombe gebaut hatte und ob der Schutzraum stabil genug war.

Doch selbst wenn er es war – die Explosion würde alles in Brand setzen. Wie lange könnten sie hier drinnen ausharren, wenn der Sauerstoff immer knapper wurde? Hoffentlich war beim Bau dieses Raumes an eine ordentliche Belüftung gedacht worden!

Nach einigen Sekunden erstarb das Knallen und Krachen.

Harper stand auf und schaltete eine Taschenlampe ein, die sie im Raum gefunden haben musste, bevor Heath dazugekommen war. Im gleichen Moment erhellte ein zweiter Lichtkegel den Raum. Heath zuckte zusammen, doch es war nur James, der mit schockgeweiteten Augen in einer Ecke saß und ebenfalls eine Taschenlampe in der Hand hielt.

»Emily dürfte in Sicherheit sein. Sie hat Dawson aus dem Gebäude gebracht.« Mit diesen Worten wollte sich Harper wahrscheinlich selbst genauso beruhigen wie James.

»Das stimmt«, bestätigte Heath. »Sie hat mir gesagt, dass du noch hier unten bist. Deshalb bin ich gekommen, um dich zu suchen. Dabei bin ich dann deinem Onkel über den Weg gelaufen.«

»Er war derjenige, der den Feueralarm ausgelöst hat. Er konnte die Bombe nicht mehr deaktivieren. Aber er konnte mich retten. Uns alle drei.« Sie schaute James und dann wieder Heath an. »Nachdem das Gebäude beim letzten Bombenanschlag zerstört wurde, wurde beim Wiederaufbau ein Schutzkeller eingebaut. Onkel Jerry sagte, er sei die einzige Möglichkeit zu überleben.«

»Er kann die Bombenexplosion nicht überlebt haben.«

»Nein. Er wollte lieber durch die Bombe als durch den Krebs sterben. Doch er hat am Ende seines Lebens noch etwas Gutes getan.«

Als könnte das den ganzen Schaden, den er angerichtet hatte, wiedergutmachen! Die Menschen, die er im Laufe seines Lebens getötet hatte, wurden dadurch nicht wieder lebendig. Aber wenn es Harper half, sich einen positiven Gedanken über ihren Onkel zu bewahren, würde er ihr nicht widersprechen.

Als es ruhig blieb, entspannte Heath sich, aber nur ein wenig.

»Ist es vorbei?«, fragte sie.

Er nahm die Arme von ihr und richtete sich auf wackeligen Beinen auf. »Ich glaube ja. Ich hoffe es. Aber es könnte gefährlich sein, die Tür aufzumachen. Vielleicht steht dahinter schon alles in Flammen.«

»Er hat gesagt, er habe keinen Brandbeschleuniger benutzt.«

James räusperte sich. »Es könnte aber trotzdem ein Feuer ausgebrochen sein.«

Heath nickte. »Wir könnten ein kleines Zeitfenster haben, um hinauszukommen, bevor das Gebäude vollständig einstürzt, aber vielleicht sollten wir lieber warten, bis wir von außen befreit werden.«

»Nein!«, widersprach Harper. »Wenn die Feuerwehr keine Ahnung von diesem Schutzraum hat, kommt niemand auf die Idee, dass wir überlebt haben könnten. Und selbst wenn sie von dem Raum wissen, könnte es zu lange dauern, bis sie kommen. Ich bin dafür, die Tür zu öffnen.«

»Ich sehe das auch so«, pflichtete James ihr bei. »Ich muss so schnell wie möglich zu Dawson. Er soll auf keinen Fall glauben, ich wäre tot. Er hat schon seine Mutter verloren!«

Heath gab nach. Er entriegelte die Schutztür und wollte sie aufschieben.

Die Tür rührte sich keinen Millimeter.

70

»Wir müssen es weiter versuchen!«, sagte Harper verzweifelt. Der kleine Raum schien mit jeder Sekunde zu schrumpfen. Das hatte ihnen gerade noch gefehlt! Sie waren gefangen. Schon jetzt wurde es unerträglich heiß und stickig.

Wie kommen wir nur hier raus?

Heath und James drückten stöhnend und ächzend mit ihrer ganzen Kraft gegen die Tür. Wenigstens hatte James sich so weit erholt, dass er helfen konnte. Für eine dritte Person war leider kein Platz.

»Es war bestimmt nicht vorgesehen, dass sich diese Türen so schwer öffnen lassen.«

»Wahrscheinlich liegt auf der anderen Seite etwas, das sie blockiert.« James gab auf.

»Warum um alles in der Welt hat man diese Tür so gebaut, dass sie nach außen aufgeht?«, fragte Harper.

»Wenn sie nach innen aufginge, wäre sie durch die Druckwelle wahrscheinlich eingedrückt worden.« Heath strengte sich weiter an.

Die Tür gab einige Millimeter nach. Staub rieselte herein. Ein schmaler Spalt. Immerhin etwas.

Heath spähte hinaus. »Kein Feuer, das ist schon mal gut! Vielleicht können wir die Tür wenigstens so weit aufschieben, dass du dich hinauszwängen und Hilfe holen kannst, Harper.«

Harper nahm James' Platz ein und warf sich mit ihrem ganzen Gewicht gegen die Tür. »Wir sollten um Hilfe rufen.«

»Dafür sind wir zu weit unten«, stöhnte James. »Hier unten hört uns niemand. Es ist grundsätzlich natürlich sinnvoll, den Schutzraum so tief wie möglich im Keller einzurichten, aber wenn man darin tatsächlich eine Bombenexplosion überlebt, versperren die Trümmer von dem einstürzenden Gebäude einem zwangsläufig den Weg.«

Schweiß lief über Harpers Rücken und sammelte sich auch auf ihrer Oberlippe. »Nur noch ein Stückchen! Dann passe ich durch.«

Heath schnaufte. »Vielleicht ist das doch zu gefährlich! Das ganze Gebäude ist instabil.«

»Das ist unsere einzige Chance«, sagte James. »Hast du eine andere Idee?«

Er hatte natürlich recht. Es gab keine andere Möglichkeit.

»Vielleicht kann ich das, was die Tür blockiert, wegschieben«, sagte Harper. »Ich muss das machen, Heath. Das weißt du.«

Heath und James gelang es tatsächlich, den Spalt noch etwas zu vergrößern. Harper quetschte sich hindurch und verdrängte das Bild, dass die Tür wieder weiter zufallen und sie einklemmen könnte.

Vor dem Raum atmete sie tief ein. »Okay.« Sie schaltete die Taschenlampe an und blickte sich um. Der Zugang zum Schutzraum war fast völlig unter Trümmern und Schutt begraben. Fliegende Funken und ein knisterndes Surren lenkten ihren Blick nach oben, wo die ganze linke Seite des Dachs eingestürzt war. Im Schein ihrer Taschenlampe sah sie das Ausmaß der Zerstörung: Verdrehter Bewehrungsstahl ragte bedrohlich in die Luft. Beton, Gipskarton und Stahl – alles war zertrümmert und verbogen. Überall Schutt.

Jede Hoffnung, die sie noch gehabt hatte, erlosch. Ihre Kehle war wie zugeschnürt. Ja, der Schutzraum hatte sie vor der Explosion gerettet, aber was half ihnen das? Sie würden hier nie rauskommen.

Nein. So durfte sie nicht denken.

Sie würde nicht aufgeben, auch wenn die Chance, es in die Freiheit zu schaffen, noch so klein war.

Wir werden nach allem nicht hier unten sterben.

Bei dem Hindernis, das die Schutztür blockierte, handelte es sich um einen großen Betonklotz. Es grenzte an ein Wunder, dass sie die Tür überhaupt auch nur dieses kleine Stück weit hatten aufstemmen können. Um diesen Brocken zu bewegen, brauchte es starke Muskeln. Stärkere Muskeln, als Harper sie hatte. Aber vielleicht könnte sie einen Hebel einsetzen. Suchend hielt sie Ausschau nach irgendetwas, das sie zu diesem Zweck benutzen könnte. Da erschütterte ein lautes Poltern das Gebäude. Staub rieselte auf sie nieder.

Sie versuchte, nicht an die Tonnen Baumaterial zu denken, die jeden Augenblick über ihnen zusammenbrechen könnten.

»Wie sieht es draußen aus, Harper?«, klang Heaths Stimme gedämpft durch die Tür.

Harper war so entmutigt, dass sie nicht wusste, was sie antworten sollte. Sie schaute zu den Resten der Decke und den Balken hinauf, die bedrohlich in der Luft hingen. Zu den freigelegten Stromleitungen.

»Ich versuche, den Klotz von der Tür wegzubekommen. Wartet.« Harper packte einen verbogenen Stahlstab und wog ihn in den Händen. *Das könnte klappen.* Sie schob ihn unter die Ecke des Betonklotzes, der fast wie Florida geformt war, und drückte. Nichts. Sie warf sich förmlich auf ihren Hebel, doch der Klotz rührte sich weiterhin nicht von der Stelle.

Gott, hast du mich wirklich so weit gebracht, um es auf diese Weise enden zu lassen?

Sie versuchte es noch einmal.

Ein Stück des Betons brach ab.

»Ja!« Sie stieß triumphierend die Faust in die Luft. »Vielleicht geht es jetzt?«

Sie hörte die Männer stöhnen, während sie erneut gegen die Tür drückten. Sie bewegte sich, aber nur unwesentlich. Wieder dieses Poltern.

»Leute!« Sie schaute durch den Spalt zu ihnen hinein. »Quetscht euch raus! Die Decke wird nicht ewig halten. Jetzt oder nie!«

»Wir schieben noch einmal«, sagte Heath. »James kommt so noch nicht durch.«

»Okay, ich versuche, noch ein Stück von Florida wegzubrechen.«

»Was?«

Ohne ihm zu antworten, hebelte sie weiter. Ohne Erfolg.

»Heath, ich schaffe es nicht. Bitte komm zu mir heraus! Du hast mehr Kraft als ich.«

Heath quetschte sich durch den Spalt.

James wollte ihm folgen, aber er blieb stecken.

Heath schaute sich Florida an. »Mal schauen, was sich machen lässt.« Er nahm den Stahlhebel und drückte ihn mühsam nach unten. Vor Anstrengung zog er eine Grimasse. Endlich fiel der Betonklotz von der Tür weg. Im gleichen Augenblick stürzte auf der anderen Seite des Gebäudes die Decke ein. Dicker Staub erfüllte die Luft und raubte ihnen den Atem. Noch mehr Trümmer flogen zu Boden. Ihnen lief die Zeit davon.

Heath zog die Tür weiter auf und hielt James die Hand hin. »Komm!«

Mithilfe der Taschenlampen leuchteten sie sich den Weg und stolperten über Betontrümmer und verbogene Bauteile vorwärts. Sie kamen viel zu langsam voran, um sich in Sicherheit zu bringen, bevor alles über ihnen zusammenkrachte.

Heath zog Harper auf eine Treppe, von der zumindest noch ein Stück intakt war. James folgte ihnen.

»Wie …?« Die Decke, die in diesem Moment einstürzte, erstickte Harpers Worte. Sie drückte ihr Gesicht an Heaths Brust.

War dies das Ende? Würde sie in seinen Armen sterben?

Dichter Staub stieg rund um sie herum auf und brachte sie zum Husten. Die Decke war schüsselförmig nach innen eingebrochen. Die Überreste der Treppe standen noch. *Glück gehabt! Falls wir nicht doch noch gleich verschüttet werden.*

Heath ließ Harper los und schaute nach oben. Obwohl die Treppe nicht mit dem Rest des Gebäudes eingestürzt war, waren die Stufen kaum noch als solche zu erkennen.

»Hier müssen wir rauf?«, fragte James.

»Es gibt keinen anderen Weg«, meinte Heath.

»Wahrscheinlich bricht sie unter uns zusammen.«

»Das kann passieren. Wir testen vorsichtig eine Stufe nach der anderen.« Heath wechselte einen Blick mit James. »Harper geht zuerst. Danach kommst du.«

Harper wollte die beiden nicht zurücklassen, aber sie durften keine wertvolle Zeit mit Diskussionen verlieren. Also nahm sie all ihren Mut zusammen, um möglichst leichtfüßig und schnell auf dem, was von der Treppe übrig war, hinaufzuklettern.

Heath stützte sie, als sie das Geländer umfasste und den ersten Schritt wagte. Sie warf einen angstvollen Blick zu ihm hinab.

»Mach dir keine Sorgen.« Er zwinkerte ihr ermutigend zu. »Ich habe definitiv vor, auch zu überleben. Geh jetzt! Lauf auf die Straße und such deine Schwester.«

Würde sie ihn je wiedersehen?

71

Das Gebäude bebte erneut. Mit hämmerndem Herzen erklomm Harper die nächste Stufe und kroch weiter. Sie konnte sich nicht aufrichten. Die Wände waren an mehreren Stellen eingestürzt und verbogen, und sie musste sehr aufpassen, sich nicht den Kopf anzustoßen. Es kam ihr vor, als befände sie sich in einer immer enger werdenden unterirdischen Höhle. Den Blick hielt sie starr geradeaus gerichtet. Sie befürchtete, dass sie die Nerven verlieren würde, wenn sie auch nur für einen Moment nach unten schaute.

»Du machst das super!«, rief Heath.

Wenn er nur bei ihr wäre und sich zusammen mit ihr retten könnte!

Nur noch ein kleines Stück, dann müsste sie auf Höhe des Erdgeschosses angelangt sein. Sie riskierte nun doch einen kurzen Blick nach unten, aber sie konnte Heath und James nicht einmal mehr sehen. Harper schob sich unter einer zerbrochenen Gipskartonwand weiter und musste einige Sekunden später feststellen, dass die Treppe nicht bis nach oben reichte.

Die Stufen waren von der Wand und der Tür, die hier vermutlich gewesen war, weggerissen worden.

Ihre Taschenlampe flackerte und ging aus.

Oh nein!

Da hörte sie Stimmen über sich. Durch eine Öffnung in der Wand drang Licht. Neue Hoffnung keimte in ihr auf.

Konnte sie aus ihrer niedergekauerten Haltung auf der verbogenen Treppe einen Sprung zu dem Geländer an der Wand wagen? Sie atmete mehrmals zitternd durch. Dann stieß sie sich ab. Sie bekam das Geländer zu fassen, aber ihre Handflächen waren feucht und sie begann abzurutschen.

»Hilfe!«

Starke Arme streckten sich zu ihr herab. »Ich habe Sie.« Der Mann umfasste ihre Handgelenke und zog sie durch die Öffnung. Harper wurde von lauten Freudenrufen in Empfang genommen.

Sie rappelte sich auf und wischte sich erschöpft über das Gesicht. »Da unten sind noch zwei Männer! Heath und James.«

»Harper!«, schrie Emily von der anderen Straßenseite, wo sich einige Schaulustige versammelt hatten.

Der Mann, der sie aus dem zerstörten Gebäude gezogen hatte, rief einen anderen herbei. Einen Feuerwehrmann? Er führte sie schnell von dem Gebäude weg und wollte sie zu einem wartenden Krankenwagen bringen.

»Ich muss auf Heath warten!«, protestierte Harper. *Er muss es schaffen!* »Würden Sie bitte meine Schwester zu mir lassen? Sie war heute Abend mit James hier. Er ist auch dort unten.«

Ihre Knochen schmerzten, ihr Herz hörte nicht auf zu rasen. *Kommt schon, kommt endlich!*

Emily lief über die Straße und umarmte sie weinend. »Ich dachte, ich hätte dich verloren! Ich hätte dich nie da unten zurückgelassen, wenn ich gewusst hätte …«

»Mach dir bitte keine Vorwürfe, alles ist gut. Du musstest Dawson in Sicherheit bringen. Wo ist er?«

»Eine Polizistin passt auf ihn auf. Er sitzt bei ihr im Auto. Was ist passiert? Wie konntest du die Explosion überleben?«

Harper hatte das Gefühl, jeden Moment zusammenzubrechen. »Onkel Jerry hat mich gerettet. Er hat mir einen Sprengschutzraum gezeigt. Das Problem war, dass die Tür blockiert war. Wir konnten uns nur mit großer Mühe befreien.«

In diesem Moment half der Mann, der Harper ins Freie gezogen hatte, James, ebenfalls aus dem Gebäude zu klettern. Die Umstehenden klatschten.

James deutete schwer atmend hinter sich. »Die Treppe ist nach unten zusammengestürzt! Fast wäre ich mit in die Tiefe gefallen.«

Harper wollte zu ihm stürmen, doch Emily hielt sie fest. »Alles wird gut werden.«

Harper schluchzte und ihre Tränen machten Emilys schönes Kleid mit den glitzernden Pailletten ganz nass.

Und das alles nur wegen Onkel Jerry! Aber Emilys Rede hatte ihn irgendwie zum Umdenken bewogen. Er hatte die Menschen gerettet, die er ursprünglich hatte töten wollen. Jedenfalls Harper und James …

Emily streichelte ihren Rücken und deutete zu den Feuerwehrleuten hinüber. »Schau!«

Harper wagte einen vorsichtigen Blick zu der Öffnung, aus der Heath in diesem Moment herausgeklettert kam. Keine Sekunde zu früh – hinter ihm brach mit einem lauten Poltern und Krachen auch noch der letzte Rest der Treppe ein. Anscheinend waren noch genügend Trümmer übrig gewesen, über die Heath es nach oben geschafft hatte.

»Zurück! Alle zurück!« Feuerwehrleute begannen, die Menschen weiter fortzudrängen.

Harper wollte Heath kein weiteres Mal zurücklassen. Sie drehte sich um, um zu dem Gebäude zu laufen. Eine Staubwolke stieg wie ein Atompilz zum Himmel auf.

Ein Mann fing sie ab, hob sie hoch und trug sie von der Einsturzstelle weg.

In sicherer Entfernung setzte er sie wieder ab. Zum Glück hatte Heath sie schon entdeckt und kam sofort zu ihr gelaufen.

Sie fielen sich in die Arme.

»Ich dachte schon, ich hätte dich für immer verloren!«, stieß Harper hervor. Sie wollte ihn am liebsten nie wieder loslassen.

Mit Ausnahme ihres Onkels waren tatsächlich alle lebend aus dem Gebäude herausgekommen. Sie waren in Sicherheit.

Heath drückte sie fest an sich. »Es tut mir so leid, Harper.«

Sie ließ ihn los und schaute ihm in die Augen. »Wovon redest du?«

»Das war meine Schuld«, sagte er gequält. »Jedes Mal, wenn ich versuche, jemandem zu helfen, mache ich es nur noch schlimmer. Ich dachte, es könnte anders werden, aber es ist wieder genau so gelaufen wie immer. Ich habe dich hierher gebracht, weil ich mir sicher war, dass du hier außer Gefahr sein würdest. Dabei war es der letzte Ort, an dem du heute Abend hättest sein sollen. Du wärst beinahe gestorben.«

Oh, Heath! »Du hast mir diese Tickets geschenkt, damit ich Emilys großen Abend miterleben konnte. Das hat mir sehr viel bedeutet. Du hast mir damit einen Herzenswunsch erfüllt. Das war ... so romantisch, auch wenn ich nicht sicher bin, ob du es so gemeint hast.« Harper konnte es nicht erwarten, ihn zu küssen, aber vorher musste sie ihm etwas begreiflich machen. Sie wusste, dass die Ursache für seine Unsicherheit in seine Kindheit zurückreichte. Wenn er damals seine Mutter nicht gebeten hätte, zu ihrer Familie zurückzukommen, wäre sie bei dem Brand nicht gestorben. Wenigstens glaubte Heath das.

»Du hast mich genau zum richtigen Zeitpunkt an den richtigen Ort gebracht«, sagte sie. »Vielleicht wäre alles viel schlimmer ausgegangen, wenn ich nicht hier gewesen wäre. Heute war ich nicht die einzige Überlebende. Und noch etwas: Ich konnte die letzten Minuten meines Onkel miterleben. Das war wichtig für mich, auch wenn er ein an Leib und Seele kranker Mensch war. Dann bist du gekommen und hast mich gesucht. Du hast dein Leben riskiert, um mich zu retten ...« Heiße Tränen liefen ihr über die Wangen. »Ich habe mir eingeredet, ich wäre zu kaputt, um jemanden zu lieben. Wenn Menschen sterben, leiden die, die sie geliebt haben, für immer unter diesem Verlust. Als ich geglaubt habe, ich würde durch diese Bombe sterben, war mein einziger Gedanke, dass ich gern die Chance auf ein Leben mit dir bekommen hätte, Heath.«

Ihre Blicke trafen sich. Eine dicke Schmutz- und Staubschicht bedeckte seine Haut. Sie sah vermutlich nicht viel anders aus.

»Was willst du damit sagen, Harper?«

Sie brachte kein Wort mehr heraus. Warum hatte sie das überhaupt gesagt?

Er schaute ihr durchdringend in die Augen, als wollte er sie erforschen, bis er die Antwort auf seine Frage selbst fand.

»Es ist okay«, sagte er. »Ich weiß, dass du immer noch Angst hast. Ich war auch übervorsichtig. Aber damit ist jetzt Schluss. Ich habe meine Gefühle lange genug unterdrückt. Harper, ich will dich nicht unter Druck setzen, aber ich kann mir gut vorstellen, dich zu lieben. Ach was, ich tu es schon längst! Gib uns eine Chance. Wir können es langsam angehen lassen. Vorausgesetzt, du möchtest es überhaupt versuchen.«

Sie wollte keine Entscheidung treffen, die womöglich nur die Folge der traumatischen Ereignisse war, die sie wieder zusammengeführt hatten. Aber Heath hatte recht: Sie konnten es langsam angehen lassen.

»Ich habe dir schon gesagt, dass ich es sehr gern probieren will, Heath. Aber wie soll das funktionieren? Du wohnst in Grayback und ich in Missouri.«

»Das lässt sich ändern.« Er hob ihr Kinn zärtlich an und drückte ihr einen liebevollen Kuss auf die Lippen, in dem das Versprechen auf viel mehr lag. Sie hatte weder körperlich noch emotional die Energie, noch länger gegen das anzukämpfen, was zwischen ihnen war. Und das war wahrscheinlich gut so.

72

Nur an wenigen Orten auf dieser Welt ist es gefährlicher als zu Hause. Fürchte dich deshalb nicht, dich auf die Berge zu wagen. Sie werden deine Sorgen vertreiben, sie werden dich vor tödlicher Gleichgültigkeit bewahren, sie werden dich befreien und jede Veranlagung zu Lebendigkeit und Begeisterung in dir wachrufen.

John Muir

DREI MONATE SPÄTER
EMERALD M GÄSTERANCH

Heath betrachtete die neue Blockhütte, die genau dort errichtet worden war, wo die alte gestanden hatte. Heath hatte schon viel zu viel Zeit verloren. Er konnte es nicht erwarten, das nächste Kapitel seines Lebens aufzuschlagen. Gott sei Dank, würden ab nächster Woche wieder Gäste eintreffen, auch wenn die Saison bald vorbei war.

Leroy, der sich von seinen Verletzungen endlich so weit erholt hatte, dass er vor ein paar Tagen hatte zurückkehren können, stand neben ihm und stützte sich auf einen Stock. »Es wird eine Weile dauern, Heath, aber es wird sich alles wieder einpendeln.«

Ein ganzes Jahr hatte nicht ausgereicht, um sich von den Folgen seiner Schusswunde zu erholen, auch wenn Heaths Schmerzen eher psychischer Natur waren. Wie lang würde er dann erst brauchen, um sich von dem Trauma der jüngsten Ereignisse zu erholen? Vielleicht ein ganzes Leben lang. Aber Leroy sprach natürlich von der Gästeranch, nicht von Heath persönlich.

Heath klopfte ihm auf die Schulter, aber nicht zu fest. »Ich bin froh, dass du wieder da bist.«

»Aber du wirst einen Ersatz für mich brauchen, Ich kann nicht mehr das leisten, was ich früher geschafft habe.«

»Du bist nicht zu ersetzen, Leroy. Du bist jetzt Teil meiner Familie. Du und Evelyn. Vergiss das nie. Ich kann einen Teil der Arbeit übernehmen. Und Liam ist auch noch da. Er kann sehr gut mit Pferden umgehen.«

Liam war gerade unten auf der Koppel neben dem Stall und arbeitete mit Amber, Charlies Lieblingspferd. Sie plante, Amber nach Texas zu holen. Heath freute sich darauf, sie bald wiederzusehen.

Heath beobachtete Liam und versuchte zu begreifen, wie viel sich in den letzten Wochen geändert hatte. Liam war wieder zu Hause. Harper Reynolds war in sein Leben zurückgekehrt und hatte es dann wieder verlassen. Sie war in Missouri und half ihrer Schwester, ihr Haus zu verkaufen und eine große Hochzeit zu planen. Ja, James hatte Emily vor einem Monat einen Heiratsantrag gemacht. Heath für seinen Teil vermutete, dass die Nahtoderfahrung James' und Emilys Beziehung beschleunigt hatte, aber Harper meinte, die beiden kannten sich lange genug, um zu wissen, was sie wollten.

Heath hoffte sehr, dass Harper und er sich bald wiedersehen würden. Er wollte ihr auch einen Antrag machen und hoffte, dass sie nicht entsetzt das Weite suchen würde. Zugegeben, sie kannten sich noch nicht so lange – als Erwachsene – und sie hatten Schlimmes hinter sich, aber Heath war nicht der Typ, der unnötig Zeit vergeudete. Er wusste, dass Harper die Frau war, mit der er den Rest seines Lebens verbringen wollte.

Die täglichen Nachrichten, abendlichen Anrufe und wöchentlichen Videodates waren keine Dauerlösung.

Wenn er nur eine Chance bekäme, sie zu überzeugen, dass sie füreinander bestimmt waren! Er hoffte von ganzem Herzen, dass sie sich eine gemeinsame Zukunft aufbauen und mit dem, was geschehen war, abschließen konnten. Und wenn ihnen das nicht gelang? Sie brachten beide viel Ballast mit. Harper würde die Vergangenheit wahrscheinlich nie ganz bewältigen können. Er konnte sie nicht zwingen zu vergessen. Aber konnte er ihr helfen, die Erinnerungen so weit wie möglich loszulassen und sich einem neuen Leben und einer besseren Zukunft zu öffnen?

Grayback war dafür wahrscheinlich nicht gerade der ideale Ort – aber Heath konnte seine Ranch, in die so viel Herzblut geflossen war, und seine Pferde, sein Zuhause nicht aufgeben. Oder doch?

Er schlenderte zum Haupthaus zurück. Als er die Verandastufen hinaufsteigen wollte, kam Lori in ihrem Navigator angefahren.

Auch das noch.

Er verschränkte die Arme vor seiner Brust und wartete. Lori war in den letzten Wochen einige Male hier gewesen. Hin und wieder hatte sie sogar eine fertig gekochte Mahlzeit mitgebracht und war zum Essen geblieben. Das musste aufhören. Doch wie konnte er Lori klarmachen, dass er nichts von ihr wollte, ohne sie zu verletzen?

Lori stieg auf der Fahrerseite aus. Dann ging die Beifahrertür auf und eine zweite Frau stieg aus.

Harper! Heath musste sich am Verandapfosten festhalten.

Harper grinste übers ganze Gesicht und Lori lachte laut. Die beiden kamen grinsend zu ihm.

»Hier kommt meine Ablösung!«, sagte Lori. »Ich sollte auf dich aufpassen und mich für sie vergewissern, dass es dir gut geht. Anscheinend hat sie dir nicht geglaubt.«

Harper trat zu ihm auf die Veranda und schaute ihn ein wenig unsicher an.

»Komm her.« Er zog sie in seine Arme und küsste sie.

Als sie sich wieder voneinander lösten, grinste Harper. »Lori kann Geheimnisse für sich behalten. Sie hat mich überredet zu kommen. Sie hat gesagt, dass du dich nach mir verzehrst.«

Er zog eine Braue hoch. »Dass ich mich nach dir *verzehre*?«

»Loris Worte, nicht meine. Und? Hatte sie recht?«

»Könnte schon sein.« Wäre sie ohne Loris Einmischung nicht hergekommen?

»Na dann, ihr beiden«, sagte Lori. »Ich muss los und mich für mein Date mit Jud fertig machen.« Sie winkte und stieg wieder in ihren Geländewagen.

»Das ist Sheriff Taggart«, flüsterte Heath Harper amüsiert zu.

Als Lori wegfuhr, zog Heath Harper wieder näher zu sich heran.

Wie konnte er sie dazu bewegen, dieses Mal länger hierzubleiben?

»Heath, es tut mir leid, dass ich so lange weg war. Das war keine Absicht, ehrlich.«

»Du schuldest mir keine Erklärung. Die Ranch ist mein Zuhause. Aber ich habe gesagt, dass wir einen Weg finden werden.«

»Ich weiß, dass du nicht wegziehen kannst, Heath, und ich würde das auch nie von dir verlangen. Ich hatte ja vor der Bombenexplosion geplant hierzubleiben, aber dann ist alles durcheinandergeraten. Jetzt bin ich zurück. Ich habe diese Woche mit Sheriff Taggart gesprochen. Sein Angebot war ernst gemeint und ich möchte es annehmen.«

Heath konnte es kaum fassen. Er umarmte sie fest. »Bist du dir sicher?«

»Das bin ich. Ich habe ihm schon gesagt, dass ich an der Stelle interessiert bin. Und Lori meinte, dass ich bei ihr wohnen kann, bis ich etwas Eigenes finde.«

Er legte seine Stirn an ihre. Dann nahm er ihre Hände und drückte sie an seine Brust. »Ich habe dich vermisst, Harper. Ich liebe dich. Ich brauche nicht noch mehr Bedenkzeit. Willst du mich heiraten?«

Er war noch nie so nervös gewesen. Würde sie gleich die Flucht ergreifen?

Harper küsste ihn zärtlich. »Ich kenne dich seit über zwanzig Jahren, Heath«, sagte sie lächelnd. »Ich dachte schon, du würdest mich nie fragen.«

Ein weiterer Titel von Elizabeth Goddard

Das Verschwinden der Jamie Mason
ISBN 978-3-96362-076-8
384 Seiten, Paperback

Willow Anderson fällt aus allen Wolken, als sie nach dem plötzlichen Unfalltod ihres Großvaters von dessen letztem Fall erfährt: Er wollte ein Baby ausfindig machen, das vor über 20 Jahren aus dem Krankenhaus entführt wurde. Dabei sind sie in ihrer gemeinsamen Firma eigentlich auf Ahnenforschung und das Auffinden verschollener Erben spezialisiert.

Doch anscheinend hatte ihr Großvater bereits eine heiße Spur – eine so heiße Spur, dass auch Willow plötzlich in Lebensgefahr gerät. Nun bleibt ihr gar keine andere Wahl: Zusammen mit ihrem Exfreund, dem früheren FBI-Agenten Austin McKade, stürzt sie sich in die Ermittlungen. Und stößt in ein Wespennest aus Intrigen und Verrat …

WEITERE KRIMIS VON FRANCKE

Dani Pettrey
Die Sünden aus der Vergangenheit
Das Baltimore-Team 1
ISBN 978-3-96362-042-3, 287 Seiten, Paperback

Griffin McCray, ehemaliger Scharfschütze, arbeitet als Park Ranger. Als er auf einer Patrouille eine Leiche entdeckt, gibt er widerstrebend seine alten Kenntnisse preis. Gemeinsam mit der forensischen Anthropologin Dr. Finley Scott macht er sich auf die Suche nach dem Täter.

Dani Pettrey
Dein Blick so tot
Das Baltimore-Team 2
ISBN 978-3-96362-077-5, 304 Seiten, Paperback

Die Tatortfotografin Avery Tate wird von ihrer Freundin Sky zu einer Fotoausstellung eingeladen. Doch statt ihrer Freundin findet Avery ein unheilkündendes Foto von ihr vor. Als Sky verschwunden bleibt, bittet Avery den Tatortanalytiker Parker Michell um Hilfe …

Dani Pettrey
Im Sog der Furcht
Das Baltimore-Team 3
ISBN 978-3-96362-155-0, 272 Seiten, Paperback

Lange war Gallagher in geheimer Mission für die CIA unterwegs, nun kehrt er heim nach Baltimore. Die Jagd auf einen Terroristen führt ihn ausgerechnet mit Kate Maxwell zusammen, seiner großen Liebe, die er einst zurückließ. Ein explosives Team tritt an gegen eine entsetzliche Bedrohung.…